KB235910

서유기 2

서유기 2 : 요괴들과의 대격돌

제1판 제 1쇄 2010년 1월 25일
제1판 제14쇄 2024년 10월 24일

지은이 오승은
옮긴이 임홍빈
그린이 김종민
펴낸이 이광호
펴낸곳 ㈜문학과지성사
등록번호 제1993-000098호
주소 04034 서울 마포구 잔다리로7길 18 (서교동 377-20)
전화 02) 338-7224
팩스 02) 323-4180(편집) 02) 338-7221(영업)
전자우편 moonji@moonji.com
홈페이지 www.moonji.com

ⓒ임홍빈 · 김종민, 2010. Printed in Seoul, Korea.

ISBN 978-89-320-2027-3 44820
ISBN 978-89-320-2025-9(세트)

서유기 2

요괴들과의 대격돌

문학과지성사
2010

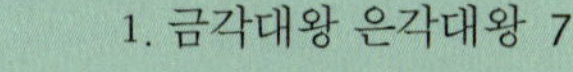

서유기 2

1. 금각대왕 은각대왕

삼장법사는 다시 손오공을 거느리게 되었다. 스승과 제자들은 한마음 한뜻으로 다시 서쪽 땅을 향해 떠나갔다. 길을 가는 동안 시장하면 잿밥 얻어먹고 목마르면 물을 찾아 마시고, 밤이 되면 노숙하고 이른 새벽이면 또다시 길을 찾아 떠나는 고생이야말로 이루 헤아릴 수 없었다. 그러다 보니 어느덧 또 봄철이 다가왔다.

스승과 제자들이 봄 경치를 감상하며 길을 가는데, 또 산이 앞길을 가로막았다. 산세는 오를수록 점점 더 가파르고 험해졌다. 까마득히 높은 산마루에 깎아지른 봉우리가 붓끝을 곤두세운 듯한데, 굽이쳐 감돌아나가는 깊은 골짜기 냇물 아래, 우뚝 솟은 절벽 기슭이 아찔했다.

힘겹게 나가다 보니, 푸른 잔디가 덮인 언덕 위에 나무꾼 한 사람이 서 있었다. 나무꾼도 일행을 발견했는지 마주 오기 시작했다.

"여보, 여보! 서쪽으로 가는 저 스님들! 잠깐만 거기 멈추시오. 이 산에는 악독하고 무서운 요괴 마귀가 있소!"

　나무꾼이 일행에게 목청을 드높여 일러주었다. 삼장법사는 이 말을 듣고 혼비백산을 한 나머지 와들와들 떨며 제자들부터 찾았다.
　"애들아, 저 나무꾼 얘기 들었느냐? 이 산에 악독한 요괴가 있다고 하는구나!"
　"사부님, 안심하세요. 제가 다녀오겠습니다."
　언제나 용감한 손오공이 선뜻 나서더니, 건너편 산등성이로 뛰어올라 나무꾼에게 먼저 인사말을 건넸다.
　"여보, 형씨. 안녕하시오?"
　그러자 나무꾼이 되물어왔다.
　"스님, 당신 같은 분들이 무슨 일로 이런 곳을 다 오셨소?"
　"이런 곳이라니? 우리는 동녘 땅에서 경을 가지러 서천으로 가는 사람들이외다. 방금 형씨가 말하는 것을 들으니, 이 산에 무슨 요괴 마귀 따위가 있다던데, 그 요괴 마귀란 것이 도대체 어디 살며 또 몇 마리나 되오?"
　"여기서 서쪽으로 한 육백 리쯤 더 나가면 평정산(平頂山)이란 곳이 나오는데, 그 산중에 연화동(蓮花洞)이란 골짜기가 있소. 그 소굴에 마귀 두목 두 마리가 살고 있는데, 그놈들이 초상화를 그려놓고 어떤 스님을 잡아먹으려 하고 있소. 어디서 알아냈는지, 그 스님의 성씨와 이름까지 낱낱이 조사해놓고, 기어코 당나라 스님을 잡아먹겠다고 잔뜩 벼르고 있단 말이오. 그러니 당신들이 그 산을 무사히 넘어가고 싶거든 당나라 스님의 '당' 자도 입에 올리지 마시구려."
　손오공은 적당히 대꾸해두고 삼장법사 일행에게 돌아왔다.
　"사부님, 그거 뭐 대단한 일은 아닙니다. 요괴가 한두 마리쯤 있기는 한 모양입니다만, 이곳 사람들은 워낙 겁쟁이라서 공연히 걱정하는 겁니다. 제가 모든 일을 책임질 테니까, 염려 마시고 떠나시죠."

삼장법사는 이 말을 듣고 마음이 놓여 홀가분히 손오공의 뒤를 따라나섰다. 흘끗 뒤돌아보니, 그새 나무꾼은 어디로 사라졌는지 그림자도 보이지 않았다.

"아니, 소식을 전해준 나무꾼이 어째 안 보이느냐?"

"땔나무를 마저 하려고 숲 속에 들어갔겠지요. 잠깐 기다리십쇼. 제가 보고 올 테니까요."

이렇게 말한 손오공은 절벽 위로 뛰어오르더니 금빛 나는 눈동자를 딱 부릅뜨고 산등성이에서 고갯마루에 이르기까지 눈길이 미치는 곳을 샅샅이 내다보았다. 그러다 퍼뜩 떠오르는 것이 있어 고개를 쳐들고 구름 끄트머리를 올려다보니, 아니나 다를까 그날 삼장법사 호위를 맡은 당직 신령이 머리를 살그머니 내밀고 있었다.

"이런 못된 놈의 잡귀 봤나!"

욕설 몇 마디 퍼붓고 허공으로 올라간 손오공이 당직 신령을 호되게 꾸짖었다.

"전할 말이 있거든 곧장 내게 나타나 알려주지 않고 어째서 그따위 모습으로 둔갑해 이 손 선생을 놀리는 거냐?"

"손 대성님, 너무 늦게 알려드려 죄송합니다. 사실 그 요괴들은 다섯 가지 보배를 가지고 신통력과 변화술법이 대단한 놈들입니다. 방심하셨다가는 서천 땅으로 가실 생각을 접으셔야 할 겁니다."

손오공은 호통쳐 당직 신령을 물러가게 한 다음, 그가 남긴 말을 가슴속에 되새기면서 구름을 낮추어 산머리에 내려섰다. 쉬던 곳으로 돌아와 보니, 스승은 벌써 저팔계와 사오정의 호위를 받아가며 계속 전진하고 있었다. 일행의 뒷모습을 바라보며 그는 곰곰이 생각해보았다.

'이제 만약 내가 당직 신령의 경고를 사부님께 곧이곧대로 말씀드렸다가는, 워낙 마음이 약한 분이라 겁을 집어먹기 십상이겠지? 안 되겠다. 무작정 갈 것이 아니라, 저팔계란 녀석을 앞세워 요괴들과 싸워보게 하자꾸나. 그래서 요행으로 이기면 저팔계가 공을 세운 셈 쳐주고, 솜씨가 변변치 못해 요괴한테 붙잡혀가거든 그때 가서 이 손 선생이 구해줘도 늦지 않을 것이다. 그래야 내 솜씨가 돋보일 게 아닌가?'

허나 생각이 이내 바뀌었다.

'하지만 미련퉁이 녀석은 게으름뱅이인데다 엉뚱한 구석이 있어 좀처럼 나서려 하지 않을지도 모른다. 내가 윽박지르면 사부님은 보나마나 또 그 녀석만 감싸고 돌 테니까, 일이 더 꼬이게 될 것이다. 어찌 되었든 이번 기회에 골탕을 좀 먹여서 팔계 녀석의 못된 버릇을 단단히 고쳐줘야겠다.'

손오공은 엉큼스런 생각을 품고 일부러 슬피 울며 스승 앞으로 달려갔다. 그것을 본 저팔계 녀석이 먼저 사오정에게 한마디했다.

"여보게 막내, 얼른 그 보따리를 두 몫으로 나누세."

"아니, 둘째 형님! 보따리는 왜 갑자기 나누자는 거요?"

"나누세 나눠! 자넨 유사하로 돌아가 다시 요괴 노릇이나 하고, 이 저팔계는 고로장에 돌아가 마누라나 만나보세. 우리 모두 뿔뿔이 흩어지면 그만이지, 서천 땅에 가고 말고 할 건더기가 어디 있나?"

삼장법사가 말 위에서 듣다 못해 버럭 호통을 쳤다.

"예끼 이 못난 놈아! 한참 길을 잘 가고 있는 마당에 무슨 헛소리를 하는 게냐?"

"누가 헛소리를 한다는 겁니까? 저길 보십쇼. 손오공이 울면서 오는 꼬락서니가 안 보이십니까. 세상에 두려워할 게 없는 사내대장부가 수심에 가득 차서 눈물을 뚝뚝 흘리며 돌아오다니, 아무래도 산중에 악독한 요괴가 득시글거리는 게 분명합니다. 저 친구가 저 모양인데, 우리 같은 약골들이 무슨 재주로 이 험한 산을 넘어갈 수 있단 말입니까?"

"쓸데없는 소리 말고 가만있어라. 내가 물어볼 테니까."

삼장법사는 미련퉁이를 입막음해놓고 수제자 앞으로 말을 몰아 나갔다.

"오공아, 왜 혼자 속을 태우고 괴로워하는 게냐?"

앙큼스런 손오공은 울상을 지은 채 이렇게 대답했다.

"사부님, 저 앞산에는 악독한 요괴 마귀가 살고 있어 넘어가기 무척 어려울뿐더러, 산세도 높고 험악하여 앞으로 나갈 수 없다는 겁니다. 그러니 날짜를 다시 잡아 이다음에 떠나도록 하시지요."

삼장법사는 이 말을 듣자 놀랍고 두려운 나머지, 수제자의 옷깃을 덥석 부여잡고 매달렸다.

"애야, 세 고비 길에서 절반이나 왔는데, 어떻게 여기서 물러나자는 얘기냐?"

손오공은 시침 뚝 떼고 이렇게 대답했다.

"저도 할 수 있는 데까지 해보겠습니다만, 앞길에 요괴 마귀는 우글거리고 저 혼자는 힘에 부치니 어쩝니까."

"애야, 네 말도 옳기는 하다만, 너 말고 저팔계와 사오정도 있지 않으냐?"

스승의 입에서 그 말이 나오기를 기다렸던 손오공이 비로소 눈물을 거두고 이렇게 여쭈었다.

"사부님께서 그 산을 넘어가시려면, 반드시 저팔계가 제 요구 두 가지를 다 들어줘야 합니다."

곁에서 가만 듣고 있던 저팔계가 은근히 겁을 집어먹고 버럭 악을 썼다.

"도대체 나더러 무슨 일을 하라는 거요?"

손오공은 미리 생각해두었던 계략을 하나씩 드러내기 시작했다.

"한 가지는 사부님을 돌봐드리는 일이고, 다른 한 가지는 산길을 돌아다니면서 형편이 어떤지 살펴보는 일일세."

"아니, 사부님을 돌봐드리려면 앉아 있어야 하고, 산길을 순찰하려면 걸어서 다녀야 하는데, 그럼 나더러 앉았다가 서서 걸어 다니고, 걸어 다니다가 또 앉아 있으란 말이오? 몸뚱이는 하나뿐인데 어떻게 두 가지 일을 해치우라는 거요?"

미련퉁이가 심술을 부리자, 손오공은 차근차근 달래가며 설명해주었다.

"둘 중 한 가지만 떠맡으면 되네. 돌봐드리는 일이란, 사부님한테 볼일이 생기면 곁에 지켜 서서 시중을 들어야 하고, 진지를 드실 때가 되면 어딜 가서든지 동냥을 해다 드려야 하네. 만약 사부님을 조금이라도 시장하게 만들 때는 내 철봉에 한대 맞아야 하네."

저팔계는 그 말이 떨어지기 무섭게 두 손을 홰홰 내저었다.

"그건 안 되겠소! 보통 어려운 일이라야 말이지. 곁에서 시중을 드는 일이야 큰 문제가 아니지만, 나더러 동네 마을 찾아가 동냥을 해오라면 그건 정말 못할 노릇이오. 형님도 생각해보시구려. 동냥을 얻으러 가는 곳마다, 사람들이 나를 스님으로 알아주지는 않고 그저 산속에서 내려온 투실투실 살찐 멧돼지인 줄로 알고 보나마나 창칼 따위를 들고 우르르 몰려와 이 저팔계를 마구잡이로 두들겨 패서 먹을 따 소금에 절였다가, 설날이나 추석 명절 때 쓰자고 덤벼들기 십상 아니오?"

"정 그렇다면 산길을 돌아다니면서 순찰이나 하게."

"순찰은 또 어떻게 도는 거요?"

"산속에 들어가서 요괴가 얼마나 있는지, 산 이름은 뭐며 소굴은 어디 있는지, 또 있다면 그 이름이 무엇인지 염탐해서 우리가 무난히 그 산을 넘어갈 수 있도록 하라는 걸세."

"그거라면 쉽겠군! 이 저팔계는 순찰하러 나가겠소."

이 미련한 녀석은 당장 쇠스랑을 번쩍 치켜들고 의기양양하게 큰길로 올라섰다. 우쭐대며 산속으로 들어가는 저팔계의 뒷모습을 바라보면서, 손오공은 무엇이 그리 우스운지 키득거리기 시작했다. 곁에서 스승이 야단을 쳤다.

"이 못된 원숭이 녀석아! 무얼 비웃고 있는 거냐? 형제간에 우애라곤 털끝만치도 없구나. 그렇게 간사스럽게 꾀를 부려 팔계더러는 험악한 산중에 순찰이나 돌게 하고, 네놈은 여기 편안히 서서 비웃기나 하다니, 이게 무슨 경우냐?"

"두고 보십쇼, 사부님. 팔계 녀석이 순찰한답시고 나서기는 했지만 절대로 산을 돌아보지도 않을 테고 또 요괴도 만나보지 않을 테니까요. 아마 십중팔구는 어디 가서 한나절 동안 처박혀 있다가 그럴듯한 거짓말이나 꾸며 가지고 와서 우리를 속이려 들 겁니다.”

“네가 그럴 줄 어찌 아느냐?”

“팔계의 천성으로 보아 그러고도 남을 겁니다. 사부님께서 정 믿지 못하시겠다면 제가 저놈의 뒤를 따라가보겠습니다.”

“오냐, 좋다. 하지만 팔계를 너무 골탕 먹여서는 못쓴다.”

“예, 알겠습니다.”

시원스레 대답한 손오공이 곧바로 언덕 위에 오르더니 몸을 한번 꿈틀하는 사이에 모기보다 조금 큰 각다귀로 둔갑했다. 이윽고 날갯짓 한두 번에 어느새 저팔계를 따라잡더니 귓밥 뒤쪽 갈기털 속으로 파고들어 찰싹 달라붙었다. 미련퉁이 녀석은 그저 길 재촉하느라 바쁜 걸음만 옮겨놓을 뿐, 제 뒷덜미에 누가 앉아 있을 줄은 꿈에도 몰랐다.

칠팔 리쯤 나갔을까, 한데 저팔계는 벌써부터 걷기에 진절머리가 났는지 쇠스랑을 내동댕이치고 당나라 스님 일행이 있는 뒤편을 바라보며 투덜투덜 욕설을 퍼붓기 시작했다.

“저런 주책없는 영감! 심통꾸러기에 알깍쟁이 필마온 녀석! 줏대 없이 요리조리 쏠리는 사오정 녀석! 자기네들은 모두 편안하게 앉아 있으면서 이 저팔계만 고생을 시키고 성가신 일만 떠맡겨 갈팡질팡하게 만들다니! 어째서 나더러 순찰을 돌라는 거야? 에라, 나도 모르겠다! 어디 으슥한 데서 낮잠이나 자자꾸나. 한잠 늘어지게 자고 나서, 되돌아가 어물어물 그럴듯하게 순찰을 열심히 돌았다고 둘러대면 그만이지, 누가 알겠어?”

얼마쯤 가다 보니, 후미진 산모퉁이에 수풀이 무성하게 자란 곳이 나타났다. 저팔계는 옳다구나 싶어 기다란 주둥이로 수풀을 헤쳐가며 기어들더니, 쇠스랑을 땅바닥에 푹 꽂아놓고 드러누워 허리가 쑥 빠지도록 기지개를 켰다.

"히야, 기분 좋다! 저 원숭이 녀석도 나처럼 이렇게 마음 편하지는 못할 게다!"

그러나 이 기분 좋은 녀석의 귀뿌리 뒤에서 손오공이 그 말을 한 마디도 빼놓지 않고 죄다 엿들었을 줄이야…… 각다귀로 변신한 손오공은 '앵!' 하고 허공으로 날아오르더니 이번에는 한 마리의 딱따구리로 탈바꿈했다. 그리고 다시 곤두박질쳐 내려앉더니 강철만큼이나 단단한 부리로 저팔계의 주둥이를 냅다 쪼아댔다. 잠결에 한대 쪼인 저팔계는 깜짝 놀라 엉금엉금 기어 일어나면서 고래고래 악을 쓰기 시작했다.

"어이쿠! 요괴다, 요괴가 나타났다! 창으로 나를 한대 찔렀구나! 아이고 주둥이가 아프다."

혼잣말로 투덜대며 좌우를 둘러보았더니, 앙큼한 딱따구리 한 마리가 허공으로 푸드덕 날아오르고 있었다.

"저런 빌어먹을 것! 원숭이 녀석이 골탕 먹이는 것도 끔찍스러운데 날짐승까지 이 저팔계를 얕보는 거냐? 옳지, 알았다! 저놈이 내 주둥이가 거무튀튀하게 생긴 것을 보고 썩어문드러진 나뭇등걸인 줄 알고 그 속에 벌레라도 잡아먹을까 해서 쪼아댔구나! 그렇다면 좋다, 주둥이를 가슴속에 파묻고 자면 그만 아닌가!"

미련퉁이는 여전히 쿨쿨 낮잠을 자기 시작했다. 그러자 딱따구리로 변신한 손오공이 또다시 날아 내리더니 이번에는 귀뿌리 뒤쪽을 호되게 쪼아버렸다.

"아얏⋯⋯!"

벌떡 일어나 앉은 저팔계가 하늘에다 대고 주먹질을 하면서 악을 썼다.

"저런 망할 놈! 지긋지긋하게도 사람 못살게 구는구나! 그만둬라, 이 자리가 저놈의 둥지라서 그런 모양인데, 내가 네 집에서 자지 않으면 될 게 아니냐?"

다시 길 찾아 나선 저팔계, 산속 깊숙이 들어선 다음 사오 리쯤 더 나가더니, 이번에는 바윗돌 셋이 나란히 서 있는 것을 발견하고 갑자기 무슨 생각이 났는지 그 바위 더미 앞으로 어슬렁어슬렁 걸어갔다. 그러고는 바윗돌을 향해 점잖게 허리 굽혀 꾸벅꾸벅 절을 하기 시작했다.

"내가 이제 돌아가서 사부님을 만나면 요괴가 있느냐고 물으시겠지? 그럼 나는 요괴가 분명히 있다고 말씀드려야지. 또 산 이름이 뭐냐고 물으시면 뭐라고 대답할까⋯⋯? 옳지, 이 골짜기에 바윗돌이 많으니까 '석두산(石頭山)'이라고 대답하자꾸나. 무슨 동굴이 있느냐고 물으면 그것도 '석두동'이라고 하면 그만이겠지. 어떻게 생긴 동굴이냐고 물으면, 대문짝에 쇳조각을 촘촘히 못질해 박아놓은 '철엽문(鐵葉門)'입니다, 이렇게 대답하면 될 테고⋯⋯ 됐다, 이만하면 그럴듯하게 꾸며댄 셈이니까 얼른 돌아가 저 원숭이 녀석을 속여먹기로 하자꾸나!"

그러고 보니, 이 미련퉁이는 순찰을 돌았답시고 그 결과를 거짓말로 꾸며대느라 연습을 하고 있었던 것이다. 하지만 약삭빠른 손오공이 귓등 뒤에서 그 말을 낱낱이 엿듣고 있었을 줄이야 꿈에도 생각지 못했다. 손오공은 그가 발길을 되돌리는 것을 보기 무섭게 허공으로 날아오르더니 한발 앞서 돌아와 본래의 모습을 드러내고 스승을 뵈었다.

"오공아, 돌아왔구나. 그런데 팔계는 왜 안 오느냐?"

스승의 물음에, 손오공은 씨익 웃고 대답했다.

"흐흐, 금방 올 겁니다. 오면서 거짓말을 꾸며대느라 조금 늦을 뿐이지요."

"거짓말을 꾸미다니? 그 녀석은 아둔하고 미련하기 짝이 없는데, 그 주제에 무슨 거짓말을 꾸며댈 수 있겠느냐?"

"하하! 사부님, 언제나 팔계만 감싸고 도시는군요. 제가 그 친구를 골탕 먹이는지, 그 친구가 거짓말을 하는지, 그야 맞대놓고 따져보면 알 노릇이 아닙니까?"

그리고 저팔계가 수풀 속에 파고들어가 낮잠 자던 일부터 딱따구리한테 쪼여 잠을 깨던 일, 바윗돌 앞에 절까지 해가며 거짓말을 꾸며대던 경위를 한 마디도 빼놓지 않고 낱낱이 고해바쳤다.

애기가 끝난 지 얼마 안 되어 미련퉁이 저팔계가 어슬렁어슬렁 돌아오는 모습이 보였다. 입속으로 계속 구시렁대는 품이, 모처럼 꾸며낸 거짓말을 잊어버릴까 봐 연습해서 외우는 모양이었다.

"사부님, 순찰 다녀왔습니다."

"오냐, 수고했다."

"그래 요괴가 있더냐?"

스승이 묻는 말씀에, 저팔계는 시침 뚝 떼고 대꾸했다.

"요괴요? 있고말고요! 끔찍스럽게 우글댑니다. 저를 보더니 멧돼지 조상님이라면서 밥상을 차려 내오더군요. 그래서 한 끼 잘 얻어먹었습지요."

거짓말도 하다 보면 느는 법, 손오공은 코웃음으로 그 말을 중간에 딱 끊었다.

"흐흠! 아마도 수풀 속에서 낮잠 자다가 꿈속에서 얻어 자셨겠지!"

미련퉁이가 그 말을 듣고 저도 모르게 자라목을 움츠렸다.

"어이구 맙소사! 내가 거기서 낮잠 잔 걸 어떻게 알았을꼬……?"

찔끔 놀라 혼잣말로 중얼거리는 저팔계, 그러자 손오공이 썩 나서더니 그 멱살을 움켜잡고 호통쳤다.

"자네, 이리 좀 와! 내가 물어볼 말이 있으니까."

"어이쿠, 이것 좀 놓으시구려. 물어보면 물어봤지, 멱살은 왜 잡는 거요?"

"잔소리 말고 내 묻는 말에 대답이나 하라고! 그래, 산 이름은 무엇이던가?"

"바윗돌 천지라, 석두산이오."

"동굴 이름은?"

"석두동이랍디다."

"동굴 문짝은 어떻게 생겼는가?"

"쇳조각을 촘촘히 못 박아서……"

"옳아, '철엽문'이지? 자넨 이제 됐네. 그 뒷얘기는 내가 말해줄 테니까."

"어이쿠, 맙소사……!"

"바윗돌 셋을 우리 일행으로 가정해놓고 그 앞에 절하면서 혼자 주거니 받거니 자문자답을 했지! 안 그런가? 그리고 또 뭐랬더라? 옳지! '이만하면 그럴듯하게 꾸민 셈이니까 얼른 돌아가서 저 원숭이 녀석을 속여먹기로 하자꾸나……' 여보게, 자네 입으로 분명히 그런 말을 하지 않았던가?"

저팔계는 이제 꼼짝없이 죽었구나 싶어 손오공 앞에 무릎 꿇었다.

"어이구 형님, 제발…… 용서해주시오. 내가 순찰을 돌고 있을 때 뒤를 밟아 내 하는 말을 죄다 엿들었구려!"

"이 보릿겨나 처먹고 사는 미련한 놈아! 이렇게 어려운 고비 길에 와서 순찰을 돌라고 내보냈더니 세월 좋게 낮잠이나 자고 있어? 딱따구리가 쪼아서 깨워놓지 않았더라면 아직도 거기서 늘어지게 자고 있었을 게 아닌가? 잠을 깨어서도 마음 돌려먹고 열심히 순찰 돌기는커녕 터무니없는 거짓말을 꾸며댈 꾀나 부리다니! 그 종아리를 이리 돌려대라. 정신이 번쩍 들도록 철봉으로 다섯 대만 때려주마!"

"아이고 형님! 그 사람 잡는 철봉으로 날 때릴 참이오? 다섯 대가 아니라 한 대만 얻어맞아도 즉사하고 말 거요!"

"매 맞는 것을 겁내는 녀석이 왜 그따위 거짓말을 늘어놓는 거냐?"

"형님, 제발 이번만큼은 용서해주시오! 두 번 다시 이런 짓을 안 할 테니, 꼭 한 번만 용서해주시구려."

그래도 손오공이 눈감아줄 기미를 보이지 않으니 어쩌랴. 미련퉁이 저팔계는 스승을 붙잡고 늘어졌다.

"사부님, 저 대신에 말씀 좀 잘해주십쇼! 형님의 철봉에 얻어맞았다가는 죽고 살아남지 못합니다!"

곁에 말없이 섰던 삼장법사가 손오공을 돌아보았다.

"오공아, 네가 그 말을 했을 때, 사실 나는 거짓말이라 여기고 믿지 않았었다. 그런데 막상 이렇게 되고 보니, 아무래도 이 녀석이 매를 맞기는 맞아야겠다. 하지만 이제 산을 넘어가려면 부릴 사람이 모자라지 않겠느냐? 그러니 잠시만 용서해주려무나."

스승이 통사정을 하고 나서는 데야 손오공도 어쩔 수가 없다. 그는 스승의 말씀을 순순히 받아들였다. 그리고 다시 저팔계를 돌아보고 엄하게 호통쳤다.

"팔계, 이놈아! 지금부터 다시 한 번 그 산으로 들어가 순찰을 돌아라. 이번에도 거짓말이나 늘어놓으면 내 단연코 네놈을 용서하지 않을 테다!"

스승 덕분에 가까스로 매를 모면한 저팔계, 엉금엉금 기다시피 일어서기가 무섭게 큰길로 뛰어 나가더니 뒤도 안 돌아보고 치닫기 시작했다.

한참을 정신없이 뛰고 나서 흘끗 뒤돌아보니 아무도 안 보였다. 그러나 자라 보고 놀란 가슴 솥뚜껑 보고도 놀란다는 격으로, 한 걸음 옮겨 뗄 때마다 혹시 원숭이가 뒤를 밟지 않는가 싶어 움칫거리고, 무엇이든지 눈에 띄는 것이 있으면 그때마다 손오공이 둔갑해서 감시하고 있는 것은 아닌지 의심스러워 가슴이 덜컥덜컥 내려앉았다. 이렇듯 조마조마하게 칠팔 리 길을 나아갔을 때, 비탈진 언덕 위에서 난데없는 호랑이 한 마리가 훌쩍 뛰어내리더니 저팔계를 향해 덤벼들었다. 그런데도 미련퉁이는 겁을 집어먹기는커녕 쇠스랑을 번쩍 치켜들고 껄껄 웃어대기 시작했다.

"형님, 내가 또 거짓말을 하는지 엿들으러 오셨소? 나도 이번에는 속아 넘어가지 않을 거요."

다시 한참을 걷는데, 이번에는 산바람이 세차게 불어오더니 썩은 고목을 쓰러뜨려 저팔계가 있는 앞에까지 굴려다 놓았다. 저팔계는 엉겁결에 뒷걸음치다가 버럭 악을 썼다.

"형님, 이게 무슨 짓이오? 한번 거짓말을 하지 않겠다고 했으면 그만이지, 또 무슨 놈의 고목 따위로 변해 가지고 사람 못살게 구는 거요?"

다시 앞으로 나아가고 있으려니, 이번에는 까마귀 한 마리가 머리 위에서 '까옥, 까옥!' 지저귀기 시작했다. 저팔계란 놈은 그만 성질이 나서 허공에다 대고 주먹질을 해가며 야단쳤다.

"형님도 참말 악착스럽소! 이거 너무하지 않소? 내가 거짓말을 꾸며대지 않겠다고 다짐했으면 그런 줄 아셔야지, 까마귀로 둔갑해 쫓아올 것은 또 뭐요?"

그러나 이번만큼은 손오공이 뒤따라 붙은 게 아니었다. 미련퉁이는 철봉 위협에 혼뜨검이 난 뒤끝이라, 지레 겁을 먹고서 제풀에 놀라 당치도 않은 의심을 하게 된 것이다.

당직 신령이 귀띔해준 대로, 그 산 이름은 평정산, 동굴은 연화동, 그리고 소굴에는 요괴 두 마리가 살고 있었다. 하나는 금각대왕(金角大王), 다른 하나는 은각대왕(銀角大王)이라 불렀다.

삼장법사 일행이 당도하던 이날, 금각대왕은 자리에 앉아서 은각대왕에게 이런 말을 했다.

"여보게, 자네 오늘 산을 좀 돌아보게."

"하필이면 오늘 순찰을 돌라고 하시오?"

"요즈음 소문을 듣자니까, 동녘 땅 당나라 조정에서 보낸 삼장법사가 서천으로 부처님을 만나보러 간다던데, 그 제자로 손오공, 저팔계, 사오정에 백마까지 합쳐 일행이 모두 다섯 식구라더군. 그러니 나가서 그것들을 보는 대로 냉큼 잡아 가지고 오게."

이 말을 듣고 은각대왕이 시큰둥하게 대꾸했다.

"원 형님도, 우리가 사람을 잡아먹으려면 어디 가서 몇 놈쯤이야 못 잡아먹겠소? 그까짓 중 녀석들은 가게 내버려둡시다."

"모르는 소리 말게. 내가 천궁을 떠나던 그해, 사람들이 하는 말을 들어보니 당나라 화상이란 자는 보통 승려가 아니라 십세(十世)를 돌고 돌며 환생하고 수행을 쌓았기 때문에, 그 살코기를 한 점 먹기만 해도 불로장생할 수 있다는 걸세."

그제야 은각대왕도 귀가 솔깃해졌다.

"그놈의 고기를 먹기만 해도 죽지 않고 영원히 살 수 있다면 도를 닦느라 애쓸 필요도 없겠군요. 그럼 내 당장 가서 잡아오리다!"

"여보게 잠깐만……! 그놈들의 생김새를 그림으로 한 폭 그려놓았으니, 초상화를 가지고 나가서 마주치는 놈이 있거든 잘 맞춰보게."

은각대왕은 초상화에 이름까지 낱낱이 알아 가지고 굴 밖으로 나오더니 부하 요괴 삼십 마리를 지명해 거느리고 산으로 올라가 돌아다니기 시작했다.

한편, 저팔계는 운수가 사나워 길을 가는 도중에 바로 이 요괴들과 딱 마주치고 말았다. 은각대왕의 부하 요괴들이 우르르 몰려들어 앞길을 가로막으면서 기세등등하게 호통쳐 물었다.

"어이! 거기 오는 놈은 누구냐?"

정신 놓고 걷던 저팔계가 느닷없이 묻는 소리에 고개를 번쩍 들고 앞쪽을 바라보니 요괴 마귀들이 한 패거리나 몰려 서 있다. 그는 당황한 속에서도 궁리를 했다.

'내가 경을 가지러 가는 승려라고 대꾸하면 이놈들이 붙잡아갈지도 모르니, 그냥 길 가는 나그네라고 해야겠다.'

"지나가는 길손이오!"

그런데 부하들 중에 한 녀석이 고개를 갸우뚱하더니 저팔계를 손가락질하면서 이렇게 말했다.

"대왕님, 저 화상은 생김새가 아무래도 그림 속에 있는 저팔계란 놈과 아주 쏙 빼어 닮았는데요?"

은각대왕도 그림을 보고 그럴싸하게 여겨 고개를 끄덕끄덕했다.

"옳거니, 그림 속에 주둥이가 길고 귀가 커다란 놈이 저팔계야."

저팔계는 그 말을 듣자 얼른 주둥이를 가슴팍에 틀어박았으나, 때는 이미 늦었다.

"이것 봐, 중 녀석아. 그 주둥이를 이리 내밀어봐라!"

미련퉁이가 어마 뜨거라 싶어 가슴에 파묻어둔 주둥이를 조금만 내밀어 보였다.

"이것 보시오. 기다란 게 아니라 짤막하지 않소?"

그러나 벌써 저팔계의 정체를 알아본 은각대왕은 칼을 뽑아 들고 달려나와 정면으로 후려 찍고 있었다. 미련퉁이도 엉겁결에 쇠스랑을 쳐들어 가로막았다.

은각대왕의 손에 들린 것은 칠성보검, 저팔계의 손에 들린 것은 은하계 팔만 수군을 통솔하던 이빨 아홉 달린 쇠스랑, 둘이서 평생 갈고 닦은 솜씨로 치고받고 무섭게 싸우기 시작했는데, 단숨에 스무 차례나 겨루고도 좀처럼 승부를 내지 못했다.

손오공에게 골탕을 먹고 분통이 나던 저팔계는 발악하듯이 싸웠다. 은각대왕은 부채보다 더 큰 저팔계의 두 귀가 하늘 위로 숫구치고 걸쭉한 침을 토해가며 거친 숨결을 뿜어내는 꼴을 보자, 은근히 겁을 먹은 나머지, 뒤편에 진을 치고 대기하던 부하 요괴들을 고함쳐 불렀다.

"애들아! 뭣들 하느냐, 한꺼번에 덤벼라!"

저팔계는 당황했다. 한 놈씩 상대한다면 오죽이나 좋으랴만, 삼십 마리나 되는 졸개들이 앞뒤 좌우에서 한꺼번에 덤벼드는 데야 배겨낼 장사가 어디 있으랴. 저팔계는 허둥대기나 할 뿐 도무지 막아낼 재주가 없었다. 견디다 못한 저팔계는 그대로 발길을 돌려 뺑소니치기 시작했다. 그런데 도망친다는 것이 하필이면 등나무 덩굴하며 가시덤불이 뒤엉킨 곳으로 뛰어들고 말았다. 덤불 속에 엎드려 있던 요괴 한 마리가 허둥지둥 달려오는 저팔계의 발목을 보기 좋게 걸어 당겼다.

"어이쿠……!"

저팔계는 외마디 소리를 지르면서 앞으로 고꾸라졌다. 뒤미처 달려온 부하 요괴들이 저팔계를 찍어 누르더니, 갈기털을 움켜쥐는 놈에 귀를 잡아 비트는 놈, 두 다리를 한 쪽씩 부여잡고 늘어지는 놈, 돼지 꼬리를 끌어당기는 놈까지 달라붙어 순식간에 포로를 떠메고 은각대왕을 뒤따라 소굴로 들어가버렸다.

2. 하늘을 잡아 넣는 호리병

"형님, 한 놈 잡아왔소!"

소굴로 돌아온 은각대왕이 의기양양하게 말했다. 그러나 금각대왕은 포로의 얼굴을 살펴보고 나서 도리질을 했다.

"여보게, 잘못 잡아왔네. 이 중 녀석은 아무짝에도 쓸모가 없는 놈일세."

잘못 잡아왔다는 말에 귀가 번쩍 뜨인 저팔계, 그나마 안심이 되어 늙은 마귀를 우러르면서 이렇게 말했다.

"대왕님, 아무짝에도 쓸모가 없으시면 그냥 놓아 보내주십쇼."

그런데 은각대왕이 딴죽을 걸고 나섰다.

"형님, 놓아줄 것 없소. 비록 쓸모가 없다지만, 이놈 역시 당나라 화상하고 한 패거리로, 저팔계란 제자 녀석이오. 그냥 놓아 보낼 것이 아니라 뒤꼍 연못물에 흠씬 불렸다가 잡아서 소금에 절이고 햇볕에 말려두어, 날씨가 흐리거나 비 오는 날 저며놓고 술안주로 씁시다."

저팔계가 그 말에 펄쩍 뛰었다.

"이거 신세 망쳤구나! 하필이면 돼지고기를 소금에 절여 술안주 감으로 삼는 요괴와 맞닥뜨릴 게 뭐냐!"

부하 요괴들이 발버둥치는 저팔계를 떠메다가 연못 속에 던져 넣은 것은 두말할 나위도 없다.

한편 삼장법사는 오래도록 둘째 제자가 돌아오는 기척이 없어 마음이 편하지 않았다. 그래서 수제자에게 말했다.

"오공아, 산을 돌아보러 나간 녀석이 왜 이리 늦도록 돌아오지 않느냐? 무슨 일이 생긴 게 아닌지 모르겠구나."

"사부님 걱정 마시고 말에 타십쇼. 그놈은 워낙 게으름뱅이라 걸음걸이가 느립니다. 말을 휘몰아 달려가시면 따라잡을 수 있을 겁니다."

이리하여 삼장법사는 다시 말에 올라타고, 사오정은 짐 보따리를 어깨에 둘러메었다. 손오공이 앞장서서 길을 인도하여 평정산으로 오르기 시작했다.

요괴들의 소굴에서는 금각대왕이 둘째 마귀를 불러들이고 있었다.

"여보게 아우, 저팔계가 붙잡혀온 바에야, 당나라 중도 어딘가 오고 있을 걸세. 자네가 다시 나가서 산을 돌아보고 그놈을 놓치지 않도록 하는 것이 어떤가?"

"알겠소, 형님."

둘째 마귀 은각대왕은 또다시 부하 오십 마리를 골라 뽑아 거느리고 산 위로 순찰하러 나섰다. 한참을 가고 있으려니, 상서로운 구름이 아련하게 나부끼는 것이 눈에 띄었다. 상공에 감도는 서기(瑞氣)를 본 은각대왕은 고개를 끄덕끄덕했다.

"당나라 화상이 드디어 왔구나!"

부하들은 영문을 모르고 물었다.

"어디 왔단 말씀입니까. 저희 눈에는 아무것도 보이지 않는데요."

"착한 사람의 머리 위에는 상서로운 구름이 감돌고, 악한 자의 머리 위에는 검정 기운이 하늘을 찌르는 법이다. 저길 보아라, 상서로운 기운이 아련히 감돌고 있지 않느냐."

그러나 부하 요괴들은 아무리 두리번거려도 보이지 않았다. 둘째 마귀 은각대왕이 손가락으로 방향을 가리켰다.

"바로 저게 아니냐?"

그다음 순간, 둘째 마귀는 당나라 스님의 말머리 앞에 길잡이로 걸어오는 손오공의 모습을 발견하고 그만 간담이 뚝 떨어졌다.

"지난 몇 해 동안 제천대성의 소문을 들어왔더니, 오늘 여기 나타났구나…… 저 원숭이는 신통력이 기막히게 너르고 커서, 아무래도 저 당나라 화상을 쉽사리 잡아먹을 수가 없겠다."

"그렇다면 이대로 놓아 보내야 한단 말씀입니까?"

"아니다. 내가 짐작하건대, 저 당나라 화상은 꾀를 써서 붙잡아야지, 강제로 잡을 생각은 말아야 할 게다. 살살 구슬려서 자비심을 품게 만들어놓고 절묘한 계략을 써서 낚아채야 한단 말이다. 너희들은 일단 소굴로 돌아가거라."

부하 요괴들을 흩어 보낸 뒤에, 은각대왕은 혼자 산 밑으로 내려와 몸을 한번 꿈틀하더니, 눈 깜짝할 사이에 늙수그레한 도사로 탈바꿈했다.

도사로 변장한 그는 길 한 곁에서 다리를 절뚝거리고 발에 피를 흘려가며 끙끙 앓는 소리를 내기 시작했다.

"사람 살리시오! 사람 살려주시오!"

한편 삼장법사는 마음 놓고 나아가다 먼저 고함 소리를 듣게 되었다.

"맙소사, 이런 황막한 산중에 누가 고함을 지르고 있는 게냐? 아무래도 호랑이나 표범한테 해를 입은 사람이 있는 모양이다."

그는 말 머리를 돌려세우고 외쳐 물었다.

"거기 봉변을 당한 분이 누구요? 이리 나오시오!"

이윽고 은각대왕이 수풀 속에서 엉금엉금 기어나와 말 머리 앞에 이마를 조아렸다. 삼장법사는 측은한 마음이 들어 얼른 말에서 내려 부축해 일으켰다.

"아이고 아야……! 어이구 아파 죽겠네!"

도사가 죽는시늉을 하자, 삼장법사는 깜짝 놀라 부축하려던 손을 떼고 아래쪽을 내려다보았다. 발에서 피가 흐르고 있었다.

"선생, 어디서 그렇게 다치셨소?"

"예에, 엊그제 이 산 남쪽에 있는 시주 댁에서 액막이굿을 하고 돌아오는 길에 난데없는 호랑이가 뛰쳐나와 제자 녀석을 물고 달아났지 뭡니까. 빈도는 너무 놀랍고 당황한 나머지 허둥거리다 발을 헛딛고 쓰러졌소이다. 그 통에 다리를 다치고 돌아갈 길마저 잃게 된 겁니다. 그런데 천만다행히도 스님과 같은 분을 만났으니, 부디 자비심을 베푸셔서 도관까지만 데려다주십시오."

삼장법사는 그게 정말인 줄 알고 얼른 승낙했다.

"제가 도사님을 구해드리지 않는다면 출가한 사람의 도리가 아니지요. 그런데 걷지 못하시니, 어쩌면 좋을지 모르겠군요."

"일어설 수도 없소이다. 이런 몸으로 어떻게 길을 걸어가야 할지……"

은근슬쩍 말끝을 흐리는 요괴, 삼장법사는 꼼짝없이 그 농간에 걸려들고 말았다.

"나는 걸어갈 수 있으니, 이 말을 타시지요. 도관에 가서 돌려주시면 되니까요."

"후의는 고맙습니다만, 사타구니까지 다쳐서 말에 올라탈 수가 없으니 어쩝니까."

삼장이 듣고 보니 일리가 있는 말이었다. 그는 사오정을 돌아보고 분부했다.

"애야, 네가 이분을 업고 가도록 해라."

사오정이 '예' 하고 한마디로 응답했으나, 요괴는 딴 궁리가 있는 터라 사오정의 얼굴 모습을 요모조모 뜯어보는 척하다가 도리질을 했다.

"아닙니다, 스님! 빈도는 호랑이한테 어찌나 놀랐는지, 저렇게 거무튀튀하고 험상궂은 얼굴을 보니까 오금이 저립니다."

이 말에 삼장법사가 손오공을 지명했다.

"오공아, 네가 업어드려라."

"아무렴, 제가 업고 가지요!"

손오공이 시원스레 응답했으나 요괴를 업으려고 다가가면서 혼자 입속으로 중얼거렸다.

"요 못된 마귀 놈아! 하필이면 이 손 선생을 지목할 게 뭐냐? 네가 우리 사부님을 잡아먹고 싶은 모양인데, 당나라 스님의 눈을 속여 넘

길 수는 있었다만, 나까지 속이려 들어? 네놈이 이 산중에 사는 요괴
인 줄 내 다 알고 있단 말이다!"

혼잣말로 중얼대는 소리를 은각대왕이 귀담아듣고 펄쩍 뛰었다.

"스님, 그런 말씀 마시오. 나는 절대로 요괴가 아니외다."

목청이 커졌으니 삼장법사의 귀에도 들렸다. 스승은 말 위에서 제
자를 호통쳐 꾸짖었다.

"이 고약한 원숭이 녀석아! 사람의 목숨을 구해주는 일이 일곱 층
불탑을 쌓아올리기보다 더 소중하다는 걸 모르느냐? 업으려거든 곱
게 업어드릴 것이지, 뭘 구시렁대는 거냐?"

스승에게 핀잔을 들은 손오공, 차마 대거리는 못하고 속으로만 투
덜거렸다.

"젠장, 이거 운수 사납게 되었군! 우리 사부님은 워낙 천성이 인자
하셔서 착한 일을 많이 하시는 분이라, 남한테는 너그럽게 대하시면
서 자기 편 사람에게는 언제나 인정머리 없게 구시니, 무슨 경우가 이
런지 모르겠군……"

손오공은 요괴를 끌어다가 등에 업고, 삼장과 사오정을 앞세워 터
벅터벅 걸어 나가기 시작했다. 산길은 갈수록 울퉁불퉁 고르지 못하
고 가파른 비탈과 고개가 많아졌다. 손오공은 발밑을 조심스럽게 내
딛느라 걸음걸이가 느려졌다. 사오 리쯤 길을 나가다 보니, 삼장법사
와 사오정은 벌써 계곡 깊숙한 아래쪽으로 내려가 있어 아무리 내다
보아도 일행의 모습은 보이지 않았다. 손오공은 슬그머니 스승의 처
사가 원망스러워졌다.

"이런 젠장! 사부님은 그만한 나이가 되셨어도 세상물정을 통 모르

신단 말씀이야. 에라, 모르겠다! 이런 애물단지를 업긴 뭘 업고 간단 말이냐? 여기다 내동댕이쳐버리고 말자꾸나!"

손오공은 요괴를 태질쳐버릴 속셈으로 슬금슬금 자세를 취하기 시작했다. 그러나 눈치 빠른 은각대왕 역시 벌써부터 그런 낌새를 채고 있던 참이라, 미리 대응할 준비를 갖추고 있었다. 더구나 그에게는 산악을 옮겨다놓을 수 있는 재간이 있었다. 손오공이 수상쩍은 기미를 보이자, 그는 등에 업힌 채 진언을 외우더니, 세상 한복판에 있는 수미산(須彌山)을 공중으로 떠내다 옮겨와서 손오공의 정수리를 찍어 눌렀다. 손오공은 엉겁결에 급히 머리를 한쪽으로 돌려 피하는 한편, 왼쪽 어깻죽지로 수미산을 떠받쳤다.

"요 녀석아, 네가 그따위 중신법(重身法)으로 이 손 선생을 찍어눌러 보겠다고? 어림없는 짓 말아라!"

은각대왕은 속이 뜨끔했다. 이놈 봐라? 산더미로도 찍어 누를 수 없다니, 과연 대단한 놈이로구나! 요괴는 또다시 주문을 외워 이번에는 아미산(峨嵋山)을 옮겨다 찍어 눌렀다. 그러자 손오공은 오른쪽 어깻죽지로 그 산더미를 떠받쳤다. 거대한 산악을 두 채씩이나 떠메고도 마치 흐르는 별똥별처럼 일행을 뒤쫓아 치닫는 제천대성 손오공…… 은각대왕은 놀라다 못해 소름이 오싹 돋았다. 요괴는 식은땀을 흘리면서 이번에는 하늘 아래 제일 높은 태산(泰山)을 공중으로 들어 옮겨다 손오공의 정수리부터 덮어씌워 내렸다.

"으왓……!"

느닷없이 '태산압정(泰山壓頂)' 술법에 머리통을 찍어 눌린 제천대성은 미처 피하지 못한 채 힘이 쭉 빠지고 맥이 풀려, 눈과 코, 입과 귀로 피를 쏟아내면서 꼼짝없이 짓눌리는 신세가 되고 말았다.

이 무서운 요괴는 그 즉시 몸을 허공으로 솟구쳐 올리더니 돌개바람을 일으켜 타고 눈 깜짝할 사이에 삼장법사를 따라잡았다. 그리고 구름 끄트머리에서 손을 뻗쳐 말 위에 앉은 삼장법사를 그대로 낚아채려 했다. 깜짝 놀란 사오정이 얼떨결에 보따리를 팽개치고 항요보장을 선뜻 뽑아 요괴의 손길부터 막아냈다. 습격에 실패한 요괴는 칠성보검을 높이 쳐들고 사오정을 겨냥하여 정면으로 쳐들어갔다. 이리하여 평정산 중턱에서 기막힌 싸움 한판이 벌어지기 시작했다.

치고받고 일진일퇴, 여덟아홉 판을 맞겨루다 보니, 뜻밖에도 사오정 쪽에 먼저 패색이 짙어졌다. 이윽고 은각대왕이 보검을 휘두르면서 술법까지 부려가며 무섭게 돌진해왔다. 힘에 부친 사오정은 섣불리 막아낼 엄두를 내지 못하고 도망치려 했으나 이미 때는 늦었다. 삽시간에 들이닥친 요괴의 손아귀가 덜미를 움켜쥐더니 왼쪽 옆구리에 꿰차고, 또 한 손아귀는 말안장에 앉은 삼장법사를 덥석 낚아채는가 하면, 발끝으로는 땅에 떨어진 보따리를 맵시 좋게 걸어 올리고, 딱 벌린 입으로 백마의 고삐를 덥석 물더니, 돌개바람에 모조리 휘말아 쏜살같이 연화동으로 날아갔다.

"형님! 그놈의 중 녀석들을 몽땅 잡아왔소!"

의기양양하게 외쳐대는 소리에, 금각대왕이 반색을 하며 맞아들였다.

"어디 보세! 어허, 자네 또 잘못 잡아왔네."

그 말을 듣고 은각대왕이 무슨 소린가 싶어 되물었다.

"아니, 당나라 화상을 잡아오라고 하지 않으셨소?"

"그야 물론 당나라 화상을 잡아오긴 했네만, 손오공을 잡아오지 못했단 말일세. 그놈을 잡아야만 우리가 마음 놓고 당나라 화상을 잡아 먹을 수 있네."

"그 녀석은 내가 벌써 수미산, 아미산, 태산을 옮겨다 찍어 눌러놓았소. 아마 지금은 꼼짝달싹 못하고 깔려 있을 거요."

이 말을 듣고서야 늙은 마귀는 기뻐 어쩔 바를 몰랐다.

"잘했네, 잘했어! 하하, 이제 당나라 화상은 우리 입에 들어온 떡이나 마찬가질세. 그러나 염려되는 것은 역시 손오공일세. 비록 산 밑에 눌려 있다고는 하나, 아무래도 그놈마저 이리 잡아와야 안심이 되겠네."

"형님은 가만히 앉아 계시오. 굳이 우리가 손을 쓸 것까지도 없소. 부하 두 녀석한테 두 가지 보배를 주어 보내 그놈을 잡아 넣어 오게 하면 될 것 아니오?"

"옳거니, 내 붉은 호리병과 자네의 옥 정병(淨瓶)을 세심하고 눈치 빠른 정세귀(精細鬼), 영리충(怜俐蟲), 두 녀석에게 들려 보내면 되겠군!"

이윽고 지명을 받은 부하 요괴 두 마리가 대령했다.

"너희 둘이서 이 보배를 하나씩 나눠 가지고 산꼭대기에 올라 밑바닥을 하늘로 향하고 아가리는 땅 쪽으로 향한 다음, '손오공아!' 하고 한 마디만 불러라. 그래서 손오공이란 놈이 대꾸하는 날이면 그 즉시 호리병 속으로 빨려 들어갈 것이다. 그때에는 지체 말고 태상노군의 부적을 붙여야 한다. 그렇게 되면 빠져나오지 못하고 두 시각 안에 몸뚱이가 녹아서 국물이 될 것이다."

부하 요괴 두 마리는 보배를 하나씩 받아 들었다. 그리고 대왕의 명령대로 손오공을 잡으러 떠나갔다.

한편, 마귀의 '태산압정' 술법에 걸려 산더미 아래 찍어 눌린 제천
대성 손오공은 자신의 괴로움도 견디기 어렵거니와 재난을 당한 스승
이 고통받고 있으리라 생각하니, 그저 안타까운 마음에 목청이 터져
라 스승을 외쳐 부르기 시작했다.

"사부님! 어디 계십니까? 양계산에서 이 손오공의 재난을 벗겨주
시고 감화를 받게 하여 사부님과 생사고락을 함께하여왔습니다. 그런
데 이곳 마귀의 장애에 부닥쳐 사부님은 붙잡혀 가시고, 저는 술법에
걸려 꼼짝 못하는 신세가 될 줄이야 누가 알았습니까? 가련하다, 손
오공! 사부님은 제 말씀을 듣지 않으셨으니 그런 꼴을 당하셔도 싸지
만, 사오정과 저팔계, 그리고 어린 용마까지 도매금으로 죽임을 당하
게 되었구나. 이야말로 가지 많은 나무에 바람 잘 날 없고, 명성을 추
구할수록 그 명성 높은 탓에 목숨을 잃는다더니, 바로 사부님이 그 꼴
이 되셨네그려!"

애절한 넋두리가 산악을 쩌렁쩌렁 울리는 바람에, 산신령과 토지신
이 놀란 나머지 뛰쳐나와 삼장법사 일행을 보호하던 당직 신령 우두
머리 앞에 몰려들었다.

"여기 옮겨다 놓은 산악이 누구 소관이냐?"

당직 신령 우두머리가 묻는 말에, 토지신이 앞으로 나섰다.

"저희들 소관입니다."

"너희가 산 밑에 눌러놓은 사람이 누군지 아느냐?"

"모릅니다."

"너희들은 모르겠다만, 여기 찍어 눌린 사람은 오백 년 전에 천궁

을 한바탕 뒤엎었던 제천대성 손오공 어른이시다. 지금 그분은 부처님께 귀의하여 당나라 스님을 따르는 제자가 되셨는데, 너희들이 어찌하여 요마에게 산더미를 빌려주어 그분을 찍어 눌렀단 말이냐? 제천대성이 빠져나오기라도 하는 날이면 너희들을 용서할 듯싶으냐!"

토지신과 산신령들은 그제야 자기네가 큰일을 저지른 줄 깨닫고 겁이 나서 벌벌 떨기 시작했다.

"그분이 제천대성이신 줄 누가 알았겠습니까? 정말 저희는 몰랐습니다. 이곳 마귀가 진짜 술법을 부렸기에, 영문도 모른 채 산더미를 옮겨다놓았을 따름입니다."

"겁낼 것 없다. 우선 제천대성부터 놓아주어라. 미리 얘기하겠는데, 그 성미를 건드려 얻어맞지 않도록 조심해야 한다."

토지신과 산신령들은 잔뜩 겁을 집어먹고 서로 상의한 끝에 조심스레 수미산과 아미산, 태산 자락 밑으로 다가서서 손오공을 불렀다.

"제천대성님, 저희가 이 산더미들을 딴 데로 옮겨 대성 어르신을 나오시게 해드릴 터이니, 소신들이 저지른 불경죄를 용서해주십시오."

말투는 공손하나 석방 조건이 분명하게 딸려 있었다. 손오공은 잠깐 생각해보더니 앙큼스레 대답했다.

"오냐, 좋다! 이 산더미들을 옮겨가면 나도 때리지는 않으마."

토지신과 산신령들은 부랴부랴 주문을 외워 세 군데 산더미를 본래 있던 자리로 돌려보내고 손오공을 석방시켜주었다. 자유의 몸이 된 제천대성은 벌떡 일어나더니 흙먼지를 툭툭 털어내고 호랑이 가죽 치마를 단단히 여민 다음, 귓속에 감춰두었던 저 무시무시한 여의봉을 꺼내 잡으면서 토지신과 산신령들을 손짓해 불렀다.

"너희들, 그놈의 종아리를 이리 내밀어라, 한 사람 앞에 우선 두 대씩 때려서 분풀이 좀 해야겠다."

신령들은 그 말을 듣고 기절초풍하다시피 놀랐다.

"아이고 맙소사! 제천대성 나리, 방금 저희들의 불경죄를 용서해주시겠다고 하지 않았습니까. 그런데 풀려나오기 무섭게 우리한테 매를 치시겠다니, 이건 얘기가 다르지 않습니까?"

"이 괘씸한 잡귀신 녀석들아! 네놈들이 감히 이 손 선생 무서운 줄 모르고 오히려 사악한 요괴를 두려워하다니, 어디 진짜 맛 좀 볼 테냐?"

제천대성 손오공이 한창 호통쳐 꾸짖고 있을 때였다. 산골짜기 으슥한 곳에서 무엇인가 노을빛처럼 휘황찬란한 광채가 무럭무럭 퍼지면서 다가오는 것이 보였다. 손오공은 야단치다 말고 신령들에게 물었다.

"여봐라, 저 광채가 무엇인지 아느냐?"

"저것은 요사스런 마귀의 보배가 쏟아내는 광채올시다. 저희 생각으로는, 요정이 보배를 가지고 와서 제천대성 어른을 잡아 가두려는 게 아닌가 싶습니다."

"그것 참 잘됐구나! 약이 올라 좀 쑤시던 판인데, 한바탕 놀아볼 거리가 생겼어. 오냐, 좋다! 그대들이 저지른 불경죄는 당분간 접어둘 테니까 이만 돌아가거라!"

신령들은 그제야 마음이 놓여 삽시간에 뿔뿔이 흩어져 갔다. 혼자 남은 제천대성 손오공, 그 자리에서 몸뚱이 한번 꿈틀하여 나이 지긋한 늙은 도사로 탈바꿈했다.

　얼마 안 있어 두 마리의 졸개 요괴가 당도했다. 도사로 둔갑한 손오공은 길 한 곁에서 슬그머니 철봉 끝을 길게 내뻗었다. 방심하고 마냥 걸어오던 요괴 녀석들은 미처 그것을 보지 못하고 철봉 끝에 발목이 걸려 앞으로 털썩 넘어지고 말았다. 엉금엉금 기어 일어나던 요괴들이 어느새 길바닥 한가운데 나선 도사를 보고 악을 고래고래 쓰며 달려들었다.

　"이런 너절한 영감태기 봤나! 어디다 발을 거는 거야?"

　"나는 떠돌아다니는 도사일세, 자네들 대왕님을 만나러 가는 길에 뭘 좀 물어보려고 멈춰 세운 것일세."

　"부르기만 해도 멈춰 설 텐데 발목을 걸다니, 이게 어느 곳 풍습이오? 가만있자, 우리 고장에서는 못 보던 도사 영감인데?"

　"그야 물론이지, 이 고장에 살지 않으니까 너희 녀석들은 날 보지 못했을 게다. 이 어른은 저 머나먼 봉래산에서 온 신선이시다."

　"봉래산이라면 바다 섬 아닙니까? 아이고 신선님! 저희들이 알아보지 못하고 함부로 주둥이를 놀렸으니, 제발 언짢게 여기지 말아주십쇼."

　졸개 요괴들이 수작에 걸려들었다고 생각한 손오공은 능청스레 뻔히 아는 일을 묻기 시작했다.

　"그런데 너희 둘은 어디서 오는 길이냐?"

　"연화동에서 오는 길이지요."

　"어디로 무얼 하러 가는데?"

　"우리 대왕님의 분부를 받들어 손오공이란 놈을 잡으러 가는 길입니다."

"손오공이라니, 그렇다면 바로 당나라 화상을 따라 서천 땅으로 불경을 가지러 간다는 그놈 말이냐?"

"바로 맞히셨습니다! 한데 도사님은 그놈을 어떻게 아십니까?"

"나도 그 원숭이 녀석을 잘 알고 있다. 뿐만 아니라 그놈한테 원한이 있으니까, 너희들과 함께 가서 잡는 걸 도와주마."

"뭐 그러실 것까지는 없습니다. 우리 둘째 대왕님은 술법을 지니고 계셔서, 세 군데 산악을 옮겨다 그놈을 산자락 밑에 꼼짝도 못하게 찍어 눌러놓으셨습니다. 그래서 대왕님은 저희 둘에게 보배를 주시고 그놈을 잡아 넣어 가지고 돌아오라고 하셨습니다."

"보배라니, 무슨 보배?"

이번에는 정세귀가 나서서 대답했다.

"제가 받아온 보배는 붉은 칠한 호리병이고, 이 친구가 지닌 것은 옥으로 깎아 만든 정병이지요."

"병 따위로 어떻게 그 사나운 놈을 잡아 넣을 수 있단 말이냐?"

"그건 도사님이 모르시는 말씀입니다. 이 보배의 밑바닥을 하늘로 향하고 아가리를 땅으로 향해 놓은 다음, 그놈의 이름을 불러서 응답하기만 하면 그대로 병 속에 빨려 들어가는데, 한 시각만 지나면 몸뚱이가 녹아서 멀건 국물이 되어버린답니다."

어지간한 제천대성 손오공도 그 말에는 가슴이 털컥 내려앉았다.

'무섭구나! 정말 지독하게 무서운 보배야. 당직 신령이 소식을 전해왔을 때 뭐라고 했더라? 옳거니, 그놈들에게는 다섯 가지 보배가 있다고 했다. 그중에서 이놈들이 두 가지를 지니고 있으니까, 나머지 세 종류는 또 얼마나 지독스러운 물건인지 모르겠구나……'

앙큼스런 원숭이는 싱글벙글 웃어가며 두 녀석에게 흥정을 걸기 시작했다.

"여보게들, 그 보배 좀 내게 보여주지 않으려나?"

두 졸개 요괴는 이것이 꼼수라는 것을 까맣게 모른 채, 소매 속에서 제각기 보배 한 가지씩을 꺼내 가지고 인심 좋게 두 손으로 얌전히 갖다 바쳤다.

손오공은 시침 뚝 떼고 이리저리 둘러보는 척하더니, 일단 주인들에게 선선히 돌려주었다.

"너희들, 내 보배는 본 적이 없을 테지?"

도사 영감도 보배를 가졌다는 말에, 정세귀와 영리충은 귀가 솔깃했다.

"도사님은 무슨 보배를 가지고 계십니까? 저희들에게도 구경 좀 시켜주시면 안 되겠습니까?"

두 졸개 요괴가 안달하며 매달리자, 앙큼스런 손오공은 슬그머니 손을 뒤로 내밀어 꼬리에서 솜털 한 가닥을 뽑아냈다. 그러고는 입속으로 중얼중얼 주문을 외우면서 들리지 않게 외마디 소리로 호통을 쳤다.

"변해라!"

솜털은 삽시간에 한 자 일곱 치나 되는 커다란 붉은 호리병으로 바뀌었다. 손오공은 그것을 허리춤으로 슬쩍 돌려가지고 자랑스럽게 꺼내 보였다.

"자, 봐라! 내 호리병이다. 어떠냐?"

영리충이 그것을 받아 들고 요모조모 뜯어보더니 절레절레 도리질을 했다.

"도사님, 이 호리병은 크기도 제법 크고 모양새도 아주 그럴듯하지만…… 쓸모가 없을 겁니다."

"어째서 쓸모없다는 거냐?"

"저희들 것은 한 가지마다 사람을 일천 명씩이나 잡아 넣을 수 있거든요. 하지만 도사님의 호리병은……"

영리충이란 놈이 송구스러워 말끝을 흐렸다. 그러나 손오공은 코웃음을 쳤다.

"사람 따위를 잡아넣는 게 뭐 그리 희한하다고? 내 이 호리병은 하늘도 잡아 넣을 수 있단 말이다."

"하늘을 잡아 넣을 수 있다고요?"

"아무렴, 하늘쯤 잡아 넣는 거야 문제없지!"

"거짓말하시는 거 아닙니까? 그게 정말이라면 어디 한번 잡아 넣어 보시죠. 그렇지 않으면 저희는 도사님 말씀을 믿지 못하겠습니다."

"사실이라니까! 만약 하늘이 내 비위를 건드리면 한 달 동안에 일고여덟 번이라도 잡아 넣어 꼼짝 못하게 만든단 말이다!"

이때, 꾀가 말짱한 영리충이 동료의 귀에 속닥거렸다.

"형님, 하늘을 잡아 넣는 보배라니 굉장하지 않소? 우리 것하고 바꿉시다!"

그러나 성격이 꼼꼼한 정세귀는 고개를 갸우뚱했다.

"글쎄…… 하늘까지 잡아 넣을 수 있는 것을, 사람 따위나 잡아 넣을 줄 아는 우리 것하고 바꿔줄 턱이 있겠나?"

"밑진다고 하면 옥 정병까지 덤으로 얹어 주면 되지 않소?"

둘이서 귓속말로 쑥덕공론하는 소리를 엿들은 손오공은 속으로 기뻐서 덩실덩실 어깨춤이라도 추고 싶을 지경이다. 그는 내친김에 영리충의 소맷자락을 부여잡고 다짐을 두었다.

"하늘을 담아서 보여주면 꼭 바꾸겠느냐?"

"그야 물론입지요! 하늘이 그 병 속에 들어가기만 한다면야 이 자리에서 당장 바꾸겠습니다."

"좋다, 정 그렇다면 너희들 보는 앞에서 하늘을 잡아 넣기로 하지!"

교활하기 짝이 없는 제천대성이 즉석에서 머리를 숙이고 입속으로 중얼중얼 진언을 외워, 그날 밤낮 당직을 맡은 일유신(日遊神)과 야유신(夜遊神)을 불러내 이렇게 분부를 내렸다.

"그대들은 이 길로 옥황상제께 올라가, 당나라 스님이 평정산에서 마귀들의 액운에 부닥쳐 큰 고초를 겪고 계시다고 여쭙게. 그래서 제천대성이 요괴를 구슬려 보배 두 가지를 가짜와 바꿔치기해야 되겠는데, 반 시각만이라도 하늘을 이 호리병 속에 담아서 안 보이게 해주시기를 부탁드린다고 하게. 만일 옥황상제가 '싫다'는 말의 반 마디라도 꺼냈다가는, 내 당장 천궁으로 쳐들어가 깡그리 때려 부숴놓겠다고 전하게!"

일유신과 야유신은 그 즉시 남천문으로 올라갔다. 하늘을 호리병 속에 잡아 넣어달라는 제천대성의 요구에, 옥황상제는 기가 막혀 한숨만 나올 따름이었다.

"저런 고약한 원숭이 녀석, 이젠 못하는 소리가 없구나! 하늘을 병 속에 잡아 넣으라니, 도대체 무슨 수로 이 너른 하늘을 병에 담을 수 있단 말이냐?"

하긴 그렇다. 아무리 대천존 옥황상제라 해도 하늘을 어떻게 작은 호리병 속에 집어넣을 수 있겠는가! 허나 이때 신하들 가운데 나타태자가 선뜻 나서더니 이렇게 아뢰었다.

"폐하! 생각만 바꾸면 하늘도 집어넣을 수는 있사옵니다."

"어떻게 집어넣는단 말인고?"

"이치로 따진다면 사실 하늘을 병 속에 집어넣기는 불가능하옵니다. 그러나 칙명을 내려주신다면, 소신이 북천문으로 달려가 어둠의 대왕 진무제군(眞武帝君)에게 검정수리 깃발을 빌려 남천문 앞에 펼쳐 놓고 해와 달, 모든 별빛을 가려놓겠습니다. 그러면 삽시간에 암흑천지가 되어 얼굴을 마주 대해도 보이지 않고 흑백을 분간할 수 없게 되오니, 하늘을 호리병 속에 잡아 넣었다고 요괴들의 눈을 속여 넘길 수 있지 않겠나이까. 이렇게 해서 제천대성이 공덕을 이루도록 도와주는 방법이 되는 것입니다."

옥황상제가 듣고 보니, 과연 그럴듯한 얘기였다.

"경이 아뢴 대로 하라."

나타태자는 곧바로 진무제군을 찾아가 검정수리 깃발을 빌려가지고 남천문 쪽으로 달려갔다. 일이 순조롭게 풀리자, 일유신과 야유신은 한발 앞서 제천대성에게 내려와 귓속말로 나타태자가 응원군으로 내려오고 있다는 사실을 일러주었다. 손오공이 하늘 쪽을 바라보니, 과연 중천에 상서로운 구름이 감돌고 천신의 자태가 아련히 눈길에 들어왔다. 비로소 마음이 놓인 그는 다시 졸개 요괴들을 돌아보고 이렇게 말했다.

"자, 이제부터 하늘을 잡아 넣을 테니 똑똑히 봐라!"

손오공이 들고 있던 호리병을 하늘 높이 던져 올리자, 때맞춰 나타태자가 검정수리 깃발을 남천문 위에서 활짝 펼쳤다. 그랬더니 하늘의 해와 달과 별빛이 모조리 가려져 순식간에 온 천지가 먹물을 뿌린 듯 깜깜절벽이 되고 말았다.

이것을 본 요괴 두 마리는 기절초풍을 하다시피 놀라 큰 소리를 질렀다.

"아이고 맙소사! 방금 얘기를 나눌 때만 해도 환한 대낮이었는데, 어째서 별안간 캄캄해졌을까?"

"해와 달, 모든 별까지 죄다 병 속에 빨려 들어가고 바깥세상에 빛이 없으니, 왜 캄캄해지지 않겠느냐."

졸개 요괴들은 대경실색, 어림잡아 손오공이 있는 쪽을 향해 애걸복걸 빌었다.

"그만하십쇼! 그만해요! 이제 저희도 하늘을 병 속에 잡아 넣었다는 걸 알았으니까, 어서 하늘과 해를 도로 꺼내주십쇼."

앙큼스런 제천대성은 그 즉시 주문을 외워 나타태자의 주의를 끌었다. 나타태자도 눈치 채고 깃발을 거둬들였다. 하늘에서 검정수리 깃발이 돌돌 말리자, 당장 눈부신 햇빛이 드러나고, 때는 바야흐로 한낮 정오 무렵이었다.

"히야, 그것 참말 굉장한 보배로구나! 우리가 이런 기막힌 보물을 바꾸지 않는다면 그야말로 사람이 아니다!"

이리하여 정세귀는 가짜 도사에게 붉은 호리병을 넘겨주었다. 영리충도 옥으로 깎아 만든 정병을 꺼내 공손히 바쳤다. 두 가지 보배를 받아 든 손오공도 서슴지 않고 가짜 호리병을 넘겨주었다. 요괴들이

가짜 보물을 받아 들고 기뻐하는 사이에, 손오공은 몸을 솟구쳐 눈 깜짝할 사이에 허공 높이 뛰어올랐다. 그리고 느긋이 구름을 딛고 서서 요괴들이 무슨 짓을 하나 지켜보기 시작했다.

한편, 가짜 호리병을 들고 서로 다투어가며 살펴보던 요괴들은 도사가 사라졌어도 아랑곳하지 않고, 당장 시험해볼 욕심으로 그것을 허공에 던져 올렸다. 그러나 하늘이 담기기는커녕 호리병은 맥없이 도로 떨어져 내렸다.

"이크, 하늘이 안 들어갔다!"

"아니, 내가 한번 해봅시다."

이번에는 영리충이 힘껏 던져 올렸으나 그 역시 허사였다. 호리병이 하늘 위로 올라오자 기다리고 있던 손오공이 꼬리털을 거두어서 제 몸에 붙여버린 것이다. 이리하여 두 졸개 요괴는 삽시간에 빈털터리가 되고 말았다.

"이런! 호리병이 어딜 갔어?"

두 요괴는 땅바닥을 마구잡이로 헤집고 수풀 속을 더듬어보았으나, 이미 주인의 몸뚱이로 돌아간 터럭을 무슨 수로 찾아낼 것인가? 요괴들은 얼굴빛이 하얗게 질린 채 두 눈 멀뚱멀뚱 뜨고 서로 얼굴만 마주 바라볼 따름이었다.

"어쩌면 좋소? 대왕님께서 우리한테 보배를 내어주셨을 때 반드시 손오공을 잡아 넣어 오라고 분부하셨는데, 그놈을 잡아 넣기는커녕 보배까지 몽땅 잃어버렸으니, 이 노릇을 어찌해야 좋단 말이오?"

"안 되겠다, 우리 일단 대왕님께 돌아가서 자초지종을 말씀드리고 죽임을 당하더라도 거기 가서 죽자."

할 수 없이 두 요괴는 발길을 되돌려 소굴로 돌아가기 시작했다. 손오공도 한 마리 파리로 탈바꿈하여 살그머니 뒤따라갔다. 얼마 안 있어 요괴들은 동굴 어귀에 이르렀다.

소굴 안에서는 금각대왕과 은각대왕이 술을 마시고 있었다. 손오공은 문틀 위에 내려앉아 그들이 주고받는 대화를 엿듣기 시작했다.

"너희들, 이제 돌아왔느냐. 그래, 손오공이란 놈은 잡아왔겠지?"

늙은 마귀 금각대왕이 묻는 말에 부하 요괴들은 머리를 조아리며 죄를 청했다.

"그저 죽을죄를 지었습니다, 대왕님……! 손오공을 잡아오지도 못하고 두 가지 보배마저 죄다 잃어버리고 말았습니다."

깜짝 놀란 늙은 마귀가 꼬치꼬치 따져 묻자, 정세귀와 영리충은 그동안에 벌어졌던 경위를 낱낱이 아뢰었다. 사연을 다 듣고 나서 늙은 마귀는 노발대발, 그 자리에서 펄펄 뛰었다.

"이런 죽일 놈 봤나! 일을 다 망쳐버리다니……! 이건 보나마나 손오공이란 놈이 도사로 둔갑해 네놈들을 속여 넘기고 빼앗아간 거야. 도대체 어떤 잡귀신이 술법을 풀고 놓아주었기에 그놈이 우리 보배를 사기 쳐서 가지고 달아나게 만들었는지 모르겠구나!"

둘째 마귀가 금각대왕의 마음을 달래주었다.

"형님, 그렇게 노여워하실 것 없소. 내 기필코 그놈을 다시 잡고야 말 테요."

"어떻게 그놈을 다시 잡겠단 말인가?"

"우리 보배 다섯 가지 중에 두 가지는 잃어버렸으나, 아직도 칠성보검과 파초선은 여기 남아 있고, 황금승 밧줄 한 가지는 압룡산에 계신 노모님이 간직하고 계시지 않소? 이제 심복 부하 두 녀석을 어머님께 보내 당나라 화상의 고기를 잡숫도록 초대하고, 오는 길에 황금승을 가져오시게 해서 그 세 가지 보배로 손오공을 붙잡도록 합시다.”

의견을 낸 둘째 마귀가 당장 또 다른 심복 부하 파산호(巴山虎)와 의해룡(倚海龍)을 지명해 불러들였다.

“너희들, 이 길로 노마님 댁에 달려가서 문안 인사 여쭙고, 당나라 화상의 고기를 잡수러 오시라고 말씀드려라. 그리고 손오공을 잡는 데 쓸 것이니, 황금승을 가져오시라고 전해라.”

두 마리의 심복 부하는 명령을 받기 무섭게 질풍같이 달려나갔다. 그 뒤로 염탐꾼 파리 한 마리가 날개를 활짝 펼치고 따라붙더니, 가는 도중 파산호의 몸뚱이에 찰싹 달라붙었다.

파산호와 의해룡 두 요괴는 단숨에 팔구 리나 되는 길을 내처 달려, 시커멓게 우거진 소나무 숲에 가서야 걸음걸이를 늦추었다. 마귀 형제들의 어미가 산다는 소굴이 가까워진 모양이었다.

그제야 손오공은 파산호의 몸뚱이에서 떨어져 나와 본색을 드러내고 벼락같이 달려들어 철봉으로 두 요괴를 하나씩 때려잡았다. 그리고 시체를 끌어다가 길 곁 수풀 속에 감춰두고 솜털 한 가닥 뽑아 숨결을 불어넣으면서 외마디 소리를 냈다.

“변해라!”

원숭이의 솜털은 눈 깜짝할 사이에 파산호로 둔갑했다. 그는 자신도 의해룡으로 탈바꿈하고 소나무 숲 속으로 찾아 들어갔다. 아니나 다를까, 짐작한 대로 소나무 숲 속 으슥한 곳에 동굴이 한 군데 나타났다.

그는 동굴 대문 바깥에서 큰 소리로 외쳐 불렀다.

"문 좀 여시오! 나는 평정산 연화동에서 노마님을 모셔 가려고 온 사람이외다."

이윽고 문지기 여괴의 안내를 받아 동굴 안에 들어서니, 정면에 요사스런 노파 하나가 높다란 자리에 앉아 있었다. 눈발같이 흰 머리칼에 초롱초롱한 눈동자가 별빛처럼 반짝이는 늙은 여괴였다.

"그래, 연화동에서 왔다고? 무슨 일로 왔느냐?"

"두 분 대왕님의 분부를 받들어 노마님께서 당나라 화상의 고기를 잡숫도록 모셔 가려고 왔습니다. 대왕님 말씀이, 손오공을 잡는 데 쓰려고 하니 오시는 길에 황금승을 가져오십사고 여쭈라 하셨습니다."

그 말을 듣고 늙은 여괴가 크게 기뻐했다.

"참으로 효성이 지극한 아이들이로구나. 애들아, 가마를 대령해라!"

떠날 채비가 끝나자, 늙은 여괴는 손오공에게 분부했다.

"너희 둘이서 길안내를 해주려무나."

이리하여 솜털을 둔갑시킨 파산호와 가짜 의해룡은 가마채 앞에 서서 '길 비켜라!' 소리쳐가며 인도하기 시작했다.

오륙 리쯤 나아갔을 때, 멀찌감치 앞서 나가던 손오공은 비탈진 언덕 위에 기다리고 있다가 느닷없이 뛰어내려 가마꾼 요괴 두 마리를 단번에 때려죽이고, 가마 안에서 휘장 바깥으로 머리를 내밀던 늙은 여괴마저 단매에 쳐 죽였다. 끌어내고 보니, 늙은 여괴의 정체는 꼬리 아홉 달린 구미호였다. 그는 여우의 시체에서 황금승이란 밧줄을 찾아내 소맷자락에 간직했다.

손쉽게 일을 끝낸 손오공은 또다시 솜털 두 가닥을 뽑아 가마꾼으로 둔갑시키고 자기 자신은 '노마님'으로 탈바꿈하여 가마 안에 들어앉았다. 이윽고 가마채가 번쩍 들리더니 연화동을 향해 달려가기 시작했다.

얼마 안 있어 가마는 연화동 어귀에 도착했다. 파산호와 의해룡으로 둔갑한 솜털이 문지기의 안내를 받으면서 동굴 속으로 가마채를 이끌었다.

문지기에게서 '노마님'이 당도했다는 전갈을 받자, 금각대왕과 은각대왕이 부리나케 영접하러 나왔다. 노마님으로 탈바꿈한 손오공은 시침 뚝 떼고 대청 한가운데 올라앉아 두 마귀가 올리는 큰절을 받았다.

"어머님, 문안 인사 받으십쇼!"

손오공은 앙큼스럽게도 '노마님'의 목소리까지 흉내 내어 응답했다.

"애들아, 됐다! 어서 일어나려무나."

때마침 대들보에 매달려 있던 저팔계가 무엇을 보았는지 껄껄대고 웃어젖혔다. 사오정은 기가 막혀 핀잔을 주었다.

"원, 둘째 형님도 어지간하시오. 들보에 매달린 신세가 되고서도 무엇이 그리 좋아 껄껄대는 거요?"

"내가 웃는 데는 다 그럴 만한 까닭이 있어서라네. 노마님이란 것이 와서 우리를 찜 쪄 먹을까 봐 겁이 났는데, 이제 보니 우리 옛 친구가 왔단 말일세!"

"옛 친구라니, 그게 누구요?"

"필마온 원숭이가 왔단 말일세! 방금 저 노마님이란 것이 허리를 굽히고 '애들아, 됐다, 일어나라' 하지 않았나? 그때 보니까 노마님의 꽁무니에서 원숭이 꼬리가 꼼지락거렸단 말일세. 나는 자네보다 더 높이 매달려서 똑똑히 볼 수 있거든."

이 말을 듣자 사오정은 기겁을 해 가지고 저팔계의 말을 끊었다.

"쉬잇! 형님, 제발 잠자코 계시오. 뭐라고 하나 들어봅시다."

이 무렵 마귀 형제는 어미에게 당나라 스님의 고기를 진상하겠다는 뜻을 밝히고 있었다. 그러자 '노마님'은 절레절레 도리질을 해보였다.

"아니다, 애들아! 나는 당나라 화상의 고기는 먹고 싶지 않구나. 소문에 듣자니까, 저팔계란 놈의 귀가 아주 맛좋다던데, 그걸 베어다 요리해주려무나."

이 말을 듣고 대들보에 매달린 저팔계가 펄쩍 뛰었다.

"저런 죽일 놈의 원숭이 녀석! 내 귀를 요리해 먹겠다고? 어디 그래 만 봐라! 내가 고래고래 악을 써서 산통을 깨뜨려놓고 말 테니까!"

은각대왕이 무슨 소린가 싶어 들보 위를 올려다보는데, 때마침 순찰을 나갔던 부하 요괴 몇 마리가 헐레벌떡 뛰어들면서 고함쳐 급보를 알렸다.

"대왕님, 큰일 났습니다! 손오공이 노마님 일행을 때려죽이고 노마님으로 변장해 들어왔습니다!"

가뜩이나 의심을 품고 있던 판국에 이런 소리를 들었으니, 은각대왕은 다짜고짜 칠성보검을 뽑아 들고 윗자리에 앉은 손오공의 얼굴을 냅다 후려 찍었다.

하지만 손오공도 눈치 빠르기엔 뒤지지 않는 원숭이라, 칼날이 들이닥치는 순간 몸뚱이를 훌쩍 날리더니 눈부신 광채를 쏟아내며 재빨리 동굴 밖으로 빠져나갔다.

어미가 손오공에게 죽임을 당했다는 소식에, 금각대왕은 겁을 잔뜩 집어먹고 둘째 마귀에게 말했다.

"여보게 아우, 어서 빨리 당나라 화상 일행을 끌어내 손오공한테 넘겨주세. 저런 무서운 놈과 싸웠다가는 좋을 게 하나도 없을 듯싶네."

그러자 은각대왕이 벌컥 성을 냈다.

"형님, 무슨 말을 그리 하는 거요? 내가 얼마나 공들이고 애를 써서 잡아왔는데, 형님은 그따위 잔꾀에 겁을 먹고 도로 내주라는 거요? 내 그놈과 한번 마주친 적은 있어도 진짜 실력으로 겨뤄보지는 못했소. 이제 갑옷 투구로 무장을 갖추고 그놈과 싸워볼 작정이오. 그놈이 나를 이기지 못할 경우 당나라 화상은 우리 입에 들어온 고기가 될 테고, 내가 지면 그때 가서 포로들을 내주어도 늦지 않을 게 아니겠소?"

은각대왕은 그 자리에서 무장을 단단히 갖춘 다음, 보검을 잡고 기세등등하게 동굴 바깥으로 뛰쳐나갔다.

"손오공, 어디로 도망치느냐!"

이때 구름 위에 올라서서 기다리고 있던 손오공은 둘째 마귀가 나타나자 냅다 호통쳐 꾸짖었다.

"이 못된 불효자 녀석들아! 헛꿈일랑 그만 꾸고 어서 빨리 내 사부님과 두 아우를 내놓기나 해라. '태산압정' 술법 따위로 어르신을 찍어 눌렀다만, 이렇게 멀쩡히 살아와서 너희 형제들한테 큰절까지 받았지 않느냐?"

제 어미인 줄 알고 문안 인사를 했던 둘째 마귀는 부끄럽다 못해 얼굴이 벌게진 채 급히 구름을 일으켜 타고 허공으로 뛰어오르더니 다짜고짜 보검을 겨냥하고 무섭게 찔러들었다. 손오공 역시 기다렸던 터라 철봉을 휘둘러 정면으로 맞받아치면서 반격해나갔다. 이리하여 연화동 골짜기 상공에서 두 적수는 잠깐 사이에 삼십여 차례나 치고 받았으나 승부를 내지 못했다. 스승의 안위 때문에 마음이 다급해진 손오공은 싸움을 빨리 끝내려고 늙은 여괴한테서 빼앗은 황금승을 꺼내 들더니, 밧줄 올가미를 냅다 던져 은각대왕의 목을 단번에 옭아 잡는 데 성공했다. 그런데 이 황금승이란 밧줄 역시 마귀의 보배라, 그것을 쓰는 데 비결이 있을 줄이야 알 턱이 없었다. 사람을 옭아 잡을 때 바짝 죄는 비결이 있는가 하면, 또 상대방이 자신을 옭아매었을 때 풀어주는 비결이 따로 있어 그 주문을 외워야 했다. 손오공은 이런 비밀이 감춰진 줄 모른 채 은각대왕의 목에 올가미를 거는 데만 급급했던 것이다.

아니나 다를까, 은각대왕은 제 목에 걸린 밧줄이 집안의 비보(秘寶)임을 알아차리고 그 즉시 밧줄 푸는 주문을 외워 벗겨낸 다음 재빨리 그것을 손오공에게 던져 단번에 옭아매고 말았다. 깜짝 놀란 손오공이 몸뚱이를 가늘게 하는 술법을 써서 빠져나오려 했으나, 은각대왕은 벌써 바짝 죄어드는 주문을 외워 단단히 옭아들고 있었다. 이래서 손오공은 꼼짝없이 결박당하고, 일껏 빼앗았던 세 가지 보배마저 고스란히 둘째 마귀 손에 도로 넘어가고 말았다.

3. 손오공은 삼형제

손오공의 몸을 뒤져 붉은 호리병과 옥 정병까지 찾아낸 둘째 마귀는 포로를 꽁꽁 묶어 가지고 의기양양하게 소굴로 돌아갔다.

시름에 잠겨 있던 금각대왕의 기쁨은 말할 수 없이 컸다.

"여보게, 아우! 결국 잡아왔네그려! 그놈일랑 부하들을 시켜 기둥에 묶어두고 내가 주는 축하주부터 한잔 드시게!"

이리하여 손오공은 대청 앞 기둥에 묶이는 신세가 되었다. 한참 있다 기둥뿌리 밑에서 결박을 풀려고 버둥버둥 몸부림쳤더니, 들보에 매달린 저팔계가 껄껄대고 웃음보를 터뜨렸다.

"형님, 내 귀를 잘못 요리해 잡수셨구려!"

"잠깐만 기다리게. 내 당장 빠져나가서 자네들을 구해줄 테니까."

그는 저팔계를 본 척도 않고 요괴들의 동태를 살피느라 여념이 없었다. 마귀 두목이 안채에서 술잔치를 벌이는 동안, 부하 요괴들은 시중을 드느라 분주하게 뛰어다녔다. 그 통에 분위기는 어수선해지고

경계가 다소 풀렸다. 손오공은 눈앞에 아무도 없는 것을 확인하자 그 즉시 신통력을 발휘하여 철봉을 꺼내더니 숨 한 모금 불어넣으면서 나지막이 소리쳤다.

"변해라!"

그러자 여의봉은 삽시간에 순 강철로 만든 줄칼로 바뀌었다. 그는 줄칼로 목덜미를 졸라맨 황금승 올가미를 쓱싹쓱싹 네댓 번 썰어 양편으로 벌려놓고 그 사이로 빠져나오는 데 성공했다. 그러고는 솜털 두 가닥 뽑아 하나는 가짜 황금승으로, 또 하나는 가짜 손오공으로 만들어 먼젓번처럼 기둥에 비끄러매더니, 진짜 몸뚱이를 뒤흔들어 졸개 요괴로 둔갑하여 진짜 황금승을 챙긴 다음, 요괴들 틈에 천연덕스레 섞여 오락가락하다가 슬그머니 동굴 바깥으로 빠져나왔다.

소굴에서 멀찌감치 뛰쳐나간 그는 본래의 모습을 드러내고 냅다 고함을 질렀다.

"요괴야, 이리 나오너라! 여기 공오손(空悟孫) 어른이 왔다!"

문지기 요괴가 이 소리를 듣고 깜짝 놀라 소굴로 뛰어들어 마귀들에게 알렸다. 늙은 마귀는 다시 한 번 아연실색하고 말았다.

"이게 어찌 된 일인가? 손오공은 여기 붙잡아놓았는데, 어디서 또 공오손이란 놈이 나타났단 말이냐?"

둘째 마귀가 퉁명스레 말했다.

"형님, 보배는 죄다 우리 수중에 있는데 겁내실 게 뭐 있소? 가만히 앉아 계시구려. 내가 호리병을 가지고 나가서 그놈마저 잡아 넣어 오리다."

이윽고 은각대왕이 붉은 호리병을 가지고 산문 바깥으로 나가 보니, 불청객의 생김새가 손오공과 똑같았다.

"너는 어디서 온 놈이냐?"

은각대왕의 물음에, 제천대성은 능청스레 거짓말을 늘어놓았다.

"나는 손오공의 아우 되는 사람이다. 네놈들이 우리 형님을 잡아 가두었다고 하기에 따지려고 찾아왔다!"

"그래, 그놈은 내 손으로 잡아서 동굴 속에 가둬놓았다. 네가 나한 테 싸움을 거는 모양인데, 나는 너 따위하고 싸우고 싶지 않다. 어떠냐, 내가 먼저 네 이름을 불러볼 테니 대답할 배짱이 있느냐?"

"한 번이 아니라 열 번 스무 번 불러보려무나. 골백번이라도 응답 해줄 테니까. 내가 겁낼 줄 아느냐?"

다짐을 받아놓고 허공으로 훌쩍 뛰어오른 은각대왕이 손에 들고 있 던 호리병 밑바닥을 하늘로, 아가리는 땅 쪽으로 향한 다음, 손오공 을 바라보고 외쳐 불렀다.

"공오손아!"

그러자 손오공은 선뜻 대꾸하지 못하고 손가락을 입에 문 채 곰곰 이 생각했다. 내 진짜 이름은 손오공, 저 마귀 녀석이 부른 이름은 내 가 엉터리로 붙인 '공오손'이 아닌가? 그러니까 진짜 이름에 응답하면 빨려들 수 있겠지만, 엉터리 이름은 잡아 넣지 못할 것이다…… 이렇 게 생각한 나머지 손오공은 큰 소리로 응답하고 말았다.

"오오냐!"

대꾸 한마디가 입 밖으로 나오자마자 손오공의 몸뚱이는 '쉬익!' 하는 소리와 함께 그만 호리병 속으로 빨려 들어가고 말았다. 그는 까 맣게 몰랐다. 붉은 호리병이란 보배는 상대방의 이름이 진짜든 가짜

든 대답만 하면 곧바로 응답자를 삼켜버리고 마는 무서운 것이었다.

순식간에 호리병 속으로 빨려 들어간 손오공은 눈앞이 온통 암흑천지가 되어버렸다. 위로 치받아보려 했으나 머리통을 쳐들 수도 없고, 게다가 병마개가 단단히 막혀 있어 움쭉달싹도 못한 채 어둠 속에 갇혀버리고 말았다. 그제야 용감무쌍한 제천대성도 조바심이 일기 시작했다. 앞서 산중에서 졸개 요괴 두 마리가 뭐라고 했던가? 호리병에 일단 사람을 잡아 넣기만 하면 고작 두세 시간 안에 흐물흐물 녹아서 멀건 국물이 되어버린다고 했다. 그놈들의 말대로 진짜 내 몸뚱이가 녹아서 국물이 되어버리는 게 아닐까……?

이윽고 둘째 마귀가 동굴 안으로 들어섰다.

"형님, 공오손이란 놈을 잡아왔소!"

"수고했네, 아우님! 그 호리병은 움직이지 말게. 조금 있다가 흔들어봐서 출렁출렁하는 소리가 나거든 그때 마개를 뽑아 쏟아내세."

병 속에 갇힌 손오공이 늙은 마귀의 대꾸를 듣고 가만히 생각해보았다.

'가만있자, 내가 오줌을 싸면 출렁출렁 소리가 나겠지? 그 소리를 듣고 마개를 뽑거든 그 틈에 뺑소니를 치자꾸나!'

그런데 마귀들은 술 마시기에만 정신이 팔려 좀처럼 호리병을 흔들어볼 기색이 아니었다. 한참 동안 오줌을 싸려고 벼르던 손오공은 딴수를 쓰기로 작정하고 느닷없이 고함을 질러댔다.

"아이고 맙소사! 내 두 다리가 몽땅 녹아버렸구나!"

그래도 마귀들은 호리병을 흔들지 않았다. 손오공은 다시 한 번 악을 썼다.

"에구머니! 허리뼈까지 다 녹아버렸네!"

이윽고 늙은 마귀의 목소리가 들려왔다.

"허리뼈가 녹았으면 국물이 다 된 모양이네. 부적을 뜯고 병마개를 뽑아보세."

마개를 뽑는 기척이 들리자, 손오공은 재빠른 솜씨로 터럭 한 가닥을 뽑아 들고 호통쳤다.

"변해라!"

솜털은 순식간에 상체만 남은 반토막짜리 몸통으로 바뀌었다. 그는 이것을 병 밑바닥에 붙여놓고 진짜 몸뚱이는 하루살이로 둔갑하여 호리병 아가리 근처에 찰싹 달라붙었다. 이윽고 마개가 뽑혔다. 그 순간을 기다리고 있던 하루살이 제천대성은 잽싸게 몸을 날려 호리병 바깥으로 뛰쳐나가더니, 공중제비를 한 바퀴 도는 사이에 벌써 의해룡으로 탈바꿈하여 시침 뚝 떼고 다시 요괴들 틈에 섞여들었다.

늙은 마귀는 호리병을 끌어다 그 속을 들여다보았다. 과연 밑바닥에는 반토막짜리 손오공이 꿈틀거리고 있었다. 그는 그것이 진짜인지 가짜인지 살펴볼 틈도 없이 당황해서 소리쳤다.

"여보게, 어서 도로 막게! 아직 다 녹지 않았네!"

둘째 마귀는 서둘러 마개를 막고 다시 부적을 붙였다. 늙은 마귀가 술 한 잔 가득 따라 둘째 마귀에게 건네주었다.

"아우님, 수고 많았네! 내 술 한잔 받게."

형님이 모처럼 내리는 술잔을 어찌 마다하랴? 그러나 둘째 마귀는 한 손에 호리병을 들고 있던 터라, 무엄하게 한 손으로 어른의 술잔을 받을 수가 없었다. 그래서 무심코 호리병을 곁에 서 있는 심복부하

'의해룡'에게 넘겨주고 두 손으로 술잔을 받았다. 손오공은 호리병을 떠받든 채 외눈 하나 깜빡이지 않고 기회를 엿보았다. 이들이 권커니 잣거니 한눈파는 틈에 은근슬쩍 호리병을 소맷자락에 집어넣고, 솜털 한 가닥 뽑아 그것과 똑같은 가짜를 만들어 천연덕스레 머리 위에 떠받들고 섰다.

이윽고 술잔 돌리기가 끝나고, 얼큰히 취한 둘째 마귀는 심복 부하 '의해룡'이 건네주는 호리병을 가짜인지 진짜인지 살펴보지도 않은 채 무심코 받아 들었다. 그리고 여전히 술판을 계속했다.

보배를 손에 넣은 제천대성은 슬그머니 그 자리를 빠져나와 마침내 동굴 바깥으로 뛰쳐나갔다. 무시무시한 보배를 손에 넣었으니 더는 두려워할 것이 없었다.

"요괴들아! 문 열어라!"

다시 한 번 고함쳐 부르자, 문지기 요괴가 머리를 내밀고 물었다.

"너는 또 웬 놈인데 여기 와서 호통을 치는 거냐?"

"냉큼 들어가서 못된 마귀 녀석한테 일러라! 여기 오공손(悟空孫)이란 분이 찾아왔다고 말이다!"

이 말을 듣고 문지기 요괴는 부리나케 달려가 보고했다.

"대왕님, 바깥에 또 오공손이란 놈이 나타났습니다!"

늙은 마귀는 깜짝 놀라 얼굴빛이 바뀌었다.

"여보게, 아우! 이거 큰일 났네. 아무래도 벌집을 쑤셔놓은 거 아닌가? 손오공은 황금승 밧줄로 묶어놓았고, 공오손이란 놈은 호리병 속에 가둬놓았는데, 어디서 또 오공손이란 녀석이 나타났단 말인가? 가만 보아하니, 그놈의 형제들이 죄다 몰려오는 모양일세."

"염려 마십쇼, 형님. 내가 단숨에 잡아오리다. 이 호리병은 사람을 일천 명이라도 잡아 넣을 수 있으니까요."

이래서 은각대왕은 가짜 호리병을 들고 기세등등하게 동굴 문 바깥으로 나섰다.

"오공손이라 했느냐? 너 이리 좀 가까이 오너라! 나는 너하고 싸우고 싶지 않다. 그 대신에 내가 네 이름을 한번 불러보고 싶은데, 대답할 수 있는지 모르겠구나?"

그놈의 속셈을 뻔히 아는 손오공이 빙글빙글 웃으면서 대꾸했다.

"오냐, 불러보려무나! 얼마든지 대답해줄 테니까. 그 대신에 나도 네 이름을 부르면 대답해주겠지?"

"이런! 내가 네 이름을 부르는 것은 내 보배 호리병 속에 잡아 넣을 수 있기 때문이지만, 네놈은 또 무엇을 가졌기에 나더러 대답하라는 게냐?"

"내게도 호리병이 있단 말이다!"

"뭐라고! 호리병? 좋다, 있거든 이리 꺼내 보여주려무나."

"자 이걸 보아라. 못된 마귀야!"

손오공은 소매 춤에서 진짜 호리병을 꺼내 들었다. 은각대왕이 그것을 보고 깜짝 놀라 다시 물었다.

"너, 그 호리병 어디서 난 거냐?"

"이놈아, 내 것은 수컷이고 네놈 것은 암컷인 줄 모르느냐?"

그러자 은각대왕이 얼른 말을 끊었다.

"암컷 수컷 따질 것 없다. 사람만 잡아 넣을 수 있으면 그것이 진짜 보배니까!"

"좋다, 그럼 네가 먼저 나를 잡아 넣을 수 있도록 기회를 주마!"

상대방이 양보해주니, 은각대왕은 옳다 됐구나 싶어 당장 몸을 솟구쳐 허공으로 뛰어오른 다음, 호리병을 거꾸로 잡고 외쳐 불렀다.

"오공손아!"

앙큼스런 제천대성은 그 소리를 듣기가 무섭게 숨 한 모금 돌리지 않고 연거푸 여덟아홉 차례나 응답했다.

"오냐! 오냐! 오냐……!"

그러나 손오공이 가짜 호리병에 빨려 들어갈 턱이 어디 있으랴. 은각대왕은 하늘에서 곤두박질치듯 떨어져 내리더니 안타까움에 못 이겨 두 발을 동동 굴러가며 주먹으로 제 가슴팍을 마구 두드렸다.

"하느님 맙소사! 세상 인심 변한 것 하나도 없구나. 이런 보배조차 암컷이 수컷 앞에서 맥을 못 쓰다니!"

손오공이 낄낄대고 웃었다.

"자, 이번에는 손 선생께서 부르실 차례다!"

그는 선뜻 허공으로 솟구쳐 오르더니, 공중제비 한 바퀴에 근두운을 일으켜 타고 서서, 호리병 밑바닥을 하늘 쪽으로, 아가리는 땅 쪽으로 향한 다음 둘째 마귀를 겨냥해서 한마디 외쳐 불렀다.

"은각대왕!"

둘째 마귀는 감히 입을 다물고 있을 수가 없어 그저 '끙!' 하는 소리만 냈을 뿐인데, 그 몸뚱이는 어느새 '쉬익!' 하는 소리와 함께 호리병 속으로 빨려 들어가고 말았다. 손오공이 재빨리 마개를 눌러 닫고 그 위에 태상노군의 주술이 걸린 부적을 철썩 갖다 붙였다. 일이 손쉽게 성공하자, 그는 구름을 낮추고 지상에 내려선 뒤, 호리병을 손에 든 채 연화동 소굴 쪽으로 치닫기 시작했다.

멀리서 그가 쳐들어오는 것을 발견한 문지기 요괴가 휭하니 동굴에 뛰어들어 늙은 마귀에게 급보를 전했다.

"대왕님, 큰일 났습니다! 오공손이란 놈이 둘째 대왕님을 호리병 속에 잡아 넣어 가지고 쳐들어오고 있습니다!"

늙은 마귀가 이 말을 듣더니 혼비백산하도록 놀라 자빠졌다. 금각대왕은 아예 땅바닥에 털썩 주저앉은 채 목을 놓아 통곡하기 시작했다.

"아우님아, 아우님아……! 내가 그대와 하늘나라를 몰래 떠나 속세에 몸을 던지고 부귀영화를 함께 누리며 영원히 살게 될 것을 바랐는데, 저 몹쓸 중 녀석에게 그대 목숨을 빼앗길 줄이야 어찌 알았느냐!"

이때 앞문을 지키던 요괴 한 마리가 달려와서 또 급보를 전했다.

"오공손이 문밖에서 욕설을 퍼붓고 있습니다!"

"저런 고약한 놈! 이렇듯 슬픈 마당에 또 와서 욕설까지 퍼붓다니! 에잇, 안 되겠다! 얘들아 보배가 몇 가지 더 남았느냐?"

"칠성보검, 파초선, 그리고 옥 정병이 남았습니다."

"옥 정병은 비밀이 저놈한테 새어 나갔으니 쓸모가 없겠다. 칠성보검과 파초선을 가져오너라!"

이윽고 금각대왕은 파초선을 목덜미 뒤쪽 옷깃에 꽂아 넣고 칠성보검을 잡더니, 부하 요괴 삼백여 마리를 모조리 이끌고 동굴 바깥으로 달려나갔다.

한편 손오공은 둘째 마귀가 녹아버린 호리병을 허리춤에 꿰어 차고 여의봉을 뽑아 두 손으로 부여잡은 채 요괴의 무리들을 맞아 싸울 준비를 갖추었다.

드디어 금각대왕이 부하 요괴들을 호령하여 철통같은 포위진을 펼쳐놓았다.

"이 발칙한 원숭이 놈아! 우리 형제와 무슨 원한이 그리도 많기에 내 아우를 해치고 형제간의 정리마저 끊어놓았느냐? 네놈은 내 원수다!"

"너 같은 요괴 마귀도 형제 목숨을 아까워할 줄 아는 모양이로구나. 그렇듯 자기네 목숨은 소중히 여기면서 남의 목숨 귀한 줄 모르느냐? 어서 속히 우리 일행을 내게 돌려보내라. 그럼 나 역시 늙은 네 한 목숨을 용서해주마!"

원한에 사무친 금각대왕의 귀에 이런 소리가 통할 리 없다. 늙은 마귀는 이를 뿌드득 갈아붙이더니 칠성보검을 높이 치켜들고 손오공의 머리통을 겨냥하여 무서운 기세로 달려들었다. 손오공 역시 철봉을 높이 들고 정면으로 마주쳐 나갔다. 이리하여 동굴 문 바깥에서 한바탕 무시무시한 싸움판이 벌어지기 시작했다. 여의봉과 칠성보검이 맞닥뜨리면서 하늘의 노을빛이 번개 치듯 번쩍거리는 가운데, 찌르고 후려치는 몽둥이질과 칼부림이 그칠 새가 없었다. 손오공 한 명을 상대로 스무 차례나 격돌한 금각대왕은 울분과 조바심을 참다못해 부하들에게 버럭 호통을 쳤다.

"얘들아, 한꺼번에 덤벼들어라!"

명령이 떨어지자 삼백여 마리나 되는 요괴들이 일제히 달려들더니 손오공을 한복판에 몰아넣고 단단히 에워쌌다. 그리고 악착같이 덤벼들어 마치 몸뚱이에 솜뭉치 달라붙듯 사지 팔다리를 붙잡고 늘어져 도무지 물러설 기미를 보이지 않았다.

금각대왕을 상대로 싸우던 손오공의 운신 폭이 갈수록 좁아들었다. 당황한 그는 즉석에서 겨드랑이 솜털을 한 움큼 뽑아 입 속에 털어 넣고 우물우물 씹다가 확 뿜어내면서 외마디 소리를 질렀다.

"변해라!"

몸 밖의 몸이라는 '신외신(身外身)' 술법에 걸린 솜털들이 가닥가닥 손오공으로 둔갑했다. 수만 가닥으로 쪼개진 꼬마 제천대성이 온 들판을 뒤덮으면서 무서운 기세로 요괴의 무리들을 휩쓸어 치기 시작했다. 견디다 못한 졸개들은 사면팔방으로 뿔뿔이 흩어져 달아났다. 삽시간에 졸개들을 물리친 꼬마 손오공 패거리가 이번에는 금각대왕을 사면팔방으로 물 샐 틈 없이 에워싸고 거추장스럽게 들러붙기 시작했다.

깜짝 놀란 금각대왕이 보검을 잡은 채 나머지 한 손으로 뒷덜미에 꽂아둔 파초선을 뽑더니, 동남쪽을 바라고 '휙!' 부채질을 했다. 그것도 딱 한 차례뿐, 이와 때를 같이해서 느닷없이 지면에서 불길이 확 솟구치더니 눈 깜짝할 사이에 무서운 속도로 번져나가기 시작했다. 그 불길은 하늘의 벼락불도, 화로 속의 숯불도 아니었다. 그것은 바로 오행 가운데 저절로 생겨난 삼매진화(三昧眞火)였다. 연기 한 가닥 피어오르지 않는데도 잠깐 사이에 평정산 골짜기와 온 들판이 모조리 시뻘건 화염에 휩싸여가고 있었다.

제아무리 용감무쌍하다는 제천대성 손오공도 이 험악한 불길을 보자 깜짝 놀라다 못해 가슴살마저 부들부들 떨려왔다. 혼자서 불길을 피해 도망칠 수는 있겠으나 솜털을 거둬들이지 않고 떠났다가는 꼬마 원숭이들이 모조리 불길에 휩쓸려 불타 없어지고 말 것이 아닌가? 생각다 못한 그는 몸을 한번 꿈틀거려 단숨에 솜털을 거둬들이고 한 가닥만 남겨 가짜 손오공으로 둔갑시킨 뒤, 늙은 요괴가 보는 앞에서 불길을 피해 달아나게 만들어놓았다. 금각대왕이 가짜 손오공을 뒤쫓기 시작했다. 그 틈에 손오공 자신은 '피화결(避火訣)'의 술법으로 불길을 헤치고 빠져나온 다음, 근두운을 일으켜 타고 허공 높이 솟구쳐 올라갔다. 이렇듯 무시무시한 삼매진화의 불길 속에서 탈출한 그는 스승과 사제들을 구해낼 작정으로 방향을 되돌려 연화동 쪽으로 황급히 날아갔다.

동굴 앞 광장에는 수백 마리나 되는 요괴들이 상처를 입은 채 여기저기 드러누워 있었다. 모두들 손오공이 '신외신' 술법을 써서 때려잡았던 부상병들이었다. 난데없는 불길에 골탕 먹고 약이 오를 대로 오른 손오공은 철봉을 마구잡이로 휘둘러 눈앞에 거치적거리는 요괴들을 한 마리도 남겨두지 않고 모조리 때려죽였다.

무인지경으로 동굴 속에 들이닥친 손오공은 일행들을 찾다가 휘황찬란하게 빛나는 물건을 하나 발견했다. 그것은 앞서 졸개 요괴 두 마리한테 사기 쳐 손에 넣었다가 은각대왕에게 사로잡혔을 때 도로 빼앗겼던 옥 정병이었다. 손오공은 이게 웬 떡이냐 싶어 냉큼 챙겨 넣고 다시 일행을 찾기 시작했다. 이리저리 헤맨 끝에 그는 마침내 중간 대들보에 매달린 스승을 찾아낼 수 있었다. 그리고 서쪽 낭하 기둥에 묶인 사오정과 대청 들보에 매달린 저팔계마저 찾아내 결박을 풀어주었다. 그는 안채에 던져진 보따리와 마구간에 갇힌 백마까지 고스란히 찾아내어 이끌고 요괴들의 소굴을 빠져나가기 시작했다.

그러나 일행이 연화동 계곡을 벗어나기도 전에 늙은 마귀가 먼저 돌아오고 있었다. 금각대왕은 삼매진화 불길로 손오공을 태워 죽이려다 놓쳐버리자, 다시 제 소굴로 뒤쫓아 오던 길이었다.

다급해진 손오공은 일단 삼장법사와 백마, 짐 보따리를 골짜기 으슥한 숲 속에 피신시켜놓고, 저팔계와 사오정에게 귓속말로 무엇인가 지시를 내린 다음, 그들이 몸을 숨기는 동안 자기 자신은 근두운을 일으켜 타고 하늘로 솟구쳐 오르더니 눈 깜짝할 사이에 종적을 감추고 말았다.

금각대왕이 동굴 어귀에 다다르고 보니, 사면팔방 어디에나 참혹하게 맞아 죽은 부하들의 시체뿐이었다. 아우를 잃고 부하들마저 떼죽음을 당한 늙은 마귀는 너무나 기가 막혀 하늘을 우러러 가슴 치며 통곡했다. 그는 부끄러움과 후회스러움을 이기지 못하여 한 걸음 내딛고 눈물 뿌리며 또 한 걸음 내딛고는 통곡했다. 집 안을 둘러보니 세간 살림은 고스란히 남았으나 아우도 부하들도 이젠 없다. 어디 그뿐이랴, 일껏 잡아왔던 당나라 화상 일행도 어디론가 사라져 그림자조차 보이지 않았다. 비통하고 참담한 심사를 안고 홀로 동굴 바닥에 주저앉은 금각대왕은 쭈그린 자세 그대로 돌 탁자에 기대어 졸다가 그만 잠이 들고 말았다. 이야말로 기쁜 일을 만나면 정신이 맑아지고, 슬픈 일이 생기면 잠이 많아진다더니, 그 격언대로였다.

한참 만에, 손오공은 평정산 상공에 다시 나타났다. 동굴 어귀에 내려섰더니, 문짝 두 개는 휑하니 열리고 그 안쪽은 쥐 죽은 듯 조용했다. 그는 조심스레 안으로 들어갔다. 과연 늙은 마귀 금각대왕은 돌 탁자에 비스듬히 기대앉은 채 코를 골고 있었다. 어깨 뒤에는 저

무시무시한 불길을 토해내던 파초선이 한 자루 꽂히고, 칠성보검은 탁자 모서리에 세워놓았다. 손오공은 도둑고양이 걸음으로 살금살금 다가서서 옷섶에 꽂힌 파초선부터 잽싸게 낚아챘다. 그러고는 뒤도 안 돌아보고 동굴 바깥으로 뺑소니쳤다.

그런데 파초선을 뽑아내는 순간, 부채자루 끝이 금각대왕의 머리카락을 건드리고 말았다. 곤히 잠들었던 늙은 마귀는 깜짝 놀라 깨어났다. 눈을 뜨고 바라보니, 저 원수 같은 손오공이 보배마저 도둑질해 달아나고 있는 것이 아닌가! 그는 부리나케 칠성보검을 찾아 들고 뒤쫓아나갔다. 한발 앞서 빠져나간 손오공은 두 손으로 여의봉 자루를 움켜쥔 채 동굴 문을 벗어나기 무섭게 근두운을 일으켜 타고 곧바로 허공 높이 솟구쳐 올랐다.

한편, 저팔계와 사오정은 맏형이 지시한 대로 나무 숲 뒤에 웅크리고 있다가 씨근벌떡 뒤쫓아 나오는 금각대왕을 보고서 제각기 쇠스랑과 항요보장을 휘둘러가며 마주 들이쳐 나갔다. 금각대왕은 다시 한 번 깜짝 놀랐다. 파초선을 훔쳐간 도둑 원숭이는 어디로 사라졌는지 간 곳이 없고 뜻밖의 강적 두 사람과 마주치게 되자, 악에 받친 그는 이것저것 생각할 겨를도 없이 칠성보검을 어지러이 춤추어가며 두 사람을 맞아 싸우기 시작했다. 이윽고 연화동 어귀에서는 또 한판 격렬한 싸움이 벌어졌다. 그러나 삼사십여 차례를 정신없이 치고받아가며 겨루었을 때, 애당초 몸과 마음이 지칠 대로 지쳐 있던 늙은 마귀는 더 이상 싸우고 싶은 의욕이 나지 않아 마침내 두 적수를 떨쳐버리고 '노마님' 구미호가 살던 압룡산 소굴을 향해 도망치기 시작했다. 저팔계와 사오정도 놓칠세라 고래고래 악을 써가며 그 뒤를 바짝 쫓았다.

근두운 끄트머리에 서서 그 광경을 지켜보던 손오공은 무슨 생각이 났는지 구름을 휘몰아 뒤쫓으면서 허리에 차고 있던 옥 정병을 꺼내더니, 병 아가리를 늙은 마귀 쪽으로 겨냥하면서 버럭 고함쳐 불러 세웠다.

"금각대왕!"

느닷없이 들려온 그 소리, 늙은 마귀는 제 부하 요괴가 부르는 줄로만 생각하고 엉겁결에 고개 돌려 뒤돌아보면서 대답했다.

"왜 그러느냐?"

응답이든 반문이든, 그것 한마디로 그만이다. 금각대왕은 말끝이 미처 다 떨어지기도 전에 '쉬익!' 하는 소리와 함께 정병 속으로 빨려 들어가고 말았다. 손오공이 재빨리 병마개에 태상노군의 주술 부적을 철썩 붙인 것은 더 말할 나위도 없었다. 빨려 들어가는 속도가 얼마나 빨랐는지, 마귀의 손에 들려 있던 칠성보검이 주인을 뒤따르지 못하고 땅바닥에 툭 떨어져 고스란히 손오공의 몫이 되었다. 마지막 보배 하나마저 손에 넣은 손오공은 싱글벙글 웃으면서 느긋이 발길을 되돌렸다.

헐레벌떡 뒤쫓아 오던 저팔계가 손오공을 보고 물었다.

"형님, 보검이 생겼구려! 마귀는 어딜 갔소?"

"다 끝났네. 벌써 이 병 속에 잡아 넣었는걸!"

스승과 제자 일행은 아무도 없이 텅 빈 요괴의 소굴을 뒤져 쌀과 찬거리를 찾아낸 다음, 아침밥을 지어 먹고 짐 보따리와 마필을 수습하여 다시 서쪽으로 길을 찾아 떠났다.

얼마쯤 갔을까, 길 곁에서 난데없이 소경 한 사람이 달려나오더니

삼장법사가 탄 말 재갈을 부여잡고 시비를 걸어왔다.

"스님, 내 보배를 돌려주시게!"

스승이 깜짝 놀라는 사이, 손오공은 경계 어린 눈초리로 상대방의 행색을 유심히 살펴보다가 이내 빙그레 미소를 지으면서 그 앞으로 마주 나가 큰절을 드렸다.

"노군 어르신께서 어딜 행차하시는 길입니까?"

장님으로 둔갑한 것은 다른 이가 아니라 천상 도솔궁의 주인 태상노군, 바로 그분이었던 것이다. 그제야 태상노군도 장님 행색을 벗고 하늘 높이 구름 위에 올라서서 일행을 굽어보았다.

"손오공, 내 보배를 돌려다오."

"보배라니요, 무슨 보배 말입니까?"

말씨는 공손하나, 앙큼스레 잡아뗐다.

"호리병은 내가 단약을 담아두는 그릇이요, 정병은 물을 담을 때 쓰던 것이다. 칠성보검은 요사스런 마귀를 제압할 때 쓰는 병기요, 파초선은 팔괘로에 불을 지필 때 쓰던 부채다. 그리고 황금승은 내가 도포를 입을 때 두르는 허리띠다. 두 요괴 중에 금각은 내 황금화로를 지키던 동자 녀석이요, 은각이란 놈은 곁방에서 은제 화로를 맡아보던 동자 녀석이다. 그 녀석들이 내 보배를 훔쳐 가지고 아래 세상으로 달아나는 바람에 찾아내지 못했는데, 이제 그대가 그 두 녀석을 잡아 주었으니 큰 공덕을 쌓았다고 할 수 있다."

모처럼 희귀한 보물을 다섯 가지나 손에 넣고 좋아하던 손오공은 이만저만 불평이 큰 게 아니었으나, 도가의 어른이신 태상노군의 분부를 거역할 수는 없었다.

"좋습니다! 노군 어르신께서 몸소 왕림하셨으니 어쩔 도리가 없군요. 자, 여기 있습니다. 가져가시지요!"

손오공이 하나하나씩 꺼내는 대로 태상노군은 낱낱이 받아 챙겼다. 그리고 붉은 호리병과 옥으로 깎아 만든 정병을 받아서는 마개를 뜯고 거꾸로 잡아 흔들었다. 그러자 두 병 속에서 저마다 한 가닥 신령스러운 연기가 솟구쳐 나오더니, 삽시간에 금빛, 은빛 상투를 땋아 올린 금각동자, 은각동자로 바뀌어 태상노군을 좌우 양쪽에 모시고 섰다.

이윽고 휘황찬란한 노을빛이 천만 갈래로 뻗치는 가운데, 두 동자를 거느린 태상노군은 아득히 멀고먼 하늘에 올라 도솔궁으로 돌아갔다.

4. 임금의 원혼

태상노군을 떠나보낸 당나라 스님 일행은 평정산 높은 봉우리를 내려와 또다시 끝 모를 서천 여행길에 올랐다.

저팔계는 보따리를 짊어지고, 사오정은 말 머리 앞에서 고삐를 잡았다. 손오공은 여의봉을 어깨에 메고 앞장서서 산길을 헤쳐 가며 기세 등등하게 곧장 앞으로 나아갔다. 엄청난 시련을 겪은 뒤끝이라 모두들 마음과 뜻을 합쳐 더욱 확고한 신념으로 전진하는 것이다.

산속의 경치는 황홀할 정도로 아름다웠다. 스승과 제자 네 사람은 좋은 시절 경치를 즐기면서 발길 닿는 대로 걷고 또 걸었다. 그러다 보니 어느새 붉은 해가 뉘엿뉘엿 서산으로 떨어졌다. 삼장법사가 말 위에서 멀리 내다보니 때마침 저쪽 산등성이 후미진 계곡에 누각과 전당 건물이 겹겹으로 포개져 나타났다.

"얘들아, 날도 이미 저물었는데, 다행히 저편에 인가가 멀지 않구나. 무슨 암자 아니면 절간 같으니, 우리 저리로 가서 하룻밤 쉬어갈 데를 빌리자꾸나."

"제가 먼저 가서 좋은 곳인지 어떤지 알아볼 테니까, 여기서 잠깐만 기다리십쇼."

이렇게 말한 손오공은 허공에 뛰어올라 자세히 살펴보았다. 스승이 짐작한 대로 절간으로 들어서는 산문이 보였다.

"사부님 말씀대로 절간이로군요. 잠자리를 빌리기 쉬울 듯합니다."

하룻밤 쉬어갈 데가 있다는 말에, 당나라 스님은 호기 있게 말고삐를 다 풀어주고 곧바로 치달더니 단숨에 산문 밖까지 다다랐다. 일주문(一柱門) 처마 밑에 '칙건 보림사(勅建寶林寺)'라고 쓴 편액이 하나 걸려 있었다. 이 나라 임금의 시주를 받아 세운 보림사라는 절간이었다.

"사부님, 제가 들어가서 묵을 데를 청할까요?"

"아니다, 내가 들어가보마. 너희들은 생김새가 험상궂은 데다 말투역시 무뚝뚝하고 거칠어서, 이곳 스님들의 비위나 건드려 잠자리를 빌리기는커녕 오히려 쫓겨나기 십상이겠다."

이리하여 삼장법사는 옷매무새를 단정히 가다듬고 산문 안으로 들어섰다. 이어서 금강보살상이 양편에 늘어선 첫째 문을 거쳐 사천왕상이 서 있는 둘째 문을 지나 안으로 들어서니, 두 그루 소나무 아래 대웅전이 나타났다.

삼장법사는 곧바로 방장을 찾아가 수도승에게 주지스님을 만나게 해달라고 청했다. 이윽고 제자의 전갈을 받은 주지스님이 나왔다. 그러나 방문객이 누더기가 다 된 승복 차림에 짚신을 꿰어 신은 것을 보고, 정처 없이 떠돌아다니며 동냥질이나 해먹고 사는 탁발승으로 오인한 나머지 묻는 말이 쌀쌀맞았다.

"무슨 일로 왔는가?"

"예에, 소승은 서천으로 부처님을 찾아뵙고 경을 가지러 가는 길이 온데, 이곳을 지나치다가 때마침 날이 저물었기에, 스님께서 편의를 좀 보아주신다면 하룻밤 쉬었다가 날이 밝기 전에 떠날까 합니다."

삼장법사가 공손히 청하자, 주지는 딱 잘라 말했다.

"우리 절간은 떠돌이 중을 재워드릴 수가 없으니까 딴 데나 가보시오!"

인심 사납게 한마디로 문전박대를 당한 삼장법사는 더 말도 못 붙이고 발길을 돌려 산문 밖으로 물러나왔다.

기다리고 있던 손오공은 스승의 얼굴에 노기가 서린 것을 보고 마주 달려나와 물었다.

"사부님, 왜 역정이 나셨습니까?"

"더 묻지 마라. 이 절간에서 우리를 재워주지 못하겠다는구나."

스승에게서 사연을 다 듣고 나자, 손오공은 불끈 성이 났다.

"속담에, 부처님 앞에서는 모든 불자가 인연을 맺는다고 했습니다. 사부님은 잠깐 여기 앉아 계십쇼. 대체 여기가 얼마나 대단한 구석이기에 문전박대를 하는지, 제가 한번 들어가 따져보겠습니다."

손오공은 두말없이 철봉을 손에 잡고 곧바로 대웅보전을 거쳐 주지 스님이 거처하는 방장으로 들어갔다. 그리고 앞마당에 딱 버텨 선 채 큰 소리로 엄포를 놓았다.

"누구 없느냐! 우리 행각승 다섯이 하룻밤 쉬어갈 테니, 어서 깨끗한 방을 다섯 칸만 치워놓아라! 만약 '싫다'는 말의 반 마디라도 입에 담을 때는 이 돌사자 꼴이 되고 말 것이다!"

말끝이 떨어지기 무섭게, 쇠몽둥이를 번쩍 쳐들어 방장실 문밖에 도사려 앉은 돌사자를 단번에 후려갈겼다. '따악!' 하는 소리와 함께 돌사자는 눈 깜짝할 사이에 산산조각 나더니 콩가루가 되고 말았다.

문틈으로 내다보던 주지스님은 얼마나 놀랐는지 방 안에서 엉덩방아를 찧고 주저앉은 채 와들와들 떨기 시작했다. 뒤미처 방문이 활짝 열리더니 왁살스런 손아귀가 주지스님의 덜미를 움켜잡아 끌어냈다.

"이 돌사자 꼴이 되지 않으려거든, 냉큼 이 절간 승려를 몽땅 데리고 산문 밖에 나가 우리 사부님을 영접하시오!"

잠시 후 절간 곳곳에서 때 아니게 북소리 종소리가 한꺼번에 울리더니, 5백여 명이나 되는 승려들이 주지스님을 앞세워 허겁지겁 산문 바깥으로 달려나갔다.

저팔계가 멀리서 보고 껄껄 웃었다.

"사부님은 역시 세상일에 서투르시군요. 좀 전에 들어가셔서는 금세 쫓겨나시더니, 형님은 무슨 수단을 부렸기에 저 사람들이 떼를 지어 마중하러 나오는지 모르겠습니다."

하지만 당나라 스님은 수제자가 무슨 짓으로 협박해서 이들을 끌고 나왔는지 안 보고도 알 만했다.

"이 미련한 놈아! 속담에 '법보다 주먹이 가깝다'는 말도 못 들어봤느냐?"

이윽고 주지스님을 비롯한 5백여 명의 보림사 승려들이 삼장법사 앞에 무릎 꿇고 이마를 조아렸다.

"당나라에서 오신 고승 어르신, 어서 방장으로 드시지요!"

삼장법사는 보기에 민망스러워 그들을 만류하며 말했다.

"여러분, 왜 이러십니까. 일어나세요."

그래도 손오공의 으름장에 놀란 주지스님은 여전히 무릎 꿇은 채 살살 빌었다.

"장로님! 그저 장로님의 제자분께 그 무시무시한 쇠몽둥이만 들지 않게 말씀을 좀 잘해주십쇼. 그럼 저희들이 장로님 일행을 정성껏 모시겠습니다."

이렇듯 한바탕 소동이 벌어진 끝에, 삼장법사 일행은 보림사 승려들의 인도를 받으며 대웅전 뒤꼍 방장실로 들어가 자리 잡을 수 있었다. 이미 날도 어두워져 등잔불이 환히 밝혀졌다. 보림사 승려들은 식탁과 의자를 갖춰놓고 때늦은 저녁상을 푸짐하게 차려내다 삼장 일행을 대접했다.

저녁상을 물리고 나서, 삼장법사는 제자들을 곁에 딸린 승방으로 내보내 쉬게 했다. 그리고 자신은 여전히 방장실에 앉아서 부처님의 경전을 펼쳐놓고 묵묵히 읽기 시작했다.

독경은 그 밤이 이슥해질 때까지 계속되었다. 삼경(三更, 23~01시) 무렵이 되자, 당나라 스님은 비로소 책을 보따리에 넣고 잠자리에 들 채비를 갖추었다. 그런데 갑자기 창문 밖에서 '쏴아아!' 하고 밤바람이 한바탕 휘몰아치더니, 이내 '휘리릭, 휘리릭!' 하는 괴이한 바람 소리로 바뀌었다. 삼장법사는 등잔불이 꺼질까 봐 얼른 소맷자락으로 가렸으나, 등잔불은 이상하게도 환히 밝아졌다가는 이내 희뿌연 불빛으로 어두워지기를 계속했다. 그는 웬일인지 두려운 생각이 들었으나, 하루 온종일 길 재촉을 하느라 지친 데다 피곤함을 이기지 못하여 탁자 위에 엎드린 채로 잠이 들고 말았다. 두 눈은 감기고 정신이 몽롱

한 상태였으나 창밖에서 휘몰아치는 음산한 바람 소리만큼은 두 귀로 똑똑히 들을 수 있었다.

삼장이 아련한 꿈결에 바람 소리를 듣고 있노라니, 문밖에서 들릴 듯 말 듯 사람의 목소리가 울려왔다.

"스님…… 스님……!"

꿈결에서나마 고개를 번쩍 들고 바라보니, 문밖에 낯선 장정 한 사람이 서 있는데 위아래 몸뚱이가 물에 젖은 채 눈물을 줄줄 흘리고 있는 것이 아닌가!

"스님…… 스님……!"

스님을 부르는 외마디 소리는 그치지 않았다. 삼장법사가 몸을 움츠리면서 엄하게 꾸짖었다.

"그대는 누구인가? 요사스런 마귀나 괴물이 아니라면, 어찌하여 이 깊은 밤중에 나를 찾아와 희롱하는가?"

그러자 사내가 문설주에 기대선 채 이렇게 대답했다.

"스님, 나는 요괴도 마귀도 아니오."

"아니라면, 이 깊은 밤중에 무슨 까닭으로 이곳에 나타났는가?"

"스님, 눈을 크게 뜨시고 나를 자세히 보아주시오."

삼장은 그 말대로 두 눈을 부릅뜨고 자세히 바라보다가 그만 깜짝 놀라고 말았다. 머리에는 왕관을 높이 쓰고 몸에 걸친 것은 누른빛 곤룡포였으며, 두 손으로 단정히 잡은 것은 북두칠성 별자리를 아로새긴 백옥 홀(笏)이었던 것이다. 그것은 일국의 황제가 용상에 올라앉았을 때의 차림새였다.

삼장법사는 얼굴빛이 하얗게 질린 채 몸을 숙이고 큰 소리로 외쳐

물었다.

"폐하께서는 어느 나라의 제왕이기에 이런 밤중에 궁벽한 산속을 헤매시나이까?"

사내는 이 말을 듣고 비로소 두 뺨에 눈물을 주르르 흘려가며 수심에 가득한 기색으로 지나간 옛일을 하나씩 털어놓기 시작했다.

"스님, 내가 살던 곳은 여기서 곧장 서쪽으로 겨우 사십 리 떨어져 있소. 그곳에 도성이 있는데, 내 조상들이 몸소 세운 나라로서 이름을 오계국(烏鷄國)이라 하오."

"하오면, 폐하께서는 무슨 까닭으로 경황없이 한밤중에 이런 곳까지 오셨나이까?"

삼장법사의 물음에, 오계국 임금이란 사내는 한숨을 내리쉬며 이렇게 대답했다.

"스님, 우리나라에는 오 년 전 가뭄이 크게 들어 온 나라 백성들이 모두 굶어 죽게 되었소. 나라의 창고는 텅텅 비어 양식거리도 모두 바닥났고 신하들의 녹봉마저 끊긴 상태였으며, 짐의 수라상에 고기 음식이 언제 올랐는지 모를 지경이었소. 짐은 옛날 제왕들의 고사를 본받아 날마다 목욕재계하고 밤낮없이 분향하며 기우제를 무려 삼 년 동안 지냈소. 그러나 비는 한 방울도 내리지 않고 끝내 강물도 우물물도 말라붙고 말았소……"

오계국 임금의 하소연은 이어졌다.

이렇듯 전국 백성들의 목숨이 경각에 달렸을 때, 난데없이 궁궐 안에 도사 한 사람이 불쑥 나타나더니, 오계국 임금에게 비바람을 마음

대로 내리게 하는 '호풍환우(呼風喚雨)'의 술법이 있다고 장담했다. 오계국 임금은 즉시 도사를 제단에 오르게 하고 기우제를 지내게 했는데, 과연 그 도사의 술법은 영험이 있어 놀랍게도 기우제를 시작한 지 얼마 안 되어 온 천지에 억수같이 큰비가 쏟아져 내렸다. 임금은 백성들의 갈증을 풀어준 은덕이 얼마나 고맙던지, 그 자리에서 도사와 의형제를 맺고 그날부터 침식을 같이하며 피붙이보다 더 친근하게 지내왔다.

그런데 2년이 지난 어느 봄날이었다. 오계국은 모처럼 온 산과 들판에 아름다운 살구꽃 복사꽃이 만발하여, 궁궐에서도 왕족들이 모여 봄놀이를 즐겼다. 그날 하루 해가 저물자 신하들과 왕족들은 저마다 처소로 돌아가고, 임금은 여전히 흥겨운 나머지 의형제를 맺은 도사와 손을 맞잡고 대궐 뒤편 화원까지 산책을 나갔다.

두 사람이 팔각 유리정 우물 앞에 이르렀을 때였다. 도사는 갑자기 우물 속에 무엇인가를 던져 넣었다. 그러자 우물 속에서부터 눈부신 광채가 뻗어 나와, 임금은 영문을 모른 채 그가 유인하는 대로 우물 가까이 다가서서 들여다보았다. 그 순간, 도사는 갑작스레 흉악한 마음을 품고 등 뒤에서 와락 떠밀어 임금을 우물 속에 빠뜨려 죽였다. 일을 마친 도사는 석판으로 우물 입구를 덮어버리고 흙더미를 쌓은 다음, 그 위에 파초 한 그루를 심어놓았다. 그러고는 시침 뚝 떼고 대궐로 돌아갔다.

"……이렇게 해서 짐은 우물에 빠져 죽은 지 삼 년, 억울하게 원귀가 되고 말았소."

삼장법사는 상대방이 귀신이란 말을 듣고 깜짝 놀라 솜털이 곤두섰
다. 그는 겁을 잔뜩 집어먹은 목소리로 다시 물었다.

"폐하, 돌아가신 지 삼 년이 되었다면서, 조정 대신들과 황후는 어
찌하여 이때껏 폐하를 찾지 않았습니까?"

"그것은 스님이 모르고 하는 말씀이오. 그 도사는 세상에 보기 드
물게 신통력이 많아, 짐을 죽여버린 뒤에 그 즉시 둔갑술법을 써서 짐
과 똑같은 모습으로 변신했소. 그리고 이날 이때껏 내 강산을 차지하
여 제 소유로 만들어놓았소."

삼장은 기가 막혀 말이 제대로 나오지 않았다.

"어찌 그런 일이…… 폐하, 그 요물이 폐하의 모습으로 둔갑하고
폐하의 천하 강산을 빼앗았다면, 어째서 저승으로 내려가 염라대왕에
게 고소하지 않으셨습니까?"

"아니 될 말씀이오. 그 도사 놈은 신통력이 워낙 커서, 하늘과 땅,
바다와 저승 세계 모든 신령들과 절친하게 지내고 있소. 형편이 그러
하여 짐도 어디다 하소연할 데가 없으니 어찌겠소?"

"폐하께서 저승에 가셔도 호소할 데가 없으시다면, 저희들이 사는
이승에 찾아오신다고 해서 무슨 일을 할 수 있겠습니까?"

"옳은 말씀이오. 그러나 짐은 산문 밖에서 열여덟 분의 신령들이
스님을 호위하고 계신 것을 보았소이다. 그래서 신령들께 하소연했더
니, 한 분이 여기까지 들여보내주고 귀띔하기를 '그대의 수난 기한이
다 찼으므로 삼장법사를 찾아뵙게 해주겠다, 그 스님 밑에 제천대성
손오공이란 수제자가 계신데 요물을 잡아 없애고 마귀를 항복시키는
대단한 재능을 지니고 있다' 하셨소. 이제 스님께 간청하오니, 부디

그 제자 분을 도성에 보내셔서 요사스런 마귀를 잡아 없애고 진상을 밝혀주신다면, 짐은 그 은혜에 결초보은하리다!"

오계국 임금이 애타는 심정으로 간청했으나, 삼장은 뜻밖에도 난처한 기색이었다.

"소승의 제자가 요괴 마귀를 굴복시키는 데 솜씨가 있기는 합니다만, 그 요망한 괴물을 잡으려 한다 해도 실제로는 어려울 듯싶습니다."

"어째서 어렵다는 말씀이오?"

"생각해보십시오. 그 요괴는 이미 폐하의 모습과 똑같이 둔갑했을 뿐 아니라 조정의 문무백관들 모두 일심전력으로 그를 따르고 섬기는 실정이니, 소승의 제자가 아무리 뛰어난 수단을 지녔더라도 이 사실을 아는 사람이 조정에 없는 바에야 섣불리 손을 쓰지 못할 것입니다. 만약 무작정 대궐에 뛰어들었다가 관원들에게 붙잡히는 날이면, 소승 일행은 남의 나라를 멸망시키려 했다는 누명을 쓸 것이요, 그 결과 대역모반죄로 처형당하게 될 것이 아니오리까?"

"궁궐에 태자가 있소. 짐이 친히 낳아 길러온 후계자요."

"그 태자님도 혹시 요마에게 쫓겨나지 않으셨을까요?"

"아니오, 태자는 지금도 내 모습으로 둔갑한 도사 놈과 더불어 정사를 보고 있소. 바뀐 것이 있다면, 지난 삼 년 동안 황궁에 드나드는 것을 금지당하여, 제 어미와 상봉하지 못할 뿐이오. 그들 모자가 서로 만났을 때 가짜 임금의 행동에 수상쩍은 기미를 눈치 채어 비밀이 누설되지나 않을까 두려운 나머지 그들이 만나지 못하도록 대비책을 세워놓았던 것이오."

"태자께서 궁궐에 계시다 한들, 저희가 어떻게 그분을 만날 수 있겠습니까?"

"내일 아침 그 아이가 도성 바깥으로 사냥을 나올 테니, 반드시 만나볼 수 있을 거요. 그때 짐의 말을 전하면 믿어주리라 생각되오."

"요마를 '부왕'으로 섬겨온 그분이 어떻게 소승의 말을 쉽사리 믿어주겠습니까?"

"내가 증거물을 여기 남겨두겠소. 그걸 보면 태자도 믿어줄 거요."

임금은 손에 들고 있던 물건을 섬돌에 내려놓았다. 황금빛 테두리에 백옥으로 만든 홀이었다. 그리고 이렇게 덧붙였다.

"도사 놈이 내 모습으로 둔갑했을 때 한 가지를 빼먹었소. 그게 이 보배요. 그놈은 궁궐로 돌아가 조정 대신과 황후에게 '비를 내려준 도사가 국보를 빼앗아 도망쳤다'고 거짓말을 퍼뜨렸소. 이제 만일 태자가 이것을 보면 진상을 알고 반드시 아비의 원수를 갚아줄 것이오. 그럼 부탁드리고 난 이제 돌아가겠소."

이윽고 원귀가 머리 숙여 작별을 고했다. 삼장은 일어나 배웅하려다 발을 헛딛고 앞으로 넘어졌다. 그 바람에 깜짝 놀라 깨어보니, 한바탕 꿈이었다. 당황한 그는 급히 제자들을 깨웠다.

"얘들아, 얘들아!"

곤히 잠들었던 제자들이 달려오자, 그는 자신이 방금 꿈결에 듣고 보았던 사연을 낱낱이 들려주었다. 얘기를 다 듣고 난 손오공은 껄껄대고 웃으면서 장담을 했다.

"사부님, 그 원귀가 이 손오공에게 일거리 하나 마련해주려고 사부님의 꿈속에 나타난 모양이로군요. 걱정 마십쇼. 원귀의 말대로 모든 것이 사실이라면, 그따위 요물쯤이야 이 철봉 한 대로 당장 요절내버릴 수 있으니까요."

"그 사람이 무슨 보배 하나를 증거물로 남겨두었다는데……"

스승의 말을 듣자 손오공은 방문을 활짝 열었다. 과연! 처마 끝 돌 계단 위에 황금 테를 두른 백옥 홀이 한 자루 놓여 있었다. 저팔계가 얼른 나가 그것을 집어 들더니 고개를 갸우뚱거렸다.

"형님, 이게 뭐요?"

"국왕이 정사를 볼 때 손에 쥐고 있어야 하는 보배일세…… 사부님, 이 물건을 보니 모두 사실인 것 같습니다. 내일 제가 그 요괴를 잡아 없앨 터이니, 사부님은 제가 시키는 대로 일을 해주셔야겠습니다."

"일이란 게 무엇이냐?"

벌써 궁리가 다 된 손오공은 스승 앞에 정색하고 말씀드렸다.

"그건 나중에 차차 말씀드리기로 하고, 우선 두 가지 보배를 맡겨드리지요."

그는 즉시 솜털 한 가닥을 뽑아내더니, 숨 한 모금 불어넣고 소리쳤다.

"변해라!"

솜털은 당장 붉은 바탕에 금칠을 입힌 자그만 상자로 둔갑했다. 그는 백옥 홀을 상자에 담아 가지고 스승에게 넘겨주었다.

"사부님은 날이 밝거든 승복을 갈아입으시고 이 물건을 두 손으로 떠받든 채 대웅전에 들어가 앉으셔서 조용히 염불하고 계십쇼. 저는 도성으로 가서 태자가 사냥을 나올 것인지 알아보고, 사실이라면 태자를 이리로 유인하여 사부님과 만나도록 하겠습니다."

"내가 그 사람을 어떻게 대해야 좋을지 모르겠구나."

"염려 마십쇼. 태자가 오게 되거든 미리 말씀드릴 테니까, 사부님은 그저 이 칠갑 상자 뚜껑을 조금만 열어두세요. 그럼 제가 한 두어 치쯤 되는 동자승으로 변신해서 그 상자 안에 들어가 있겠습니다."

"그다음에는?"

"태자가 이 절에 오면 부처님께 참배하려고 대웅전에 들어설 겁니다. 이때 사부님은 태자를 거들떠보지도 마시고 그냥 내버려두십쇼. 그럼 태자가 괘씸하게 여겨 부하들에게 사부님을 잡아 꿇리라고 호통칠 것입니다. 그다음에 결박을 하든 매질을 하든 죽이든 가만히 계십쇼."

"에쿠, 저런! 얘야, 태자가 정말로 나를 죽이기라도 하면 어쩌란 말이냐?"

겁에 질려 얼굴빛이 변한 스승을 보고, 손오공은 제 가슴을 탕탕 쳐보였다.

"천만에요! 제가 있지 않습니까? 위급한 지경에 이르시면 보호해드리고말고요. 그런 다음에는 제가 말씀드리는 대로 이리이리 하십쇼……"

얘기가 다 끝나자 삼장법사는 얼굴에 화색이 돌았다.

"얘야, 그것 참 묘한 계책이로구나! 한데 네가 변신한 동자승의 이름을 물으면 뭐라고 대답할까?"

"그저 '입제화(立帝貨)'라고 불러두십쇼. '임금을 세워주는 보배'란 뜻이지요."

이날 밤 스승과 제자들은 한잠도 자지 못하고 뜬눈으로 지새웠다. 얼마 안 있어 동녘이 훤히 밝아오자, 손오공은 근두운을 일으켜 타고 곧바로 허공에 솟구쳐 올랐다. 금빛 눈동자를 부릅뜨고 지평선을 내다보니 과연 저 멀리 도성이 보였다. 요망한 괴물이 제왕의 자리를 빼앗아 그런지, 우중충한 안개구름에 뒤덮인 채 원한 서린 기운이 감돌고 있었다.

이때 난데없는 포성이 '쿵!' 하고 울리더니 성문이 활짝 열리면서 한 떼의 인마(人馬)가 기세등등하게 치달려 나왔다. 삼장이 지난밤 꿈속에서 들은 대로, 사냥하러 나가는 태자와 그 호위대가 분명했다. 도성 밖으로 빠져나온 태자 일행은 교외로 나간 지 얼마 안 있어 20리쯤 떨어진 벌판길로 방향을 바꾸었다. 호위대열 중간에는 젊디젊은 장군 한 사람이 갑옷 투구 차림새로 손에는 서슬 퍼런 보검을, 허리에는 강궁(強弓) 한 자루 차고 위풍당당하게 얼룩무늬 준마를 휘몰아 달리고 있었다.

"옳거니, 저 청년이 바로 태자로구나! 좋다, 어디 내가 한번 놀려주어야겠다."

손오공은 맑은 바람으로 변신하여 사냥 대열 가까이 불어닥치더니, 어느 틈에 다시 하얀 옥토끼로 탈바꿈해서 태자의 말머리 앞에 깡충깡충 뛰며 얼씬거렸다.

토끼를 본 태자는 활시위에 화살 한 대 매겨 가지고 힘껏 당겨 쏘았다. '위잉!' 하고 날아간 화살은 토끼를 정통으로 맞혔다. 태자는 모르고 있었으나 그것은 손오공이 눈속임을 했을 뿐, 실상 토끼의 몸에 화살이 꽂힌 것은 아니었다. 눈썰미 좋고 손놀림 빠른 그는 살촉이 몸에 박히기 직전에 냉큼 받아 들고 살대 깃을 파르르 떨어가며 쏜살같이 도망치기 시작했다. 옥토끼가 화살을 맞은 채 달아나자, 태자는 말고삐를 죄다 풀어주고 혼자 앞장서서 뒤쫓기 시작했다. 말이 빠른 속도로 쫓아오면 토끼로 둔갑한 손오공도 질풍같이 치닫고, 말 달리는 속도가 느려지면 그 역시 치닫던 걸음걸이를 늦추었다. 그러면서도 언제나 태자의 눈앞에서 멀리 벗어나지 않았다.

약이 오른 태자가 놓칠세라 뒤쫓다 보니 어느새 호위대를 멀찌감치 뒤에 떨어뜨려놓고 홀로 토끼를 쫓는 형국이 되고 말았다. 손오공은 거리를 보아가며 차츰 태자를 유인하여 마침내 보림사 산문 앞까지 끌어오는 데 성공했다. 그는 태자가 발길을 돌리지 않으리라는 확신이 서자, 비로소 본모습을 드러내고 화살을 문기둥에 박아놓은 다음 절간으로 뛰어들면서 당나라 스님에게 외쳐 알렸다.

"사부님, 왔습니다!"

대웅전에 뛰어든 손오공은 또 한 차례 탈바꿈하여 키가 두 치 남짓한 아기 중으로 변하더니 뚜껑 열린 붉은 칠갑 상자 속으로 훌쩍 뛰어들어갔다.

한편 오계국 태자는 산문 앞까지 뒤쫓아 왔으나 토끼는 간데없고 문기둥에 자기가 쏘았던 화살이 꽂혀 있는 것을 발견하고 깜짝 놀랐다.

"이럴 수가 있나! 내가 분명히 토끼를 쏘아 맞혔는데, 그놈은 어째 보이지 않고 화살만 여기 꽂혀 있단 말이냐?"

화살을 뽑아내다 흘끗 위를 올려다보니 '칙건 보림사'라는 사찰 명판이 눈에 들어왔다. 그것을 보고서야 태자는 기억이 났다. 여러 해 전 부왕께서 즉위한 기념으로 이 절간에 금은 비단을 하사하여 대웅전을 보수하고 불상(佛像)에 금칠을 다시 입혀 모시게 한 적이 있었던 것이다. 그는 기왕 여기까지 온 바에야 잠시 들러봐야겠다고 생각했다.

말 위에서 훌쩍 뛰어내린 태자가 막 산문 안으로 들어서려는데, 경호 책임을 맡은 장수들이 호위부대를 거느리고 헐레벌떡 쫓아와 태자를 에워싸고 한꺼번에 절간으로 들이닥쳤다. 그 통에 놀란 보림사 승려들은 허겁지겁 태자 전하 일행을 영접하여 대웅전으로 모셔 들였다.

부처님 앞에 참배하려던 태자는 대웅전 한복판에 웬 늙수그레한 승려 하나가 버텨 앉아서 자기 쪽은 거들떠보지도 않은 채 중얼중얼 염불만 하고 있는 것을 발견했다. 노발대발한 태자는 즉석에서 벼락같이 불호령을 내렸다.

"저놈의 화상, 무엄하기 짝이 없구나! 내가 들어섰는데도 움쭉달싹 않고 앉아만 있다니! 여봐라, 저놈을 당장 잡아 꿇려라!"

잡아 꿇리라는 말이 떨어지기 무섭게 좌우 양편에서 장수들이 우르르 달려들더니 당나라 스님을 움켜잡으려 했다. 그러나 삼장법사를 호위하는 신령들이 보이지 않게 에워싸고 있어, 그 손길들은 마치 장벽에 가로막힌 듯 손가락 하나 건드려보지 못하고 애꿎은 허공만 더듬을 뿐이었다.

"너 이놈! 어디서 온 중놈이기에 그따위 요술을 부리는 거냐?"

삼장은 그 앞으로 나아가 허리를 굽히고 공손히 말씀드렸다.

"소승은 요술 같은 것을 부릴 줄 모릅니다. 동녘 땅에서 온 승려로서, 서방 세계 뇌음사로 부처님을 찾아뵙고 보배를 진상하러 가는 길에 들렀을 뿐입니다."

"동녘 땅에서 왔다니, 그런 궁벽한 곳에 무슨 보배 따위가 있겠느냐. 어디 그 보배라는 것이 무엇인지 보여주려무나."

태자가 빈정대는 말에, 삼장법사는 붉은 칠갑 상자를 꺼내 그 앞에 놓았다.

"전하, 이 상자 속에는 '입제화'란 보배가 들어 있습니다. 그 보배는 과거와 현재, 미래, 앞뒤로 도합 일천오백 년 동안 일어났던 일과 앞으로 일어날 일들을 꿰뚫어 알고 있습니다."

"잔소리 그만하고 어서 이리 꺼내 보여라!"

당나라 스님이 칠갑 뚜껑을 열자, 아기 중으로 둔갑한 손오공이 툭 뛰어나오더니 태자 앞으로 아장아장 걸어가 우뚝 섰다.

"요런 꼬마 녀석이 뭘 안단 말이냐? 입제화! 네가 과거, 현재, 미래의 길흉을 안다는데, 어디 내 운수는 어떤지 점쳐볼 수 있겠느냐?"

"예, 전하께서는 이 나라 태자 전하이십니다. 오 년 전 이 나라에 큰 가뭄으로 흉년이 들어 전국 백성들이 괴로움을 당했습니다. 조정의 군신들이 성심성의를 다하여 기우제를 지냈으나 비는 한 방울도 내리지 않았습니다. 그때 어디선가 도사가 비바람을 휘몰아 와서 만백성들의 기갈(飢渴)을 풀어주었습니다. 오계국 임금은 너무나 고마워 그 도사와 의형제를 맺기까지 했습니다. 그런데 지난 삼 년 동안 도사는 행방을 감추고 말았습니다. 전하, 지금 용상에 앉아 임금이라 일컫는 이가 누군지 아십니까?"

"임금 노릇을 하는 이가 누구냐고? 금상 폐하께서 내 아버님이 아니시면 또 누구란 말이냐?"

"드릴 말씀이 많습니다만, 여기에 듣는 귀가 여럿이라 함부로 말씀드릴 수가 없습니다."

'입제화'가 하는 얘기를 가만 듣고 보니 무슨 까닭이 있는 듯싶어,

태자는 좌우 측근들을 모두 물리쳤다. 호위장수들 역시 군사를 산문 바깥으로 물려 주둔하고, 보림사 승려들조차 얼씬하지 못하게 했다. 이리하여 대웅전 안에는 태자와 당나라 스님, 그리고 아기 중으로 둔갑한 손오공만 남게 되었다.

그제야 손오공은 웃음기를 거두고 정색하며 사실을 밝히기 시작했다.

"전하, 삼 년 전에 행방불명되었다는 도사가 바로 전하를 낳아주신 부왕이시고, 지금 왕위를 차지하고 있는 사람이 비를 내려주었던 도사, 바로 그자입니다."

"닥쳐라! 뉘 앞이라고 감히 허튼 수작을 부리는 거냐? 부왕께서 이 말을 들으셨다면 네놈들을 당장 끌어내다 육시처참해서 죽였을 것이다!"

태자는 분을 못 이겨 쉴 새 없이 호통쳐가며 '입제화'를 꾸짖었다. 손오공이 어쩔 수 없다는 듯이 당나라 스님을 향해 양손을 벌려보였다.

"자, 어떻게 할까요? 이분은 제 말씀을 곧이듣지 않으시니, 그 보배를 돌려주시고 우리는 그냥 서천으로 떠납시다."

일이 이 지경으로 되자, 당나라 스님도 어쩌지 못하고 상자 속에 감춰두었던 백옥 홀을 꺼내 두 손으로 태자에게 바쳤다.

지난 삼 년간 행방불명되었던 국보를 본 태자는 깜짝 놀라 저도 모르게 고함을 질렀다.

"이런 고약한 중놈! 네가 오 년 전에 비를 내려주고 우리 국보를 사기 쳐서 빼앗아간 도사로구나! 그리고 '입제화'! 네 진짜 이름이 뭐냐? 내 당장 압송해서 대역죄로 다스려야겠다!"

이쯤 되자, 손오공은 비로소 입제화의 탈을 벗어버리고 차근차근 사연을 털어놓기 시작했다.

"나는 이 스님의 수제자로 이름을 손오공이라 하오. 사부님을 모시고 서천으로 경을 가지러 가는 길에 엊저녁 이곳을 찾아 잠자리를 빌려 들었소이다. 우리 사부님은 밤늦도록 불경을 읽고 계시다가 삼경이 다 되어 꿈을 꾸셨는데, 그 꿈결에 전하의 부왕이 나타나 하시는 말씀이, '짐은 도사에게 속아 궁궐 뒤쪽 화원에 있는 우물 속을 들여다보다 그자에게 떠밀려 빠져죽었다' 하셨소. 그분은 이어서 도사가 임금의 모습으로 둔갑하여 왕위를 차지했으나 조정 백관들과 왕족들이 알아보지 못하고, 그자는 비밀이 누설될까 두려운 나머지 화원을 폐쇄하여 아무도 근처에 못 가게 했다고 하셨소. 일이 이렇게 되자, 부왕의 원혼은 원통함을 이기지 못하고 간밤에 우리 사부님의 꿈자리에 나타나 이 손오공더러 요괴를 잡아 죽여 원수를 갚아달라고 간청했소. 그래서 오늘 아침에 전하께서 사냥 나오셨을 때, 나는 화살 맞은 토끼로 변신하고 전하를 이 보림사로 유인하여 사부님과 만나게 해드렸던 거요."

태자는 손오공의 얘기가 구구절절 옳은 터라 믿지 않을 수가 없었다. 그러나 마음 한 구석에는 여전히 의구심이 남아 있어 결단을 내리지 못하고 망설였다. 한참 지켜보던 손오공은 답답한 나머지 또 한마디 거들어 일깨워주었다.

"전하, 의심할 것 없습니다. 일단 궁궐로 돌아가 국모 되시는 어머님을 만나뵙고 그간의 동정이 어떠했는지 알아보시면 모든 진상이 밝혀지리라 봅니다."

"바로 그것이다! 내 당장 대궐로 돌아가 어머님께 여쭤보마."

충고를 선선히 받아들인 태자는 산문 바깥으로 나가 호위장수들에게 군사들과 함께 그곳에서 기다리도록 엄명을 내린 다음, 혼자 말을 타고 도성으로 치달았다. 단숨에 도성에 다다른 그는 손오공이 귀띔해준 대로 궁성 뒷문을 통해 후궁으로 들어갔다.

때마침 왕비는 시녀들을 거느리고 정자에 나와 있었다. 그런데 어찌 된 일인지, 그녀는 정자 난간에 기대앉은 채 하염없이 눈물을 흘리고 있었다. 어젯밤 사경(四更, 01~03시)쯤 되어 꿈을 꾸었는데, 절반만 기억에 남고 그 뒤 절반은 흐릿해진 채 떠오르지 않아 속이 상한 나머지 시름에 잠겨 있었던 것이다.

삼 년 만에 태자를 본 그녀는 억지로 웃으며 아들을 반겨 맞았다.

"애야, 이게 얼마 만이냐? 반갑구나! 오늘은 무슨 바람이 불어 이렇듯 날 보러 올 틈이 생겼느냐?"

태자는 머리 조아려 인사하고 나지막이 말씀드렸다.

"어머니, 여쭐 말씀이 하나 있습니다. 지금 용상에 앉아 계신 분이 누굽니까?"

"아니, 이 애가 미쳤구나! 금상 폐하는 네 부왕이신데, 그걸 몰라서 묻는 게냐?"

"어머니, 불경스러운 줄 아옵니다만, 지난 삼 년 동안 부왕께서 후궁에 얼마나 오셨습니까? 솔직히 말씀해주시지 않으면 대사를 그르치게 됩니다."

해괴망측한 질문이었으나 모후는 뭔가 일이 심상치 않음을 깨닫고 좌우의 측근들을 꾸짖어 물리치고 나서 눈물을 흘려가며 이렇게 말했다.

"지난 삼 년 동안 오신 적이 한 번도 없었다. 어쩌다 대궐에서 손길이 마주쳤을 때도 얼음같이 차가워 소름이 끼쳤단다. 그런데 도대체 무슨 일이 났느냐?"

"오늘 아침 성 밖으로 사냥을 나갔다가 우연히 보림사에 들러 동녘 땅에서 왔다는 고승 한 분을 만나게 되었습니다. 그 스님에게 손오공이란 수제자가 있는데, 요괴 마귀를 굴복시키는 데 뛰어난 재주가 있다고 합니다. 그 제자가 저한테 듣기에도 끔찍스런 사연을 얘기해주었습니다. 부왕께서 삼 년 전 화원 우물에 빠져 돌아가시고, 도사가 부왕으로 탈바꿈하여 용상을 차지하고 앉았다는 것이었습니다. 그리고 또 간밤에 부왕의 원혼이 스님의 꿈자리에 현몽하시어 그 제자더러 도성에 가서 요괴를 잡아달라고 간청하며 증거물을 남겨두었다는 것이었습니다."

"아이고머니, 어찌 그런 일이! 애야, 외국 사람이 하는 말을 어떻게 사실로 믿는단 말이냐? ……한데 증거물이란 것을 너도 보았느냐?"

태자는 소매 춤에서 백옥 홀을 꺼내 바쳤다. 그것은 지난날 국왕이 한시도 몸에서 떼어놓지 않던 국보였다. 마침내 모후가 눈물을 흘려가며 꿈 얘기를 꺼냈다.

"애야, 나도 어젯밤에 꿈속에서 부왕을 보았단다. 그분은 물에 젖은 모습으로 내 앞에 나타나 이런 말씀을 하셨다. '짐은 이미 죽은 몸, 이 세상 사람이 아니오. 이제 나는 원통한 귀신이 되어 당나라 스님을 찾아보고 그 수제자에게 거짓으로 임금 노릇을 하는 요마를 항복시키고 내 전생의 몸을 구해달라고 부탁해두었소……' 여기까지는 또렷이 기억나는데, 그다음은 흐리멍덩해져 도무지 생각나지 않는구나. 그래서 아침부터 이렇게 정자에 나와 아리송한 꿈을 더듬어보느라 시름하던 참이었다."

이 말을 듣고서야 태자는 모든 일이 사실이었음을 깨닫고, 백옥 홀을 모후에게 맡겨둔 채 부지런히 궁궐 뒷문을 빠져나가 말안장에 오르기 무섭게 보림사를 향해 치닫기 시작했다. 도성을 떠난 지 얼마 안 되어, 그는 절간 산문 밖에 영채를 세운 호위대를 무시해버리고 곧바로 대웅전까지 들어가 옷매무새를 단정히 가다듬고 삼장법사와 손오공 앞에 무릎 꿇었다. 그리고 모후에게서 들은 얘기를 낱낱이 말씀드린 다음, 부왕의 원수를 갚아달라고 간청했다.

사연을 다 듣고 나자, 손오공은 빙그레 웃으며 이렇게 지시했다.

"너무 걱정 마십쇼. 이 손 선생이 말끔히 처리해드릴 테니까, 오늘은 일단 도성으로 돌아가세요. 내일 아침 날이 밝는 대로 저희도 입성하겠습니다."

손오공은 사냥을 나온 태자가 하루 온종일 아무것도 잡지 않고 빈손으로 돌아갔다가 요마에게 의심을 살까 두려워, 그 즉시 구름을 일으켜 타고 허공에 올라간 다음 주술로 토지신과 산신령을 끌어내어, 들짐승과 날짐승 수백 마리를 잡아 도성으로 돌아가는 길바닥에 골고루 늘어놓게 했다.

태자는 그가 공중에서 구름을 타고 신통력까지 부리는 것을 보고 실낱같이 남았던 의심을 말끔히 씻어버릴 수 있었다. 도성으로 가는 길바닥에서 들짐승 날짐승을 공짜로 줍게 된 호위대 장병들은 이 모두 하늘이 태자 전하께 내린 행운이라 여기고 만세를 불러가며 개선했다.

5. 쌍둥이가 된 당나라 스님

이윽고 땅거미가 내리고 초경(初更, 19~21시) 무렵이 되었다. 태자에
게 큰소리쳐 돌려보낸 손오공은 이것저것 궁리가 많아 좀처럼 잠이
오지 않았다. 두 눈을 멀뚱멀뚱 뜨고 천장만 바라보던 그는 부리나케
곁방으로 건너가 스승을 깨웠다.

"사부님, 의논드릴 것이 하나 있습니다. 내일 도성에 들어가 요괴
와 맞닥뜨리면 그 죄를 밝혀야 하는데, 증거가 없다는 게 문젭니다.
그 요괴는 지난 삼 년 동안 임금 행세를 하면서 나랏일을 다스리는 데
실책이 없었고 평판 또한 나쁘지 않다는데, 제 수단으로 그놈을 잡아
끓린다 한들 무슨 죄목을 씌워 처벌할 수 있겠습니까?"

당나라 스님이 가만 듣고 보니 과연 옳은 말이었다.

"그렇다면 네가 무슨 증거를 찾아낼 수 있단 말이냐?"

"예, 도적을 잡으려면 장물부터 찾아내라 했듯이, 그놈을 꼼짝 못
하게 만들 증인으로 대궐 우물 속에 빠져 죽은 오계국 임금의 시신을

건져와야겠습니다. 그런데 저는 헤엄치기에 익숙지 못해 저팔계를 데려가 도움을 받았으면 합니다."

"오냐, 좋다! 데려가려무나."

스승의 허락을 받아낸 그는 곧바로 저팔계가 잠자는 곁방으로 건너가 큰 소리로 불러 깨웠다.

"여보게, 팔계…… 팔계!"

그러나 이 미련퉁이는 온종일 무거운 보따리를 짊어지고 길을 걷느라 지칠 대로 지쳐 코를 골아가며 깊은 잠에 빠져 있었다. 커다란 귀를 잡아 비틀고 마구 흔들어댔더니, 그제야 꿈틀하고 반응을 보였다.

"귀찮게 장난질은 그만하고 주무시기나 하시오, 형님. 내일 또 먼 길을 떠나야 하지 않소?"

손오공은 좀처럼 팔계를 일으켜 세우기가 어렵다고 생각한 나머지, 얼른 달콤한 말로 살살 꾀기 시작했다.

"돈벌이가 생겼는데, 자네 나하고 같이해보지 않으려나?"

아니나 다를까, '돈벌이'를 하잔 말에 저팔계의 두 눈이 번쩍 뜨였다.

"돈벌이라니, 그게 뭔데?"

"아까 낮에 태자가 나한테 하는 말이, 그 요괴는 보배를 하나 가지고 있는데, 지금 대궐 후원 우물 속에 감춰두었다는 거야. 어떤가, 나하고 지금 당장 도성으로 들어갈 생각은 없나?"

"하하! 형님이 나를 살살 꾀어 도둑질을 시킬 작정이구려. 하기야 그런 돈벌이라면 내가 빠질 수 없지!"

미련퉁이 녀석은 그 자리에서 벌떡 일어나 옷가지를 찾아 입고 두

말없이 손오공을 뒤따라 나섰다. 이윽고 도성에 들어간 두 형제는 궁궐 뒷문 쪽으로 돌아서 단번에 성벽을 뛰어넘었다. 그리고 임금이 즐기는 화원을 찾아 대문 앞에 이르렀다. 폐쇄된 문짝에 시뻘겋게 녹슨 커다란 자물쇠가 채워진 것을 보자, 미련퉁이는 손오공이 말을 꺼내기도 전에 먼저 쇠스랑을 번쩍 들어 대문짝부터 때려 부숴 단번에 산산조각으로 만들었다.

정원 한 귀퉁이에는 과연 스승이 들은 대로 파초나무 한 그루가 잎사귀도 무성하게 자라고 있었다.

"여보게, 보물은 바로 이 파초나무 아래 파묻혀 있네."

손오공이 목표를 가리키자, 미련퉁이는 두 손으로 이빨 아홉 달린 쇠스랑 자루를 거머쥐고 단번에 나무뿌리부터 찍어 넘기더니, 그다음에는 기다란 주둥이로 흙더미를 들쑤셔 눈 깜짝할 사이에 삼사 척 깊이나 되는 구덩이를 파놓았다. 이윽고 뿌리 밑에 두꺼운 돌판 덮개 한 장이 나타났다. 우물 뚜껑이 모습을 드러낸 것이다.

"형님! 이게 웬 떡이오? 석판으로 덮어 가린 걸 보니 보배가 여기 파묻혀 있는 게 틀림없소."

미련한 저팔계가 다시 한 번 주둥이로 돌판 덮개를 들춰내니, 갑자기 저녁노을 같은 광채가 눈부시게 퍼져 올라왔다.

"하하! 이것 보게, 보배가 눈부신 광채를 쏟아내는걸! 그런데 우물 속에 있는 줄 알았으면 밧줄 한 타래 준비해왔을 텐데……"

"옷이나 벗게. 들어가는 방법을 내가 일러줄 테니까."

교활한 원숭이가 미련퉁이의 기대감을 잔뜩 부풀려놓고, 귓속에서 여의봉을 끄집어내더니, 양쪽 테두리를 엿가락 늘이듯이 잡아당기면서 소리쳤다.

"길어져라!"

철봉은 눈 깜짝할 사이에 칠팔십 척 길이로 죽죽 늘어나기 시작했다.

"자네, 이 철봉 한쪽 끝을 붙잡고 우물 속으로 내려가게."

저팔계는 '물에 닿거든 멈춰달라'고 당부해둔 다음, 철봉 한쪽 끄트머리를 단단히 부여잡았다. 그리고 손오공이 밀어 넣는 대로 우물 속으로 내려가기 시작했다. 얼마 안 있어 두 다리가 수면에 닿았다.

"물에 닿았소!"

그런데 손오공은 갑자기 귀머거리가 되었는지 철봉을 계속 내리밀었다. '풍덩!' 하는 물보라 소리에 저팔계는 당황한 나머지 엉겁결에 철봉을 놓치고 그만 물속으로 빠지고 말았다.

"어푸, 어푸……! 저런 죽일 놈 봤나! 물에 닿거든 멈추라고 얘기했는데 그냥 밀어 넣다니……!"

"여보게, 보배가 있나?"

철봉을 도로 끌어올린 손오공이 낄낄대면서 물었다.

"아무것도 없소! 보배는커녕 온통 물뿐이오!"

"그럴 테지. 보배는 무거우니까 물 밑바닥에 가라앉았을 게 아닌가? 좀더 들어가서 잘 찾아보게."

저팔계는 미련하기는 해도 헤엄치기나 자맥질만큼은 세상에서 둘째가라면 서러워할 위인이다. 그는 물속에 머리를 처박고 아래로 계속 잠수해 들어갔다. 그런데 우물이 얼마나 깊은지 밑바닥이 나타나지 않았다. 저팔계는 물살을 헤쳐가며 끝도 모르게 깊고 깊은 물속으로 자꾸 내려갔다. 얼마쯤 갔을까, 정신없이 헤엄쳐가던 그의 눈길에 누각 한 채가 보였는데, 그 위에 '수정궁(水晶宮)'이란 명판이 걸려 있는 게 아닌가? 저팔계는 깜짝 놀랐다. 바닷속에나 용궁이 있지, 우물 속에 어떻게 용궁이 있단 말인가?

때마침 물속을 돌아다니던 물고기 순찰병 하나가 저팔계의 알몸뚱이를 보고 기절초풍해서 허겁지겁 용궁으로 뛰어들어가 보고했다. 우물 용왕은 간밤에 야유신이 귀띔한 말을 떠올리고 제천대성과 천봉원수가 왔음을 알아차렸다. 그는 부리나케 물고기 족속들을 모두 거느리고 수정궁 바깥으로 마중하러 나갔다.

"천봉원수님, 어서 오십시오!"

뜻밖의 환대에 저팔계는 입이 저절로 벌어져 싱글거리면서 우물 용왕이 안내하는 대로 수정궁 안으로 따라 들어가 윗자리를 차지하고 앉았다.

"원수님, 소문에 듣자니 요즈음 당나라 스님을 모시고 경을 가지러 가신다던데 어떻게 이런 곳엘 다 오셨습니까?"

"바로 그 일 때문에 왔소. 우리 사형 되는 제천대성이 나더러 그대를 만나보고 무슨 보물을 받아오라 했소."

우물 용왕은 잠시 생각하더니 이렇게 말했다.

"보배가 있긴 있습니다만, 저희가 건드릴 수는 없습니다. 원수님께서 직접 가보시지요."

"좋소, 그럽시다! 하기야 내 눈으로 직접 보는 게 옳겠지."

우물 용왕은 저팔계를 데리고 수정궁 뒤채 복도로 나가더니 한 곁에 가로누인 기다란 물체를 가리켰다. 저팔계는 다가서서 보다가 질색을 하고 뒷걸음쳐 물러났다. 그도 그럴 것이, 보배라고 가리킨 것은 어느 나라 임금이었는지 머리에 왕관을 쓰고 몸에 곤룡포를 입은 채 단정한 자세로 꼿꼿이 누워 있는 시신이었던 것이다.

"이런 젠장! 이거야 어디 보배라고 할 수 있나?"

투덜거리는 저팔계를 보고 우물 용왕이 다독거렸다.

"원수님께서 모르시는 말씀입니다. 이것은 본디 오계국 임금의 시신인데, 삼 년 전 우물 속으로 떨어져 내렸을 때 제가 썩지 않게 손을 써놓았습니다. 이 시신을 떠메고 나가서 제천대성 어른이 기사회생하는 술법으로 다시 살려놓기만 한다면 세상천지의 어떤 보물이라도 다 얻으실 수 있지 않겠습니까."

그러나 저팔계는 두말도 않고 발길을 돌리더니, 곧바로 수정궁을 벗어나 우물 쪽으로 헤엄쳐갔다. 우물 용왕은 뒤따라 부하들을 시켜 오계국 임금의 시신을 옮겨다 우물 밑바닥에 살그머니 내려놓았다.

이윽고 수면 위에 떠오른 저팔계가 우물 위쪽을 향해 악을 썼다.

"형님, 철봉을 내려주시오!"

우물 입구에서 손오공의 목소리가 들려왔다.

"보물이 있던가?"

"있기는 뭐가 있단 말이오? 물 밑바닥에 사는 우물 용왕이 나더러 죽어 널브러진 송장이나 떠메고 나가랍디다."

"그게 바로 보물인데, 어째서 업고 올라오지 않았나?"

"내가 뭣 때문에 송장을 떠메고 나가야 하는 거요?"

"알았네. 그럼 나는 절간으로 돌아가 잠이나 잘 테니, 자네는 천천히 올라오게."

매정하기 짝이 없는 대꾸에, 미련퉁이는 적지 않게 당황했다. 우물 벽을 네 발로 기어서 올라오라니, 둥글둥글한 벽면에 이끼가 잔뜩 끼어 미끄럽기 이를 데 없을 뿐 아니라, 호리병처럼 아가리는 좁고 밑바닥만 넓어 낭떠러지보다 더 가파른 벽을 무슨 수로 기어 올라갈 수 있단 말인가.

"좋소! 정 그렇다면 송장을 업고 다시 올라올 테니 철봉이나 내려주시오!"

미련퉁이 저팔계는 사납게 몸을 뒤틀어 다시 물속으로 자맥질해 들어가더니, 물 밑바닥에 누워 있는 시체를 등에 들쳐 업고 수면 위로 떠올랐다. 그리고 우물 벽을 부여잡은 채 버럭 고함을 질렀다.

"형님, 떠메고 나왔소!"

우물 속을 들여다보니 과연 저팔계가 등에 사람 하나를 업고 있었다. 손오공은 그제야 철봉을 엿가락처럼 늘여 우물 속으로 내려보냈다. 골탕을 먹고 독이 오를 대로 오른 저팔계가 입을 딱 벌려 철봉 끄트머리를 악물고서 원숭이 임금이 끌어올리는 대로 철봉 끝에 매달린 채 우물 바깥으로 올라갔다.

"자, 됐네! 이젠 돌아가세."

"나더러 이 송장을 업고 가란 말이오? 그건 못하겠소!"

"업고 가지 못하겠다고? 그럼 자네 그 종아리를 걷어 올리게. 내 이 철봉으로 한 스무 대만 때려줄 테니까."

"아이고 형님! 그 사람 잡는 쇠몽둥이로 스무 대씩이나 때렸다가는 나도 이 죽은 임금님과 똑같은 신세가 되고 말 거요."

매 맞기가 겁난 저팔계는 우거지상을 지은 채 묵묵히 손오공의 뒤를 따라 나섰다. 무거운 시신을 떠메고 터벅터벅 걷는 동안 가슴속에는 견딜 수 없는 분노가 치밀었다. 어떻게 하면 이 괘씸한 원숭이 녀석에게 앙갚음을 해서 분풀이할까, 그 궁리만이 머릿속에 가득 찼다.

'요 앙큼스런 원숭이가 날 호되게 골탕 먹였으렸다? 어디 두고 보자! 절간에 돌아가는 대로 사부님을 충동질해서 이 원숭이 녀석이 죽은 사람을 도로 살려낼 수 있다고 말씀드려야겠다. 그것도 저승에 가서 염라대왕한테 혼령을 빼앗아다 붙여놓게 하는 게 아니라, 반드시 이승에서 살려놓으라고 수작을 부리자꾸나!'

손오공은 미련퉁이가 무슨 꿍꿍이속을 차리는지 까맣게 모른 채 곧바로 보림사 절간으로 들어섰다.

"사부님, 이리 나와보십쇼! 증거물을 찾아왔습니다."

목이 빠지게 기다리던 삼장법사가 부리나케 달려나와 보니, 과연 꿈속에 나타났던 오계국 임금의 모습이 분명했다. 한 나라의 임금으로서 원통하게 죽임을 당하고 강산을 고스란히 빼앗겼는데도 조정 문무백관들조차 그 내막을 모른 채 우물 속에 가라앉아 있었다니, 이런 기구한 신세가 어디 또 있으랴……? 당나라 스님은 참담한 심정에 자기도 모르게 눈물을 뚝뚝 흘리기 시작했다.

곁에서 스승의 나약한 꼴을 보던 저팔계가 피식 웃으면서 핀잔을 주었다.

"원, 사부님도! 이 사람이 사부님과 사돈의 팔촌이라도 된단 말입니까? 울기는 왜 우시는 겁니까?"

"이놈아! 출가승이 되었으면 자비를 근본으로 삼아야 하고 남을 위해 가슴 아파할 줄도 알아야 하는 법인데, 너는 어쩌자고 그토록 심보가 악착스럽단 말이냐?"

"제가 악착스러워 그런 게 아니죠. 형님이 이 사람을 도로 살려놓을 수 있다고 장담했거든요. 그렇지 않고서야 제가 뭣 하러 힘들여 시신을 떠메고 왔겠습니까?"

삼장법사는 이 말에 귀가 솔깃해져 당장 손오공을 돌아보고 분부했다.

"오공아, 네게 그런 수단이 있거든 어서 이 임금을 살려드려라."

손오공은 기가 막혀 이맛살을 찌푸렸다.

"사부님, 이 멍텅구리 녀석의 터무니없는 소리를 곧이들으십니까? 이 사람은 죽은 지 벌써 삼 년이나 되었는데, 어떻게 도로 살려낼 수 있단 말씀입니까?"

"그도 그렇겠구나. 그만두어라."

스승이 쉽게 단념하자, 앙심을 품은 저팔계는 심통이 뻗쳐 다시 스승을 부추겼다.

"사부님, 속지 마세요! 형님이 귀찮은 일을 하지 않으려고 발뺌하는 겁니다. 그 주문을 외워보십쇼. 반드시 이 송장을 산 사람으로 만들어놓을 겁니다."

귀가 여린 삼장법사가 미련퉁이의 부추김에 넘어가 정말 '긴고주'를 외우기 시작했다. 원숭이 임금은 눈알이 빠져나오고 머리통이 뻐개질 듯이 아파 견디지 못하고 땅바닥에 데굴데굴 구르기 시작했다.

"사부님, 외우지 마십쇼! 제가 살려놓을 테니 제발 그것 좀 외우지 마세요!"

"어떻게 살려낼 테냐?"

"저승에 건너가서 염라대왕한테 혼령을 얻어다 구해내겠습니다."

이때 저팔계가 초를 쳤다.

"사부님, 그 얘기 믿지 마세요! 형님은 저승에 가지 않고도 이 밝은 세상에서 살려놓을 수 있다고 큰소리쳤습니다."

당나라 스님은 또 이 터무니없는 소리를 그대로 믿고 중얼중얼 '긴고주'를 계속 읊었다. 당황한 손오공은 이거 큰일 나겠다 싶어 되는대로 얼른 승낙하고 말았다.

"사부님, 외우지 마세요! 제가 반드시 이승에서 살려놓겠습니다! 지금 당장 근두운을 타고 하늘에 올라 곧바로 도솔궁에 계신 태상노군을 찾아뵙고 환혼단(還魂丹)을 한 알 얻어다 먹여 살려낼 테니 그것 좀 그쳐주세요!"

그 말을 듣고서야 삼장은 기뻐하면서 긴고주를 그쳤다.

"어서 다녀오너라. 빨리 갔다 와야 한다."

밤도 벌써 깊었다. 손오공은 다짐한 대로 근두운을 일으켜 타고 단숨에 남천문까지 올라가 곧바로 도솔궁을 향해 날아갔다.

때마침 태상노군은 제자들과 함께 파초선으로 부채질하면서 단약을 구워내고 있다가, 제천대성이 나타나자 즉시 단약을 지키는 동자에게 경계령을 내렸다.

"애들아, 조심해라. 단약을 훔쳐가는 도둑놈이 또 왔다!"

도솔궁에 들이닥친 손오공은 재빨리 동자들 틈으로 헤치고 들어가 태상노군 앞에 손바닥부터 내밀었다.

"노군 어르신, 급한 일이 생겨 부탁 좀 드리러 왔습니다. 저희 사부님이 물에 빠져 죽은 오계국 임금을 보시고 가슴 아파하시면서 저더러 꼭 살려내라니 어쩝니까? 더도 덜도 말고 환혼단을 딱 한 알만 내주십쇼."

태상노군은 매정하게 손을 홰홰 내저으며 호통쳤다.

"없다, 없어! 없으니까 썩 꺼지기나 해라!"

그러자 이상하게도 제천대성이 그 말을 순순히 받아들였다.

"하하, 없으시다면 하는 수 없죠. 딴 데 가서 구해봐야겠군요."

어슬렁어슬렁 발길 돌려 문밖으로 나가는 뒷모습을 지켜보자니, 태상노군은 아무래도 수상쩍기만 했다. 이 도둑 원숭이가 마음만 먹는다면 남몰래 기어 들어와서 약 한 알이 아니라 통째로 훔쳐갈지도 모르는 일 아닌가? 겁이 더럭 난 태상노군이 제천대성을 도로 불러 세웠다.

"요놈의 원숭이야! 네 손버릇이 고약한 줄은 나도 아니까, 딱 한 알만 주마!"

"고맙습니다, 노군 어르신!"

환혼단을 한 알 받아 든 제천대성이 허리 한 번 꾸벅하더니, 도솔궁을 떠나 눈 깜짝할 사이에 아래 세상으로 내려왔다.

"사부님, 약을 얻어왔습니다!"

스승에게 여쭙고 나서, 그는 사오정더러 물 반 대접을 떠오게 했다. 그는 우선 오계국 임금의 입술 틈에 환약을 집어넣고 윗니 아랫니를 어긋나게 벌린 다음, 물 한 모금으로 약을 뱃속에 흘려 넣었다. 한 시간 남짓이 지나 뱃속에서 '꾸르륵, 꾸르륵!' 하는 소리가 요란하게 나더니, 손오공이 숨결을 불어넣자, 이내 시체의 입과 코에서 '푸우!' 하고 한숨을 내쉬는 소리가 들려왔다. 이어서 정신과 원기를 되찾은 몸뚱이가 펄떡 뒤채면서 뻣뻣이 굳었던 팔다리를 부드럽게 오므라뜨렸다. 죽은 사람이 되살아난 것이다.

오계국 임금은 흙투성이 땅바닥에 무릎 꿇고 엎드렸다.

"스님……! 어젯밤에는 원귀가 되어 찾아뵈었더니, 오늘 아침엔 이승으로 살아 돌아온 몸이 될 줄이야 어찌 알았습니까?"

감격에 겨워 통곡하는 임금을, 손오공은 승방으로 부축해 들인 다음 젖은 옷가지를 벗기고 보림사 승려들에게서 허름한 무명옷과 미투리를 얻어다 갈아입혔다.

날이 밝자, 당나라 스님 일행 네 사람은 행장을 꾸리고 떠날 채비를 마쳤다. 손오공은 저팔계가 짊어지고 다니던 보따리를 둘로 나눠, 하나를 수도승으로 변장한 오계국 임금에게 떠맡겼다.

도성까지 가는 길은 불과 사십 리, 일행은 반나절 만에 성문을 거쳐 북적대는 길거리 장터를 지나 대궐 문 앞에 이르렀다. 삼장법사는 통행문서에 확인을 받는다는 핑계로 제자들과 수도승으로 변장한 오계국 임금을 모두 데리고 궁궐 정문 앞에 나아가 수문장에게 용건을 밝혔다.

이윽고 당직 관원이 외국 승려 일행의 알현 요청을 아뢰자, 가짜로 임금 행세를 하는 요마가 입궐하라는 허락을 내렸다. 손오공은 삼장법사를 인도하여 백옥 계단 앞에 나아가 섰다. 그러나 꼿꼿이 선 채 임금을 뵙는 예를 행하지 않았다. 그 무례한 태도를 보고 좌우에 늘어선 문무백관들이 술렁거리기 시작했다.

마왕이 먼저 호통쳐 물었다.

"무엄하구나! 그대들은 어디서 온 화상인데, 짐을 보고도 예를 올리지 않는가?"

손오공은 빙글빙글 웃어가며 대거리를 했다.

"우리 당나라는 예부터 조상 대대로 강대한 나라인데, 한낱 서쪽 변방에 자리 잡은 이 나라 군주에게 어찌 예를 올린단 말씀이오? 우리는 지금 서방 세계 부처님을 뵙고 경을 가지러 가는 승려들로서, 당나라 황제가 손수 내린 통행문서를 지니고 있소. 그러니 통행문서에 도장이나 찍어 떠나게 해주시오."

말을 마치자, 그는 보따리에서 통행문건을 꺼내 가지고 당직 관원을 거쳐 마왕에게 올렸다. 마왕은 통행문서를 펼쳐 들고 일행과 하나씩 대조하더니, 무엇인가 찔리는 것이 있는지 끝에 가서 수도승으로 변장한 오계국 임금을 가리키면서 호통쳐 다시 물었다.

"당나라 화상! 그대가 거느린 제자는 모두 셋뿐이라고 적혔는데, 저 수도승 차림을 한 자는 어디서 받아들였는가?"

"보림사에서 짐꾼으로 받아들였소이다."

"그렇다면 우리 오계국 사람을 유괴해서 강제로 끌고 다니는 것이 아닌가? 아무래도 수상쩍다! 여봐라, 이자들을 문초해봐야겠으니, 모두 잡아 꿇려라!"

말이 떨어지기 무섭게 문무 반열에서 수많은 대신들이 삼장 일행을 향해 달려들었다. 그러나 미리 낌새를 채고 있던 손오공이 외마디 호통을 치면서 손가락으로 그들을 가리켰다.

"모두들 꼼짝 말고 그 자리에 섰거라!"

그 손가락에는 저 옛날 오백 년 전 하늘나라 복숭아 과수원에서 서왕모의 일곱 선녀를 꼼짝 못하게 말뚝처럼 세워놓았던 '정신술법(定身術法)'이 걸려 있을 터, 사나운 기세로 달려들던 대신들은 호통이 떨어지자마자 그 자리에 못 박힌 듯 우두커니 선 채 꼼짝 못했다. 임금을 호위하던 장군들 역시 나무로 깎아 만든 장승 꼴이 되어 단상에 얼어붙고 말았다.

다음 순간, 손오공의 입에서 수도승의 출신 내력이 한마디씩 차근차근 쏟아져 나오기 시작했다.

"이 수도승으로 말하자면 조상 대대로 이 고장에 터전을 잡고 살아온 사람이외다. 그러나 어쩌다 요망한 사기꾼의 술수에 걸려 패가망신하는 재난을 당했소. 오 년 전, 이 나라에 큰 가뭄이 들어 만백성이 목마르고 굶주렸으니, 임금과 조정 신하들이 정성을 다하여 기우제를 드렸으나 천지에 구름 한 조각 끼지 않았다 했소. 그런데 어디선가 도사로 변신한 요괴 한 마리가 나타나 보잘것없는 신통력으로 비를 내리게 하고 솜씨를 뽐냈소. 임금이 너무나 기쁘고 감사한 나머지 그 도사와 의형제를 맺었더니, 요망한 도사는 임금을 우물 속에 빠뜨려 죽이고 둔갑하여 이 나라 군주의 자리를 통째로 차지했소. 억울하게 죽은 임금의 원혼이 당나라 스님에게 현몽하여 원수를 갚아달라고 간청하니, 그 제자 손 선생이 기사회생하는 술법을 써서 가련한 목숨을 다시 살려냈소. 죽었다 되살아난 임금은 기꺼운 마음으로 수도승이 되어 짐꾼 노릇을 자청하니, 당나라 스님 일행을 따라 서천으로 가게 되었소. 지금 이 자리에서 임금 행세를 하는 자는 요망한 도사요, 수도승으로 몸을 바꾼 이가 진정한 이 나라 국왕이오!"

자신의 정체가 낱낱이 드러나자, 요사스런 마왕은 깜짝 놀라 용상을 박차고 벌떡 일어섰으나 손오공과 맞싸울 병기 한 자루 없는 맨주먹뿐이라, 그는 좌우를 두리번거리다 측근 호위장수가 허리에 찬 보검을 발견했다. 호위장수 역시 손오공의 술법에 걸려 꼼짝 못하게 된 터라, 마왕은 더 생각해볼 것도 없이 보검을 낚아채 뽑아 들기 무섭게 구름을 일으켜 타고 하늘 높이 솟구쳐 올라갔다.

이때 그동안 어디에 있었는지, 태자가 젊은 장군들과 함께 모후를 모시고 들이닥치더니 수도승 차림을 한 부왕의 얼굴을 자세히 살펴보았다. 그리고 마침내 그 앞에 무릎 꿇고 울부짖으며 조정 대신들을 향해 큰 소리로 외쳤다.

"이분이 나를 낳아 길러주신 부왕이시며, 이 나라의 진정한 군주 폐하이시오!"

손오공은 여유만만하게 다시 주문을 외워 술법에 걸린 조정 문무백관들을 모두 깨어나게 만든 다음, 저팔계와 사오정을 돌아보고 당부했다.

"자네들은 여기 남아서 사부님과 오계국 임금, 신하들을 보호하고 있게. 나는 저놈을 잡으러 쫓아가겠네!"

근두운을 타고 하늘 높이 올라간 손오공은 두 눈을 부릅뜨고 요괴의 행방을 찾아 사면팔방을 둘러보았다. 요물은 바야흐로 동북쪽을 향해 필사적으로 달아나고 있었다. 손오공이 단숨에 뒤따라 잡아 천둥 벼락 치듯 고함을 질렀다.

"요놈아, 어디로 도망치는 게냐? 그런다고 이 손 선생의 손아귀에서 벗어날 듯싶으냐? 거기 서라!"

요물이 뒤돌아보더니 마주 고함쳤다.

"손오공, 이 엉큼한 놈아! 내가 남의 임금 자리를 차지했기로서니, 네놈이 무슨 상관이 있다고 훼방을 놓는 거냐?"

"남의 나라 빼앗아 임금 행세하는 사기꾼을 잡아 죽이지 않으면 누굴 때려죽인단 말이냐? 딴소리 말고 내 철봉 맛이나 봐라!"

저 무시무시한 여의봉이 벼락 때리듯 날아들자, 요괴 역시 보검을 휘둘러가면서 사납게 마주쳐왔다. 손오공과 요사스런 마왕은 공중에서 저마다 지닌 수단을 다 펼쳐 맞붙기 시작했다. 그러나 두세 차례 공방전을 주고받았을 때, 요괴는 자기 실력으로 손오공의 적수가 못 됨을 깨닫고 재빨리 몸을 돌이켜 도망쳐왔던 길로 정신없이 달아나기 시작했다. 손오공 역시 발꿈치를 물어뜯을 듯이 바짝 뒤쫓았다. 형세가 급박해지자, 요괴는 대궐로 뚝 떨어져 내리더니 섬돌 앞에 늘어선 조정 대신들 틈에 섞여 들어갔다. 그리고 모두들 영문을 모른 채 흠칫하는 사이에 몸을 꿈틀 움직여 삼장법사와 똑같은 모습으로 둔갑하여 그 곁에 나란히 버텨 섰다. 그 뒤를 놓칠세라 바싹 쫓아온 손오공이 단매에 때려죽일 작정으로 철봉을 번쩍 들었다.

그 순간, 삼장으로 변신한 요괴가 급히 소리쳤다.

"애야, 때리지 마라! 나다, 나야!"

손오공은 아차 싶어 황급히 철봉의 방향을 틀어 바로 그 곁에 선 당나라 스님을 후려갈기려 했으나, 그편에서도 역시 똑같은 고함 소리가 터져 나왔다.

"애야, 때리지 마라! 나다, 나야!"

기가 막힐 노릇이었다. 똑같은 생김새, 똑같은 목소리의 스승이 두 분씩이나 되니, 어느 쪽이 진짜요 어느 쪽이 가짜인지 도대체 분간할 도리가 없었다. 만일 요괴가 변신한 삼장을 때려죽인다면 다행이겠지만, 잘못해서 진짜 스승을 죽이기라도 하는 날이면 그 노릇을 어쩌라……?

　이래저래 난감하게 된 그는 철봉을 내려놓고 사오정을 돌아보았다.

　"여보게, 자네 보지 못했나? 어느 쪽이 진짜 우리 사부님이신가?"

　사오정은 절레절레 도리질을 해보였다.

　"큰형님이 공중에서 싸울 때 눈을 한번 깜빡했더니 어느새 사부님이 두 분으로 늘어났지 뭐요. 나도 잘 모르겠소."

　손오공은 조바심을 견디지 못하고 발만 동동 구르는데, 곁에서 미련퉁이 저팔계가 무엇이 그리 고소한지 얄밉게 빙글빙글 웃고 서 있다. 약이 바짝 오른 그는 울화통을 터뜨리고 말았다.

　"이 바보 천치 녀석아! 네놈은 뭐가 좋아서 웃고만 있는 거냐?"

　그래도 저팔계는 여전히 웃음기를 버리지 않고 오히려 핀잔을 주었다.

“형님은 나더러 미련퉁이 바보 천치라고 욕하지만, 나보다 더 큰 바보 천치는 바로 형님이오! 진짜 사부님을 가려내는 게 뭐 그리 어렵소? 형님이 잠시 머리통 아픈 걸 참고 계시고, 두 분 사부님더러 그 주문을 한 번씩 외워보시게 하구려. 그럼 나하고 사오정이 한 분씩 맡아서 귀담아듣기로 하리다. 어느 쪽이든 주문을 외우지 못하는 사람이 하나 있을 텐데, 그쪽이 요괴가 아니면 누가 요물이겠소?”

들고 보니 과연 그럴듯한 말씀이다. 손오공은 솔직히 잘못을 인정했다.

“여보게, 아우. 내가 공연히 자넬 나무랐네. 그 주문은 사부님과 남해에 계신 보살님만 아시는 비결이니까, 딴 사람은 아무도 모르겠지? 좋아! 어디 그럼 내 골통이 뻐개져나가도 괜찮으니까, 사부님! 그 주문을 외워보십쇼!”

이윽고 진짜 당나라 스님이 중얼중얼 ‘긴고주’를 외우기 시작했다. 하지만 요사스런 마왕은 제아무리 신통력이 크기로서니 그 비결이야 어찌 알겠는가! 삼장법사가 입속으로 무엇인가 중얼대니까, 자기도 입에서 나오는 대로 홍얼홍얼 아무렇게나 읊어대는 것이 고작이었다.

바로 그 곁에 바짝 붙어 서서 듣고 있던 저팔계가 버럭 고함쳤다.

“이놈이다! 되는대로 홍얼거리는 이놈이 요괴야!”

저팔계는 팔뚝을 붙잡았던 손을 놓고 대신 쇠스랑을 번쩍 들어 냅다 후려 찍었다. 손이 풀리자 마왕은 옳다 살았구나 싶어 냉큼 몸을 솟구치더니 그 길로 구름을 타고 줄행랑을 놓기 시작했다.

“저놈 잡아라!”

얼떨결에 요괴를 놓친 저팔계가 고함을 지르더니 당장 구름을 일으커 타고 그 뒤를 바짝 쫓기 시작했다. 깜짝 놀란 사오정 역시 스승의 팔뚝을 놓고 항요보장을 뽑아들기 무섭게 허공으로 뛰어올라 요괴를 쫓았다.

그제야 당나라 스님이 주문을 그쳤다. 손오공은 머리통이 터져나갈 듯 아픈 것을 억눌러가며 귓속의 철봉을 뽑아 들고 허공으로 뒤쫓아 올라갔다.

"여보게들, 그놈 도망치지 못하게 잡아놓고 있게! 내 철봉으로 단 매에 요절내고 말 테니까!"

형제들에게 외쳐 알린 손오공이 삽시간에 까마득히 높은 하늘 위로 솟구쳐 오르더니, 빙그르르 한 바퀴 맴돌기가 무섭게 마치 사흘 굶주린 독수리가 암탉을 보고 덮쳐 내리듯 눈 깜짝할 사이에 곤두박질치면서 여의봉으로 요괴를 겨냥하고 힘껏 내리쳤다. 그러나 철봉 끝이 들어맞기 바로 직전, 느닷없이 동북쪽 상공에 채색구름이 뭉게뭉게 피어나더니 구름 속에서 엄하게 호통치는 소리가 귓전을 때렸다.

"손오공아, 잠깐만 그 손찌검을 멈춰라!"

고개를 돌려 바라보았더니, 그곳에는 문수보살(文殊菩薩)이 서 계셨다. 황급히 철봉을 거둬들인 그는 보살 앞으로 달려가 공손히 인사했다.

"보살님, 어딜 가시는 길입니까?"

"널 대신해서 저 요괴를 수습하러 왔다."

이렇게 대답한 문수보살은 소맷자락에서 요물의 정체를 밝히는 조요경(照妖鏡)이란 거울을 꺼내더니, 요괴를 비춰 꼼짝달싹 못하게 만들었다. 요괴는 그제야 거울 속에 본상을 드러냈다.

거울 속을 들여다보던 손오공이 깜짝 놀랐다.

"아니, 이놈은 보살님이 타고 다니시던 검정 터럭 수사자가 아닙니
까?"

"그렇다. 하지만 네가 모르는 것이 있다. 몇 해 전 내가 오계국 임
금의 심성을 떠보느라 찾아가서 보시를 청한 적이 있었는데, 그때 시
험 삼아 언짢은 말을 몇 마디 건넸더니, 그가 나를 꽁꽁 묶어서 사흘
밤낮을 강물에 담가두었다. 나중에 이 짐승이 어떻게 알았는지 몰래
달아나서 내 앙갚음을 해준답시고, 임금을 삼 년 동안이나 우물 속에
빠뜨려놓았다. 물 한 모금 마시거나 음식 한 가지를 먹더라도 반드시
인과응보가 있는 법, 그 임금은 나를 사흘 동안 물속에 담가둔 업보로
삼 년을 수중고혼으로 재난을 겪게 되었던 것이다."

사연을 다 얘기해주고 나서 문수보살이 아직도 요괴의 탈을 쓰고
있는 짐승에게 호통쳐 꾸짖었다.

"이 못된 짐승아! 그래도 껍질을 벗지 않고 뭘 기다리고 있느냐!"

마침내 요괴가 탈을 벗고 검정 터럭을 지닌 수사자의 본색을 드러
냈다. 문수보살은 연꽃 한 송이 던져 요망한 짐승을 움직이지 못하게
만들어놓고 등에 훌쩍 올라타더니, 상서로운 구름에 휩싸여 동북쪽으
로 사라져갔다.

손오공을 비롯한 세 형제는 곧바로 구름을 낮추고 대궐 한복판에
내려섰다. 그리고 임금과 신하들이 엎드려 절하는 가운데 스승에게
다가가 문수보살이 요마를 굴복시켜 데려갔다는 사실을 낱낱이 말씀
드렸다.

오계국 임금은 자신이 거지로 변신하여 찾아온 문수보살을 알아보

지 못하고 사흘 동안 강물에 잠겨 있게 했던 죗값으로 이런 수난을 당했다는 사실에 하염없이 눈물 흘리며, 자기도 왕위를 버리고 승려가 되어 삼장법사 일행을 따르겠노라고 간청했다. 그러나 손오공이 좋은 말로 타일러 단념시키자 다시 임금 자리에 올랐다.

나랏일은 평안히 수습되었다. 이들 스승과 제자 네 사람은 국왕에게 작별을 고한 다음 서쪽으로 길 떠날 채비를 서둘렀다. 그리고 임금과 왕비, 조정 신하들이 바치는 보물과 금은 비단을 사양하고 홀가분한 몸과 마음으로 도성을 떠났다.

6. 불덩어리 요괴

시절은 벌써 늦가을이 다하고 초겨울에 접어들 무렵이었다.

오계국을 떠난 이후, 당나라 스님 일행은 밤이 되면 잠잘 데를 찾아 쉬고 날이 밝으면 또 하염없이 길을 걸었다. 보름 남짓 가다 보니, 또 높은 산이 나타났다. 정말 엄청나게 높아 산더미 전체가 온 하늘을 가리지 않았는가 싶을 정도였다.

삼장법사는 보기만 해도 가슴이 써늘해져 수제자를 불러 세웠다.

"저 앞산을 보려무나. 험산준령이라 해도 저렇게 엄청날 수가 있느냐? 언제 또 요사스런 것이 나타날지 모르니 조심해야겠다."

손오공은 씨익 웃으며 스승을 안심시켰다.

"아무 걱정 마시고 갈 길이나 가시죠. 제가 다 알아서 보호해드릴 테니까요"

말은 그리 했으나, 손오공 역시 경계심을 늦추지 않고 조심스레 길 안내를 하며 나아갔다.

스승과 제자들이 두려움에 질려 겁을 먹고 있을 때였다. 산등성이 너머 으슥한 골짜기에서 한 무더기 붉은 구름 기둥이 까마득히 높은 하늘 위로 뻗쳐오르는데, 그 속에 시뻘건 불덩어리가 뭉쳐 있었다.

이것을 본 손오공은 평소 그답지 않게 깜짝 놀라 삼장법사의 다리를 거칠게 잡아 끌어내렸다. 그리고 아우들에게 큰 소리로 외쳤다.

"여보게들, 거기 멈춰 서게! 요괴가 나타났네!"

요괴란 말에 기겁을 한 저팔계가 급히 쇠스랑을 뽑아 들고, 사오정 역시 서둘러 항요보장을 꺼내 휘둘렀다. 이리하여 세 형제는 스승을 한가운데 모셔놓고 바짝 경계 태세를 갖추었다.

손오공이 본 대로 시뻘건 불덩어리 속에는 과연 요괴 정령 한 마리가 들어앉아 있었다. 이 요괴는 몇 해 전 '동녘 땅에서 오는 당나라 스님이 석가여래의 환생한 제자로, 그를 잡아먹으면 죽지 않고 하늘 땅과 수명을 같이 누릴 수 있다'는 소문을 전해 들었다. 그래서 자기도 행운을 잡아볼 생각으로 날마다 이 길목에서 삼장법사가 나타날 때를 기다려왔는데, 오늘에야 그 기회를 맞은 것이다. 공중에서 이들을 바라보던 요괴는 제자 셋이 스승을 에워싼 채 잔뜩 긴장하며 보호하는 것을 보자, 뚝심으로 빼앗으려던 생각을 바꿔 당나라 스님의 착한 마음씨를 이용하기로 작정했다.

요괴는 즉시 불덩어리를 흩어버리고 구름을 낮춰 지상으로 내려섰다. 그리고 몸뚱이를 꿈틀해 일곱 살쯤 되는 벌거숭이 어린애로 둔갑하더니 굵다란 밧줄로 제 팔다리를 꽁꽁 묶어 가지고 높다란 소나무 가지 끝에 매달린 채 악을 쓰기 시작했다.

"사람 살려……! 사람 살려줘요……!"

한편 손오공은 시뻘건 불기둥이 사라지자, 경계를 풀고 다시 말 위에 스승을 태워 앞으로 나아갔다. 이때 어디선가 "사람 살려!" 하는 소리가 들려왔다. 겨우 마음을 놓았던 삼장법사는 깜짝 놀라 또 제자들을 불러 세웠다.

"얘들아, 깊은 산중에 웬 악을 쓰는 소리냐? 그것도 어린애 목소리 같은데……"

"귀신 아니면 요괴 정령이 홀리는 소리 같습니다. 사부님, 이번만큼은 귀를 막고 그저 앞만 바라보고 가세요."

무엇인가 심상치 않은 낌새를 챈 손오공이 잔뜩 긴장하여 스승이 탄 말고삐를 잡고 다른 길로 나아갔다.

일행이 샛길로 빠져나가자, 길목에서 기다리던 요괴는 다시 불덩어리로 변해 당나라 스님을 앞지르더니, 일행이 지나쳐야 할 길목에 멀찌감치 내려앉아 또 벌거벗은 어린애로 둔갑한 다음 나무 가장귀에 매달려 애처롭게 소리치기 시작했다.

"사람 살려……! 사람 살려……!"

삼장법사가 앞쪽에서 들려오는 비명을 듣고서 제자가 만류하기도 전에 먼저 그리로 말을 채찍질해 달려갔다. 과연 요괴의 계략은 들어맞았다. 어린애 하나가 벌거숭이로 결박당한 채 나뭇가지에 매달려 있는 것을 본 당나라 스님은 말고삐를 감아쥐고 멈춰 서더니, 손오공을 꾸짖었다.

"이 몹쓸 원숭이 녀석! 어쩌면 심보가 그렇게도 고약하단 말이냐? 저걸 봐라! 네놈이 요괴라고 고집부렸지만, 저 나무에 매달린 것이 사람이 아니고 뭐냐?"

손오공은 대꾸하지 않았다. 스승이 노염을 타서 저 무시무시한 긴 고주를 외우게 될까 봐 겁이 난 것이다. 나무 밑으로 다가선 당나라 스님이 상냥하게 물었다.

"애야, 넌 뉘 집 아이냐? 어쩌다 여기 매달렸는지 말해다오. 내가 널 구해주마."

그러자 요사스런 마귀는 눈물까지 뚝뚝 흘려가며 애절하게 울부짖었다.

"스님, 저는 이 산 서쪽 골짜기 마을에 살고 있습니다. 할아버지 대부터 백만장자라고 소문이 난 집안이라, 엊그제 흉악한 강도들이 쳐들어와서 식구들을 모조리 죽이고 재물을 빼앗아갔습니다. 저는 어린애라 죽이지 않고 여기다 매달아 들짐승의 먹이가 되게 버리고 갔습니다. 스님, 제발 저를 좀 살려주십쇼."

삼장은 이 말을 듣더니 저팔계를 시켜 밧줄을 풀고 구해주었다. 곁에서 지켜보던 손오공은 더 참을 수가 없어 요괴를 향해 냅다 호통을 쳤다.

"요 못된 괴물아! 그따위 터무니없는 거짓말로 우리를 속여볼 작정이냐?"

그러나 마음 착한 스승은 못 들은 척 무시해버리고 저팔계더러 업고 가게 했다. 요괴는 저팔계의 생김새를 보더니 두 눈을 질끈 감았다.

"스님, 저는 이 스님 등에는 업히지 못하겠습니다. 꽁꽁 얼어붙은 알몸뚱이가 저 꺼칠꺼칠한 갈기털에 찔려 다칠까 봐 겁납니다."

"그럼 오정이 업으면 되겠구나."

"스님, 강도들이 저희 집에 쳐들어왔을 때 모두 얼굴에 검댕 칠을 하고 칼과 몽둥이를 휘두르는 바람에 얼마나 놀랐는지 모릅니다. 저 스님의 거무튀튀한 얼굴만 봐도 그 떼강도들이 생각나 무섭습니다."

당나라 스님은 할 수 없이 손오공더러 업으라고 분부했다. 손오공은 고분고분 그 말씀대로 따랐다.

"좋습니다, 제가 업고 가지요!"

요괴는 그더러 업어달라고 얼른 양손을 내밀었다. 손오공이 요괴의 덜미를 덥석 잡고 등에 돌려 업었다. 그리고 스승이 듣지 않게 속삭였다.

"요 깜찍한 괴물아, 넌 오늘 꼼짝없이 죽었다! 이 손 선생 앞에서 그따위 꿍꿍이 수작이 통할 듯싶으냐?"

요괴는 속으로 겁이 더럭 났으나, 시침 뚝 떼고 능청스레 받아넘겼다.

"저는 양갓집 아들입니다. 불행히도 끔찍한 봉변을 당해 두려워하고 있는데, 그게 무슨 말씀이십니까."

"알았다, 그렇다고 해두마."

삼장법사는 그제야 마음이 놓여, 저팔계와 사오정과 함께 앞서 나가기 시작했다. 손오공은 어린애를 등에 업은 채 뒤따랐다.

요마를 등에 업기는 했으나, 손오공은 자기 진정을 몰라주는 당나라 스님이 이만저만 원망스러운 게 아니었다. 한편으로는 거추장스런 이 애물 덩어리를 어떻게 죽여버릴까 궁리하면서 여기저기를 두리번거리기 시작했다.

눈치 빠른 요괴가 그 낌새를 알아채고 재빨리 신통력을 썼다. 그는 사방으로 번갈아가며 네 차례 숨결을 들이마시더니 그것을 손오공의 등판에 '훅!' 하고 내뿜었다. 숨결의 무게는 삽시간에 1천 근쯤 무거워져 손오공을 짓눌렀다.

그러나 손오공은 웃으면서 빈정거렸다.

"요 녀석아, 그따위 '중신법(重身法)'으로 이 손 선생을 납작하게 만들 수 있을 듯싶으냐? 어림없는 수작 마라!"

1천 근이나 되는 무게에도 꿈쩍 않는 걸 보자, 요괴는 손오공이 오히려 자기를 해칠까 봐 재빨리 껍질 벗는 수법을 써서 시체만 남겨두고 자기 몸은 까마득히 높은 하늘로 솟구쳐 올라갔다. 바로 다음 순간, 손오공은 등에 업힌 어린애를 어깨 너머 손길로 움켜잡아 길 곁 바윗돌에 힘껏 내동댕이쳐버렸다.

공중에서 이 광경을 내려다보고 있던 요괴는 약이 올라 견딜 수가 없었다. 일찌감치 낌새를 채고 빠져나왔으니 망정이지 하마터면 모진 손길에 꼼짝없이 죽을 뻔했던 것이다. 그는 손오공이 뒤처진 틈에 당나라 스님을 낚아채기로 작정하고, 반공중에 우뚝 선 자세로 한바탕 회오리바람을 일으켰다.

이윽고 지상에 거세기 짝이 없는 돌개바람이 휘몰아치기 시작했다. 바람이 얼마나 세차게 부는지, 삼장법사는 말안장에서 몸을 제대로 가누지 못하고 저팔계와 사오정 역시 머리통을 수그리고 돌아서서 외면했다. 손오공은 회오리바람이 요괴의 농간인 줄 알아차리고 부리나케 뒤쫓아 갔으나, 요괴는 벌써 당나라 스님을 채뜨려 어디론가 사라진 뒤였다.

한참 만에야 바람이 잦아들고 햇빛이 밝아졌다. 손오공이 허겁지겁 달려가 보니, 주인 잃은 백마 혼자 울부짖고 있을 뿐, 안장 뒤에 걸쳤던 스승의 보따리는 길바닥에 흩어진 채로 나뒹굴고 있었다.

"여보게 팔계! 오정!"

다급한 목소리로 형제들을 부르자, 길 한 곁에 바람을 피해 있던 저팔계와 사오정이 두 눈을 비비고 나타났다.

"사부님은 어디 계신가?"

손오공이 물었으나 두 사람은 좌우를 두리번거리다 도리질을 했다.

"사부님은 등잔 심지보다 더 가벼운 분이라, 돌개바람에 휘말려가셨나 보오."

"그래, 정말 지독스런 돌개바람이었으니까."

두 형제가 한마디씩 주고받는 소리를 듣자, 손오공은 낙담한 기색으로 시무룩하게 말했다.

"됐네! 여보게들, 우리 여기서 헤어져야 되겠네. 사부님이 남의 말을 통 듣지 않고 가는 곳마다 요괴한테 붙잡히기나 하니, 우리가 예서 뭘 또 한단 말인가?"

"옳은 말씀이오. 진작 헤어져 갈 데로 갔으면 오죽이나 좋았겠소. 서천으로 가는 길이 끝닿을 데가 없으니, 어느 세월에 당도한단 말이오?"

저팔계가 덩달아 맞장구를 치고 나섰다. 그러자 사오정이 비통한 기색으로 두 사형을 야단쳤다.

"형님들, 그게 무슨 말씀이오? 우리가 전생에 지은 죗값으로 벌을 받다가 보살님의 감화를 받고 옳은 길에 들어서서 당나라 스님을 모시고 서방 세계 부처님을 찾아 공덕을 쌓으러 가는 길 아니오? 그런데 여기까지 와서 다 포기하고 각자 헤어지다니, 그것은 보살님과 스

사오정이 핀잔을 주었으나, 손오공은 대수롭지 않게 흘려들었다.

"그놈이 설사 날 알아보지는 못해도 아비의 낯을 보아 내가 부탁하면 사부님을 순순히 내놓을 테니 염려 말고 어서 화운동 골짜기나 찾아가세."

이리하여 세 형제는 큰길을 찾아 곧바로 나아갔다. 밤낮을 가리지 않고 1백여 리쯤 가다 보니, 갑자기 눈앞에 소나무 숲이 나타났는데, 골짜기 사이로 옥처럼 맑은 시냇물이 물보라를 일으키며 세차게 흘러내리고 있었다. 냇물 상류 쪽에는 돌다리가 건너편 동굴 입구까지 이어져 있었다.

요괴의 소굴을 발견한 이들은 한 사람만 남아 보따리와 백마를 지키게 하고, 두 사람이 쳐들어가기로 결정했다. 이윽고 저팔계와 손오공이 병기를 뽑아 들고 냇물 건너 동굴 앞으로 달려갔다.

해묵은 소나무 숲 골짜기에는 기암괴석이 줄지어 늘어서고, 절벽 앞에 과연 요괴가 살 만한 동굴이 하나 자리 잡았는데, 검정두루미와 산새들이 꽃나무 숲 사이로 한가롭게 날아다니는, 실로 경치가 빼어난 곳이었다.

동굴 문 앞에 다가서고 보니, '호산 고송간 화운동'이라 새긴 비석이 우뚝 세워져 있었다. 그리고 너른 앞터에는 졸개 요괴의 무리들이 창칼을 휘둘러가며 싸움놀이를 하고 있었다.

손오공은 요괴들 앞으로 달려나가 무서운 소리로 고함쳤다.

"이놈들! 냉큼 가서 동굴 주인에게 이 산을 뒤엎어 평지로 만들기 전에 어서 썩 당나라 스님을 돌려보내라고 일러라!"

난데없는 호통에 놀란 졸개들이 동굴 속으로 뛰어들더니 돌 문짝을 닫아걸고 마왕에게 급보를 전했다.

"대왕님, 큰일 났습니다!"

한편 요괴는 삼장법사를 동굴 안에 끌어다 사지를 꽁꽁 묶어 뒤뜰
에 내던져놓고 어떻게 잡아먹을까 궁리하고 있었다. 이때 침입자가
있다는 보고가 들어오자, 요괴는 그 생김새와 옷차림새를 묻고 나서
차가운 미소를 지었다.

"흐흠, 그렇다면 손오공과 저팔계가 제 발로 찾아왔다는 얘기로군!
여기서 백오십 리나 떨어진 곳에서 제 스승을 잡아왔는데, 어떻게 알
고 벌써 여기까지 찾아왔을꼬……? 아무튼 애들아, 출전 준비를 해
야겠다. 먼저 수레를 죄다 끌고 나서거라!"

이윽고 닫혔던 돌 문짝이 다시 열리면서 부하 요괴들이 수레 다섯
대를 몰고 나와 너른 터에 차례차례 늘어세우기 시작했다.

"형님, 저 요괴들이 우리를 무서워하는가 보오. 그러니까 수레를
밀고 나와 딴 데로 이사하려는 게 아니오?"

"아닐세, 우선 어디다 배치하나 지켜보기로 하세."

손오공의 짐작은 들어맞았다. 졸개들이 수레 다섯 대를 늘어놓은
방위가 수(水), 화(火), 금(金), 목(木), 토(土), 오행에 따라 자리 잡고
벌려 세우더니 다섯 놈이 각각 한 대씩 맡아 가지고 서 있는 동안, 우
두머리 마왕이 어슬렁어슬렁 걸어 나왔던 것이다. 싸우러 나왔으면서
도 갑옷과 투구로 무장을 갖추지 않고, 그저 수놓은 비단 치마 한 벌
허리에 두른 채 창 한 자루 손에 잡은 품이 보통 여유만만하지 않았다.
그 창은 마귀가 애용하는 '화첨창(火尖槍)'이란 병기로 길이만도 18척,

그리고 창끝에 불꽃이 활활 타오르는 유별난 무기였다.

"웬 놈이 내 집 문전에서 시끄럽게 떠드느냐?"

요괴 홍해아가 호통쳐 묻는 말에, 손오공이 싱글싱글 웃어가며 앞으로 나섰다.

"이보게, 조카! 날세, 나야. 날 못 알아보겠는가?"

"닥쳐라, 이 원숭이 놈아! 조카라니, 누가 너 따위 놈의 조카라는 게냐?"

"자넨 모를 것이네. 나로 말하자면 오백 년 전에 천궁을 뒤엎고 일대 소동을 부렸던 제천대성 손오공일세. 그 당시 나하고 사귄 분이 자네 어르신을 비롯해서 일곱 호걸이 있었지. 자네 어르신은 우마왕이라 불리고 평천대왕이란 별호를 쓰시면서 이 손 선생과 의형제를 맺은 맏형님이셨네. 그러니까 우리 일곱 형제가 사귀고 있을 때, 자네는 이 세상에 태어나지도 않았을 거야."

요괴가 그런 소리를 귀담아들을 턱이 없다. 그는 상대방의 말끝이 떨어지기 무섭게 불꽃 창을 번뜩 내뻗으면서 손오공의 앞가슴을 찌르려 덤벼들었다. 그러나 손오공 역시 만만히 당할 원숭이가 아니었다. 불꽃이 활활 타오르는 창날이 찔러들자, 그는 당황한 기색 하나 없이 날쌘 동작으로 창끝을 맵시 좋게 피하면서 냅다 호통쳐 꾸짖었다.

"요런 발칙한 놈 봤나! 위아래도 몰라보고 날뛰다니. 어디 이 숙부님의 철봉 맛 좀 볼 테냐!"

요괴 역시 날렵한 몸놀림으로 여의봉의 공격을 피해내면서 마주 고함을 쳤다.

"못된 원숭이 놈아, 어디 와서 까부느냐! 이 창이나 받아라!"

이리하여 두 적수는 저마다 신통력을 발휘하여 구름 속으로 뛰어올라 무섭게 맞붙어 싸우기 시작했다.

얼마쯤 지났을까, 요마는 손오공과 이십여 차례를 치고받았으나, 승패가 나지 않았다. 그 대신 곁에서 지켜보고 있던 저팔계는 형편이 어떻게 돌아가는지 또렷이 알 수 있었다. 요괴가 비록 패하여 달아나지는 않는다 해도 간신히 막아내기나 할 뿐 상대방을 쓰러뜨릴 능력이 없는 게 분명했다. 싸움판을 구경하면서 그는 자기 나름대로 궁리해보았다. 손오공이 단판에 이겨버리고 나면, 저팔계 자신은 언제 공을 세워볼 수 있단 말인가……? 생각이 여기에 미치자 시샘 많고 욕심 많은 미련통이는 대뜸 이빨 아홉 달린 쇠스랑을 번쩍 치켜들더니 허공으로부터 곤두박질치면서 요괴 홍해아의 머리통을 겨누고 있는 힘껏 내리찍었다.

느닷없이 저팔계의 습격에 몰린 요괴는 황급히 창끝을 거둬들이고 달아나기 시작했다. 손오공이 저팔계에게 고함을 질렀다.

"뒤를 쫓게! 빨리 쫓아가!"

두 사람이 소굴 앞까지 뒤쫓아 갔을 때, 요괴는 벌써 한 손으로 화첨창을 높이 치켜들고 중간에 배치된 수레 위에 우뚝 서 있었다. 그들이 나타나자, 요괴는 주먹으로 제 콧잔등을 서너 번 두들겼다. 그것을 보고 저팔계가 웃음보를 터뜨렸다.

"저놈, 정말 엉뚱한 녀석일세! 제 콧등을 제 손으로 쳐서 코피를 내다니, 그렇다고 누가 불쌍하게 보아줄까 봐?"

그러나 웃을 일이 아니었다. 코피를 터뜨린 요괴는 중얼중얼 몇 마디 주문을 외우더니, 입에서 불길을 확 뿜어내고 콧구멍으로부터 짙은 연기를 뭉클뭉클 쏟아내는 것이 아닌가! 두 형제는 무슨 영문인지 알아볼 겨를도 없었다. 눈 깜짝할 사이에 요괴의 주변은 온통 화염이 솟구쳐 불바다를 이루었다. 그와 때맞춰 다섯 대의 수레에서도 일제히 불꽃이 용솟음치기 시작했다. 확확 내뿜는 불길 몇 모금에 시뻘건 불꽃이 허공을 모조리 태워버릴 것처럼 길길이 솟구치고, 화운동 전역이 불꽃 연기에 휩싸여 그야말로 하늘과 대지가 온통 불구덩이 속에 빠져들고 말았던 것이다.

당황한 저팔계가 먼저 행동을 바꾸었다.

"형님, 안 되겠소! 저 불구덩이 속에 빠져들었다가는 살아나올 생각을 말아야겠소. 저놈이 아무래도 이 저팔계를 통돼지구이로 만들어야 직성이 풀릴 모양이오. 어이쿠, 뜨거워라! 어서 도망칩시다, 도망쳐요!"

말끝이 미처 다 떨어지기도 전에, 두 다리는 벌써 삼십육계 줄행랑을 놓고 있었다. 동료 손오공은 거들떠보지도 않고 멀찌감치 달아났던 것이다.

그러나 손오공은 신통력이 워낙 크고 높은 터라, 도망치기는커녕 오히려 대담하게도 불길을 헤치는 '피화결(避火訣)' 수법으로 불구덩이에 훌쩍 뛰어들어 요괴를 찾아 헤매기 시작했다. 요괴가 또다시 몇 모금의 불길을 더 토해내자, 불기운은 더욱 사납게 솟아오르고 번져나가기 시작했다. 손오공은 불꽃 섞인 검붉은 연기에 휩싸인 채 도무지 요괴를 찾아낼 길이 없었다. 그는 동굴 문을 찾아 무작정 돌진했으나 요괴를 찾기는커녕 도리어 거센 불길에 쫓겨 나와야 했다. 그가 달아나는 것을 본 요괴는 불을 일으키는 도구와 수레를 거둬들여 부하들과 함께 유유히 동굴 안으로 들어가 문짝을 닫아걸었다.

한편 불구덩이에서 빠져나온 손오공은 계곡을 건너뛰어 피신한 다음, 근두운을 낮추고 내려섰다. 그리고 가만히 귀를 기울여보니, 솔숲에서 저팔계와 사오정이 두런두런 얘기를 주고받는 소리가 들려왔다. 손오공은 그리로 달려가 저팔계를 보고 냅다 꾸짖었다.

"이 미련하고 인정머리 없는 놈아! 불구덩이 속에 동료를 내버려둔 채 저 혼자만 살겠다고 뺑소니를 쳐? 이 비겁한 놈아!"

저팔계가 염치 좋게 히죽히죽 웃어가며 눙쳤다.

"형님, '때와 장소를 가릴 줄 아는 사람만이 준걸(俊傑)'이란 얘기도 못 들어보셨소? 그놈이 형님과 친분을 알아주지도 않는데, 형님이 억지로 친분을 내세웠으니 싸움이 벌어질밖에 더 있겠소. 또 그처럼 무서운 불을 지르는 판국에 물러날 생각은 않고 미련하게 뛰어들다니, 그게 어디 똑똑한 사람이 할 짓이오?"

"그 괴물의 솜씨가 나하고 비교해서 어떻던가?"

이때서야 기세가 수그러진 손오공이 다시 물었다.

"대단치는 않습디다. 그저 무지막지하게 지르는 불이 겁나더군요."

둘이서 요괴의 불장난 솜씨를 놓고 이러쿵저러쿵 따지다 보니, 사오정은 솔뿌리에 기대 선 채 빙글빙글 웃고만 있었다.

"자넨 또 왜 웃고 있나? 자네한테 무슨 뾰족한 수라도 있단 말인가?"

맏형의 물음에 사오정은 대수롭지 않다는 듯이 말했다.

"방금 둘째 형님 말씀대로 그 요괴는 수단이 큰형님만 못하오. 단지 화력이 좀더 세기 때문에 이길 수 없었던 것뿐이오. 제 생각을 말씀드리지요. 상생상극(相生相剋), 서로 상충되는 방법을 써서 그놈의 화력을 제압한다면 어려울 게 뭐 있소?"

손오공이 그 말을 듣고 무릎을 탁 쳤다.

"옳거니, 자네 말에 일리가 있네! 불은 물로 끌 수 있는 법이지! 내 당장 가볼 데가 있으니, 자네들은 예서 기다리고 절대로 그놈한테 싸움을 걸지 말게!"

두 아우에게 당부 말을 남긴 손오공은 즉시 구름을 일으켜 타고 동양 대해로 날아갔다. 순식간에 너르디너른 바다 위에 도달한 그는 곧장 물살을 밀어내는 '핍수법(逼水法)'으로 파도와 물결을 헤치고 바다 속 깊숙이 들어가 동해 용왕의 수정궁에 들이닥쳤다.

말썽꾸러기 제천대성이 갑작스레 찾아왔다는 통보를 받은 용왕은 부리나케 마중 나와 차 대접을 하려 했으나, 마음 급한 손오공은 당나라 스님이 홍해아란 요괴에게 납치되어 끌려간 사실, 요괴의 소굴에 쳐들어갔다가 오히려 엄청난 불길에 쫓겨 도망쳐 나왔다는 사실을 간략히 일러주고 찾아온 용건부터 꺼냈다.

"……그놈의 불길이 얼마나 지독스럽고 거세던지, 나하고 저팔계는 제대로 싸워보지도 못하고 그만 쫓겨나왔지 뭐요. 가만 생각해보니 물만 있으면 그놈의 불을 끌 수 있을 듯싶기에 바닷물 좀 얻어 쓸까 해서 찾아온 거요."

사연을 다 듣고 난 동해 용왕은 그 즉시 북을 울려 남해와 서해, 북해 바다를 다스리는 용왕들까지 불러들인 다음, 사해 용왕 네 형제가 한꺼번에 바다 군사들을 거느리고 제천대성을 뒤따라 서쪽 하늘로 날아갔다.

용왕의 군사들을 거느리고 마음이 든든해진 손오공은 잠깐 사이에 호산 고송간 골짜기 상공에 이르렀다.

"여러분, 수고스럽게 이렇듯 멀리 오시게 하여 미안하오. 여기가 바로 요사스런 마귀가 사는 곳이오. 이 손 선생이 먼저 그놈을 끌어내어 싸워볼 테니, 여러분은 공중에서 기다렸다가 그놈이 또 불을 지르거든 내 고함 소리를 듣는 대로 빗물을 퍼부어주시오."

사해 용왕들에게 지시해놓고 홀몸으로 동굴 문턱에 들이닥친 손오공은 다짜고짜 여의봉으로 돌 문짝부터 때려 부수기 시작했다. 문지기 요괴들이 기겁을 해 가지고 허둥지둥 안으로 달려가 급보를 전했다.

"대왕님, 손오공이 또 쳐들어왔습니다!"

홍해아는 고개를 뒤로 젖혀가며 껄껄대고 웃었다.

"그놈의 원숭이가 삼매진화에 타 죽지 못해 안달이 나서 또 기어든 모양이로구나. 오냐, 좋다! 내 이번만큼은 절대로 그냥 놓아 보내지 않겠다!"

이윽고 불꽃 창을 집어 든 홍해아가 부하들을 시켜 불 수레 다섯 대를 밀고 기세등등하게 동굴 바깥으로 뛰쳐나왔다.

"원숭이 놈아, 뭘 얻어먹으러 또 기어들어 왔느냐?"

느긋이 기다리던 손오공이 대꾸했다.

"딴소리 말고 우리 사부님이나 돌려보내라, 조카 녀석아!"

"요 벽창호 녀석아! 당나라 화상이 너한테는 스승이 될지 모른다만, 내게는 술안주 감밖에 안 된다는 걸 모르느냐?"

스승이 '술안주 감'이란 말을 듣자, 손오공은 약이 바짝 올라 두말없이 여의봉을 번쩍 치켜들고 요괴의 면상을 후려쳤다. 홍해아 역시 불꽃 창으로 급히 맞받아쳤다. 이리하여 앞서보다 더 치열한 싸움판이 골짜기에서 벌어지기 시작했다.

눈 깜짝할 사이에 치고받기를 무려 스무 차례, 그러나 요사스런 마왕은 역시 제천대성의 적수가 못 되었다. 홍해아는 시간이 갈수록 이겨낼 수 없음을 깨닫자, 불꽃 창을 한 차례 허세로 휘둘러 보이고 나서 급히 싸움터를 빠져나가더니, 또다시 주먹으로 제 콧잔등을 깨뜨려 불길을 확 뿜어냈다. 그와 때를 같이해서 동굴 문 앞에 자리 잡은 불 수레 다섯 대도 일제히 연기와 불꽃을 토해내기 시작했다. 어느새 요괴의 입과 두 눈에서도 시뻘건 불길이 활활 타올라 허공으로 솟구치고 있었다.

손오공은 이때다 싶어 고개를 뒤로 돌리고 큰 소리로 외쳤다.

"용왕들은 어디 있는가!"

호통 소리 한 번에 사해 용왕 네 형제들은 그 즉시 요괴의 불길이 치솟는 곳을 겨냥하고 빗물을 쏟아 붓기 시작했다. 후드득후드득 떨어지던 빗방울이 삽시간에 장대 같은 빗줄기로 바뀌어 산골짜기를 가득 메우도록 퍼붓더니, 굽이굽이 감돌아 흐르던 냇물을 잠깐 사이에 물바다로 만들었다.

빗물은 그야말로 억수같이 퍼부었다. 그러나 어찌 된 일인지 요괴의 불길을 꺼버리지는 못했다. 그도 그럴밖에, 사해 용왕이 내리는 빗물은 고작 보통 불이나 끌 수 있을 뿐, 요마가 3백 년 동안 수련해낸 삼매진화를 끄기에는 힘에 부쳤던 것이다. 불길을 잡기는커녕 오히려 타는 불에 기름을 끼얹기라도 한 것처럼 빗물이 쏟아질수록 삼매진화의 불길은 점점 더 맹렬하게 타오를 뿐이었다.

사태가 험악해지자, 손오공은 생각을 바꾸었다.

"안 되겠다! 피화결을 써서 불속으로 뚫고 들어가야겠구나!"

마침내 또다시 불구덩이 속으로 뚫고 들어간 손오공이 눈앞에 닥치는 대로 철봉을 휘둘러가며 요괴를 찾아 헤매기 시작했다. 홍해아는 그가 불속으로 뛰어든 것을 보자, 가까이 다가올 때까지 기다렸다가 연기 한 모금을 그 얼굴에 냅다 뿜어댔다. 손오공은 엉겁결에 고개를 돌려 피했으나 때는 이미 늦었다. 정통으로 연기를 쐰 두 눈알이 시큰시큰 쑤셔대고 연기를 들이마신 머릿속은 어찔어찔 현기증을 일으키는가 하면, 눈물이 억수같이 쏟아져나와 도무지 배겨낼 수가 없었다.

제천대성 손오공은 애당초 불길 따위는 겁내지 않았으나, 연기만큼은 무서워했다. 5백 년 전 그가 천궁을 뒤엎고 일대 소동을 벌인 끝에 사로잡혔을 때, 태상노군의 팔괘화로 속에 갇혀 49일 동안이나 톡톡히 단련을 받았는데, 바람 부는 방향에 자리 잡은 덕분으로 불길에 타죽지는 않았으나, 쉴 새 없이 몰아치는 연기만큼은 피할 도리가 없어 눈자위에 시뻘건 핏발이 서고 눈동자마저 샛노랗게 변하고 말았던 것이다. 그래서 오늘날까지도 세상에 무엇보다 연기를 두려워하게 되었던 것이다.

손오공의 기세가 주춤하자, 홍해아는 또 한 차례 연기 불꽃을 확 뿜어 보냈다. 견디다 못한 손오공은 구름 위로 솟구치고 나서야 겨우 불바다를 빠져나올 수 있었다. 그제야 요마는 불 도구를 거둬들이고 유유히 소굴로 돌아갔다.

온 몸뚱이에 연기와 불길을 뒤집어쓴 손오공은 숨이 막히고 뜨거워 견딜 수가 없는 터라, 답답한 가슴이나 식혀볼 생각에 냇물 속으로 풍덩 뛰어들었다. 그러나 뜨겁게 달아오른 몸이 차가운 물에 닿기 무섭

게 불기운이 삽시간에 심장부로 파고들어 숨통을 끊어놓을 줄이
야…… 가련하게도 손오공은 가슴이 꽉 막히고 혀끝까지 굳어지면서
그만 숨이 끊어지고 말았다.

반공중에서 이 광경을 지켜보고 있던 용왕들이 깜짝 놀라 급히 비
를 거둬들이면서 큰 소리로 외쳐 알렸다.

"천봉원수! 권렴대장! 빨리 나와 그대들의 사형을 찾아보시오!"

소나무 숲 속에서 기다리고 있던 저팔계와 사오정은 하늘나라에 있
을 때의 자기네 직함을 부르는 소리가 들리자, 황급히 숲을 뛰쳐나왔
다. 그리고 냇가를 따라 허둥지둥 찾아 내려가다 보니, 소용돌이치는
급류를 타고 사람 하나가 둥실둥실 떠내려오고 있었다. 옷을 입은 채
물속에 뛰어든 사오정이 끌어안고 냇가로 올라와 보니, 건져낸 사람
은 과연 맏형 손오공이었다. 기가 막히게도 양팔 두 다리는 빳빳하게
굳은 채 오그라들어 펴질 줄 모르고, 온 몸뚱어리는 얼음장처럼 싸늘
하게 식었을 뿐 아니라 숨통마저 막히고 맥도 끊겨 있는 것이다.

그 꼴을 보고 사오정이 눈물을 펑펑 쏟아냈다.

"큰형님, 이게 웬일이오? 늙지 않고 오래오래 사신다더니 이렇게
돌아가실 줄이야 누가 알았겠소?"

곁에서 저팔계가 피식 웃으면서 말했다.

"여보게, 울 것 없네. 온기가 아직 남아 있으니까, 가슴팍이나 좀
문질러보세."

미련퉁이는 막내더러 다리를 붙잡게 하더니, 두 손바닥으로 몸뚱
이 전체를 골고루 문질러주기 시작했다. 냉기가 좀 가시자 이번에는
두 눈과 양쪽 귀, 콧매, 입술 언저리를 차례차례 더듬어가며 안마해

주었다.

손오공은 숨이 완전히 끊긴 것은 아니었다. 뜨거운 몸을 갑자기 차가운 냇물 속에 던져 넣고 보니, 불기운이 심장부에 충격을 준 데다 아랫배 급소를 꽉 틀어막아 소리를 내지 못했던 것인데, 다행히도 저팔계가 안마를 해 풀어준 덕분에 이내 기력이 돌면서 막혔던 급소가 말끔히 뚫린 것이었다.

얼마나 지났을까, 손오공이 두 눈을 번쩍 떴다.

"이런! 자네들 여기 있었네그려. 이번만큼은 이 손 선생도 정말 혼이 났었네."

모처럼 공을 세운 저팔계가 싱글벙글 웃었다.

"형님, 혼이 난 정도가 아니라, 진짜 돌아가실 뻔했소."

손오공은 벌떡 일어나더니 하늘 쪽으로 고개를 쳐들고 소리쳐 물었다.

"사해 용왕 여러분! 어디 계시오?"

허공 시꺼먼 먹구름 속에서 용왕들이 응답하는 소리가 들려나왔다.

"소룡들은 여기 대령하고 있소이다!"

"먼 길에 오시느라 수고하셨는데, 공을 이루지 못하게 되어 송구스럽소이다. 우선 바다로 돌아가시오. 훗날 다시 찾아뵙고 사례하리다."

제천대성의 분부가 떨어지자, 사해 용왕들은 모처럼 출동한 보람도 없이 흩어져 용궁으로 돌아갔다.

손오공은 막내아우의 부축을 받으며 소나무 숲으로 들어가 기대앉았다. 한동안 숨고르기를 하고 나서 그는 스승을 떠올리고 하염없이 눈물을 흘리기 시작했다.

"큰형님, 너무 슬퍼 말고 한시 바삐 구원병을 모셔다 구해낼 대책이나 세웁시다."

"어딜 가서 구원병을 청해온단 말인가?"

"애당초 보살님이 우리더러 당나라 스님을 보호하라 분부하셨을 때, 하늘을 부르면 천신(天神)이 도와줄 것이요, 땅을 부르면 지령(地靈)이 응답하여 돕게 해주신다고 약속하셨소. 이 두 군데 중 어느 곳에 구원을 청하면 좋겠소?"

그러자 손오공은 힘없이 도리질을 해보였다.

"안 될 말일세. 이 제천대성이 천궁 지옥을 어지럽혔을 때 숱한 신병들이 출동하고도 나를 어쩌지 못했네. 이 홍해아란 요괴는 신통력이 너무나 크고 세다네. 이런 놈을 잡으려면 반드시 관음보살님께 가서 구원을 청해야만 되네. 하지만 나는 몸뚱이가 쑤시고 허리 무릎이 아파 근두운을 일으켜 탈 수 없으니, 어떻게 그분을 모시러 갈 수 있겠나?"

이 말을 듣고 저팔계가 불쑥 나섰다.

"분부만 내리시구려. 이 미련퉁이가 냉큼 가서 모셔오리다."

"그것도 좋겠지!"

손오공의 허락을 받아낸 저팔계는 그 즉시 안개구름을 일으켜 타고 의기양양하게 남쪽을 향해 떠나갔다.

7. 보살님 행세하다 큰코다친 홍해아

한편, 요괴 홍해아는 잇따른 승리의 기쁨에 한껏 도취해 잔치를 벌이고 있다가, 혹시 손오공이 또 어디론가 구원병을 청하러 갈지 모른다는 생각이 들었다. 그래서 동굴 바깥 허공에 뛰어올라 사방을 두루 살펴보기 시작했다. 과연 짐작은 보기 좋게 들어맞았다. 저팔계가 남쪽으로 달려가는 모습이 눈길에 잡혔던 것이다.

홍해아는 생각해보았다. 남쪽으로 향한다면 반드시 관음보살에게 구원을 요청하러 가는 것이 분명했다. 그는 부하들에게 튼튼한 자루 하나 준비해 숨어 있도록 지시해놓고, 자신은 남쪽 지름길로 구름을 치달려 순식간에 저팔계를 앞질러 나갔다. 그리고 어느 절벽 끝 바위에 단정히 앉아서 가짜 보살의 모습으로 둔갑한 채 저팔계가 올 때까지 느긋하게 기다렸다.

저팔계가 구름을 휘몰아 정신없이 달려가다 보니, 불현듯 절벽 끝에 관음보살이 앉아 있다. 그것이 진짜인지 가짜인지 알아볼 턱이 없는 미련퉁이는 구름을 멈추고 그 앞에 넙죽 엎드려 큰절부터 했다.

"보살님, 제자 저오능이 문안 인사 드립니다."

홍해아는 능청스레 큰절을 받고 물었다.

"너는 당나라 스님을 모시고 경을 얻으러 가는 길 아니냐? 그런데 무슨 일로 날 보러 왔느냐?"

미련퉁이는 무릎 꿇고 앉은 채, 요괴 홍해아에게 스승이 납치당하고 손오공이 요괴와 싸우던 끝에 불길에 데어 꼼짝 못하게 된 사연을 낱낱이 고했다. 그리고 할 수 없이 보살님께 구원을 청하러 가는 길이었노라고 말했다. 홍해아는 시침 뚝 떼고 고갯짓을 내저었다.

"그 화운동 주인은 결코 사람을 해치지 않는데, 어째서 그런 일이 벌어졌는지 모르겠다. 혹시 너희들이 그 사람의 성미를 잘못 건드린 모양이로구나. 아무튼 일어서라. 나하고 같이 동굴 주인을 만나러 가자. 내가 말을 잘해줄 테니, 잘못했다 사과하고 너희 스승을 돌려받도록 하자꾸나."

"어이구 보살님, 고맙습니다!"

이렇게 해서 앙큼한 홍해아는 천연덕스레 저팔계를 데리고 화운동 소굴로 향했다. 미련한 바보 천치는 요괴의 속임수에 꼼짝없이 넘어가 남해 바다로 가지 않고 중도에 왔던 길로 되돌아간 것이다.

제 소굴 앞에 다다른 홍해아가 그 안으로 들어서면서 다시 한 번 저팔계를 안심시켰다.

"이 동굴 주인은 내가 잘 아는 친구니까, 조금도 꺼림칙하게 여기지 말고 어서 들어오너라."

미련한 저팔계는 영문을 모른 채 어슬렁어슬렁 뒤따라 들어섰다.

동굴 안에 막 들어섰을 때였다. 미리 숨어 기다리고 있던 홍해아의 졸개들이 한꺼번에 달려들더니, 저팔계를 쓰러뜨려놓고 결박한 뒤 가죽 자루 속에 처넣은 다음, 주둥이 끈을 바싹 졸라 대들보 위에 높이 매달아놓았다. 그제야 요괴의 본색을 드러낸 홍해아가 껄껄대며 비웃었다.

"이놈 저팔계야! 너같이 아둔한 녀석이 무슨 재간을 지녔다고 당나라 화상을 보호해서 경을 가지러 간다고 설쳐대는 게냐? 아무튼 잘됐다. 이제 네놈을 한 사날쯤 매달아두었다가 푹 삶아 부하 녀석들이나 잘 먹여야겠다."

저팔계는 교활한 요괴에게 감쪽같이 속아 넘어간 것이 분하고 원통해 가죽 자루 속에서 몸부림쳐가며 고래고래 욕설을 퍼부었으나 모두 소용없는 짓거리였다.

한편, 제천대성 손오공은 사오정과 함께 앉아서 저팔계가 돌아오기만을 목이 빠지게 기다리고 있었다. 그런데 난데없는 바람결에 비릿한 냄새가 풍겨와 얼굴을 스치고 지나갔다.

"엣취……! 이거 뭔가 잘못된 모양이로구나! 방금 지나간 바람이 아무래도 불길한걸. 혹시 저팔계란 녀석이 요괴와 맞닥뜨린 것은 아닐까……? 아니, 분명해! 내 당장 저놈의 소굴에 가봐야겠네."

"허리가 시큰거리고 아프다면서 그런 몸으로 또 요괴의 손에 걸려들면 어쩌시려고? 제가 다녀오리다."

하지만 손오공은 막내의 호의를 물리치고 불길에 덴 아픔을 참아가며 골짜기를 훌쩍 건너뛰더니, 화운동 소굴 문 앞에서 금빛이 번쩍거리는 보따리로 둔갑하여 길바닥에 나뒹굴었다. 공교롭게도 때마침 순찰 나오던 요괴 한 마리가 보따리를 보더니 얼른 챙겨다 동굴 속 제 방에 던져놓았다.

힘 안 들이고 소굴에 잠입한 손오공은 파리로 탈바꿈하여 휙 날아오르더니 조심스레 동굴 뒤꼍으로 들어가보았다. 과연 불길한 예감은 들어맞았다. 머리 위 들보 쪽에서 고래고래 악을 쓰는 소리가 들려 가보았더니, 가죽 자루 속에 처박힌 저팔계가 들보에 대롱대롱 매달린 채 몸부림치며 사납게 욕설을 퍼붓고 있는 것이었다.

"……이 못된 요괴 놈아! 네놈이 감히 관음보살로 둔갑해 날 속이고 이리로 잡아오다니! 어디 두고 보자! 우리 형님이 아시는 날에는 네놈들 모두 결딴날 줄 알아라!"

손오공은 속으로 웃으면서도 홀로 다짐을 두었다.

"이 미련한 것이 자루 속에서 숨이 막혀 죽을 지경인데도 항복하지 않았구나. 오냐, 좋다! 내 이놈의 괴물을 반드시 잡아 없애 분풀이를 하고야 말리라."

그러나 당장 미련퉁이를 구해낼 방법은 좀처럼 떠오르지 않았다. 그는 방금 요괴가 무엄하게 관음보살로 변신하였다는 저팔계의 말을 떠올리고 역시 남해 보살님께 하소연하는 것이 낫겠다고 생각했다. 그는 몸뚱이가 안 쑤셔대는 곳이 거의 없었으나, 고통을 꾹 참고 곧바로 남해를 향해 쏜살같이 날아갔다.

남해 바다로 한 시간 남짓 날아갔을 때 어느덧 보살님이 거처하시는 보타산(普陀山)의 절경, 짙푸른 파도가 넘실대는 낙가애(落伽崖) 절벽이 내려다보였다. 낭떠러지에 내려선 손오공은 옷매무새를 단정히 가다듬고 밀물 썰물이 출렁거리는 조음동(潮音洞) 안으로 들어가 관음보살 앞에 꿇어 엎드렸다.

"오공아, 스승을 모시고 서방 세계로 경을 받으러 가지는 않고 네가 이곳에는 무슨 일로 찾아왔느냐?"

꾸중 섞인 보살의 말씀에, 손오공은 이마를 조아리고 여쭈었다.

"불초 제자가 당나라 스님을 모시고 서천으로 가는 도중 호산이란 곳에 이르렀는데, 그 산중에 소굴을 차려놓은 요괴가 저희 사부님을 납치해갔습니다……"

그는 이어서 자신이 저팔계와 함께 요괴의 소굴을 찾아가 싸웠으나 삼매진화에 견뎌내지 못하고 도망쳐 나왔다는 사실, 그래서 바닷물로 불길을 잡으려고 사해 용왕까지 동원했으나 역시 삼매진화에는 아무 소용이 없었을 뿐 아니라 오히려 불길과 연기에 그을려 중화상을 입고 죽을 뻔했던 경위를 낱낱이 말씀드렸다.

손오공의 말이 끝나기를 기다려 관음보살은 이렇게 물었다.

"그렇다면 어째서 용왕에게만 구원을 청하러 가고 나한테는 오지 않았더냐?"

"애당초 보살님을 찾아뵈려 했사오나, 저는 불꽃 연기에 몸을 다쳐 구름을 탈 수 없었기에 저팔계를 시켜 보살님께 간청을 드리려고 떠나보냈습니다."

"오능은 여기 오지 않았다."

"그렇습니다. 이곳까지 오지 못하였을 것입니다. 저팔계는 그 요괴란 놈이 무엄하게도 보살님의 모습으로 둔갑해서 유인하는 바람에 속아 넘어가, 지금 동굴 속에 갇혀 있으니까요."

과연 이 말을 듣자, 관음보살은 크게 진노하였다.

"발칙한 놈이로다! 무례하게 내 모습으로 둔갑하다니……!"

보살은 어지간히 노여웠는지, 손에 들고 있던 정병을 바다 한복판에 '풍덩!' 내던져버렸다. 그것을 보고 찔끔 놀란 손오공은 송구스러워 얼른 한쪽으로 물러섰다.

잠시 후, 바다 한가운데에서 물결이 훌떡 뒤집히면서 방금 내던진 정병이 파도를 헤치고 불쑥 솟구쳐 올랐다. 자세히 보니 정병은 저절로 떠오른 게 아니라 바다 속의 거대한 괴물 검정 거북이 등딱지에 떠메고 나타난 것이었다.

보살이 손오공에게 분부했다.

"바닷가에 내려가 정병을 이리 가져오너라."

손오공은 말씀대로 정병을 가지러 거북에게 다가갔다. 그런데 어찌된 노릇인지 정병은 제천대성의 뚝심에도 요지부동, 들어올리기는커녕 꼼짝달싹도 하지 않았다. 공연히 헛심만 쓰던 손오공은 맥이 풀려 다시 보살 앞에 돌아와 무릎을 꿇고 말았다.

"보살님, 제자의 힘으로는 정병을 들어올릴 수가 없습니다. 그 요괴란 놈의 삼매진화에 불기운을 먹은 탓인지, 근력이 약해진 모양입니다."

그가 둘러대는 말을 듣고 관음보살이 빙그레 미소 지었다.

"아마 그럴 게다. 보통 때는 빈 병이었다만, 지금 바다 속에 던져넣었을 때는 경우가 다르다. 정병이 물에 잠겨 있는 동안 사해 바다, 온 대륙 하천, 그러니까 세상 천하 모든 강물과 호수, 샘물에서부터 망망대해 바닷물에 이르기까지 물이란 물의 기운이 모조리 병 속에 담겨졌다. 네 힘이 아무리 강하다 해도 이 세상 모든 물의 무게를 어떻게 들어올릴 수 있겠느냐."

　손오공은 보살님의 무한하신 법력 앞에 두 손 모아 경건히 합장했다.

　이윽고 관음보살이 오른손으로 거뜬히 정병을 집어 왼손바닥에 올려놓았다. 임무를 마친 검정 바다거북은 고개를 두어 번 끄덕끄덕하고 나서 물속으로 사라졌다.

　"오공아, 이 물병에 담긴 감로수(甘露水)는 저 용왕들이 쏟아내던 빗물 따위와 전혀 달라서 요괴의 삼매진화를 끌 수 있는 물이다. 어서 나하고 같이 가 네 스승을 구해내도록 하자."

　보살님이 직접 나서겠다고 하니 손오공은 기뻐서 어쩔 줄 몰랐다. 관음보살은 제자 혜안을 불러 나지막한 말씨로 분부를 내렸다. 보살의 명을 받은 혜안 행자는 그 즉시 천궁으로 올라갔다.

　혜안이란 바로 탁탑 이천왕의 둘째 태자로서, 속명이 목차(木叉), 나타태자에게는 둘째 형이 된다. 그는 곧바로 부왕이 거처하는 운루궁(雲樓宮)에 이르러 문안 인사를 드리고 나서 보살님의 부탁 말씀을 전했다.

　"아버님, 저희 사부님이 손오공의 간청을 받아 요사스런 마왕을 잡으러 가시면서 천강도(天罡刀)와 아우가 쓰는 항요저(降妖杵)를 잠시 빌려주십사 부탁드리라 하셨습니다."

　"그래, 천강도는 몇 자루나 쓰시겠다고 하시더냐?"

　"서른여섯 자루, 전부 다 필요하다고 하셨습니다."

　이천왕은 즉시 나타태자를 시켜 천강도 한 벌을 내다가 둘째 아들에게 내주었다. 혜안 행자는 아우에게서 항요저마저 받아 가지고 서둘러 아래 세상으로 내려왔다.

천강도 한 벌을 받아 든 관음보살이 그것을 모조리 허공에 내던지면서 주문을 외우자 서른여섯 자루의 칼은 삽시간에 수천 송이 연꽃으로 꾸민 연화대(蓮花臺)로 바뀌었다. 관음보살은 그 한복판에 단정히 올라앉았다.

이윽고 연화대에 앉은 관음보살과 구름을 탄 혜안 행자가 손오공의 안내를 받으며 호산으로 단숨에 날아갔다. 산머리가 나타나자, 손오공이 그 산을 가리키면서 아뢰었다.

"저 산이 바로 호산입니다. 저기서부터 요괴의 소굴까지 어림잡아 사백여 리쯤 됩니다."

보살은 구름을 멈추라 명하더니, 주문을 외워 그 산의 신령들을 모두 불러냈다.

"너희들은 지금부터 이 부근 삼백 리 일대의 날짐승 길짐승 벌레 새끼에 이르기까지 모든 동물을, 아무리 작은 목숨이라도 땅위에나 땅속에나 한 마리도 남겨두지 말고 죄다 산봉우리 위로 안전하게 옮겨놓아라."

신령들은 보살의 명을 받고 물러가더니 눈 깜짝할 사이에 대피 작업을 마쳤다. 보살은 상서로운 구름 위에 올라선 채 정병을 기울여 물을 쏟아내기 시작했다. 콸콸콸콸…… 병 속에 담겨 있던 세상 천하 모든 물 기운이 한꺼번에 쏟아져 나오는데, 그 어마어마한 기세에 천둥 벼락 때리듯 요란한 굉음이 울렸다.

손오공이 그 엄청난 광경을 바라보며 속으로 찬탄을 금치 못하는데, 곧이어 관음보살이 부르는 소리가 들렸다.

"오공아, 어서 내려가 그 요괴한테 싸움을 걸어라. 그러나 이길 생각은 말고 지는 척하면서 이리로 쫓겨와야 한다. 내 앞으로 끌고 오기만 하면 법력으로 그놈을 제압할 것이다."

보살의 명을 받든 손오공은 근두운을 돌려 화운동 어귀까지 사백여 리 길을 단숨에 날아가 요괴 홍해아의 소굴 앞에 내려서자마자 여의봉으로 문짝부터 때려 부수기 시작했다. 문을 지키던 졸개가 그를 발견하고 안으로 뛰어들었다.

홍해아는 손오공이 또 쳐들어와 문짝까지 때려 부순다는 보고를 받자, 불꽃 창을 집어 들기 무섭게 동굴 바깥으로 뛰쳐나갔다.

"이 원숭이 놈아! 그만큼 사정을 봐주었으면 알아들을 듯도 하겠다만, 뭐가 또 모자라서 날 찾아와 못살게 구는 거냐?"

"요 조카 녀석아! 하늘이 내려다보고 계시다. 작은아버지를 문전박대하면 삼강오륜에 어긋난다는 걸 알고나 하는 소리냐?"

요사스런 마왕은 부끄러움과 분노가 한꺼번에 치밀어 기다란 창 자루를 고쳐 잡고 냅다 손오공의 앞가슴을 찔러들었다. 손오공 역시 질세라 여의봉을 선뜻 쳐들어 가로막더니 그 여세를 몰아 마주쳐 나갔다. 한번 맞붙은 싸움이 순식간에 네다섯 차례나 격돌했다. 싸움이 무르익자, 손오공은 짐짓 힘겨운 척하면서 패색을 보이더니 나중에는 철봉 자루를 질질 끌면서 달아나기 시작했다.

"요 원숭이 놈아! 어딜 도망치려고!"

"조카 녀석아, 이 숙부님은 네가 또 불을 지를까 봐 겁나 도망치는 중이다!"

"뺑소니치지 말고 게 섰거라!"

홍해아는 속임수인 줄 까맣게 모른 채 고래고래 소리치며 정신없이 뒤쫓아왔다.

　얼마 안 되어 앞쪽 산머리에 관음보살의 모습이 보였다. 손오공은 멀찌감치 간격을 두고 다시 요괴에게 시비를 걸었다.

　"요 녀석아, 관음보살님이 계신 곳까지 왔는데, 이래도 항복을 안 할 테냐?"

　그러나 홍해아는 그 말을 곧이듣지 않고 계속 뒤쫓기만 했다. 목적을 달성한 손오공은 훌떡 몸을 뒤채어 관음보살의 금빛 찬란한 후광 속에 모습을 감추었다.

　홍해아는 손오공의 모습이 갑작스레 사라지자, 영문을 모르고 앞으로 달려들다가 마침내 관음보살을 발견했다. 그는 두 눈을 딱 부릅뜨고 호통쳐 물었다.

　"네가 원숭이 녀석의 요청을 받고 온 구원병이냐?"

　관음보살이 잠자코 대답하지 않았다. 요괴는 불꽃 창을 휘둘러 위협하며 다시 고함쳐 물었다.

　"너 이놈! 손오공이 불러서 온 구원병이지?"

　그래도 보살은 대꾸가 없었다.

　"에잇, 괘씸하구나!"

　요괴 홍해아는 창끝으로 보살의 가슴을 겨누고 냅다 찔러 들어갔다. 그런데 창끝이 앞가슴에 닿기 직전, 보살은 한 줄기 금빛 광채로 변하여 까마득히 높은 하늘로 올라갔다. 뜻밖의 사태에 기절초풍을 한 손오공이 허겁지겁 그 뒤를 따르면서 고함을 질렀다.

　"아이고 맙소사, 보살님! 요괴가 창 한 번 찔렀다고 저 아까운 연화대마저 내버리고 도망치신단 말입니까?"

관음보살이 그제야 입을 열었다.

"아무 소리 말고 저놈이 어떻게 되나 지켜보기만 해라."

일이 이쯤 되니, 손오공도 더는 어쩔 수 없어 혜안 행자와 함께 구름 위에 서서 내려다보기 시작했다.

요괴 홍해아는 깔깔대고 비웃으면서 허공을 향해 소리쳤다.

"못된 원숭이 놈아! 이 성영대왕께서 누군 줄 알고? 제 힘으로 당해낼 재간이 없으니까, 어디서 시시껄렁한 보살인지 뭔지 하는 것을 구원병이라고 불러왔어? 그것도 창으로 한 번 찔렀더니 그림자도 없이 뺑소니치고 연화대까지 팽개쳤구나. 오냐, 잘됐다. 내가 그 위에 올라가 앉아보기로 할까?"

홍해아는 대담하게도 관음보살의 흉내를 내어 팔짱 낀 자세로 연화대 한복판에 두 다리를 틀고 버젓이 앉았다.

그 광경을 본 손오공이 분하고 원통해서 펄펄 뛰었다.

"참 잘도 하셨습니다, 보살님. 저걸 보십쇼. 요괴란 놈이 벌써 자리 잡고 앉았지 않습니까?"

"나는 저놈을 저 자리에 앉히려고 했다. 아무 소리 말고 내 법력을 보아라."

관음보살은 버들가지로 아래를 가리키면서 외마디 호통을 쳤다.

"물러나라!"

그 말이 끝나기도 전에, 연화대를 둘러싸고 있던 오색찬란한 연꽃 잎사귀들이 눈 깜짝할 사이에 어디론가 사라지고 요사스런 마왕은 어느새 날카로운 칼끝 위에 앉아 있었다. 관음보살이 두번째 명을 내렸다.

"혜안아, 항요저로 저 칼자루를 사정없이 두들기고 오너라."

"예에!"

스승의 분부를 받든 혜안 행자가 구름을 낮추고 내려서더니 요사스런 마귀의 항복을 받아내는 항요저란 절굿공이로 천강도 칼자루를 한 바퀴 빙 돌아가며 연달아 두들겼다. 칼자루를 두들길 때마다 서른여섯 자루의 예리한 칼끝이 차례차례 요괴의 두 넓적다리를 사정없이 꿰뚫고 반대편으로 빠져나가기 시작했다. 홍해아의 두 다리에서는 삽시간에 선지피가 철철 쏟아져 나오고, 살갗이 찢겨나간 상처에서 시뻘건 살점이 뭉텅뭉텅 갈라져 나왔다.

그러나 홍해아는 역시 악착같은 괴물이었다. 그는 어금니를 갈아붙여 아픔을 참으면서 불꽃 창대를 내던진 채 두 손으로 넓적다리에 박힌 칼날을 닥치는 대로 뽑아내려 했다.

손오공이 그 지독스런 꼴을 보고 깜짝 놀라 소리쳤다.

"보살님, 저놈이 아픈 줄도 모르고 칼날을 뽑아내기 시작했습니다!"

관음보살이 버드나무 가지를 아래쪽으로 드리우면서 진언을 외웠다. 그러자 요괴의 손에 뽑혀 나올 듯 말 듯 흔들리던 서른여섯 자루의 천강도 칼날이 눈 깜짝할 사이에 낚싯바늘처럼 구부러지더니, 먹이를 물고 늘어진 늑대 어금니처럼 아무리 비틀고 흔들어도 넓적다리를 꿰뚫고 오그라든 채 빠져나올 줄 몰랐다.

요괴 홍해아는 그제야 당황하기 시작했다. 그는 낚싯바늘처럼 구부러진 칼끝을 부여잡고서 고통스러운 목소리로 애걸복걸했다.

"보살님! 제가 보살님의 너르고 크신 법력을 알아보지 못했습니다. 제발 자비를 베푸셔서 이 한목숨 용서해주십시오! 두 번 다시 악한 짓을 저지르지 않고 부처님 슬하에 입문하여 수행하겠습니다!"

"우리 불문에 들어오겠느냐?"

"목숨만 살려주신다면 불문에 들겠나이다."

요괴는 고개를 끄덕이면서 눈물을 뚝뚝 흘렸다.

"그럼 내 손수 네 머리를 깎아주마."

관음보살은 주머니칼을 한 자루 꺼내 홍해아의 머리카락을 몇 군데 잘라낸 다음, 세 가닥으로 총각상투를 땋아 올렸다. 곁에서 지켜보던 손오공은 그 괴상야릇한 꼬락서니가 재미있어 깔깔대고 웃음보를 터 뜨렸다.

"이 요괴 녀석! 꼴좋게 됐구나!"

보살은 그 말을 못 들은 척 무시하고 홍해아에게 말했다.

"이제 너는 계율을 받았으니, 앞으로 선재동자(善財童子)라고 부르 겠다."

홍해아는 머리 조아려 보살의 뜻을 받들었다. 이윽고 보살이 손가 락으로 천강도를 가리키며 외마디 호통을 쳤다.

"물러나라!"

외마디 소리가 울리자마자, 서른여섯 자루의 천강도는 모조리 땅에 떨어지고, 선재동자의 몸은 어느새 상처 하나 없이 도로 말짱해졌다.

보살은 혜안 행자를 시켜 천강도와 항요저를 천궁에 돌려드리고, 그 길로 남해 보타산 암자로 돌아가라는 명을 내렸다.

그러나 선재동자가 된 요괴 홍해아는 아직도 야성이 가라앉은 것이 아니었다. 그는 너무나 쉽게 굴복한 것이 분하여 보복할 기회를 엿보 고 있던 차에, 날카로운 천강도에 꿰뚫린 엉덩이와 넓적다리의 고통이 스러지고 상처 또한 감쪽같이 아물자 생각이 바뀌었다. 그는 시침 뚝 떼고 일어서더니 땅바닥에 내던졌던 불꽃 창을 집어 들고 관음보살에게 호통쳤다.

"네 따위가 무슨 법력이 있다고 나를 진정으로 굴복시키겠다는 거냐? 이 창끝이나 받아라!"

홍해아는 무엄하게도 관음보살의 얼굴을 겨냥하고 찔러 들어갔다. 한시름 놓았던 손오공이 그것을 보고 약이 올라 즉석에서 여의봉을 휘둘러 때려잡으려 했으나, 관음보살이 급히 호통쳐 말렸다.

"그냥 두어라! 내가 혼내줄 것이다."

그리고 소매 춤에서 꺼내든 것은 금 테두리 하나였다.

"변해라!"

자비로운 보살이 금빛 테두리를 손에 들고 바람결에 흔들며 호통치자, 그것은 삽시간에 다섯 개로 늘어나더니 곧바로 선재동자의 몸뚱이를 향해 날아갔다.

"들씌워라!"

보살이 또 한 번 호통쳤다. 금 테두리 다섯 개 중 한 개는 선재동자의 머리통에 꽉 끼워지고 두 개는 양 손목에, 나머지 두 개는 양다리에 각각 하나씩 채워졌다.

"아니, 보살님! 그건 제 머리에 씌운 것과 똑같지 않습니까? 아이고 맙소사, 제발 긴고주일랑 외우지 마십쇼!"

"염려 마라. 이것은 너에게 외우던 '긴고주(緊箍呪)'가 아니라, 저 동자 녀석을 상대로 외우는 '금고주(金箍呪)'란 것이다."

그제야 손오공은 마음이 다소 놓였으나 여전히 긴장을 풀지 못하고

154

관음보살 곁에 바짝 따라붙어 서서 두 귀를 곤두세웠다.

이윽고 관음보살이 묵묵히 '금고주'를 외우기 시작했다. 주문이 한 차례 두 차례 세 차례 거듭되는 동안, 요괴 홍해아는 팔다리가 차츰 오그라들면서 고통을 참느라 애쓰더니, 마침내 땅바닥에 나자빠져 몸부림쳐가며 데굴데굴 구르기 시작했다.

시간이 얼마나 흘렀을까, 보살은 주문 외우기를 그쳤다. 주문이 뚝 멎자 흙바닥에 몸부림치던 요괴 홍해아도 고통이 멎어 이내 정신을 차리고 일어나 앉았다. 제 몸뚱이를 살펴보았더니, 목덜미와 양 손목, 두 발목에 금빛 테두리가 꽉 끼워져 보통 아픈 것이 아니었다. 그것들을 벗겨내려고 두 손으로 잡아당겼으나, 꼼짝도 하지 않았다. 보배는 어느새 근육 속에 뿌리박아 건드릴수록 아프게 조여들고 있었던 것이다.

손오공은 그 호된 맛을 벌써 몇 차례나 경험해본 선배 격이라, 얼마나 고소한지 낄낄대고 웃었다.

"요 녀석아, 보살님께서 네놈이 귀엽다고 팔찌 목걸이를 끼워주셨구나!"

가뜩이나 아파서 약이 오르는데 빈정대는 소리까지 들으니, 홍해아는 분통이 터져 또다시 창 자루를 집어 들어 손오공을 겨냥하고 마구잡이로 찔러대기 시작했다. 손오공은 잽싸게 몸을 피해 보살의 뒤쪽으로 돌아가며 소리쳤다.

"보살님, 어서 주문을 또 외우십쇼!"

그러나 보살은 주문을 외우는 대신 버드나무 가지로 감로수를 찍더니 홍해아에게 뿌리면서 외마디 호통을 쳤다.

"합쳐라!"

말끝이 떨어지는 순간, 홍해아는 창 자루를 내던지고 두 손을 합장하여 가슴팍에 얹더니 두 번 다시 움직이지 못했다. 불가(佛家)에서 오늘날까지 남아 전해오는 '보살뉴(菩薩扭)'란 참배 자세가 이때부터 생겨난 것이다.

두 손바닥을 떼어낼 수도 없고, 창 자루를 움켜잡을 수도 없고…… 선재동자는 이때서야 부처님의 오묘하고도 깊디깊은 법력을 비로소 깨달았다. 그는 고개를 툭 떨어뜨린 채 관음보살 앞에 진심으로 굴복했다.

보살이 또다시 진언을 외우면서 정병을 기울였다. 호산 3백여 리 일대에 출렁거리던 바닷물은 삽시간에 병 속으로 빨려 들어가고 지상에는 한 방울도 남아 있지 않았다. 물을 거둬들인 그는 다시 손오공을 돌아보고 이렇게 당부했다.

"오공아, 이 요물은 내게 항복했다만, 아직도 야성이 가라앉지 않았다. 그래서 나는 이놈에게 일반 수행자들이 하는 '삼보일배(三步一拜)'가 아니라 '일보일배(一步一拜)'를 가르쳐 남해 낙가산에 이를 때까지 한 걸음에 한 차례씩 머리 조아려 큰절을 드리면서 가도록 만들겠다. 너는 속히 화운동 소굴로 달려가 너희 스승을 구해내도록 하여라."

손오공은 기뻐 어쩔 줄 모른 채 그저 연신 머리를 조아려 사례할 따름이었다.

요괴 홍해아는 이제 정식으로 불문에 들어섰다. 그리하여 관세음보살의 문하제자로 저 유명한 선재동자가 되었던 것이다.

이윽고 관음보살이 동자를 거두어 낙가산으로 돌아갔다.

손오공은 싱글벙글 웃으면서 막내아우에게 달려갔다. 큰형이 구원병을 모셔올 때만을 목이 빠지게 기다리던 사오정은 그를 반겨 맞으면서도 원망이 앞섰다.

"형님, 보살님께 청하러 갔던 일은 어찌 되고 이제야 빈손으로 오시는 거요? 정말 속이 타서 죽을 뻔했소."

"자네, 아직도 꿈을 꾸고 있네그려. 진작 보살님을 모셔다 요괴를 항복시켰으니, 어서 사부님을 구해드리러 가세!"

이들 두 형제는 다시 한 번 고송간 골짜기 냇물을 건너뛰어 동굴 앞까지 단숨에 들이닥쳤다. 그리고 일제히 병기를 휘둘러가며 동굴 안으로 뛰어들더니 우글거리는 요괴의 무리들을 닥치는 대로 모조리 때려잡고, 우선 들보에 매달린 가죽 자루부터 끌러 저팔계를 구해주었다.

미련한 저팔계는 사형에게 고맙단 인사를 하며 이렇게 물었다.

"형님, 그 요괴란 놈 어디 있소? 내 그 괘씸한 놈을 쇠스랑으로 찍어 분풀이 좀 해야겠소."

"그럴 게 아니라 사부님을 먼저 찾아야겠네."

세 형제가 뒤뜰로 돌아갔을 때, 스승은 벌거벗긴 알몸뚱이로 마당 한복판에 묶인 채 꺼이꺼이 소리 내어 울고 있었다. 사오정이 부리나케 달려가 결박을 풀어드리는 동안, 손오공은 옷가지를 꺼내 스승에게 입혔다. 그리고 세 형제가 나란히 그 앞에 무릎 꿇고 앉았다.

"사부님, 얼마나 고생하셨습니까."

당나라 스님은 감격을 이기지 못하여 목소리가 떨려 나왔다.

"제자들아, 너희들에게 정말 수고를 끼쳤구나. 그래, 요사스런 마왕은 어떻게 항복시켰느냐?"

스승의 물음에, 손오공은 관음보살이 홍해아를 제압하여 거느리고 돌아간 경위를 한바탕 늘어놓았다. 얘기를 다 듣고 난 삼장법사는 그 자리에 무릎 꿇고 남쪽을 향해 경건히 참배의 예를 올렸다.

"고마워하실 것 없습니다, 사부님. 오히려 우리 때문에 복덩어리가 그분께 통째로 굴러들어간 셈이니까요. 동자 한 녀석을 얻으시지 않았습니까."

"동자를 얻으시다니?"

스승이 무슨 소린가 되묻자, 손오공은 보살이 홍해아를 부처님께 입문시키고 제자로 받아들여 선재동자라는 법명까지 내린 사실을 말씀드렸다. 그리고 사오정에게 먹을거리를 찾아내라고 일러, 여러 날 굶은 당나라 스님께 식사를 마련해드렸다.

이리하여 스승과 제자들은 마침내 화운동을 나섰다. 말 위에 오른 삼장법사가 큰길로 접어들자, 일행은 새삼 경건한 마음으로 서쪽을 향해 떠나갔다.

8. 승려를 박해하는 나라

얼마나 오랜 세월을 걷고 또 걸었는지, 또다시 봄을 맞았다.

스승과 제자 일행은 산천의 봄빛을 즐기면서 천천히 말을 몰아 나갔다. 얼마쯤 걸었을까, 갑자기 어디선가 '와아아!' 하고 아우성치는 소리가 요란하게 들려왔다.

당나라 스님은 속으로 겁을 집어먹고 급히 수제자에게 물었다.

"오공아, 어디서 이렇듯 시끄러운 함성이 들리느냐?"

수제자가 씩 웃으며 대꾸했다.

"잠깐만 계십시오. 제가 살펴볼 테니까요."

그는 몸뚱이를 솟구치더니 허공에 구름을 딛고 서서 사방을 내다보았다. 과연 멀리 성곽이 바라보이는데, 상서로운 기운이 은은히 서린 평화로운 고장이었다. 그런데 어째서 저렇게 시끄러운 소리가 울리는지 모르겠다.

손오공은 내친김에 구름을 휘몰아 성 쪽으로 가까이 날아갔다. 때

마침 성문 밖 빈터 모래밭에 많은 승려들이 한데 몰려 수레를 끌고 가
는 광경이 눈길에 잡혔다. 그제야 손오공은 시끄러운 함성이 들려오
는 까닭을 알 수 있었다. 수백 명이나 되는 승려들이 한꺼번에 있는
힘을 다해 외쳐대는 통에 나그네들을 놀랍게 만들었던 것이다. 고함
소리는 딱 한 마디뿐이었다.

"대력 보살님……! 대력 보살님……!"

구름을 낮추어 굽어보던 손오공은 그만 깜짝 놀라고 말았다. 수레
에 실린 것은 모두 무거운 기왓장 벽돌 아니면 통나무와 흙더미가 아
닌가! 모래밭 여울목은 가파르게 경사지고 둔덕을 따라 한 줄기 좁디
좁은 오솔길이 트였는데, 육중한 수레를 끌고 올라가는 광경이 보기
만 해도 아슬아슬했다.

더구나 승려들의 몰골은 말이 아니었다. 날씨는 화창하고 포근하다
지만, 그들이 걸친 것이라곤 하나같이 얇은 누더기 홑옷 한 벌뿐이라,
얼른 보기에도 꾀죄죄한 궁상이 드레드레 박혀 있는 것이었다.

손오공은 부쩍 의심이 들었다. 보아하니 절간을 새로 고쳐 세우는
모양인데, 어째서 일꾼을 쓰지 않고 승려들이 몸소 저런 고생을 하는
지 알 수 없었다.

그가 영문을 모른 채 내려다보고 있으려니, 마침 성안에서 젊은 도
사 두 사람이 거드름을 피우면서 걸어 나왔다. 한데 이상한 일이 또
일어났다. 수많은 승려들이 도사를 보더니 모두들 겁에 질려 방금 전
보다 더 안간힘을 쓰면서 헐떡헐떡 수레를 끌고 올라가는 것이었다.
그제야 손오공은 일이 어찌 되는지 대략 알 수 있었다.

'이런! 저 스님들이 도사를 무서워하는 모양이로구나. 언젠가 서방

세계로 가는 길목 어딘가에 도사를 존중하고 부처님의 제자가 천대받는 고장이 있단 소문을 들었는데 여기가 바로 그곳인 게 틀림없다. 우선 내려가서 자세한 내막을 알아보고 사부님께 돌아가 여쭈어야겠다……'

이렇게 생각한 손오공은 구름을 낮추고 일단 지상에 내려선 다음, 몸을 한번 흔들어 늙수그레한 떠돌이 행각 도사로 둔갑했다. 그리고 마주 오던 젊은 도사들 앞으로 다가서서 넉살좋게 수작을 걸기 시작했다.

"여어, 동도(同道) 되시는 분들을 이런 데서 만나 반갑습니다그려!"

'동도'란 같은 수도자란 뜻이다. 젊은 도사들도 반갑게 인사하며 물었다.

"선생은 어디서 오시는 분입니까?"

"나는 바다 모퉁이에서 하늘가에 이르기까지 뜬구름처럼 정처 없이 떠돌아다니고 있소이다. 오늘 이 고장에 와서 인정 많은 집을 찾아 한 끼니 밥을 얻어먹을까 하오만, 어디로 찾아가야 좋을는지 몰라 서성대고 있던 참이었소. 한데 이 성은 어떤 곳이며 군주 되는 분이 수도자를 어떻게 대우하는지 일러주시지 않으려오?"

"이 성은 차지국(車遲國)이외다. 그리고 이 나라 군주는 우리와 친척이나 다를 바 없이 도교를 신봉하고 계시지요."

"하하, 그렇다면 도사가 임금 노릇을 하고 계신 모양이구려?"

"아닙니다. 여기에는 그럴 만한 사연이 있소이다."

젊은 도사는 모처럼 외국 도사를 만나 반가웠는지, 묻지도 않은 얘기를 들려주었다. 사연은 이러했다. 20여 년 전, 이 나라에 큰 가뭄이 들고 비 한 방울 내리지 않아 곡식의 씨가 말라버린 적이 있었다고 했다. 그래서 임금과 신하들은 물론 백성들조차 집집마다 향불을 살라 놓고 하늘에 기우제를 지냈으나, 비는 내리지 않고 온 나라 백성들의 목숨이 경각에 달려 위태로운 지경에 빠져들었다고 했다. 그런데 갑자기 하늘에서 신선 세 분이 강림하여 비를 내려주어, 목숨이 벼랑 끝에 달린 모든 생령들을 구해냈다는 얘기였다.

"신선이 세 분씩이나 강림하셨다니……! 그게 누구요?"

"바로 우리 사부님들 아니겠습니까. 큰 사부님은 호력대선(虎力大仙), 둘째 사부님은 녹력대선(鹿力大仙), 그리고 셋째 사부님은 양력대선(羊力大仙)이시지요."

"그럼 세 분 사부님께선 법력을 얼마나 지니고 계시오?"

"우리 사부님들은 신통력이 참말 대단하셔서, 비바람을 불러오는 것쯤이야 손바닥 뒤집기보다 더 쉽게 하시지요."

"오호, 그것 참……! 두 분께선 정말 좋으시겠구려! 이 늙은것도 그런 훌륭한 스승을 한번쯤 만나뵐 수 있다면 얼마나 좋을꼬……?"

손오공이 탄성을 질러가며 부러운 기색으로 한숨을 내쉬었다. 그러자 두 도사는 껄껄 웃어가며 대수롭지 않게 응낙했다.

"어려울 게 뭐 있소이까? 저희가 말씀을 잘 드리면 쾌히 만나주실 겁니다. 한데, 잠깐만 여기 앉아 기다려주시오. 우리 공무를 마치고 나서 함께 갑시다."

"출가한 수도자는 아무런 구속도 받지 않고 자유롭게 살아가는 몸인데, 무슨 공무를 본단 말이오?"

그랬더니 도사 하나가 모래밭 여울목에 우글거리는 승려들을 손가락질하면서 이렇게 말했다.

"저 땡추중 녀석들이 하는 작업이 우리 집안일이외다. 게으름을 피우면 안 되니까, 우리가 닦달을 해야지요."

이 말을 듣고 손오공은 이게 또 무슨 일인가 싶어 내처 물었다.

"그게 무슨 말씀이오? 승려나 도사들이나 다 같은 출가한 수도자인데 무슨 까닭으로 저 사람들이 우리 도가를 위해 고생하고 닦달을 당해야 한단 말이오?"

"선생은 모르십니다. 여기에는 그럴 만한 사정이 있지요."

또 다른 도사가 나서서 기막힌 사연을 털어놓았다.

가뭄이 들었던 그해 기우제를 지낼 때, 승려들은 한쪽에서 부처님께 빌었고, 세 도사들 역시 한쪽에서 북두칠성에게 빌었는데, 도사들 셋은 비바람을 일으켜 도탄에 빠진 백성들을 구해주었으나, 승려들은 영험을 보이지 못해 임금의 비위를 거스르게 되었고, 그 결과 승려들은 아무짝에도 쓸모없이 밥만 축내는 무리들이란 지탄을 받았다는 것이다. 그래서 임금의 명으로 국내 모든 사찰을 헐어버리고 불상을 때려부쉈을 뿐 아니라, 승려란 승려들은 모조리 도사의 집에 종살이를 하게 만들었다는 것이다. 오늘 승려들이 기왓장과 벽돌을 나르고 목재를 옮겨다 쌓는 것도 모두 도사의 저택을 짓기 위해서인데, 꾀를 부리는 승려가 있을까 봐 감독하러 나왔다는 얘기였다.

모든 사연을 알아낸 손오공은 갑자기 무슨 생각이 들었는지, 두 젊은 도사를 으슥한 곳으로 끌고 가서 느닷없이 술법을 걸어 꼼짝 못하게 만들어놓았다.

일을 끝낸 손오공은 부지런히 승려들이 일하는 곳으로 달려갔다.

도사 차림을 한 자가 나타나자, 승려들은 겁에 질려 와들와들 떨기 시
작했다.

손오공은 냅다 호통쳐 승려들을 한바탕 꾸짖었다.

"이 변변치 못한 중 녀석들! 출가승이 되었으면 부처님의 가르침을
공경하고 중노릇이나 똑바로 하며 살 것이지, 어째서 독경 예불(禮佛)
을 게을리하다가 요 모양 요 꼴로 도사 녀석들에게 종살이를 하고 있
단 말이냐?"

"먼 고장에서 오신 분이라 모르시는 말씀입니다."

승려들은 억울한 기색으로 눈물을 뚝뚝 흘리면서 대꾸했다.

"그래, 나는 외지에서 왔다. 그래서 너희들이 왜 이런 고초를 겪어
가며 도사를 무서워하는지 모른다."

"이 나라 임금님은 마음이 한쪽으로 치우쳐 도사님 같은 분들만 좋
아하시고, 저희 같은 부처님의 제자들은 미워하십니다."

"어째서 그렇게 되었느냐?"

손오공의 물음에 승려들은 앞서 두 젊은 도사와 비슷한 사연을 털
어놓았다. 비바람을 일으키는 세 신선이 나타났을 때부터 승려들을
못살게 굴기 시작했다는 것이다. 도사들은 임금을 부추겨 도교를 믿
게 만들고 불교를 파멸시켰다고 했다. 절간을 헐어버리고 승려의 신
분증마저 빼앗아 고향에 돌아가지 못하게 만들었을 뿐 아니라, 승려
들 모두를 그 신선이란 세 도사 집에 떠넘겨 부려먹게 했다는 얘기였
다. 외지에서 떠돌이 도사가 찾아오면 잘 대접하고 머리 깎은 승려가
이 나라에 발을 들여놓았다가는 불문곡직하고 잡아다 도사들에게 넘
겨 종살이를 시킨다는 것이다.

사연을 다 듣고 나서 손오공이 다시 물었다.

"그렇다면 뿔뿔이 흩어져 달아나면 그만 아니겠느냐?"

"어이구, 나리! 도망치다니요. 어림없는 소리 마십쇼. 그 세 분 도사들은 우리 승려들의 얼굴 모습을 그려 가지고 전국 방방곡곡에 내다붙였습니다. 크고 작은 고을에서 승려가 나타나면 곧바로 관가에 신고해 붙잡아 갑니다. 신고한 사람들에게 벼슬과 상금을 주니, 모두들 승려를 잡느라 눈에 불을 켜고 다니지요."

"정 그렇다면 모두들 죽어버리면 되겠군!"

"죽고 싶어도 죽지 못하니 어쩝니까. 목을 매어 죽으려면 밧줄이 끊어지고, 칼로 찔러도 아프지 않고, 강물에 몸을 던져도 가라앉기는커녕 도로 떠오르고, 독약을 삼켜도 약효가 듣지 않아 멀쩡해지니 저희들더러 어떻게 죽으란 말입니까?"

"허허, 그것 참 별일이로군! 하늘에서 자네들에게 장수할 운명을 점지해주신 모양일세."

"나리, 장수를 누릴 운명이 아니라, 죽지 말고 오래오래 고통이나 받으며 살아야 할 팔자를 타고났다고 해야 옳겠지요. 그런데 이상한 것은, 밤마다 눈을 감기만 하면 신령님이 나타나 위안해주곤 합니다."

"낮에 너무 힘들어 지친 끝이라 허깨비를 보았겠지."

"아니올시다. 바로 우리 부처님의 가르침을 지키는 신령이십니다. 그분들은 꿈결에 나타나 저희를 달래주셨습니다. '죽을 생각 말고 아무리 힘들어도 참아라. 동녘 땅에서 오실 당나라 스님을 기다리면 그분 밑에 제천대성이란 제자가 계시는데, 신통력이 굉장하여 인간 세상의 불공평한 일을 그냥 보아 넘기지 않으시고, 너희들처럼 곤경에 빠진 사람, 위태롭고 불쌍한 사람을 반드시 구해주실 터이니, 그때까지 견뎌내며 기다려라.' 이렇게 말씀하시는 겁니다."

어느 틈에 수많은 승려들이 일손을 놓고 웅기중기 몰려들어 귀를 기울이고 둘러섰다. 손오공은 삼장법사를 은밀히 호위하던 신령들이 자기 수단을 미리 전파한 것을 깨닫고 속으로 흐뭇해하면서 자신의 정체를 밝혔다.

"나는 떠돌이 도사가 아니오. 당신네들을 구하러 온 사람으로 당나라 스님의 제자 손오공이외다."

그랬더니 승려들은 하나같이 도리질을 했다.

"천만의 말씀을! 도사님은 아니야. 그 어르신은 우리가 잘 아는 걸요!"

"아니, 만나본 적도 없는 사람을 어찌 그리 잘 안단 말이오?"

"우리는 밤마다 꿈속에서 샛별 태백금성을 만나 그 노인의 얘기를 들어 알고 있소. 우리가 잘못 알아보는 일이 없도록 제천대성 손오공이란 분의 생김새가 어떤지 늘 일깨워주시곤 했소이다."

"그래, 그분이 뭐랍디까?"

"노인 말씀대로라면, 제천대성 손오공은 훌렁 까진 이마에, 번쩍거리는 금빛 눈동자, 털북숭이 얼굴에 움푹 들어간 볼따구니를 가진 원숭이랍디다. 악문 입술에 뾰족 나온 주둥이, 성깔 사납고 짓궂기는 해도 여의봉을 곧잘 써서 인간 세상의 재난을 없애준다고 했소."

손오공은 이런 말을 듣고 보니, 은근히 화가 나기도 하면서 기쁘기도 했다. 젠장, 그 늙다리 영감! 이 손 선생의 이름 한번 더럽게 소문냈구나. 내 신분과 밑천을 인간들에게 몽땅 까발려놓다니……!

"여러분, 과연 내가 제천대성이 아니란 걸 잘도 알아보셨소. 자, 그럼 저쪽을 보시오. 저기 손오공이 오고 있지 않소?"

그러고는 손가락으로 동쪽을 가리켰더니, 승려들의 눈길이 죄다 그 쪽으로 쏠렸다. 손오공은 그 틈을 타서 냉큼 도사의 탈을 벗고 본모습을 드러냈다. 승려들은 그제야 손오공을 알아보고 일제히 무릎을 꿇고 엎드렸다.

"제천대성 어르신! 저희들이 둔갑하신 어른을 알아뵙지 못했습니다. 한시 바삐 도성에 들어가 요망한 도사들을 항복시키시고 모든 것을 올바른 길로 되돌려주십쇼!"

"그대들은 모두 일손을 던져버리고 뿔뿔이 흩어지시오. 나중에 무슨 통보가 있을 테니 그때 다시 모이도록 하시오."

이리하여 5백 명의 승려들은 기쁨에 겨워 춤을 추며 사방으로 흩어져 달아났다.

한편 당나라 스님은 길 곁에서 손오공이 돌아오기를 아무리 기다려도 소식이 없자, 마침내 저팔계와 사오정을 데리고 서쪽으로 출발했다. 그런데 성문 가까이 다가갔을 때, 수백 명이나 되는 승려들이 달아나고, 뒤미처 손오공이 10여 명의 승려들과 길 한가운데 서 있는 것을 발견했다.

"오공아, 형편을 알아보러 간다던 녀석이 왜 여태껏 돌아올 생각은 않고 이런 곳에서 서성대는 거냐?"

손오공은 스님 10여 명을 데리고 삼장법사 앞으로 가서 여태까지 일어났던 일을 낱낱이 말씀드렸다. 삼장이 깜짝 놀라 다시 물었다.

"아니, 그럼 우리는 어찌해야 좋단 말이냐? 당장 오늘 밤 지새울 곳도 없는데……"

이때 승려들이 손오공을 대신해 여쭈었다.

"장로 어르신, 마음 놓으십시오. 저희들은 성내 지연사(智淵寺)에 있는 승려들입니다. 그 절은 선왕께서 어명을 내려 세우신 사찰로 선왕 태조의 위패를 모셔놓았기 때문에 헐리지 않고 남아 있습니다. 저희들이 어르신들을 모시고 들어가 편히 쉬시도록 해드리겠습니다."

그 무렵 태양은 서산에 기운 뒤였다. 당나라 스님 일행은 지연사 승려들을 따라 성안으로 들어섰다. 길거리의 행인들은 승려들이 오는 것을 보고 모두 피해 달아났다. 얼마쯤 가다 보니 드디어 지연사 산문 앞에 당도했다. 승려들은 대웅보전의 문을 열어놓고 당나라 스님 일행을 맞아들였다. 삼장법사는 옷매무새를 가다듬고 참배의 예를 올린 다음, 방장실로 옮겨갔다.

이윽고 지연사 스님들이 저녁상을 차려 그들 스승과 제자 일행을 대접한 후, 승방을 깨끗이 치우고 모셔 들여 하룻밤 편히 쉬도록 해주었다.

그날 밤 자정 무렵이 되어서도, 손오공은 잠을 이루지 못하고 뒤척였다. 이때 어디선가 피리 소리와 북소리가 들려와, 그는 살그머니 일어나 옷을 찾아 입고 허공으로 솟구쳐 올랐다. 사방을 둘러보니 남쪽에 등불 빛이 환한데, 소리는 그쪽에서 들려왔다.

그것은 도교 삼청관 도사들이 별자리를 받들어 모시고 제사를 지내는 광경이었다. 규모도 엄청난 데다 의식도 자못 엄숙했다. 웅장한

전각 한복판 좌우 양편에 늘어선 도사들이 풍악을 잡히고 도가의 경
전을 외우며 부적을 사르는데, 향기로운 연기가 자욱하게 퍼져 나오
고 있는 것이다. 제단에는 신선한 과일과 음식상이 골고루 풍성하게
갖추어졌다. 제일 앞쪽에는 나이 지긋한 도사 셋이 늘어섰는데, 차림
새를 보니 아까 낮에 만났던 젊은 도사들의 스승이라는 호력대선, 녹
력대선, 양력대선이 분명했다. 그들 뒤에는 칠팔백 명이나 되는 도사
들이 북 치고 종을 두드리고 너울너울 돌아가며 춤추고 있었다.

손오공의 욕심 같아서는 당장 뛰어들어 한바탕 난장판으로 만들어
놓고 싶었으나, 도사들의 수가 너무 많은 터라, 일단 돌아가서 두 형
제를 깨워 데려오기로 작정했다. 그는 지연사로 돌아와 한창 잠에 곯
아떨어진 사오정부터 흔들어 깨웠다.

"잠깐 일어나게. 자네하고 한턱 단단히 얻어먹으러 갈 데가 있네."

"아니, 이 밤중에 어디서 뭘 얻어먹는단 말이오?"

"지금 삼청도관에서 큰 행사가 벌어졌는데, 음식을 푸짐하게 차려
놓았더군. 만두 한 개가 됫박만 하고 밀떡 한 개의 무게가 오륙십 근
을 넘겠어. 공양미와 반찬 가짓수는 이루 세어볼 수 없을 정도요, 신
선한 과일이 얼마나 많은지 모른다네. 그러니 자네하고 둘이서 맛 좀
보러 가잔 말일세."

아니나 다를까, 식충이 저팔계 녀석도 잠결에 맛좋은 음식 먹는다
는 소리를 듣자, 두 눈을 번쩍 떴다.

"형님, 나는 데려가지 않을 거요?"

"쉬잇, 자네도 먹고 싶거든 조용히 날 따라오게."

이렇게 해서 세 형제는 잠든 스승 몰래 절간을 빠져나와 구름을 타

고 휑하니 삼청도관으로 날아갔다. 제사는 아직도 끝날 줄 모르고 지루하게 이어졌다. 걸신들린 미련퉁이가 성급하게 뛰어들려는 것을 막아놓고, 손오공은 주문을 외워 회오리바람을 일으켰다. 난데없는 광풍이 제사에 열중하고 있던 삼청전을 휩쓸어 제단에 놓인 향로와 꽃병을 모조리 쓰러뜨리고, 등불과 촛불마저 남김없이 꺼뜨려, 엄숙한 제전을 삽시간에 캄캄절벽으로 만들어버리고 말았다.

뜻밖에 불어닥친 돌개바람에 놀란 도사들이 너 나 할 것 없이 어둠 속을 헤매기 시작했다. 우두머리 격인 호력대선이 지시를 내렸다.

"애들아! 잠시 중단해야겠다. 일단 숙소에 돌아가 쉬고, 내일 보충하기로 하자."

이렇게 해서 도사들은 제각기 잠잘 데로 물러갔다.

그제야 허공에서 기다리던 손오공은 두 아우를 거느리고 삼청전으로 뛰어들었다. 못난 팔계 녀석은 어찌나 급한지, 익힌 음식이든 날것이든, 밀떡이건 과일이건, 무엇이든 손에 닥치는 대로 움켜쥐곤 입 안에 틀어넣기 시작했다. 그동안 손오공은 사오정과 함께 단상에 모셔놓았던 삼청(三淸) 신상을 떠메다 뒤꼍 으슥한 곳에 감춰놓고, 저팔계까지 합쳐 셋이서 제각기 삼청으로 둔갑하여 단상에 자리 잡고 앉았다. 가운데 앉은 손오공은 원시천존(元始天尊)으로, 왼쪽의 저팔계는 영보도군(靈寶道君), 오른쪽의 사오정은 태상노군(太上老君)으로 탈바꿈한 채, 느긋이 앉아 제단에 차려진 음식을 먹어 치우기 시작한 것이다. 손오공은 당초 불에 익힌 음식을 그리 좋아하지 않는 원숭이 식성이라 과일 몇 개만 들었을 뿐, 그저 한가롭게 앉아서 두 아우가 게걸스레 먹는 모습을 지켜보기만 했다. 잠깐 사이에 제단에 늘어놓았던 음식들은 마파람에 게 눈 감추듯 말끔히 사라지고 빈 그릇만 남았다.

더 이상 먹을 것도 없었으나, 그들은 이내 돌아갈 생각을 하지 않고 제단 위에 앉은 채 한가로이 노닥거리며 먹은 음식이 삭을 때까지 기다렸다.

그런데 엉뚱한 일이 터지고 말았다. 풋내기 도사 하나가 잠자리에 들었다가 구리방울을 삼청전에 두고 나온 것을 깨닫고 찾으려고 되돌아온 것이었다. 그는 곧바로 삼청전에 달려와 어둠 속을 이리저리 더듬어가며 방울을 찾아 헤매기 시작했다. 그런데 캄캄한 대전 한 구석에서 난데없는 숨소리가 들려와, 깜짝 놀란 끝에 허둥지둥 바깥으로 뒷걸음쳐 나가다 누가 뱉었는지 모를 과일 씨를 밟고 미끄러졌다.

"에구머니!"

어둠 속에서 나자빠지는 꼴을 본 저팔계가 참지 못하고 웃음보를 터뜨렸다.

"우하하하……!"

난데없이 터져 나온 요란한 웃음소리에, 풋내기 도사는 기절초풍을 하고 정신없이 바깥으로 도망치더니, 허겁지겁 스승이 거처하는 숙소까지 달려갔다.

"사부님, 삼청전에 요괴가 들었습니다!"

세 도사는 이 말을 듣고 즉시 제자들에게 명령했다.

"등불을 밝혀라! 어떤 요물인지 가봐야겠다."

이윽고 숙소에서 크고 작은 도사들이 한꺼번에 몰려나와 삼청전으로 달려갔다. 도사들이 떼를 지어 몰려들자, 손오공은 두 아우의 옆구리를 꾹꾹 찔렀다. 그들 역시 낌새를 채고 자리에 그대로 버텨 앉은 채 고개를 숙이고 시침을 뚝 뗐다.

도사들은 불빛을 환히 밝혀 들고 앞뒤로 샅샅이 살펴보았으나, 이상한 곳은 한 군데도 없다. 제단 위에 모셔놓은 삼청 신상도 마찬가지, 장엄한 모습 그대로였다.

제단을 살펴보던 호력대선이 혼잣말로 중얼거렸다.

"그것 참 해괴한 노릇이군! 제단에 차려놓았던 음식이 어째 다 없어졌을꼬?"

그러자 막내 양력대선이 알은체하며 한마디했다.

"형님들, 아무래도 요괴가 숨어든 모양이오. 이 성스러운 제단에 동티가 날지도 모르니, 우리 당장 액막이 굿판이나 벌여 쫓아냅시다!"

"옳은 말일세!"

이리하여 삼청전에서는 도사들이 또다시 북을 울리고 종을 치면서 한바탕 굿판을 벌이기 시작했다. 언제 끝날지도 모르는 지루한 야단법석에, 참을성이 모자란 미련퉁이 저팔계가 좀이 쑤셔 몸을 뒤틀었다. 그것을 본 손오공 역시 더 앉아 있다가는 들통 나기 십상이라, 그만 돌아가기로 마음먹고 대들보가 들썩거리도록 큰 소리로 고함을 질렀다.

"엉터리 도사들아! 누구더러 요물이라고 쫓아내려는 게냐? 우리는 당나라 스님의 제자로서 부처님께 경을 받으러 서천으로 가는 고승들이시다!"

깜짝 놀란 호력대선이 제단 위를 올려다보니, 거룩하신 대천존 어른의 신상은 어디로 가고, 원숭이와 멧돼지 각각 한 마리에 얼굴이 거무튀튀한 물귀신 하나가 그 자리에 떡 버텨 앉아 있는 게 아닌가?

"도둑이다, 저놈들 잡아라!"

악에 받친 세 도사는 제자들을 휘몰아 쇠갈퀴, 빗자루, 돌멩이 할 것 없이 손에 닥치는 대로 집어 들고 내던지면서 달려들었다. 그러나 배짱 두둑한 손오공은 양손에 하나씩 미련퉁이와 사오정을 움켜잡고 문밖으로 뛰쳐나가더니, 구름을 불러 타고서 지연사 승방으로 돌아왔다. 한바탕 소동을 일으킨 세 형제는 스승이 놀라 깨지 않도록 살그머니 다시 잠자리에 들었다.

이른 새벽이 되었다. 부지런한 삼장법사가 제자들을 불러 깨웠다.

"애들아 어서 일어나거라. 나는 이 길로 입궐해서 통행문서에 확인을 받아야겠다."

손오공은 스승에게 여쭈었다.

"사부님, 이 나라 군주는 도사들의 말만 믿어 불교를 탄압하는 사람입니다. 공연히 말 한마디 잘못했다가는 통행문서에 확인 도장을 찍어주려 하지 않을 테니, 저희들이 사부님을 모시고 대궐에 들어가겠습니다."

삼장법사도 그럴 성싶어 모두 함께 궁궐로 나아갔다. 성문 앞에 다다르자, 그는 당직 관원에게 신분과 용건을 밝힌 다음 군주를 알현시켜달라고 청했다. 수문장과 당직 관원은 즉시 조정에 들어가 섬돌 앞에 엎드려 아뢰었다.

"궁궐 밖에 승려 넷이 찾아왔사온데, 동녘 땅에서 당나라 황제의 칙명을 받들고 서천으로 경을 가지러 간다 하오며, 통행문서에 폐하의 확인을 받고자 입궐하겠노라 하옵니다."

국왕은 이 말을 듣고 대뜸 호통부터 쳤다.

"그 화상들이 어디 가서 죽지 못해 여기까지 와서 죽으려 하느냐! 여봐라, 순포관원(巡捕官員)들은 어디 있기에 그놈들을 잡아들이지 않았는가!"

이때 곁에서 군주를 모시고 있던 태사(太師)가 선뜻 나서더니 이렇게 여쭈었다.

"폐하, 고정하소서. 동녘 땅 남섬부주에 있는 당나라로 말씀드리자면 '중화 대국'이라 일컫는다 하옵니다. 그곳에서 여기까지 오려면 일만여 리 길이나 되오며 도중에 요괴 마귀들이 많사온데, 저들 일행이 무사히 서방 세계까지 왔다면 비상한 법력을 지녔기 때문인 줄 아나이다. 폐하께서는 멀리 중화 대국에서 온 승려들의 노고를 생각하셔서 통행문서를 검사해보신 다음 옥새를 찍어 조용히 놓아 보내소서."

국왕은 윤허를 내려 당나라 스님 일행을 전각 아래 불러들였다. 이윽고 스승과 제자 일행이 섬돌 앞에 늘어서서 통행문서를 받들어 국왕에게 올렸다.

국왕이 통행문서를 펼쳐 막 읽으려 할 때였다.

"세 분 국사들께서 오셨나이다."

삼장과 그 제자들이 고개 돌려 바라보았더니, 바로 문제의 '대선'이란 자들이 오만불손하게 용상 앞으로 들어오는데, 좌우 양편에 늘어서 있던 대신들은 그들에게 공손히 허리를 굽히기나 할 뿐 감히 우러러볼 엄두조차 내지 못했다.

세 도사는 거리낌 없이 휘적휘적 전당 위로 올라갔다. 국왕을 보고도 큰절은커녕 허리 한 번 굽히는 법이 없었다. 그래도 국왕은 반겨 맞으며 물었다.

"국사님들, 어인 일로 왕림하셨습니까?"

늙은 도사가 대답했다.

"한 가지 말씀드릴 것이 있어 왔습니다. 그런데 저 네 화상은 어느 나라에서 왔답니까?"

국왕은 대수롭지 않게 일러주었다.

"동녘 땅에서 온 화상들이오. 당나라 황제의 칙명을 받고 파견되어 서천으로 경을 가지러 간다던데, 통행문서에 확인을 받으러 왔다 하오."

이 말을 듣자 세 도사는 손뼉쳐가며 껄껄대고 웃었다.

"저놈들이 도망쳤다고 아쉬워했더니, 결국 여기 와 있었군!"

"아니, 국사님들, 그게 무슨 말씀이오?"

"폐하께선 모르실 것입니다. 저놈들은 어젯밤 우리 삼청도관에 쳐들어와 거룩하신 삼청님의 신상을 모독하고 제물까지 훔쳐 먹었습니다. 우리가 붙잡으려 했으나, 저놈들이 감쪽같이 도망치는 바람에 그만 놓쳐버리고 말았습니다. 그런데 달아나지 않고 이 자리에 천연덕스레 나타나다니, 이야말로 원수를 외나무다리에서 만난 격이 아니고 무엇이겠습니까?"

국왕은 이 말을 듣고 노발대발, 당장 불호령을 내렸다.

"저런 괘씸한 것들 봤나! 여봐라, 저놈들을 당장 붙잡아 능지처참하라!"

이렇듯 한바탕 소동이 벌어지고 있을 때였다. 당직 신하가 또 들어와서 궁궐 밖에 수많은 시골 원로들이 알현을 청한다고 아뢰었다. 국

176

왕은 잠시 당나라 스님 일행을 내버려두고 그들을 불러들이게 했다.

이윽고 삼사십 명이나 되는 지방 원로들이 국왕 앞에 이마를 조아리고 아뢰었다.

"폐하, 올해에는 봄철 내내 비가 내리지 않아 가뭄이 심하오니, 국사님들께서 기우제를 올려 단비를 내려주시기 바라옵니다."

국왕은 잠시 무엇인가 생각하더니 지방 원로들을 물러가게 한 다음 당나라 스님 일행을 돌아보고 이렇게 말했다.

"당나라에서 온 화상들은 듣거라! 짐이 어째서 도교를 숭상하고 불교를 없애고자 하는지 아는가? 이십 년 전 가뭄이 크게 들었을 때, 비를 얻기 위해 전국 승려들을 청하여 기우제를 지내게 했으나, 그놈들은 비 한 방울도 얻지 못하였다. 그때 천만다행히도 하늘에서 국사님들이 강림하시어 만백성을 도탄에서 건져주셨다. 이제 너희들이 남의 나라에 와서 국사님들의 위엄을 건드렸으니 본디 그 죄를 물어야 할 것이로되 잠시 말미를 주겠다. 그 대신에 우리 국사님들과 겨루어 비를 내리게 할 자신이 있느냐? 만약 너희들이 단비를 내리면 짐이 그 죄를 용서하여 놓아 보낼 것이며, 단비를 얻지 못할 때에는 모두 형장으로 끌어내다 목을 벨 것이다!"

이 말에, 손오공은 싱글싱글 웃으면서 선뜻 응낙했다.

"소승들도 기우제는 좀 지낼 줄 압니다."

이윽고 대궐 앞터에 기우제를 지낼 터전이 마련되고, 모든 준비를 갖추었다. 국왕은 조정 대신들을 거느리고 몸소 누각에 올라앉아 지켜보기 시작했다. 관원 한 사람이 늙은 도사들 앞에 다가와 청하였다.

"국사 어르신께서는 제단에 오르소서."

호력대선이 먼저 가볍게 허리 굽혀 국왕에게 인사하더니, 제단 쪽으로 걸어갔다.

이때 손오공이 그 앞으로 썩 나서서 가로막고 물었다.

"어딜 가시는 거요, 선생?"

"제단에 비를 빌려고 가는 길이다."

호력대선이 퉁명스레 쏘아붙이자, 손오공은 능글맞게 웃으며 시비를 걸었다.

"멀리서 온 손님한테 양보하실 줄은 알아야 하지 않소? 또 하나, 비가 내릴 때 당신과 내가 서로 자신의 공이라고 다툼이 벌어지면 어쩌겠소? 그러니까 규칙을 미리 정해놓고 겨루는 것이 좋겠다, 이 말이오!"

"좋다! 내가 단상에서 술법을 베풀어 징을 한 번 울리면 바람이 불 것이고, 두번째 울리면 구름이 몰려들 것이다. 세번째 울리면 천둥번개가 들이칠 것이고, 네번째 울리면 비가 내릴 것이다. 그리고 다섯번째 울리면 구름이 흩어지고 비가 그치게 될 것이다! 이만하면 되겠느냐?"

손오공은 피식 웃으면서 비아냥거렸다.

"그것 참 묘하군! 우리 같은 승려들이 해본 적 없는 재주야. 자, 그럼 어서 제단에 올라 해보시지요!"

드디어 제단에 오른 호력대선이 거만한 자세로 우뚝 버텨서더니, 목검 한 자루 들고 향로에 부적을 살랐다. 부적이 타는 동안, 그는 입속으로 중얼중얼 주문을 한바탕 외우고 나서 북채로 징을 울렸다.

"뎅!"

첫번째 신호로 징이 울리자, 하늘 한복판에서 과연 바람기가 서늘하게 감돌기 시작했다. 제단 아래에서 지켜보던 저팔계는 찔끔 놀라 중얼거렸다.

"이크, 저런……! 저 도사 녀석이 정말 재간이 있는 모양이야. 징을 한 번 울리자마자 바람이 불어오네그려!"

손오공이 귓속말로 저팔계에게 이렇게 당부했다.

"여보게, 아무 소리 말고 조용히 있게. 이제부터 나한테 말을 걸지 말고 사부님이나 잘 모시고 있어야 하네. 나는 가서 일 좀 보고 오겠네."

그리고 몸에서 한 가닥 솜털을 뽑아내더니 숨 한 모금 훅 불어넣고 작은 목소리로 명령했다.

"변해라!"

솜털은 순식간에 가짜 손오공으로 둔갑했다. 그는 가짜를 스승 곁에 세워두고 진짜 몸은 빠져나가 허공 높이 솟구쳐 올랐다.

"저 바람을 다스리는 자가 누구냐?"

제천대성이 엄한 목소리로 고함쳐 물었다. 그러자 바람을 쏟아내던 여신 풍파파(風婆婆) 할멈이 깜짝 놀라 허둥지둥 바람 주머니를 다시 졸라매고, 뒤미처 풍향을 맡은 조수 손이랑(巽二郎)이 눈치 빠르게 주머니 끈을 묶더니, 부리나케 제천대성 앞에 나타나 머리 숙였다.

"소신들이 대성 어른께 문안 인사 드리오!"

그제야 제천대성의 얼굴빛이 다소 부드럽게 풀렸다.

"나는 지금 당나라 성승을 모시고 서천으로 경을 가지러 가는 길이다. 도중에 이 나라를 지나다가, 저 요망한 도사 녀석과 비 내리기 시

합을 하게 되었는데, 그대들은 어째서 이 손 선생을 거들지 않고 반대
로 저 못된 도사 녀석을 돕는단 말이냐? 어서 바람을 거두어라!"

"알아 모시겠습니다. 대성님의 분부이신데 누가 감히 어기겠습니까."

이리하여 바람기가 한점도 없이 싹 가셨다.

제단 아래에서는 미련퉁이가 호력대선의 약을 올리기 시작했다.

"이것 봐, 선생! 그만 물러나시지. 징을 울린 지가 언젠데 바람 한
점 불지 않는 거야?"

제단 위의 호력대선은 아무 소리도 않고 부적 몇 장을 더 사르더니,
또 한 차례 징을 힘껏 울렸다.

"뎅!"

징소리가 나자마자, 과연 하늘에 안개구름이 자욱하게 깔리기 시작
했다. 공중에서 지켜보고 있던 제천대성은 벼락같이 호통을 질렀다.

"어떤 놈이 안개구름을 깔았느냐?"

말끝이 떨어지기 무섭게 구름장을 밀고 온 추운동자(推雲童子)와 안
개를 펼치는 포무낭군(布霧郎君)이 당황한 기색으로 그 앞에 모습을 드
러내더니, 공손히 허리를 굽혔다. 손오공은 앞서 했던 사연을 다시
들려주었다. 그러자, 추운동자와 포무낭군도 선뜻 안개구름을 거둬들
이고 뜨거운 햇빛을 눈이 부시도록 번쩍번쩍 쏘아 보냈다.

갈수록 신바람이 난 저팔계가 껄껄대며 조롱했다. 일이 이렇게 되
니, 호력대선도 마침내 초조감을 감추지 못하고 목검을 짚은 자세로
머리카락을 흐트러뜨린 다음, 중얼중얼 주문을 외우면서 부적을 사르
고 다시 한 번 징을 내리쳤다.

"뎅!"

그 술법은 과연 효력이 대단했다. 징이 울리는 것과 때를 같이해서 남천문에 소속된 천군(天君)이 천둥 벼락을 다스리는 뇌공(雷公)과 번갯불의 여신 전모(電母)를 거느리고 허공에 나타났다. 그러나 제천대성의 모습을 발견하고 마주 달려와 문안 인사를 드렸다. 손오공은 똑같은 애기를 거듭한 다음, 이렇게 덧붙여 물었다.

"그대들은 누구의 법지를 받들고 이토록 지극 정성으로 달려왔는가!"

천군이 대답했다.

"저 도사의 오뢰법(五雷法)은 진짜 효력이 있소. 부적을 불태워 옥황상제를 놀라게 만들었으니 어쩌겠소? 그래서 뇌부(雷部) 소속 신령들에게 칙명을 내렸기에, 천둥 벼락과 번갯불로 비를 내리게 도와주러 온 것이오."

"그렇다면 할 수 없군. 허나 잠시만 손을 멈추었다가, 이 손 선생이 하는 일에 협력해주었으면 고맙겠네."

옥황상제도 고개를 내두르게 만드는 골칫덩어리 제천대성의 분부를 어느 신령이 감히 거역하랴. 과연 하늘에는 천둥 벼락도 치지 않고 번갯불도 터지지 않았다.

일이 이렇게 되고 보니 호력대선의 초조감은 극도에 다다를 수밖에. 또다시 향을 사르랴 부적을 태우랴, 주문을 외우고 징을 치랴, 손발과 입놀림이 갈수록 바쁘게 움직였다.

"뎅!"

네번째로 징이 울리자, 반공중에 동서남북 사해 용왕들이 한꺼번에 들이닥쳤다. 손오공은 당장 그들 앞을 가로막고 서서 호통쳤다.

"그대들 네 형제는 어딜 가시는가!"

엄한 호통 소리 한마디에, 동해 용왕, 북해 용왕, 남해 용왕, 서해 용왕 네 형제가 발걸음을 멈추더니 그 길로 제천대성 앞에 달려왔다. 손오공은 또 같은 설명을 해주고 나서 간곡히 부탁했다.

"오늘 일만큼은 부디 힘써 날 도와주시기 바라오."

용신 네 형제가 입을 맞춰 응낙했다.

"분부대로 하리다!"

이렇게 해서 비를 내리는 신령들을 다 모아놓은 제천대성이 그들에게 당부했다.

"나는 부적을 불사를 줄도 모르고 영패라는 징을 두드려본 적도 없으니, 어떻게 하면 되겠소?"

그러자 뇌부의 천군이 한 가지 꾀리를 냈다.

"대성께서 무엇으로라도 신호를 정해서 차례차례 보내주시오. 그럼 우리가 때맞춰 호응하리다."

"옳거니! 그럼 내가 이 여의봉을 번쩍 들어 신호하리다. 제일 먼저 하늘을 가리키거든, 풍파파 할멈이 곧장 바람을 일으켜주게!"

"예에! 즉시 바람을 일으키오리다."

"두번째로 가리키면, 추운동자와 포무낭군이 즉시 안개구름을 뒤덮어주게."

"예, 곧바로 안개구름을 깔아놓으리다!"

"세번째로 가리키거든, 뇌공과 전모가 천둥 벼락을 때려주게."

"명을 받드오리다!"

"그리고 네번째로 가리키는 것을 보면, 용왕들께서 곧 비를 내려주시오."

사해 용왕들 역시 이구동성으로 흔쾌히 대답했다.

"분부대로 하리다!"

제천대성이 마지막 신호를 정했다.

"이 철봉으로 다섯번째 가리키거든 날씨가 다시 개도록 해주시오."

이렇듯 신신당부를 마친 그는 구름을 낮추고 다시 지상에 내려선
다음, 몸을 한번 꿈틀해서 솜털을 거둬들이고 아무도 모르게 다시 그
자리를 되찾아 섰다.

제단 곁으로 다가선 손오공이 위를 바라보며 고함을 질렀다.

"도사 선생! 이제 그만하고 내려오시지! 징을 네 차례나 울렸는데
도 바람 한 점, 구름 한 조각, 천둥 번개 벼락은커녕 비 한 방울 없지
않소? 이제는 그 자리를 내게 양보하시구려."

호력대선도 어쩔 수가 없었다. 이리하여 맥이 풀릴 대로 풀린 그는
제단 아래로 내려와 손오공에게 양보하고, 국왕 곁에 올라가 앉았다.
그리고 군색하게 변명했다.

"오늘은 용신들이 모두 외출하고 없는 모양입니다."

앙큼한 손오공은 목청을 드높여 고함을 쳤다.

"폐하! 용신들은 모두 집에 있소이다. 국사 되시는 분의 술법이 영
신통치 못해 아무리 불러내도 오지 않았을 뿐이외다. 이제 소승이 제
단에 올라 청해볼 터이니 똑똑히 보시기 바랍니다."

국왕의 허락을 받아낸 그는 곧장 제단으로 달려가더니 꼭대기에 올
라서기가 무섭게 철봉으로 하늘을 가리켰다.

첫번째 호령이 떨어지자, 풍파파는 지체 없이 바람 든 가죽 부대를

활짝 열어젖히고, 손이랑은 주둥이 끈을 풀었다. 그다음 순간, 난데 없는 바람이 요란하게 불어 닥치더니 거센 돌풍을 이끌고 차지국 도성 일대를 휩쓸기 시작했다. 가옥들의 기왓장이 날아가고, 벽돌이 허물어져 나뭇잎처럼 흩날리는가 하면 흙먼지 모래가 뿌옇게 솟구치고 바윗돌마저 사면팔방 제멋대로 굴러다니는 것이었다.

이렇듯 모진 광풍이 맹렬한 기세로 휘몰아칠 때, 손오공은 또 한 차례 여의봉으로 하늘을 가리켰다. 두번째 신호가 떨어지자, 안개구름을 맡은 추운동자, 포무낭군이 움직이기 시작했다. 짙은 안개가 몽롱하게 깔리고 두터운 먹구름이 자욱이 뒤덮여 아무것도 보이지 않을 무렵, 손오공은 다시 한 번 여의봉을 번쩍 들어 허공을 가리켰다. 곧이어 천군 휘하 뇌공과 전모가 황급히 손을 쓰기 시작했다.

"우르르르, 쿵쾅! 꽈다당, 꽈다당……!"

무서운 천둥 벼락에 불기둥 같은 번갯불의 섬광이 대지를 갈라놓고 산사태라도 일으킬 듯 사나운 기세로 그칠 새 없이 떨어졌다. 도성 안 사람들은 공포에 질린 나머지 과거에 저지른 업보를 떠올리고 집집마다 향을 사르랴 지전을 태우랴, 전전긍긍하며 벼락이 피해가기를 빌고 또 빌었다.

손오공이 하늘을 바라고 냅다 고함쳤다.

"벼락을 맡은 천신들! 오늘 나 대신에 뇌물 받아먹고 법을 어긴 탐관오리, 부모에게 불효하는 패륜아를 낱낱이 가려내다 벼락 때려서 만천하 백성들에게 본보기를 삼아주시오!"

이에 응답이라도 하려는 듯 뇌성벽력은 갈수록 심해졌다. 제천대성이 또다시 여의봉을 번쩍 들어 허공을 가리켰다. 네번째로 등장한 것은 사해 용왕들이었다.

천둥 벼락에 뒤섞여 억수 같은 장대비가 온 세상천지에 쏟아져 내리기 시작하더니, 잠깐 사이에 냇물이 넘쳐나고 마을이 물에 잠기는가 하면, 벌판 기슭 돌다리마저 잠겨 평지를 이루었다. 비는 아침부터 시작해서 정오 무렵까지 그칠 새 없이 퍼부었다. 어찌나 많이 쏟아졌던지 이 나라 도성 안팎 할 것 없이 길거리가 온통 물바다가 되고 말았다.

마침내 국왕의 입에서 명령이 떨어졌다.

"그만하면 되었다. 비는 흡족하니, 그치게 하시라고 전해라!"

누각 아래 대령하고 있던 당직관이 장대비를 무릅쓰고 제단 밑으로 달려갔다.

"거룩하신 스님! 비는 이제 흡족하니, 그만 내리게 하시랍니다!"

말투가 영 달라졌다. 손오공은 이 말을 듣자 다시 한 번 여의봉으로 하늘을 가리켰다. 마지막 다섯번째 신호가 올라가자, 모든 백성들을 공포에 떨게 했던 뇌성벽력이 눈 깜짝할 사이에 뚝 그치고 모진 돌개바람이 순식간에 잦아드는가 하면, 억수같이 퍼붓던 장대비가 흐트러지고 먹구름마저 한순간에 걷혔다.

국왕의 기쁨은 이루 형용할 길이 없었다. 이야말로 뛰는 놈 위에 나는 놈 있다더니, 과연 헛된 소리가 아니었다. 20년 전 도사들이 비를 내리게 할 때에도 비록 영험은 있었으나, 날이 개고 나서도 반나절 동안 부슬비가 내려 말끔히 갠 적이 없었는데, 이번만큼은 비바람이 뚝 그치고 삽시간에 밝은 해가 나타나 창공에 구름 한 조각 없게 만들었으니 참으로 신통하기 짝이 없었던 것이다.

9. 목 베기 내기

대궐로 돌아간 임금은 당나라 스님 일행의 통행문서에 옥새를 찍어 곧바로 떠나보내려 했다. 그런데 또 세 도사들이 나타나 훼방을 놓았다.

"폐하, 저희들이 이 나라에 들어온 지 벌써 이십 년, 그동안 나라를 보호하고 만백성이 편안하게 살아가도록 애를 많이 써왔습니다. 그런데 이제 저 화상들이 고작 비 한번 내렸다고 해서 중죄를 가벼이 용서해주신다면 저희를 너무 업신여기는 처사가 아니겠습니까? 그 문서를 잠시 보류해두시고 저 화상들이 저희 형제들과 다시 법력으로 겨루어 진짜 누가 능력이 많은지 가려내도록 허락해주십시오."

"아니, 국사님들이 저 화상들과 무슨 내기를 하시겠다는 말씀이오?"

"좌선(坐禪)으로 겨루겠습니다. 좌선도 일반 승려들이 하는 방식이 아니라 운제현성(雲梯顯聖)이란 방법으로, 탁자를 오십 개씩 두 군데에 올려 쌓고, 각자 그 위에 올라앉아서 약정한 시간이 얼마나 되든지 꼼짝달싹 않고 좌선하는 것입니다."

결단력이 약한 국왕은 지난날 도사들이 베푼 은덕을 생각해서 차마 거절하지 못하고 삼장법사 일행에게 물었다.

"여보시오, 화상들, 우리 국사님께서 그대들과 '운제현성'이란 방법으로 겨뤄보자는데, 그런 좌선을 할 줄 아는가?"

당나라 스님이 조용히 대답했다.

"좌선이라면 소승이 할 수 있나이다."

손오공은 워낙 참을성이 없는 원숭이라 속으로 은근히 걱정하고 있다가, 스승의 시원스런 대답에 반색을 하며 귓속말로 여쭈었다.

"그거 아주 잘됐습니다! 한데 사부님은 몇 시간이나 앉아 계실 수 있습니까?"

"나는 어릴 적부터 참선하는 방법을 배웠기 때문에, 한 이삼 년쯤은 얼마든지 앉아 버틸 수 있다."

이리하여 국왕의 명에 따라 관원들이 어전 앞마당 좌우 양편에 탁자 50개씩을 옮겨다 부지런히 좌대를 쌓아올렸다. 올려다보기만 해도 아찔한 좌선 탑이었다.

이윽고 호력대선이 조각구름을 일으켜 타고 서쪽 좌대로 날아 올라갔다. 삼장법사는 구름을 탈 줄 모르는 터라, 손오공이 상서로운 구름으로 둔갑하여 스승을 안고 허공으로 두둥실 떠올라 동쪽 좌대에 모셔 앉혔다. 그리고 자신은 모기 한 마리로 변신하여 저팔계의 귓등에 내려앉은 다음, 아무도 못 듣게 귓속말로 당부했다.

"자넨 여기서 사부님의 동태를 자세히 지켜보고 있게. 곁에 세워놓은 가짜 손 선생한테 말을 걸어서는 안 되네."

미련퉁이가 히죽 웃어가며 고개를 끄덕였다.

"무슨 얘긴지 알아들었소!"

한편, 둘째 국사 녹력대선은 국왕과 나란히 비단 방석에 앉은 채 동쪽과 서쪽 좌대에서 끈덕지게 겨루는 두 사람을 한참 동안 지켜보고 있었으나, 시간만 자꾸 흘러가고 승부는 쉽사리 판가름 날 기미를 보이지 않았다. 초조해진 그는 사형을 도와주어 결판내고 싶은 생각이 들어, 머리카락 한 오리를 뽑아 꼬깃꼬깃 뭉치더니, 그것을 동쪽 좌대에서 편안히 좌선하고 있는 삼장법사를 향해 튕겨 날려 보냈다. 머리카락은 삼장법사의 뒷덜미에 떨어지자마자 그 즉시 큼지막한 빈대 한 마리로 변하더니, 사정없이 살갗을 물어뜯기 시작했다.

한참 좌선에 몰입해 있던 삼장법사는 처음에는 근질근질한 느낌이었으나, 그 가려움증은 이내 아픔으로 바뀌어 뒤통수, 목덜미 할 것 없이 마구 옮겨 다니면서 쿡쿡 쑤셔대기 시작했다. 손을 뒤로 뻗어 시원하게 긁어주면 되겠지만, 참선으로 겨룰 때에는 손가락 하나 까딱해도 지는 법이라, 긁고 싶은 충동을 꾹 참고 버텨야 했다. 삼장은 그저 자라목을 움츠리고 뒷덜미 옷깃으로 가려운 데를 비벼대기 시작했다.

스승이 이상한 행동을 보이자, 저팔계는 곧바로 사형에게 귀띔을 했다.

"이크, 저런! 사부님이 간질병을 일으킨 모양이오!"

모기로 둔갑한 손오공은 무엇인가 잘못되어간다는 느낌이 들어, 당장 허공으로 날아오르더니 스승의 머리 위에 내려앉아 살펴보기 시작했다. 과연! 콩알만 한 빈대 한 마리가 스승의 살갗을 마구 물어뜯고 있는 것이 아닌가? 그는 황급히 손으로 빈대를 짓뭉개버리고 가려운 데를 살펴 긁어주었다. 가려움증이 싹 가시자, 당나라 스님은 자세를 단정히 바로잡고 앉아 참선을 계속할 수 있었다.

빈대를 눌러 죽여 급한 불을 끈 손오공은 속으로 이런 생각을 했다.

'사부님은 훌떡 벗겨진 대머리라 이 한 마리도 끼지 못할 텐데, 어디서 냄새 고약한 빈대가 낄 수 있단 말이냐? 아무래도 저놈의 도사가 무슨 농간을 부려 골탕 먹인 게 분명하다. 좋다, 이렇게 서로 마냥 버티고 있어봤자 어차피 승부가 나지 않을 테니, 이번에는 내가 네놈을 한번 골탕 먹여주마!'

다시 날아오른 모기는 대궐 처마 끝 막새기와에 내려앉더니 몸을 꿈틀해 길이 일곱 치쯤 되는 지네로 둔갑한 다음, 서쪽 좌대로 건너뛰어 호력대선의 콧구멍 속으로 파고들어가 호되게 깨물어주었다. 난데없는 지네에게 콧속을 물린 늙은 도사는 깜짝 놀라 윗몸이 기우뚱기우뚱 흔들리던 끝에 그만 몸뚱이를 훌떡 뒤집고 좌대 아래 지상으로 곤두박질쳐 떨어지고 말았다.

그제야 손오공은 구름을 일으켜 타고 스승을 앉은 자세 그대로 모셔다가 섬돌 아래 내려섰다. 결국 당나라 스님의 완벽한 승리로 끝난 셈이었다. 하지만 일이 다 끝난 것은 아니다. 국왕이 다시 통행문서에 옥새를 찍어 삼장법사 일행을 놓아 보내려 하자, 이번에는 둘째 국사 녹력대선이 달려와 아뢰었다.

"폐하, 잠시만 저들을 붙잡아두소서! 제가 '격판시매(隔板猜枚)'란 술법으로 저 화상들과 또 한판 겨루겠습니다."

'격판시매'란, 널빤지를 사이에 두고 그 반대편에 감추어둔 물건이 무엇인지 알아맞히는 술법이다. 줏대 없이 아둔한 국왕은 또다시 명을 내렸다.

"여봐라! 궤짝을 마련하여 후궁으로 가져가 왕비를 시켜 아무도 모르게 보물 한 가지를 넣게 하고 다시 이리로 내오도록 하라!"

얼마 안 있어 주홍칠을 입힌 궤짝 하나가 백옥 계단 아래 놓였다. 국왕은 삼장 일행과 녹력대선에게 분부를 내렸다. 각자 법력을 써서 궤짝 안에 무슨 보물이 있는지 알아맞히라는 것이었다.

스승이 걱정스러워 제자들을 돌아보자, 손오공은 자기 자리에 가짜를 하나 만들어 세워놓고 자신은 모기로 둔갑하더니 궤짝 뚜껑 위로 날아가 내려앉은 다음, 살금살금 궤짝 다리 밑으로 기어 내려갔다. 과연 밑바닥 널빤지 이음새에는 틈이 벌어져 있었다. 모기가 틈서리로 들어가 보니, 궤짝에 감춰둔 보물이란 것은 왕비가 입던 비단 치마 저고리 한 벌이었다. 손오공은 쟁반에 차곡차곡 얌전히 개켜놓은 치마저고리를 잡아 뜯고 갈기갈기 찢어놓았다. 그리고 혀끝을 깨물어 피 한 모금을 확 뿜으면서 외마디 소리를 질렀다.

"변해라!"

발기발기 찢긴 치마저고리는 눈 깜짝할 사이에 절간 승려들이 입다 내버린 누더기 승복으로 바뀌고 말았다. 일을 마친 손오공은 다시 모기로 둔갑해 널빤지 틈서리를 빠져나와 스승의 귓바퀴에 날아가 앉았다.

"사부님, 저 궤짝에 든 것은 절간에서 승려가 입는 누더기라고 대답하세요."

"아니, 애야! 보물이 들어 있다고 했는데, 누더기 옷이 무슨 보물이란 말이냐?"

"그런 건 모른 척하시고, 알아맞히기만 하면 되지 않겠습니까?"

이때 녹력대선이 앞질러 나서서 대답했다.

"제가 먼저 알아맞히겠습니다. 저 궤짝 속에는 왕비님께서 입으시는 비단 치마와 저고리가 한 벌 들어 있습니다."

그다음에는 삼장법사 차례였다.

"아니올시다. 저 궤짝에는 누더기 승복이 한 벌 들어 있사옵니다."

이 대답을 듣고 국왕은 버럭 성을 냈다.

"무엄하구나! 우리나라에 어찌 보물이 없어 절간 화상이나 걸치던 누더기 승복 따위를 보물이라고 넣었단 말인가! 괘씸하다! 과인을 조롱하려고 마음먹고 그런 대답을 하다니…… 여봐라, 저 화상을 당장 잡아 꿇려라!"

국왕의 명령이 떨어지자, 곁에 모시고 있던 호위들이 우르르 달려나와 삼장법사를 잡아 꿇리려 했다. 삼장은 황급히 두 손 모아 합장하며 외쳤다.

"폐하, 잠깐만……! 우선 궤짝부터 열어보소서. 안에 들어 있는 것이 과연 보물이라면 소승도 죄를 달게 받으오리다."

듣고 보니 일리 있는 말이라, 국왕은 그 자리에서 궤짝을 열어보게 했다. 이윽고 당직 관원이 뚜껑을 열고 그 안에 놓인 쟁반을 떠받들어 냈다. 아니나 다를까, 쟁반 위에 놓인 것은 넝마 조각, 가난뱅이 승려가 누덕누덕 꿰매 입다 내버린 승복이 아닌가!

그것을 본 국왕이 노발대발하여 펄펄 뛰기 시작했다. 용상 뒤편에 숨어서 지켜보고 있던 왕비가 급히 달려나왔다.

"실로 해괴한 일입니다! 소첩이 입던 옷을 손수 넣었는데, 어떻게 이런 지저분한 것으로 변했는지 모르겠사옵니다."

"궤짝을 떠메고 과인을 따라오라! 이번에는 과인이 손수 보물 한 가지를 감춰놓고 시험해볼 것이다!"

국왕은 궁성 후원으로 들어가더니 과수원의 복숭아나무에서 가장 잘 익고 대접만큼이나 커다란 천도복숭아를 한 개 따서 궤짝에 집어넣은 다음, 그것을 다시 떠메다 섬돌 아래 내려놓게 했다. 그리고 당나라 스님과 녹력대선에게 무엇이 들어 있는지 알아맞히라고 명하였다.

그때까지 여전히 모기로 둔갑해 있던 손오공은 앞서 비집고 들어갔던 널빤지 틈서리를 찾아 들어갔다. 그랬더니 이게 웬 떡이냐? 원숭이가 제일 좋아하는 천도복숭아 한 알이 얌전히 놓여 있는 게 아닌가! 손오공은 두 번 생각해볼 것도 없이 본래의 모습으로 돌아와 궤짝 밑바닥에 털썩 주저앉았다. 그리고 복숭아를 우적우적 다 씹어 먹은 다음, 딱딱한 씨 한 알만 덩그러니 남겨둔 채, 다시 모기로 둔갑하여 빠져나왔다.

"사부님, 그저 복숭아씨라고만 대답하십쇼!"

삼장법사는 조마조마하게 가슴을 죄면서 대답하려고 앞으로 나아가 섰다. 그런데 이번에는 셋째 국사 양력대선이 불쑥 나서더니 한 마디로 대답했다.

"천도복숭아가 한 알 들어 있습니다!"

그 뒤를 이어 당나라 스님이 아뢰었다.

"복숭아가 아니라 복숭아씨만 들어 있나이다."

이 대답에 국왕이 호통을 치며 꾸짖었다.

"과인이 손수 넣은 천도복숭아를 어째서 씨밖에 없다고 하느냐! 이 번에는 셋째 국사님이 알아맞혀 이겼다!"

그러나 삼장법사도 순순히 물러서지 않았다.

"폐하! 궤짝 뚜껑을 열어보면 아실까 하옵니다."

시종관이 또 궤짝 뚜껑을 열어젖혔다. 그리고 쟁반을 꺼내 들었다. 과연 복숭아씨가 한 개 놓였을 뿐, 복숭아 열매는 껍질도 과육(果肉)도 어디로 사라졌는지 안 보이고 복숭아씨마저 도둑 원숭이가 얼마나 핥 고 빨고 말끔히 먹어 치웠는지 속살 한 점 붙지 않고 반지르르하게 남 았다. 그것을 본 국왕은 가슴살이 떨리고 기가 막혀 목소리조차 제대 로 나오지 않았다.

"국사님들, 저 화상과 더는 내기하지 말고 그냥 떠나보내도록 합시 다. 아무래도 귀신이 남모르게 도와주는 것 같소."

이렇듯 웅성거리고 있을 때였다. 좌대에서 떨어져 다쳤던 호력대선 이 상처를 치료하고 다시 나타났다.

"폐하! 저 화상은 물건을 바꿔치기하는 술법을 알고 있습니다. 제 가 저 화상들이 알지 못하는 곳으로 궤짝을 옮겨다놓고 결코 바꿔치 기하지 못할 것을 감춰두고 다시 한 번 내기를 걸어보겠습니다."

"바꿔치기하지 못할 것이라면 무엇이 있소?"

"물건이야 바꿔칠 수 있겠으나, 산 사람의 몸뚱이는 바꿔칠 수 없 을 것입니다."

이어서 호력대선은 임금에게 귓속말로 몇 마디 덧붙였다.

한참 만에 어디론가 옮겨갔던 궤짝이 다시 국왕의 어전에 떠메어 나왔다.

"당나라 화상, 여기 들어 있는 세번째 보물이 무엇인지 알아맞혀보시오!"

국왕의 명이 떨어졌다. 다시 궁지에 몰린 스승이 제자를 돌아보았다.

"또 내기를 하자는구나!"

"가만히 계십쇼. 제가 또 한 번 가보고 와서 알려드릴 테니까요."

모기로 둔갑한 손오공이 '앵!' 하고 날아가 궤짝 틈으로 비집고 들어가 보았더니, 이번에는 어린 동자 한 녀석이 쭈그려 앉아 있었다. 앙큼스런 그는 눈치 빠르게 몸뚱이를 꿈틀 흔들어 호력대선과 똑같은 모습으로 둔갑했다. 그리고 궤짝 안의 동자를 불렀다.

"애야!"

어린 동자는 깜짝 놀라 벌떡 일어섰다.

"사부님, 어디로 들어오셨습니까?"

"놀라지 마라. 방금 은신술을 써서 들어왔다. 네가 궤짝에 들어오는 것을 저 화상들한테 들켰단다. 저들이 또 알아맞히면 우리가 지고 말 게 아니냐? 그러니 내가 네 모습을 저들 모르게 바꿔놓으려고 한다. 우선 머리를 박박 깎고 옷을 딴 것으로 갈아입혀주마."

손오공은 이렇게 다독거려놓고 나서, 주머니칼로 어린 동자의 머리를 한 가닥도 남기지 않고 박박 밀어 대머리로 만들어놓았다. 그런 다음, 도사들이 입는 도복(道服)을 벗겨 들고 중얼중얼 주문을 외우며 숨한 모금 내뿜고 나서 명령을 내렸다.

"변해라!"

말끝이 떨어지기 무섭게 도복은 삽시간에 황토빛깔 누런 승복으로 탈바꿈했다. 그는 승복을 동자에게 입혀놓고 다시 솜털 두 가닥을 뽑아 목탁으로 둔갑시켜 그 손에 들려주면서 이렇게 당부했다.

"애야, 내 말 잘 듣거라. 바깥에서 '동자야!' 하고 부르는 소리가 나거든 절대로 대답하지도 말고 뛰쳐나가서도 안 된다. 그 대신에 '애기 중아!' 하고 부르는 소리를 듣거든, 이 궤짝 뚜껑을 열고 목탁을 두드리면서 천천히 걸어 나오너라."

"사부님, 저는 목탁을 두드릴 수는 있지만, 염불은 할 줄 모릅니다."

"애야, 경을 외우라는 게 아니란다. 그저 '나무아미타불! 나무아미타불!' 하고 읊기만 하면 다 되는 것이다."

동자에게 단단히 일어두고 나서, 또다시 모기로 변신한 그는 살그머니 궤짝을 빠져나와 스승의 귓전으로 날아갔다.

"사부님, 됐습니다! '애기 중'이라고만 대답하십쇼!"

손오공이 스승에게 귀띔하고 있을 때, 한쪽에서는 호력대선이 국왕에게 아뢰었다.

"폐하, 세번째 보배는 도가의 동자이옵니다."

그리고 궤짝을 향해 자신만만하게 외쳐 불렀다.

"동자야! 어서 이리 나오너라!"

하지만 아무리 불러도 나오는 기척이 없어 호력대선이 당황하고 있는데, 삼장법사가 합장하고 조용히 입을 열었다.

"폐하, 궤짝에 들어 있는 것은 불가의 동자승입니다. 애기 중아, 이리 나오너라!"

그것을 신호로 궤짝 뚜껑이 열리더니, 머리를 박박 밀고 승복을 걸친 동자가 천연덕스레 목탁을 두드리고 염불하면서 툭 뛰쳐나왔다. 좌우에 늘어선 문무백관들이 신기하게 여긴 나머지 박수갈채를 퍼부었다. 국사 세 사람은 기절초풍을 하도록 놀라 입만 딱 벌린 채 어쩔 바를 몰랐다. 호력대선에게 미리 귀띔을 받았던 국왕 역시 탄식을 금치 못했다.

"귀신이 저 화상들을 도와주고 있는 게 분명하구나. 설령 누가 뒤따라 들어가서 머리쯤은 깎아줄 수 있다 해도 어떻게 의복마저 그럴 듯하게 승복으로 갈아입히고 목탁을 손에 쥐여 염불까지 하게 만들 수가 있단 말인가……? 이것 보시오, 국사님! 저 화상들을 이만 떠나보내도록 합시다."

그러나 호력대선은 완강하게 고집을 부렸다.

"폐하! 어찌 되었든 쉽사리 놓아주어서는 안 됩니다. 저희 형제는 어릴 적부터 무공을 익혔으니, 내친김에 저 화상들과 다시 한 번 겨뤄보겠습니다."

"무공이라니, 어떤 것이오?"

국왕이 묻자, 호력대선은 엄청난 제의를 했다.

"우리 삼형제는 모두 신통력을 지니고 있습니다. 목을 베었다가 도로 붙이는 재주, 배를 갈랐다가 도로 아물게 하는 재주, 펄펄 끓는 기름 가마솥에 들어가 목욕하는 재주가 그것입니다."

국왕이 펄쩍 뛰었다.

"아니, 그 세 가지 모두 죽음을 자초하는 길이 아니오?"

"저희들에게는 법력이 있으니까 장담하고 나서는 것입니다. 기어코 저 화상들과 목숨 걸고 끝까지 겨루겠습니다."

호력대선이 죽기를 각오하고 다짐하는 데야 국왕도 어쩔 도리가 없었다. 그는 삼장법사 일행을 돌아보고 의향을 물었다.

"동녘 땅에서 오신 화상들! 우리 국사님이 그대들과 또 한 차례 목 베기와 배 가르기, 끓는 기름 가마솥에서 목욕하기로 승부를 겨뤄보겠다 하시는데, 이 도전을 받아들이겠소?"

이때까지 모기로 둔갑한 채 형편 돌아가는 것을 지켜보던 손오공은 이 말을 듣고 즉시 본모습으로 돌아와 껄껄대며 앞으로 나섰다.

"폐하, 소승이 목을 베는 술법을 좀 할 줄 압니다."

"목을 베어도 그대가 살 수 있단 말인가? 머리통은 육신의 으뜸이라, 한 번 떨어지면 그대로 죽고 마는 것이야!"

이때, 호력대선이 중간에 끼어들었다.

"저자가 할 수 있다 하니, 저희 앙갚음을 하도록 윤허해주소서!"

국왕은 결단을 내렸다.

"여봐라! 도살장을 준비하라!"

명령이 떨어지기 무섭게 궁궐 앞뜰에는 국왕을 호위하는 3천 명의 군사가 빙 둘러서고, 그 한복판에 사형장이 마련되었다. 국왕은 먼저 손오공을 지목했다.

"이 화상의 목부터 베어라!"

"좋습니다, 제가 먼저 한칼 받지요!"

손오공이 흔쾌히 응답하고 나서자, 당나라 스님은 제자의 옷깃을 꽉 부여잡고 놓지 않았다.

"이놈아, 정신 나갔느냐? 저곳은 장난질이나 치는 놀이터가 아니란 말이다!"

"겁낼 게 뭐 있습니까? 이 손 놓으십쇼. 제가 다녀오는 동안 마음 푹 놓으시고 여기서 기다리기나 하세요."

손오공은 스승의 손길을 매정하게 뿌리치고 도살장으로 들어갔다. 이윽고 망나니의 손에 붙잡힌 그는 밧줄로 꽁꽁 묶인 채 흙더미를 높이 쌓아올린 처형대로 끌려 올라갔다.

"목을 베어라!"

국왕의 명령이 떨어지기 무섭게, 망나니가 큰칼을 휘둘러 단번에 손오공의 목을 뎅겅 잘라버렸다. 목이 떨어지자 망나니는 발길질로 그 머리통을 툭 걸어차버렸다. 수박처럼 떼굴떼굴 굴러가던 머리통이 삼사십 보나 가서야 멈췄다. 그러나 손오공의 목에서는 피 한 방울 나지 않았다. 그 대신 뱃속에서 소리가 났을 뿐이다.

"머리야! 이리 굴러와 도로 붙어라!"

복화술(腹話術)로 부르는 소리가 나자마자, 머리통이 저절로 다시 구르더니 떨어진 목에 가서 철썩 달라붙었다. 손오공은 칼자국 하나 없이 멀쩡한 몸으로 천천히 형장에서 걸어 나와 스승이 기다리는 곳으로 돌아갔다. 이것을 본 망나니들은 혼비백산을 하도록 놀라 큰칼을 떨어뜨린 채 얼어붙고, 형장을 에워싸고 있던 3천 군사들 역시 공포에 질려 부들부들 떨고만 있었다. 형 집행을 감시하던 감독관이 허둥지둥 달려가 국왕에게 아뢰었다.

"폐하! 저 화상의 목을 분명히 베었으나, 떨어진 머리통이 저절로 다시 굴러가 목에 달라붙었사옵니다!"

국왕은 얼굴빛이 허옇게 질린 채 통행문서를 꺼내 들었다.

"그대들을 무죄 석방할 것이니, 어서 빨리 이 나라를 떠나거라!"

그러자 손오공이 어슬렁어슬렁 계단 앞으로 걸어가더니 이렇게 여쭈었다.

"통행문서를 내려주시면 받기는 하겠습니다만, 저 국사님도 한번 쯤 도살장에 올라 목 베기를 해야 시합이 공평해질 것 아닙니까?"

국왕이 잔뜩 겁에 질린 채 호력대선 쪽을 돌아보았다.

"대국사님! 저 화상이 국사님을 그냥 내버려두지 못하게 하니 과인이 어쩌겠소? 어차피 내기를 걸었으니 꼭 이기셔서 과인을 즐겁게 해 주시오."

호력대선은 할 수 없이 제 발로 도살장에 끌려가는 황소 꼬락서니가 되고 말았다. 형장에 오르자, 기다리고 있던 망나니들이 우르르 달려들어 꽁꽁 결박하고 흙더미 위에 무릎 꿇린 자세로 목을 길게 잡아 늘였다. 그러고는 서슬이 한 차례 번뜩이는 순간, 목을 뎅겅 끊어 내더니 떨어지는 머리통을 툭 걸어차버렸다. 호력대선의 머리통 역시 떼굴떼굴 30여 걸음이나 굴러가 멈추었다.

그의 목에서도 피 한 방울 나지 않았다. 뒤미처 뱃속에서 목소리가 터져 나왔다.

"머리야, 이리 오너라!"

그 외침을 듣는 순간, 손오공이 재빨리 솜털 한 가닥을 뽑아 들고 숨 한 모금을 내뿜었다.

"변해랏!"

솜털은 당장 싯누런 사냥개로 변하더니, 도살장을 향해 무서운 기세로 뛰어들어 호력대선의 머리통을 한입에 덥석 물고 달아났다. 그리고 도성 외곽에 감돌아 흐르는 강물을 훌쩍 건너뛰어 눈 깜짝할 사이에 어디론가 사라지고 말았다.

한편, 목 떨어진 호력대선은 세 차례 연거푸 외쳐 불렀으나, 사냥

개가 물고 달아난 머리통이 되돌아와 붙을 리 있으랴. 없어진 머리통을 필사적으로 외쳐 부르던 호력대선은 마침내 목에서 시뻘건 핏줄기가 뻗쳐 나오더니 흙먼지 구덩이에 털썩 엎어져 숨을 거두고 말았다. 여러 사람이 형장으로 우르르 달려가 보았다. 뜻밖에도 그것은 머리통이 없어진 얼룩무늬 호랑이였다.

형 집행 감독관이 그 사실을 아뢰자, 국왕은 아연실색, 입만 딱 벌린 채 아무 소리도 못하였다. 이때 둘째 국사 녹력대선이 벌떡 일어나 국왕에게 아뢰었다.

"폐하! 우리 사형은 수명이 다하여 목숨이 끊겼다 하오나, 어찌 죽어서 호랑이가 될 리 있겠습니까? 이 모든 게 저 화상의 눈가림 수법으로, 폐하와 여러 사람들의 눈에 짐승으로 바꿔 보이게 해놓은 것입니다. 이제는 저 원수 놈을 도저히 용서할 수 없으니, 제가 저놈과 배를 가르는 술법으로 겨뤄보겠습니다!"

국왕은 이 말을 듣고서야 겨우 놀란 가슴을 가라앉히고 제정신이 들어 손오공을 돌아보며 다시 의중을 떠보았다.

"젊은 화상! 우리 둘째 국사님께서 그대와 또 한 번 내기를 해보자 하셨다. 자, 어떻게 할 테냐?"

손오공 역시 거침없이 도전을 받았다.

"좋습니다! 소승도 엊저녁 삼청전에서 너무 과식을 했는지 뱃속이 더부룩하던 참이었는데, 이제 다행히 폐하의 칼을 빌려 뱃가죽을 갈라내고 오장육부를 꺼내 말끔히 씻으면 속이 편해질 듯싶습니다."

국왕이 그 말을 듣고 당장 명령을 내렸다.

"저자를 붙들어 도살장으로 끌고 가거라!"

사나운 군사들이 와르르 달려들더니 손오공의 팔다리를 하나씩 부여잡고 끌어가기 시작했다.

"잠깐만!"

손오공이 붙잡힌 손길을 뿌리치고 악을 썼다.

"내 발로 얼마든지 걸어갈 테니까 이럴 것 없소! 다만 내 두 손만큼은 묶지 마시오. 손을 자유롭게 써야 오장육부를 씻어낼 수 있지 않겠소?"

국왕이 듣고 보니 당연한 말이라, 선선히 허락을 내렸다.

"그자의 손은 묶지 마라!"

이윽고 손오공이 도살장에 들어서자, 기다리고 있던 망나니가 오랏줄로 그 어깻죽지와 두 다리, 발목을 말뚝 형틀에 단단히 옭아매더니, 옷을 헤쳐놓고 시퍼렇게 날선 칼로 단번에 뱃가죽을 그어 내렸다.

손오공은 두 손으로 갈라진 뱃가죽을 벌린 다음, 오장육부를 끄집어내어 한참 동안 주물럭거리더니, 다시 차곡차곡 제자리를 찾아서 꾸불꾸불 휘감아 집어넣고 뱃가죽을 움켜쥐었다. 그러고는 외마디 호통을 쳤다.

"붙어라!"

말끝이 떨어지자마자, 길이로 쩍 갈라졌던 뱃가죽이 도로 감쪽같이 아물어들었다.

그 끔찍스런 광경을 지켜본 국왕은 대경실색, 떨리는 두 손으로 통행문서를 떠받들고 삼장법사 일행에게 통사정하다시피 이렇게 말했다.

"거룩하신 스님들, 어서 떠나시오! 통행문서를 드릴 테니, 서천 가는 길을 그르치지 마시고 어서 떠나주시오!"

손오공이 그 말을 넙죽 받았다.

"떠나는 일이야 급할 것이 없지요. 저 둘째 국사님께서도 약속대로 배를 갈라 보이셔야 할 게 아닙니까?"

이렇게 해서 녹력대선 역시 손오공처럼 제 발로 도살장에 들어섰다. 칼을 잡고 대령해 있던 망나니들이 말뚝 형틀에 오라를 지운 다음, 쇠귀처럼 볼이 넙적한 칼끝으로 뱃가죽을 그어 내렸다. 녹력대선도 손오공 못지않게 두 손으로 오장육부를 꺼내놓고 주물럭거리기 시작했다.

손오공, 이 교활한 원숭이가 그 기회를 놓칠세라 또 한 번 재빠르게 솜털 한 가닥 뽑아 들고 숨 한 모금을 뿜어내면서 명령했다.

"변해라!"

솜털은 삽시간에 굶주린 매 한 마리로 변해 양 날개를 활짝 펼치더니, '휘익!' 날아오르기가 무섭게 도살장 안으로 곤두박질쳐 녹력대선이 주무르고 있던 오장육부를 발톱으로 낚아챘다. 그러고는 어디론가 훨훨 날아가 사라지고 말았다. 뱃가죽이 갈라진 채 텅 빈 뱃속에는 핏물만 홍건히 고였을 뿐이니 제가 무슨 재주로 살아남을 수 있으랴! 녹력대선은 텅 비어버린 뱃가죽을 움켜쥐고 버둥버둥 몸부림치다가 그 자리에 널브러지고 말았다. 칼을 잡은 망나니들이 시체를 뒤채어 살펴보았더니, 그것은 하얀 털가죽을 뒤집어쓴 뿔 달린 사슴 한 마리였다.

형 집행관이 또 한 차례 허둥지둥 달려가 이 끔찍한 일을 국왕에게 아뢰었다.

"둘째 국사가 뿔 달린 사슴이라니, 도대체 어떻게 된 노릇이냐?"

국왕은 겁에 질리다 못해 얼굴빛이 사색이 되었다.

이때 세번째 국사 양력대선이 아뢰었다.

"저희 사형들이 죽기는 하였으나, 어찌 짐승의 탈을 쓰고 있겠습니까. 이 모든 일은 저 화상이 술법을 부려 우리 형제들을 해코지하는 것이 분명합니다. 이제는 두 형님 대신 제가 나서서 원수를 갚겠습니다!"

"그대는 무슨 법력으로 저 화상을 이기려 하오?"

"펄펄 끓는 기름 가마솥에 들어가 목욕하는 술법으로 겨뤄보겠습니다."

국왕은 즉시 커다란 가마솥을 가져다 기름을 하나 가득 채워놓고 잘 마른 장작을 차곡차곡 쌓아 불을 지피게 했다. 그러고 나서 두 사람더러 내기를 시작하라는 명을 내렸다.

이번에도 손오공이 능청을 떨면서 먼저 나섰다.

"소승이 한동안 목욕을 못해서 몸이 근질거려 견딜 수 없었는데, 아무튼 먹 한번 잘 감겠습니다."

얼마 안 있어 장작불이 맹렬하게 타오르더니 가마솥의 기름이 펄펄 끓기 시작했다. 당직 관원이 손오공더러 먼저 기름 가마 속에 들어가라고 지시했다.

손오공은 앞으로 나서면서 양력대선에게 한마디 던졌다.

"셋째 국사, 번번이 선수를 쳐서 미안하구려."

그러고 나서 호랑이 가죽 치마와 승복을 벗어던지더니, 홀가분하게 알몸뚱이로 펄펄 끓는 기름 가마솥으로 풍덩 뛰어들었다. 엎치락뒤치락 기름을 휘저어가며 마치 바닷물에서 헤엄이라도 치듯 첨벙첨벙 물장구까지 치면서 장난질을 하는데, 주변에 둘러선 구경꾼들은 모두 가슴이 조마조마하여 견딜 수 없을 지경이었다.

미련퉁이 저팔계가 손가락 끝을 입에 물고 사오정에게 실없는 소리를 지껄였다.

"여보게, 우리가 저 원숭이 녀석을 잘못 본 모양일세. 그저 짓까불고 실없는 소리만 늘어놓는 줄 알았더니, 저렇게 훌륭한 재간을 지녔을 줄이야 알기나 했나?"

칭찬인지 비웃음인지 모를 소리를 듣고 있으려니, 손오공은 은근히 괘씸한 생각이 들었다.

"저 미련퉁이 녀석이 날 조롱하는구나! 내가 이처럼 자기들 때문에 고생하고 있는데, 너희들은 아주 태평세월이란 말이지? 오냐, 좋다! 내가 이 녀석들을 한번 골탕 먹여야겠다!"

이렇게 생각한 그는 목욕하다 말고 '첨벙!' 물보라를 일으키더니, 기름 가마솥 밑바닥에 자맥질해 들어가서 대추씨만큼이나 작은 쇠못으로 둔갑하여 깊숙이 가라앉은 채 두 번 다시 떠오르지 않았다.

한참을 기다려도 인기척이 없는 것을 보자, 감독관이 가마솥 앞으로 다가와 이리저리 살펴보더니, 또 국왕에게 달려가 아뢰었다.

"폐하! 그 젊은 화상이 끓는 기름에 잠겨 죽었나이다!"

이 말을 듣자, 국왕은 큰 소리로 엄명을 내렸다.

"저 나머지 화상 세 놈을 모조리 잡아들여라!"

어명이 내리기 무섭게 양편에 늘어서 있던 장수들이 우르르 달려나와 삼장법사 일행을 잡아 꿇리는데, 누구보다 먼저 생김새가 제일 흉악스러운 저팔계부터 땅바닥에 태질쳐서 자빠뜨려놓고 양팔과 두 다리를 꼼짝달싹 못하게 밧줄로 친친 얽어 묶었다. 대경실색한 삼장법사가 급히 고함쳐 아뢰었다.

"폐하, 잠깐만 기다려주소서! 방금 죽은 제자로 말씀드리면, 여기까지 오는 동안 공덕을 숱하게 세웠으나, 오늘 폐하의 나라에 이르러 망령되이 국사님들과 술법을 겨루다 무참하게 죽었사옵니다. 하오나 폐하께서 은혜를 베푸시어 소승이 기름 가마솥 앞에 나아가 제사라도 지내주고 저희들 사제지간의 정리를 보일 수 있도록 허락해주신다면, 그다음에 저희들 모두 폐하께 지은 죄를 받으오리다."

국왕은 이 말을 듣고 탄복한 나머지 소원대로 제사를 지내게 말미를 주었다.

이윽고 삼장법사가 기름 가마솥을 향해 축문을 읊기 시작했다.

"제자 손오공아, 나를 보호하여 서방 세계로 오는 동안 네가 쌓은 공덕과 사랑이 얼마나 깊었더냐? 한날한시에 큰 도를 이룩하기 바랐더니, 오늘 네가 저승으로 돌아갈 줄이야 어찌 기약했으랴! 아무쪼록 혼령이나마 저승에서 귀신이 되어 부처님을 만나뵙기를 바라노라!"

결박당한 채 엎어져 있던 미련퉁이 저팔계가 분하고 원통해서 버럭 악을 썼다.

"사부님! 제가 축문을 한번 읊어볼 테니, 저리 비키십쇼!"

그러고는 버둥버둥 기어서 일어나 앉더니 고래고래 악담을 퍼붓기 시작했다.

"화근만 일으키는 말썽꾸러기 원숭이! 무지막지한 필마온 녀석! 골백번 죽어 마땅한 몹쓸 놈의 원숭이! 기름에 튀겨진 말먹이꾼 원숭이 놈아! 너도 이제 끝장났구나! 제천대성이라고 으스대던 네놈도 밑천이 다 드러나 자빠져 죽었네그려!"

기름 가마솥 밑바닥에서 그 소리를 가만히 듣고 있던 손오공은 울화통이 터지는 걸 참을 수가 없어 그만 본래의 모습을 드러내고 펄펄 끓는 기름 수면 위로 벌떡 솟구쳐 올라왔다.

"이 보릿겨나 처먹고 사는 멍텅구리 돼지 놈아! 네가 지금 누구한테 악담을 퍼붓는 거냐!"

벌거벗은 알몸뚱이에 기름을 줄줄 흘려가며 저팔계를 향해 냅다 호통쳐 꾸짖는 손오공을 보고, 당나라 스님은 기절초풍하다 못해 막내 제자를 부여잡고 와들와들 떨기만 했다.

"애들아, 난 무서워 죽겠다!"

일행의 기둥뿌리 같은 만형이 죽어서 한참 슬퍼하던 사오정은 찔끔 놀라면서도 반색을 했다.

"에이, 큰형님도……! 또 죽은 체했구려?"

이래저래 놀라 자빠진 것은 국왕과 조정의 문무백관들이었다. 신하들은 어찌할 바를 모르고 허둥대다 부리나케 달려와 저팔계의 결박부터 풀어주고 일제히 땅바닥에 엎드려 애걸복걸 빌었다.

"저희가 죽을죄를 지었으니, 제발 한 번만 용서해주소서!"

한바탕 소동이 벌어진 틈에 국왕은 살금살금 용상 아래로 내려와 뺑소니를 치려 했다. 손오공이 득달같이 뛰어가더니, 국왕을 붙잡고 무섭게 따졌다.

"폐하! 어딜 가시려는 거요? 어서 빨리 저 셋째 국사님더러 기름 가마솥에 들어가라고 명하시오!"

멱살을 붙잡힌 국왕은 부들부들 떨어가며 양력대선에게 통사정을 했다.

"여보시오, 셋째 국사! 과인의 목숨 좀 구해주오. 어서 빨리 기름 가마솥에 뛰어들어, 제발 이 스님이 날 죽이지 않게 해주시구려!"

양력대선은 서두르지 않고 천천히 기름 가마솥을 향해 걸어갔다. 그리고 손오공이 했던 것처럼 옷가지를 훌훌 벗어던지고 기름 가마솥에 풍덩 뛰어들어 느긋이 목욕을 즐기기 시작했다. 과연 도사 역시 대단한 신통력을 지니고 있었다.

국왕을 풀어준 손오공이 가마솥에 다가가서 손끝을 집어넣고 휘저어보았다. 그랬더니 이게 웬일인가! 기름은 펄펄 끓고 있는데, 감촉은 얼음보다 더 차가운 것이 아닌가? 그는 속으로 곰곰이 생각해보았다.

'이상하구나! 방금 내가 목욕할 때만 해도 펄펄 끓어 뜨거웠는데, 이 도사가 목욕하는 지금은 싸늘하게 식어 있다니, 이럴 수가 있나……? 옳거니 어느 놈의 용왕인지 모르겠으나, 누군가 저 도사 녀석을 보호해주고 있는 게 틀림없다!'

손오공은 즉시 근두운을 일으켜 타고 허공으로 날아 올라갔다. 아니나 다를까, 구름 사이로 머리통을 조금 내밀고서 중얼중얼 주문을 외우는 자가 하나 있었다. 괘씸하게도 그자는 북해의 용신이었다.

"너, 이 빌어먹을 놈의 뿔 돋친 지렁이! 비늘 달린 미꾸라지 영감태기야! 네가 감히 도사 녀석을 감싸주느라 냉룡(冷龍)을 시켜 가마솥에 끓는 기름을 차디차게 식혀놓았구나! 저 도사 녀석이 나를 이기게 해주어야 네놈의 속이 시원하겠느냐?"

북해 용왕은 기겁을 하도록 놀라 연신 허리를 구부리면서 변명했다.

"어이구, 대성 어른! 그건 오해이십니다. 저 짐승 역시 수행을 쌓은 끝에 정법(正法)의 진수(眞髓)를 터득한 몸이라, 용신까지 불러내 부

릴 줄 알게 되었습니다. 제가 냉룡을 거둬들여 저 도사 녀석의 뼈마디
와 살가죽이 한점도 남아나지 못하고 새카맣게 타 죽도록 만들 테니
고정하십시오."

북해 용왕은 그 자리에서 돌개바람으로 변하여 이제껏 기름 가마솥
변두리를 에워싸고 용틀임하던 냉룡을 붙잡아 휑하니 북해 바다로 돌
아갔다.

또다시 펄펄 끓어오르는 기름 가마솥, 양력대선은 한동안 그 속에
서 허우적허우적 몸부림치더니, 결국 기어 나오지 못하고 미끄러지듯
이 스르르 잠겨들어 눈 깜짝할 사이에 흐물흐물 녹아버리고 말았다.

아무리 기다려도 양력대선이 떠오르지 않으니, 감독관원은 부하를
시켜 뜰채로 가마솥 바닥을 훑어보게 했다. 이윽고 뜰채에 걸려 올라
온 것은 한 마리 영양(羚羊)의 뼈다귀와 해골뿐, 그 밖에는 아무것도
없었다. 감독관은 부리나케 달려가 국왕에게 이 놀라운 사실을 아뢰
었다.

이때서야 손오공은 국왕 앞에 나서서 큰 소리로 일깨웠다.

"폐하! 어찌하여 이다지도 정신을 못 차리십니까? 눈앞에 나뒹구
는 저 도사들의 시체를 보십쇼! 하나는 호랑이, 하나는 사슴 아닙니
까? 그 양력대선이란 자도 머리뼈 생김새로 보건대 영양이 분명합니
다. 그놈들은 당초 깊은 산에 살던 야수로서 도를 닦아 요괴 정령으로
변하여 서로 짜고 폐하를 해치러 나타났던 것입니다. 그나마 폐하의
운수가 아직 좋은 편이라 섣불리 손을 대지 못하고 지금껏 호시탐탐
기회만 엿보고 있었으나, 머지않아 이 나라의 운수가 쇠퇴해졌을 때
에는 폐하의 목숨을 빼앗고 이 강산을 들짐승의 천국으로 만들어버렸

을 것입니다."

국왕은 그제야 정신이 번쩍 들었다. 20년 동안 신변에 얼씬거리던 도사들이 모두 짐승이었다니, 그는 새삼스레 당나라 스님 앞에 머리 조아려 사과했다.

"과인의 불찰을 용서하시오. 그리고 이 모든 것을 바로잡아주신 은덕에 감사드리오. 날이 저물었으니 오늘은 지연사로 모시어 편히 쉬도록 주선하리다."

이리하여 삼장법사 일행은 관원들의 인도를 받아 절간으로 돌아갔다.

다음 날 이른 아침, 국왕은 조정대신들이 모인 자리에서 명을 내렸다.

"전국의 승려들을 다시 모아들인다는 방문을 도성 사대문과 각 지방 고을에 두루 내다 붙이도록 하라!"

그리고 당나라 스님 일행에게 사은의 큰 잔치를 베풀어 대접했다.

차지국을 떠나던 날, 손오공은 국왕에게 당부 말을 잊지 않았다.

"우리 불가 선종에 올바른 도가 있다는 사실을 분명히 아셨으리라 봅니다. 앞으로는 두 번 다시 치우치는 말에 귀를 기울이지 말고 삼교(三敎)를 하나같이 중히 여겨, 승려도 공경하고 도사도 존중하며 유능한 선비를 많이 길러내시기 바랍니다. 그래야 폐하의 강산을 영원히 굳힐 수 있을 것입니다."

차지국 임금은 이 충고의 말을 가슴 깊이 받아들이고 고마워했다. 그는 당나라 스님 일행을 도성 문밖까지 배웅하고 돌아갔다.

10. 저팔계와 손오공, 요괴의 제물이 되다

어느덧 그해 봄도 다 지나가고 여름이 얼마 남지 않았는가 싶더니, 벌써 가을이 찾아왔다. 이날 하루 해가 뉘엿뉘엿 저물자, 당나라 스님은 말고삐를 당겨 멈춰 세우고 제자들을 불렀다.

"얘들아, 오늘 밤은 이 근처 어디서 지샐 수 있겠느냐?"

손오공이 심드렁하게 대꾸했다.

"달빛 밝은 김에 좀더 걷다가 인가를 찾아 들기로 하지요."

성깔 사나운 손오공이 이렇게 나오니, 스승이나 아우들이나 꼼짝 못하고 다시 그 뒤를 따라 계속 걸었다. 그런데 얼마 가지도 못했을 때였다. 어디선가 난데없이 물결치는 소리가 거세게 들려오기 시작했다.

무거운 짐을 지고 밤늦도록 걷는 데 불만이 쌓였던 미련퉁이 저팔계가 그것 보라는 듯이 버럭 짜증을 냈다.

"잘됐군, 잘되었어! 한밤중에 아예 막다른 길에 들어서고 말았네

그려!"

사오정도 한마디했다.

"강물에 길이 끊긴 모양이오."

"강이라면 건너야 할 텐데, 우선 얼마나 깊은지 알아봐야겠네."

그제야 스승이 저팔계를 꾸짖었다.

"오능아, 쓸데없는 소리 마라. 강물이 깊은지 얕은지 어떻게 알아
본다는 거냐?"

"조약돌 한 개 던져보면 알 수 있지요. '퐁당!' 하고 물거품이 일면
얕은 거고, '풍덩!' 하고 무거운 소릴 내고 가라앉으면 깊은 겁니다."

저팔계는 조약돌을 하나 집더니 물속을 겨냥해 냅다 던져 보냈다.
과연 그 말대로 '풍덩!' 소리만 났을 뿐, 돌멩이는 물보라도 일지 않
고 잔잔한 파문에 그대로 가라앉았다. 그것을 본 미련퉁이는 절레절
레 도리질을 했다.

"어이쿠! 깊구나, 깊어. 너무 깊어 건너가지 못하겠는걸!"

"깊다는 건 돌을 던져봐서 알겠다만, 강폭이 얼마나 너른지 모르겠
구나."

스승의 조바심 섞인 말에 손오공이 나섰다.

"그건 제가 알아보죠."

그는 근두운을 일으켜 타고 공중에 뛰어올라 두 눈을 똑바로 뜨고
앞을 내다보았다. 깊고도 너른 강물, 맞은편 기슭이 얼마나 멀리 있
는지 아예 보이지도 않았다. 급히 구름을 거두고 강변에 내려선 그는
일행들에게 머리를 가로저어 보였다.

"사부님, 제 눈으로 낮에는 천 리 앞을 내다보고 캄캄한 밤중에라

도 사오백 리 앞길을 내다볼 수 있습니다만, 지금은 강폭이 얼마나 되는지 건너편 기슭조차 어림잡지 못하겠습니다."

"얘들아, 그럼 어찌해야 좋단 말이냐?"

"너무 걱정 마세요. 저 물가에 뭔가 세워졌는데, 가서 살펴보고 오지요."

손오공이 부지런히 달려가 보니, 돌로 깎아 세운 비석이 하나 있었다. 앞면에 '통천하(通天河)'란 세 글자가 큼지막하게 씌어 있고, 그 아래 또 작은 글씨로 한 줄이 더 새겨졌다.

'건너가자면 팔백 리 길, 예로부터 건너간 자가 드물다.'

스승과 제자들이 비석을 보고 낙담하고 있을 때, 어디선가 북 치고 바라 치는 소리가 어우러져 들려왔다. 귀 밝은 저팔계가 먼저 의견을 냈다.

"사부님, 저편 마을 뉘 집에서 재(齋)를 올리는 모양입니다. 그리 가서 잿밥 한 그릇 얻어먹고 나루터가 어디 있는지 알아두었다가 내일 배를 찾아 건너도록 하지요."

"그렇구나. 저것은 우리 승가에서 재를 올릴 때 울리는 악기다. 어서 가자꾸나."

이리하여 일행은 손오공의 인도를 받으며 소리 나는 곳을 따라 앞으로 나아갔다. 울퉁불퉁한 자갈밭 언덕길을 지나고 보니, 어림잡아 사오백 채가 되는 마을이 한 군데 나타났다. 악기 소리가 나는 곳은 동네 어귀 첫 집, 문밖에는 흰 깃발이 내걸리고 집 안에는 등잔불과 촛불이 휘황찬란하게 밝혀졌는데, 향을 사르는 연기가 자욱이 퍼져 오르고 있었다.

당나라 스님은 제자들을 세워놓고 당부했다.

"내가 먼저 가서 부탁드려보마. 너희들은 얼굴 생김새가 추접스러워 사람들이 보면 놀라서, 하룻밤 추녀 밑에서나마 이슬 피해 쉴 곳도 내주지 않겠다."

제자들을 나무 그늘 아래 세워놓은 그는 옷매무새를 가다듬고 혼자서 집 대문을 향해 걸어갔다. 문짝은 절반쯤 열렸으나 섣불리 들어설 엄두가 나지 않아 기웃거리는데, 염주를 목에 건 노인 한 분이 대문을 닫으러 나왔다.

"소승은 서천으로 부처님을 뵈러 가는 사람입니다. 댁 근처에 이르러 날이 저물었기에 북소리와 바라 치는 소리를 듣고 찾아왔습니다. 하룻밤만 묵게 해주신다면 날이 밝는 대로 곧 떠날까 합니다."

당나라 스님이 합장하고 부탁하자, 노인은 반색을 하며 맞아들였다.

"어서 들어오시오. 우리 집에 쉬실 곳이 있소이다."

이 말을 듣고 삼장법사는 마음이 놓여 뒤돌아보면서 제자들을 불러냈다.

"얘들아, 모두 이리 들어오너라!"

사람 같지도 않게 생긴 제자들이 셋씩이나 우르르 쏟아져 들어오자, 노인은 어지간히 겁을 집어먹었으나, 삼장법사의 해명을 듣고 가까스로 놀란 가슴을 가라앉혀 길손들을 집 안으로 받아들였다.

때마침 재를 끝낸 스님 몇몇이 법기를 수습해 가지고 사찰로 돌아가기 위해 집을 나섰다. 집안 식구들도 줄줄이 배웅하러 나왔다. 그

들은 저팔계와 사오정의 험상궂은 꼬락서니를 보자 요괴가 나타난 줄
알고 혼비백산을 한 나머지, 도망쳐 달아나느라 한바탕 소동이 났다.
그 아우성을 듣고 집 안에 있던 또 다른 노인이 지팡이를 휘두르며 달
려나왔다.

"어떤 놈의 요괴 마귀가 이 어두운 밤중에 우리 집에 나타났단 말
이냐!"

그러자 당나라 스님 일행을 안내하던 노인이 좋은 말로 해명했다.

"형님, 고정하세요. 이분들은 동녘 땅에서 경을 구하러 서천으로
가는 스님 일행입니다. 제자 분들의 겉모습이 흉측하게는 생겼으나
보기와는 달리 모두들 선량한 분이십니다."

그제야 '형님'이라 불린 노인도 마음이 놓여 지팡이를 내려놓고 삼
장 일행과 인사를 나누었다. 그리고 하인들을 시켜 저녁상을 차려내
게 했다.

식사가 끝난 후 삼장법사는 주인들에게 감사를 드린 다음 조심스럽
게 물었다.

"좀 전에 들으니 댁에서 재를 올리신 모양인데, 무엇을 위한 공양
입니까?"

그러자 아우 되는 노인이 침통한 표정으로 대답했다.

"곧 죽어야 할 사람을 위해서 재를 올렸지요."

삼장법사는 이 말을 듣고 놀라 다시 물었다.

"죽어야 할 사람을 위한 재라니요? 댁에 죽을병을 앓는 분이 있단
말씀입니까?"

두 노인은 이 말에 대꾸하지 않고 이렇게 되물었다.

"장로님들께서는 경을 구하러 가신다면서 어떻게 이런 데로 오셨습니까?"

"강물에 길이 막혀 건너가지 못하고, 때마침 북소리, 바라 소리가 들리기에 하룻밤 잠자리나 얻을까 해서 댁을 찾아온 것입니다."

"강변에 당도하셨을 때 무언가를 보지 못하셨습니까?"

"비석이 하나 서 있는데, '통천하'라는 글자가 새겨졌습디다. 또 그 아래 설명 한 줄이 적혔고요."

삼장법사는 주인이 물어오니 대답하지 않을 수 없어 무심코 기억나는 대로 일러주었다. 두 노인은 자기들끼리 서로 눈빛을 주고받더니, 더는 묻지 않고 땅이 꺼져라 한숨만 내쉬었다. 손오공은 이 댁에 뭔가 피치 못할 사정이 있다는 것을 눈치 채고 스승을 대신해 나섰다.

"왜 그러십니까? 댁에 언짢은 일이라도 생겼습니까? 곧 죽을 사람도 없는데 미리 위령제를 지내신다는 것도 이상하고 말입니다."

그러자 노인 하나가 또 물었다.

"비석을 세운 곳에서 상류 쪽으로 한 일 리 남짓 더 올라가시면, 영감대왕(靈感大王)을 모신 사당이 한 채 있을 터인데, 그것은 보지 못하셨습니까?"

"못 보았소. 한데 그 '영감대왕'이란 게 누군지 말씀해주시오."

두 노인은 대답 대신에 한동안 눈물만 흘리더니 나중에 가서야 넋두리 섞어 이렇게 얘기했다.

"해마다 마을에 단비를 내려주고, 세월이 바뀔 때마다 이 고장에 경사스런 일을 베풀어주시는 분이지요."

손오공은 이 말을 듣고 뜨악한 기색으로 내처 물었다.

"거참 고얀 노릇이로군. 해마다 단비를 내려주고 경사스런 일이 일어나게 해준다면, 그 얼마나 좋은 마음씨를 가진 대왕이오? 그런데 두 노인장은 어째서 이토록 가슴 아파하시고 눈물까지 흘리시는 거요?"

"장로님 생각하시는 것보다 사연이 더 기막히지요. 우리에게 자비로운 혜택을 베풀어준다 하지만, 사람의 목숨 또한 다칩니다그려."

"목숨을 다치다니요?"

"영감대왕은 해마다 살아 있는 동남동녀(童男童女)만 잡아먹고 싶어 하니, 어찌 떳떳하고 올바른 신령이라 할 수 있겠습니까."

"아니, 그럼 영감대왕이란 자가 동남동녀를 잡아먹는단 말이오?"

"예, 그렇습니다."

"그렇다면 혹시 이번에는 노인장 댁 차례가 된 게 아닌가요?"

"예, 바로 보셨습니다. 올해가 우리 집 차례입니다. 우리 마을은 차지국 변방 집성촌으로 진가장(陳家莊)이라 부릅니다. 이 영감대왕이란 신령은 일 년에 한 차례씩 제사를 받는데, 동남동녀 하나씩, 그리고 돼지와 양을 희생 제물로 바쳐야 한답니다. 그 제물을 한꺼번에 다 먹어 치우고 나서야 한 해 동안 비바람을 순조롭게 내려줍니다. 만일 우리가 제사를 지내지 않았다가는 당장 큰 재앙을 내리지요."

손오공은 고개를 주억거리고 나서 다시 물었다.

"노인 댁에는 아드님이 몇이나 있소?"

그러자 뒤늦게 나타났던 노인이 가슴을 치면서 대답했다.

"이 사람은 제 아우로서 나이가 쉰여덟, 그리고 이 늙은것은 예순세 살인데, 모두 늘그막에 아들과 딸 하나씩 겨우 얻었답니다. 너무나 어렵사리 얻은 자식들이라, 제 딸한테는 일칭금(一秤金), 동생의 아들에게는 진관보(陳關保)라는 이름을 붙여주었지요. 둘 다 동갑내기로 올해 일곱 살입니다."

"흐흠, 고명아들에 무남독녀를 두셨습니다그려."

"예, 대를 이어줄 씨라곤 이 어린것 둘밖에 없는데, 뜻하지 않게 올해 저희들 집에서 제사를 지낼 차례가 왔으니 어쩌겠습니까. 이 어린것들을 제물로 바치지 않을 도리가 없게 되었지요. 그래서 부모와 자식들 간에 정리로 생이별하는 것이 너무나 안타까운 나머지, 죽어서 다음 세상에 가거든 좋은 곳에 태어나 복스럽게 살아주기를 바라는 마음으로 재를 베풀어준 겁니다."

이 말을 듣더니 마음씨 여린 삼장법사는 두 뺨에 눈물을 뚝뚝 흘리기 시작했다. 이때 손오공이 무슨 생각을 했는지 싱긋 웃어가며 두 노인 형제들에게 물었다.

"한 가지 더 여쭙겠습니다. 노인장께서는 댁에 재산을 얼마나 가지고 계십니까?"

"두 형제가 어지간히 모아두었지요. 평생 다 못 먹을 곡식, 옷감, 재물도 많이 비축해놓았습니다."

"그 많은 재산을 모아놓으시고도 어떻게 귀한 아들딸을 제물로 바친단 말입니까. 은화 오십 냥만 쓰면 가난한 집 동남 하나 살 수 있고, 백 냥이면 동녀 하나 살 수 있을 텐데, 이런저런 비용 다 합쳐봐야 이백 냥도 못 되는 금액 아닙니까?"

그러나 두 노인은 여전히 눈물을 뚝뚝 떨어뜨리며 이렇게 대답했다.

"장로님, 그건 모르고 하시는 말씀입니다. 그 신령은 우리 마을 집집마다 숟가락, 젓가락, 밥그릇 사발이 몇 개나 있는지 낱낱이 헤아려 알고 계십니다. 뿐만 아니라 마을 안에 사는 남녀노소, 늙은이 어린것들의 생년월일, 생시까지 죄다 기억하지요. 그렇기 때문에 꼭 친히 낳아 기른 아들딸만 골라 바쳐야만 잡아먹습니다."

"흐흠, 그랬었군! 됐소, 아무튼 노인장의 아드님을 이리 안고 나오시오. 어디 한번 봅시다."

둘째 노인이 안채로 들어가 외아들 진관보를 안고 나왔다. 어린것은 오늘이 죽는 날이라는 것도 까맣게 모른 채 과일을 먹으면서 깡총깡총 뛰놀기 시작했다.

그것을 본 손오공은 입속으로 묵묵히 주문을 외우더니 몸 한번 꿈틀하는 사이에 진관보와 똑같은 모습으로 변신했다. 그 바람에 늙은 아버지는 기절초풍하다시피 놀라고 말았다.

"아이고 맙소사! 세상에 이런 일이……! 장로님, 어서 본모습을 드러내주십쇼. 이 늙은것이 무서워 죽겠습니다!"

손오공은 본모습으로 돌아와 싱글싱글 웃으면서, 자기 앞에 무릎 꿇고 비는 노인을 보고 물었다.

"어떠시오, 당신 아들과 똑같았소?"

"아무렴 똑같고말고요! 입매하고 얼굴 모습하며 목소리와 옷차림새, 몸집과 키까지 그렇게나 똑같을 수가 없었습니다그려."

"아마 저울에 달아보았더라면 몸무게까지 똑같았을 거요. 한데 이만하면 영감대왕의 제물로 바칠 만하겠소?"

"아주 그만이지요!"

"내가 이 아이의 목숨을 대신해 그 영감대왕의 제물이 되고, 이 아이를 당신의 후손으로 남겨두어 조상의 제사를 받들게 해드리리다."

이 말을 듣자 늙은 아버지는 땅바닥에 무릎 꿇고 이마를 조아렸다.

"장로님께서 자비를 베푸시어 제 아들의 목숨을 대신해주시기만 한다면, 서천 가시는 노잣돈으로 천 냥을 당나라 스님께 바치오리다."

그런데 형님 되는 노인은 감사하다는 말도 않은 채 문설주에 기대어 서서 눈물만 철철 흘리고 있었다. 눈치 빠른 손오공이 그가 어째 울고만 있는지 알아차리고 얼른 그의 손을 잡아주었다.

"큰영감께서 조카 아들은 살게 되었는데 따님 혼자 죽을까 봐 무척 안타까워하시는 거 아니오?"

"예, 장로님께서 인정을 베풀어 내 조카 녀석의 목숨을 구해주시는 것만으로도 고맙기 짝이 없는데, 제가 뭘 더 바라겠습니까."

이 말을 듣고 손오공은 절묘한 방법을 내놓았다.

"얼른 나가서 쌀 닷 말만 씻어 밥을 지으시고 맛있는 반찬을 잔뜩 차려내다 저 주둥이 기다란 스님에게 대접해주시오. 그리고 저 스님더러 노인장의 따님으로 둔갑해달라고 간청하시면 일이 잘될 거요."

곁에서 저팔계가 펄쩍 뛰었다.

"아니, 형님! 목숨 내놓고 싶거든 형님 혼자서나 할 일이지, 왜 나까지 끌어들이는 거요?"

"여보게 아우, 속담에 '닭도 힘 안 드는 모이는 먹지 않는다' 했네. 자네하고 나하고 이 댁에서 고맙게 한턱 잘 얻어먹지 않았는가? 남에게 은혜를 입었으면 갚아야 하는 것이 사람 된 도리일세. 그러니 우리가 주인댁 재난을 풀어드리지 않는대서야 말이 되겠나?"

그래도 저팔계는 딱 잡아뗐다.

"형님은 탈바꿈을 잘하지만, 나는 그런 것은 할 줄 모르오."

"자네도 변화술법을 서른여섯 가지나 지니고 있을 텐데?"

둘이서 옥신각신 입씨름하는 것을 가만히 듣고만 있던 스승이 저팔계를 불렀다.

"오능아, 네 사형 얘기가 참으로 지당한 말이다. 옛말에도 '사람의 한 목숨 구해주는 것이 일곱 층 불탑을 쌓기보다 더 낫다' 하지 않았더냐? 서늘한 밤에 할 일도 별로 없고 하니, 너희 두 형제가 놀아볼 겸해서 한번 다녀오려무나."

스승까지 거들고 나오니, 저팔계는 기가 막혀 말도 제대로 나오지 않았다.

"허허, 사부님 말씀 좀 보게! 제가 탈바꿈할 수 있는 것은 산이나 바윗덩어리, 꼴사나운 코끼리 아니면 물소, 배불뚝이 뚱뚱보 사내 따위가 고작입니다요. 그 정도라면 어떻게 해볼 수 있겠지만, 귀염둥이 깜찍스런 계집아이로 둔갑한다는 것은 보통 어려운 일이 아닌걸요!"

이때 손오공이 그 말을 가로막고 큰노인에게 지시했다.

"노인장, 저 친구 말은 들을 것 없이, 어서 따님이나 데리고 나오시오."

큰노인이 부리나케 안채로 들어가더니, 일칭금이란 딸아이를 안고 대청으로 나왔다. 뒤따라 그 얘기를 전해 들은 집안 식구들이 모조리 달려나오더니, 어린것들의 목숨을 구해달라고 엎드려 빌기 시작했다.

손오공이 미련퉁이를 돌아보았다.

"여보게, 바로 이 계집아일세. 어서 빨리 이 아이와 똑같이 둔갑하고 우리 함께 제물이 되어서 '영감대왕'인지 뭔지 하는 신령님을 만나보러 가세."

저팔계는 우거지상을 짓고 통사정했다.

"아이고 형님! 나더러 무슨 재주로 요렇게 귀엽고 앙큼스런 모습으로 둔갑하란 말이오? 아무래도 난 안 되겠소. 못하겠는걸!"

"냉큼 못하겠나? 한대 얻어맞기 전에!"

손오공이 꽥 소리를 지르자, 미련퉁이는 어마 뜨거라 싶어 자라목을 움츠렸다.

"이크! 때리지는 마시오, 형님. 내 어떻게든 해볼 테니까."

그러고는 미련퉁이가 마지못해 중얼중얼 주문을 외우면서 네댓 차례 머리통을 절레절레 흔들더니, 외마디 소리를 질렀다.

"변해라!"

이래서 탈바꿈을 하기는 했는데, 얼굴 모습과 눈매는 그렁저렁 계집아이를 닮았으나 배가 불룩 튀어나온 뚱뚱보라, 차마 눈뜨고 보지 못할 꼬락서니다. 손오공은 웃음보를 터뜨리면서 또 한 번 재촉했다.

"다시 한 번 잘해보게!"

그러자 미련퉁이가 뻗대고 나왔다.

"매를 때린대도 할 수 없소! 안 되는 걸 어쩌란 말이오?"

"종년의 머리통에 중놈의 몸뚱어리를 갖다 붙였으니, 이래 가지고야 어디다 써먹겠나? 안 되겠군! 내가 거들어야지."

손오공이 숨결 한 모금을 그 얼굴에 확 뿜어주었다. 그랬더니 저팔계의 몸뚱이와 생김새가 눈 깜짝할 사이에 귀여운 일칭금과 꼭 닮은 모습으로 바뀌고 말았다.

손오공은 다시 두 노인에게 분부했다.

"두 분 노인장께선 식구들과 아드님, 따님을 데리고 안채로 들어가 숨어 계십쇼. 우리 둘이서 한바탕 놀아보고 올 테니 기다리고들 계세요."

용감한 손오공은 사오정더러 스승을 잘 보호하도록 당부한 다음, 주인장에게 또 물었다.

"제물은 어떻게 바치는 거요? 두 팔만 결박해서 끌고 갔소, 아니면 사지를 꽁꽁 묶어서 떠메고 갔소?"

"아니올시다. 붉은 칠을 입힌 커다란 쟁반 두 개에 나눠 앉히고 그 쟁반을 탁자에 올려놓은 다음, 힘깨나 쓰는 젊은 녀석 둘이 탁자를 하나씩 떠메고 사당으로 가져다 바치게 되어 있습니다."

"좋소이다! 그럼 쟁반을 가져오시오."

그런데 일칭금으로 둔갑한 저팔계가 딴죽을 걸고 나왔다.

"형님, 문제가 있소! 그놈이 동남동녀 가운데 누구에게 먼저 손을 댈지 알 수 없잖소? 만약 동남을 먼저 잡아먹는다면, 그새 나는 뺑소니치기 좋지만, 동녀를 먼저 잡아먹으려 달려들면 그때는 나더러 어떻게 하란 말이오?"

"염려 말게. 가보면 무슨 수가 날 테니까."

손오공의 대꾸는 막연했으나, 노인장이 한마디 거들었다.

"해마다 제물을 바칠 때, 담보 큰 마을 사람이 제단 밑에 엎드려서 지켜보아왔습니다. 그랬더니 영감대왕은 언제나 동남을 먼저 잡아먹고 그다음에 동녀를 잡아먹었다고 합니다."

이 말에 저팔계는 기가 번쩍 살아났다.

"그거 잘됐구나, 잘됐어. 아무렴, 그래야지!"

두 형제가 주거니 받거니 얘기를 나누고 있는데, 대문 바깥에서 별안간 징소리 북소리가 요란하게 울리더니, 횃불이 대낮처럼 밝혀지고 문이 벌컥 열리면서 마을 사람 한 패거리가 쏟아져 들어왔다.

"동남동녀를 떠메고 나오시오!"

이윽고 진씨 노인 형제가 눈물을 철철 흘려가며 통곡하기 시작했다. 젊은 장정 넷이서 손오공과 저팔계가 올라앉은 쟁반을 번쩍 떠메고 대문 바깥으로 나섰다.

진가장 사람들은 돼지, 양, 술병 따위 여러 가지 제물과 함께 동남동녀가 올라앉은 쟁반을 떠메고 마침내 영감대왕의 사당에 이르렀다. 그리고 동남동녀를 제단 윗줄에 나란히 앉힌 다음, 그 아래 다른 제물을 차려놓았다.

손오공이 앉은자리에서 뒤돌아보았더니. 제사상에는 향로와 촛대가 가지런히 놓이고, 그 위쪽 한가운데 정면에 금빛 글씨로 '영감대왕 신위'라고 적힌 위패 하나만 덩그러니 세워졌을 뿐, 달리 신상(神像) 같은 것도 모셔놓지 않았다.

제물을 두루 갖추어놓은 마을 사람들이 위패를 향하여 머리를 조아렸다.

"영험하신 대왕님, 올해 진가장의 제주와 여러 신도들이 삼가 연례에 따라 진관보라는 동남 하나와 일칭금이라는 동녀 하나를 여러 제물과 곁들여 바치오니, 대왕께서 흠향하시고 올해에도 비바람이 순조롭고 오곡이 풍성해지도록 보우하여주소서!"

축원을 마친 그들은 제각기 집으로 돌아갔다.

마을 사람들이 다 흩어졌을 때였다. 갑자기 사당 바깥에서 '쏴아, 쏴아!' 하고 바람 부는 소리가 들려왔다.

"에쿠, 이거 큰일 났소! 바람 소리가 나는 걸 보니 그놈이 나타나는 모양이오!"

저팔계가 바싹 긴장하자, 손오공이 재빨리 입막음을 했다.

"쉬잇! 잠자코 있게. 내가 응수할 테니."

잠시 후, 과연 사당 문 바깥에 요괴 한 마리가 나타났다. 황금빛 미늘갑옷 차림에 두 눈망울이 한밤중의 별처럼 하얗게 번쩍이고, 이빨은 두 줄로 톱니를 갈라 세운 듯 날카로운데, 몸뚱이를 꿈틀거릴 때마다 으스스한 바람이 차갑게 일고 대문 앞에 멈춰 섰을 때는 살기가 무럭무럭 일었다.

괴물이 사당 문을 가로막고 버텨 서서 물었다.

"올해는 뉘 집 차례며 동남동녀 이름은 뭐냐?"

앙큼스런 손오공이 생글생글 웃어가며 대답했다.

"올해는 진씨 댁 두 형제분이 동남 진관보와 동녀 일칭금을 바쳤나이다."

괴물은 이 대꾸를 듣고 속으로 찔끔 놀랐다.

'요놈의 동남은 담보가 어지간히 크기도 하구나. 해마다 제물을 바쳐 와서 잡아먹던 녀석들은 한마디 묻기만 해도 까무러쳐 죽은 송장이 되곤 했는데, 올해 요 녀석은 어째서 말대꾸를 척척 하는지 모르겠다.'

은근히 경계심이 솟구친 요괴가 동남동녀를 번갈아 보더니, 손가락으로 동녀 쪽을 가리켰다.

"내가 여느 해에는 동남부터 잡아먹었다만, 올해만큼은 예외로 동녀를 먼저 잡아먹어야겠다."

이 말에 놀란 저팔계가 당황해서 살살 빌었다.

"대왕님, 제발 예외 없이 하십쇼! 옛날같이 동남부터 잡아 잡숴주세요!"

그러나 한번 마음 다져먹은 괴물이 그따위 말을 받아들일 턱이 어디 있으랴. 괴물은 불쑥 손을 내뻗기 무섭게 일칭금으로 둔갑한 저팔계를 움켜잡으려 했다. 마음 다급해진 저팔계는 엉겁결에 훌쩍 제단 아래로 뛰어내려 본모습을 드러내고 이빨 아홉 달린 쇠스랑을 뽑아들자마자 괴물을 내리찍었다.

"따악!"

찔끔 놀란 괴물이 손을 움츠리더니 돌아서자마자 냅다 도망치기 시작했다. 뒤미처 사당 돌바닥에 '땡그랑!' 하는 쇳소리가 울렸다.

저팔계가 버럭 고함을 쳤다.

"형님, 내 쇠스랑에 저놈 갑옷이 찢어졌소!"

손오공도 본모습을 드러내고 제단 밑으로 뛰어내렸다. 돌바닥을 살펴보았더니 얼음 쟁반만큼이나 커다란 물고기 비늘 두 장이 떨어져 있었다.

"쫓아가세!"

호통 소리 한마디에 벌써 두 형제는 공중으로 뛰어오르고 있었다.

괴물은 느긋이 제물을 받아 즐기러 오는 길이라, 손에 아무런 병기도 지닌 것이 없었다. 그는 맨손으로 구름 위에 올라선 채 고함쳐 물었다.

"어디서 굴러먹다 온 중놈들이기에 이 영감대왕의 제사를 망쳐놓는 거냐?"

손오공이 구름을 딛고 우뚝 서서 고함쳐 꾸짖었다.

"이 못된 괴물아! 우리는 서천으로 경을 받으러 가는 삼장법사의 제자들이다. 어젯밤 우연히 진씨 댁에 묵었다가, 사악한 마귀가 해마다 동남동녀를 제물로 바치게 하여 잡아먹는다는 얘기를 들었다. 그래서 자비심 많은 우리가 무고한 사람의 목숨을 구해주고, 너같이 고약한 괴물을 잡아 없애기로 한 것이다. 네놈은 몇 해 동안이나 대왕 노릇을 해왔으며, 동남동녀는 얼마나 잡아먹었느냐? 그 어린것들의 목숨을 낱낱이 되살려 보내면, 네놈의 죽을죄도 내 용서해주마!"

괴물은 이 말을 듣자 휙 돌아서기가 무섭게 도망쳤다. 저팔계가 재빨리 쇠스랑으로 또 한 차례 찍었으나 정통으로 맞히지 못하고, 괴물은 한바탕 돌개바람으로 바뀌어 통천하 깊은 강물 속으로 사라지고 말았다.

저팔계가 뒤쫓으려는 것을 손오공이 붙잡아 말렸다.

"쫓아갈 것 없네. 저 괴물이 통천하 물속에 살고 있다는 사실이 분명해졌으니, 일단 돌아갔다가 내일 다시 방법을 생각해서 저놈을 붙잡아 우리 사부님이 건너가실 수 있게 해드리세."

이리하여 두 사람은 제단에 차려놓았던 제물을 탁자까지 곁들여 모조리 떠메고 진씨 형제 댁으로 돌아왔다.

이 무렵 당나라 스님과 사오정, 진씨 형제들은 모두 대청에 모여앉아 소식을 기다리고 있다가, 손오공과 저팔계 두 사람이 본모습으로 무사히 돌아오는 것을 보고 깜짝 놀라 반겨 맞았다.

"오공아, 갔던 일은 어찌 되었느냐?"

스승의 물음에, 손오공은 괴물이 나타나 승강이를 벌이게 된 사연부터 시작해서, 이쪽 신분을 밝히고 둘이서 한바탕 뒤쫓다가 괴물이 통천하 물속으로 도망치는 바람에 놓쳐버린 경위를 낱낱이 말씀드렸다.

진씨 형제 두 노인은 기뻐 어쩔 바를 몰랐다. 그들은 하인들을 시켜 곁방을 깨끗이 치우고 잠자리를 마련하여 손님들을 편히 쉬게 해 주었다.

한편 가까스로 목숨을 건져 물속으로 돌아간 괴물은 수중궁궐에 들어앉은 채 시무룩하니 침묵만 지키고 있었다.

크고 작은 물고기 족속들이 조심스레 물었다.

"대왕님께서 해마다 제사를 받으시고 돌아오셨을 때에는 늘 기뻐하시더니 올해는 어찌하여 그토록 기색이 좋지 않으십니까?"

괴물이 투덜투덜 대꾸를 했다.

"해마다 제사를 받고 나면 나머지 제사 음식을 가져다 너희들에게 먹여왔다만, 올해에는 운수가 사나워 제물을 잡아먹지도 못하고 하마터면 목숨까지 잃어버릴 뻔했지 뭐냐."

"어떤 놈이 감히 대왕님을 건드렸단 말씀입니까?"

"동녘 땅에서 온 당나라 화상의 제자들인데, 서천으로 경을 가지러 가는 놈들이다. 그것들이 가짜 동남동녀로 변신해 사당 안에 앉아 있더구나. 나는 방심하고 다가섰다가 쇠스랑에 찍혀 목숨을 빼앗길 뻔했다. 그놈들 때문에 위신이 떨어지고 제사를 망쳤으니, 대신에 당나라 중을 잡아먹고 싶은 생각이 간절하다만 힘에 부칠까 걱정이다.”

괴물이 대답 끝에 한숨을 푹푹 내쉬는데, 물고기 족속 가운데 쏘가리 노파가 살금살금 나서더니 간드러지게 웃어가며 말했다.

“대왕님! 당나라 화상을 잡는 데 어려울 게 뭐 있겠습니까. 제 말씀대로 하셔서 그놈을 잡거든 저한테 상을 두둑이 내려주시겠습니까?”

이 말에 괴물은 귀가 솔깃했다.

“너한테 좋은 꾀가 있단 말이냐? 그래, 좋다! 우리가 합심해서 당나라 화상을 잡기만 한다면 너하고 의남매를 맺어 그놈의 고기를 함께 맛보기로 하마!”

“대왕님은 비바람을 마음대로 부르시고 강물을 휘젓는 신통력을 지니고 계신데, 여기에 또 눈을 내리고 얼음도 얼리실 수 있는지요?”

“물론 눈도 내리게 하고 강물도 얼어붙게 만들 수가 있지!”

“그렇다면 일이 아주 쉽습니다! 오늘 밤 대왕께서 술법으로 찬바람을 일으키고 큰눈을 내리게 하신 다음, 이 통천하 강물을 꽁꽁 얼어붙게 만드십시오. 그리고 부하들 가운데 몇몇을 장사꾼으로 둔갑시켜 화물 실은 수레를 끌고 얼어붙은 강물 위를 오락가락하게 하세요. 또 몇몇은 사람으로 탈바꿈해서 진가장 마을 주변을 돌아다니면서 강물이 얼었다고 소문을 퍼뜨리게 하십쇼.”

“그야 어렵지 않다만, 그래서 어쩌자는 게냐?”

“저 당나라 화상은 서천으로 경을 가지러 갈 마음이 급한 터라, 배를 못 타면 얼음을 딛고서라도 건너가려 할 것입니다. 대왕님은 강 한복판 물밑에 조용히 숨어 계시다가 그자들의 발자국 소리가 들리거든 바로 그곳 얼음장을 뻐개십시오. 그럼 화상은 물론이요 제자들까지 한 꺼번에 물속으로 빠져들 것이니, 단번에 잡으실 수가 있을 것입니다."

"그것 참 묘책이로구나! 좋다, 그렇게 하마!"

괴물은 그 즉시 수중궁궐을 뛰쳐나오기가 무섭게 허공에 올라서서 술법으로 바람을 일으키고 눈을 내리더니, 강물을 꽁꽁 얼어붙게 만 들어 밤새 통천하 일대를 온통 눈얼음 천지로 바꿔놓았다.

한편, 당나라 스님과 제자들은 새벽녘까지 편히 잠자다가 난데없는 강추위에 놀라 깨고 말았다. 동틀 무렵이 가까워지면서 잠자리가 써 늘해지더니 급기야는 도무지 추워 견딜 수가 없었던 것이다.

새벽잠을 설친 일행이 방문을 열고 내다보았더니, 밤새껏 큰눈이 내려 바깥세상을 온통 은백색 천지로 만들었는데, 아직도 세찬 바람 에 눈보라가 극성스럽게 퍼부으면서 좀처럼 그칠 기색을 보이지 않 았다.

진씨 댁 머슴들은 벌써 부지런히 눈을 쓸어내고 손님들에게 더운 세숫물을 내다 주었다. 때 아니게 눈 경치를 즐기던 삼장법사가 곁방 으로 돌아와 주인에게 물었다.

"노시주님, 이 고장에는 날씨가 춘하추동 사계절로 나뉘어 있지 않 습니까? 어떻게 지금 같은 늦여름 절기에 큰눈이 내리고 날씨가 춥습 니까?"

그러자 진씨 노인이 웃으면서 대답했다.

"음력 칠월이긴 합니다만, 엊그제 백로(白露)가 지났으니 팔월 절기 에 들어섰다고 할 수 있지요. 우리 고장에서는 해마다 팔월이 되면 이렇게 눈서리가 내리곤 하는데, 올해는 유별나게 일찍 눈이 내리고 추위가 왔군요."

"우리 동녘 땅과는 절기가 딴판이로군요. 우리나라에서는 겨울철이나 되어야만 이런 큰눈을 볼 수가 있지요."

주인과 나그네가 한담을 주고받는 동안에도 눈은 처음보다 더 사나운 기세로 퍼부어 잠깐 사이에 두 자 남짓이나 쌓였다. 떠날 마음이 급한 삼장법사는 초조감을 견디지 못해 안절부절못하며 서성거렸다. 이것을 본 진씨 노인이 위안의 말을 건넸다.

"장로님, 너무 걱정 마십시오. 날씨가 개고 얼음이 풀리면 저희가 배편을 마련해서 장로님 일행이 건너가시게 해드리겠습니다."

눈은 온종일 퍼붓다가 저녁 무렵에야 겨우 멎었다. 하루 해가 저물고 날이 어둑어둑해졌을 때, 진씨 댁 담장 바깥에서 길 가는 행인들이 두런두런 주고받는 소리가 들려왔다.

"이것 참 호되게 추운 날씨인걸! 오죽하면 통천하 강물마저 꽁꽁 얼어붙었느냔 말이야."

"누가 아니래나! 에잇 추워. 어서 가세!"

삼장법사가 그 말을 귀담아듣고서 손오공을 불렀다.

"오공아, 강물이 얼었다는데, 우리는 어떻게 하면 좋겠느냐?"

진씨 노인이 얼른 그 말을 받았다.

"갑작스런 추위에 강기슭 얕은 물이 얼었나 봅니다."

이 말에 대꾸라도 하듯, 담장 바깥에서 때맞춰 또 한마디가 넘어왔다.

"통천하 팔백 리 강물이 꽝꽝 얼어붙어 길이 났네그려! 얼음판이 아예 거울처럼 매끄럽지 뭔가. 모처럼 길이 났으니, 배를 마냥 기다릴 게 아니라 수레 끌고 어서 건너가세! 딴사람들한테 뒤져서야 쓰겠나?"

사람들이 얼어붙은 강을 걸어서 건너간다는 말을 듣자, 당나라 스님은 조급한 마음에 들떠 가만 앉아 있지 못하고 당장 일어나서 강변으로 나가보려 했다.

진씨 노인이 또 만류했다.

"장로님, 서두르지 마세요. 오늘은 저물었으니, 내일 아침에 나가 보시지요."

이튿날 새벽, 동이 트자 당나라 스님은 사오정더러 말안장을 얹어 채우게 하고, 강물이 얼어붙은 김에 서둘러 강 건너갈 채비를 차리게 했다.

이에 진씨 노인이 한사코 말렸다.

"아무리 갈 길이 급하셔도 서두르지 마십쇼. 며칠 더 기다렸다가 눈이 다 녹고 얼음이 풀리거든 배 한 척 마련해드릴 터이니 그걸 타고 건너가세요."

곁에서 사오정이 신중한 의견을 냈다.

"지나가는 사람 말만 듣고 떠난다는 것도 안 될 일이고, 그렇다고 이곳에 마냥 머무를 수도 없는 노릇 아닙니까. 사부님께서 직접 강변으로 나가셔서 보고 결정하시는 것이 좋겠습니다."

진씨 노인 역시 그럴듯하게 여겼는지, 하인더러 마구간에서 말 여섯 필을 끌어내오게 했다. 이윽고 하인들을 길라잡이로 내세운 일행은 말을 타고 통천하 강변으로 나갔다. 뼈가 시리도록 싸늘하게 얼어붙은 새벽 하늘, 매서운 삭풍이 휘몰아치는 가운데 통천하 너른 강물은 그저 희고 말끔한 얼음판이 육지 길처럼 훤히 깔렸을 뿐이다. 강변에 이르러 보니, 정말 행인들이 줄지어 빙판 위를 걸어가고 있었다.

"시주님, 저 사람들이 얼음판을 딛고 지금 어디로 가는 길입니까?"

삼장의 물음에, 진씨 노인은 이렇게 대답했다.

"강 건너 저편은 바로 서량여국(西梁女國)입니다. 그리고 지금 강을 건너가는 사람들은 모두 장사꾼이지요. 우리가 사는 이쪽에서 백 전(錢) 값어치가 되는 물건을 가져가면 백 배 값어치로 팔려나가고, 또 저편에서 백 전짜리 상품을 가져와도 여기서 백 갑절 되는 값으로 팔 수 있답니다. 밑천 적게 들이고 이익을 많이 낼 수 있기 때문에, 장사꾼들이 생사를 돌보지 않고 저렇듯 목숨 걸고 건너가는 것입니다. 해마다 물길이 좋을 때면 여럿이서 배 한두 척 세내어 함께 타고 건넜습니다만, 지금은 강물이 얼어붙었으니 죽기를 무릅쓰고 강을 건너고 있는 것이지요."

삼장은 이 말을 듣고 탄식이 절로 나왔다.

"세상에서 가장 중히 여기는 것이 명성과 이익이라더니, 과연 맞는 말이로구나. 저 사람들도 이익을 얻느라 목숨을 내지 않는가? 우리도 어서 빨리 시주 댁에 돌아가 행장을 꾸려야겠다. 얼음이 녹기 전에 부지런히 서방 세계로 떠나자꾸나."

"예, 알겠습니다."

손오공은 뜻 모를 미소만 지은 채 건성으로 응답했다. 이때 저팔계가 스승과 맏형 사이에 끼어들었다.

"잠깐만! 이 얼음이 얼마나 두꺼운지 시험해봅시다!"

"이 바보야, 무엇으로 얼음 두께를 재보겠다는 거냐?"

"모르는 소리 마시오, 형님. 내 이 쇠스랑으로 얼음판을 찍어보면 알 게 아니오? 한번 찍어서 깨진다면 얼음이 얇아 건너갈 수 없을 테고, 힘껏 내리찍어도 꼼짝달싹 않는다면 두껍게 언 상태니까, 마음 놓고 걸어갈 수 있소."

"팔계의 말이 일리가 있구나."

스승이 거드는 말에 용기를 얻은 미련퉁이가 옷자락을 척척 걷어붙이더니 어슬렁어슬렁 강변으로 내려섰다. 그러고는 두 손아귀로 쇠스랑 자루를 단단히 거머쥐고 번쩍 치켜들기 무섭게 있는 힘껏 얼음 바닥을 내리찍었다.

"텅!"

"어이쿠!"

둔탁한 쇳소리에 이어 저팔계의 입에서 외마디 신음 소리가 터졌다. 얼음 바닥에는 쇠스랑 아홉 이빨 자국만 허옇게 드러났을 뿐, 어찌나 단단히 얼어붙었는지 튕겨 나온 제 힘에 겨워 손목이 시큰시큰 저리고 부들부들 떨릴 정도였다.

"됐다, 됐어! 너끈히 걸어갈 수 있겠소. 강 밑바닥까지 꽝꽝 얼어붙은 모양이야!"

미련퉁이는 아픔도 잊은 채 좋아라고 펄쩍펄쩍 뛰었다.

삼장법사도 기뻐하며 진씨 댁으로 돌아가자마자 행장을 수습하여 길 떠날 채비를 서둘렀다. 진씨 형제 두 노인이 한사코 만류했으나 삼장은 듣지 않았다. 그들은 어쩔 수 없이 마른 양식을 끼니거리로 마련하여 떠나는 삼장 일행에게 주었다.

11. 얼음 구멍에 빠진 당나라 스님

진씨 댁 사람들과 작별한 삼장법사 일행 넷은 통천하 얼음 바다를 부지런히 걷기 시작했다. 빙판길을 조심스레 밟고 삼사 리쯤 나갔을 때, 저팔계가 들고 가던 스승의 지팡이를 불쑥 내밀었다. 승려들이 짚고 다니는 고리 아홉 달린 주석 지팡이였다.

"사부님, 말 위에서 이 지팡이를 가로 들고 가세요."

손오공이 영문 모른 채 꾸지람부터 내렸다.

"이 바보 천치 녀석이 또 무슨 꾀를 부리는 거야? 그 무거운 쇠 지팡이는 네가 떠메고 가기로 된 것인데, 어째서 사부님더러 들고 가시게 하는 거냐?"

"형님은 빙판길을 걸어본 적이 없으니까 잘 모르실 거요. 얼음판에는 어디에나 갈라진 틈이 있게 마련이오. 갈라진 틈을 자칫 잘못 디뎌서 빠졌을 때 무엇이든지 가로지른 물건이 없으면 그대로 물속에 빠져든 채 두 번 다시 떠오르지 못할 것 아니겠소? 그러니까 반드시 기다란 물건을 가로 들고 있어야만 빠져들지 않고 걸리게 된단 말이오."

미련퉁이가 툴툴거려가며 설명하자, 손오공도 피식 웃고 말았다.

"허허, 그것 참…… 바보 천치 녀석이라고 흉봤더니, 나름대로 제법 약아빠진 구석이 있었구먼."

말은 그리했으나, 삼장법사도 손오공도 사오정도 벌써 저팔계의 지혜를 본받아 말 탄 사람은 주석 지팡이를 가로 들었고 앞장 선 원숭이는 여의봉을 길게 늘여 제 어깨 위에 가로 걸쳤으며, 사오정은 항요보장을, 저팔계는 쇠스랑 자루를 허리에 가로지르고, 이렇듯 방비를 단단히 갖추어서야 마음 놓고 걸어 나갔다.

일행은 날이 저물도록 줄곧 빙판길을 걸었다. 배고프면 마른 양식을 꺼내 먹고 한군데 오래 멈춰 서 있지 못한 채 달과 별을 보면서, 그저 망망한 얼음판 위에 번쩍번쩍 반사되는 빛줄기를 길동무 삼아 걸어갈 따름이었다. 이렇듯 한숨도 쉬지 않고 눈 한번 붙여보지 못한 상태로 하룻밤을 꼬박 지새우며 걷다 보니, 날이 또 밝아오기 시작했다.

한참 동안 정신없이 건너가고 있을 때였다. 갑자기 빙판 밑에서 '쩡! 쩡쩡!' 하는 소리가 들려왔다.

삼장법사는 깜짝 놀라 몸을 바로 세우면서 제자들에게 물었다.

"애들아, 어디서 이런 소리가 나는 거냐?"

저팔계가 이번에도 알은체했다.

"강물이 아주 단단히 얼어붙어도 이런 소리가 납니다. 얼음 갈라진 틈에서 헛기운이 빠져나오는 소리지요. 한복판인데도 이런 소리가 나는 걸 보면, 강 밑바닥까지 꽝꽝 얼어붙은 모양입니다."

한편 통천하의 괴물 영감대왕은 밤새 눈보라에 얼음 천지를 만들어 놓고, 다시 물고기 족속들을 총동원하여 거느리고 얼음장 밑에서 오랫동안 기다리고 있었다. 얼마쯤 있으려니 과연 빙판 위에서 말발굽 소리가 '떨꺼덕 떨꺼덕' 들려오기 시작했다. 괴물은 그 순간을 놓치지 않고 신통력을 써서 단번에 얼음 바닥을 쪼개버렸다.

급작스레 얼음판이 갈라지자, 깜짝 놀란 손오공은 본능적으로 몸을 솟구쳐 허공으로 뛰어올랐다. 그러나 삼장이 탄 백마는 쩍 갈라진 빙판 틈으로 물속에 빠져든 뒤였다. 저팔계와 사오정 역시 스승의 뒤를 따라 얼음 구멍 속으로 빠져들고 말았다.

괴물은 눈독 들이고 있던 삼장법사를 낚아채자마자, 부하 요정들과 함께 수중궁궐로 돌아갔다.

"쏘가리 누이동생아, 어디 있느냐!"

얼룩무늬 쏘가리 노파가 얼른 달려나와 영접하며 송구스레 대답했다.

"대왕님, 누이동생이라니요! 제가 어찌 감히 대왕님과 남매가 될 수 있겠습니까."

"여보게 누이, 그런 말씀 마시게. '한 번 입 밖에 낸 말은, 네 마리 말이 끄는 마차도 따라잡지 못한다' 하지 않았는가? 자네 계략대로 당나라 화상을 잡았으니 내가 언약한 말을 어길 수야 없지."

그러고는 부하들을 돌아보며 큰 소리로 분부를 내렸다.

"얘들아, 어서 도마를 내오고, 칼을 잘 들게 갈아 오너라! 이 중 녀석을 잡아서 누이동생과 나눠 먹고 불로장생을 누려야겠다!"

그러자 쏘가리 할멈이 이렇게 여쭈었다.

"대왕님, 그놈을 당장 죽이지 마시고 잠시 뒤로 미뤄두십쇼. 저놈의 제자들이 찾아와 시끄럽게 난장을 칠지도 모르니까요. 한 이틀만 꾹 참고 계시다가 그 녀석들이 제풀에 지쳐 돌아가거든, 그때 마음 놓고 잡아 자시면 좋지 않겠습니까?"

괴물이 듣고 보니 그럴듯한 말이라, 삼장법사를 궁궐 뒤꼍에 감춰 두고 커다란 돌 궤짝을 그 위에 엎어 씌워놓았다.

한편 저팔계와 사오정은 물속에 빠져들기가 무섭게 도로 솟구쳐 나오더니 보따리를 건져내어 백마의 안장에 싣고 익숙한 솜씨로 헤엄쳐 나왔다.

손오공이 반공중에서 그들을 발견하고 소리쳐 물었다.

"사부님은 어디 계신가?"

"아마 강물 밑바닥 어디쯤 가라앉으셨을 거요. 지금은 찾을 길이 없으니까 우선 강변 언덕으로 올라가 무슨 방도를 궁리해봅시다."

원래 저팔계는 지난날 천궁에서 은하수 8만 수군을 거느리던 천봉원수였고, 사오정으로 말하자면 유사하 강물 속을 주름잡던 요괴 출신이요, 백마는 당초 서해 용왕의 자손이라, 모두들 통천하 강물 속에 빠져들었어도 쉽사리 살아나올 수 있었던 것이다.

손오공은 이들을 인도하여 강변 언덕에 올랐다. 그리고 맥없이 진가장으로 돌아갔다. 멀리서 일행을 알아본 마을 사람이 휑하니 진씨 댁에 달려가 연통을 했다.

"경을 가지러 떠났던 장로님 네 분 가운데 어찌 된 일인지 세 분만 지금 이리로 되돌아오고 계십니다."

진씨 형제가 부랴부랴 문밖으로 달려나와 영접하고 보니, 과연 옷가지들이 축축하게 젖어 있는 터라, 깜짝 놀라면서 그들에게 물었다.

"어이구, 장로님들! 저희가 그토록 말렸는데도 막무가내로 떠나시더니, 끝내 이 지경이 되셨군요. 그런데 삼장 어르신께선 왜 안 보이십니까?"

손오공이 간략하게 말해주자, 사연을 알게 된 두 노인 형제는 눈물까지 뚝뚝 흘려가며 탄식해 마지않았다.

"가련하게 되셨군요……! 눈이 녹고 얼음이 풀리면 저희가 배 한 척 마련해 모셔다드리겠노라고 했는데도 끝내 고집을 부리시더니, 결국 세상을 떠나셨습니다그려!"

"노인장, 우리 사부님은 그렇게 쉽사리 돌아가실 분이 아니오. 이 손 선생은 잘 알고 있소. 사부님이 저 영감대왕이란 괴물이 부린 농간에 빠져들어 납치되신 게 분명하오. 우리 세 형제는 하늘이 두 쪽 나는 한이 있더라도 반드시 그놈을 찾아내 사부님을 구출하고 여러분의 화근마저 뿌리뽑아드리겠소. 그렇게 해서 진가장 마을 사람도 후환 없이 살아갈 수 있게 해드릴 테니, 안심하고 기다려주시오."

진씨 노인들은 기뻐 어쩔 줄 모르면서 부리나케 밥상을 차려내다 세 형제를 대접했다. 밥 한 끼 든든히 먹은 세 사람은 보따리와 백마를 그 댁에 맡겨둔 다음, 저마다 병기를 수습해 가지고 구름을 일으켜 탔다. 괴물에게 붙잡혀간 스승을 되찾고 요사스런 악귀를 때려잡기 위해 통천하 강물 위로 기세등등하게 날아간 것이다.

"여보게들, 자네 둘 중 누가 먼저 물속에 들어갈 것인지 의논해

보게."

손오공의 말에 미련퉁이가 먼저 꽁무니를 뺐다.

"형님, 우리 두 사람은 워낙 재간이 신통치 못하니까, 아무래도 형님이 강물 속에 들어가 살펴보시는 게 좋을 듯싶소."

그러나 손오공은 절레절레 도리질을 해보였다.

"자네들 앞이니까 내 솔직히 말하겠네. 산속의 요괴나 마귀 따위라면 자네들한테 수고를 끼치지 않겠는데, 물속 일이라면 내 솜씨로는 잘 안 된단 말일세. 바다 속, 강물 속을 돌아다니자면 나는 반드시 피수법(避水法)을 쓰든지 무슨 물고기 형상으로 둔갑해야 하는데, 그런 술법을 쓰게 되면 철봉을 마음대로 휘두르지 못할 뿐 아니라 신통력도 부릴 수 없으니, 요괴를 어떻게 때려잡겠나? 오래전부터 나는 자네들 두 사람이 물에 익숙하다는 사실을 잘 알고 있네. 그러니까 나보다는 자네들이 먼저 나서달라고 부탁하는 것일세."

가만 듣고 있던 사오정이 절충안을 내놓았다.

"형님, 저희가 나서지 않겠다는 말이 아니오. 단지 물밑 형편이 어떤지 몰라 영 꺼림칙스럽단 말이오. 그래서 우리 셋이서 함께 들어가면 어떨까 싶소. 저희가 큰형님을 업고 물밑에 내려가 그놈의 요괴 소굴부터 찾아낸 다음, 큰형님이 소굴에 들어가 형편을 알아보시는 게 좋을 거요. 만일 사부님이 다친 데 없이 무사하시다면, 우리가 힘써 요괴의 소굴을 때려 부수고 구해드릴 수 있지 않겠소?"

"흐흠, 그도 그럴듯하이. 그럼 자네 둘 중 누가 날 업고 들어가겠나?"

손오공이 두 아우의 눈치를 살피자, 미련퉁이는 속으로 은근히 딴 궁리를 했다.

'옳거니, 됐다! 요 원숭이 녀석이 평소 걸핏하면 나를 골탕 먹였으렸다? 오냐, 네 녀석이 물속에서는 먹통이니까, 이번에는 이 저팔계 선생한테 골탕 좀 먹어봐라!'

손오공을 골려줄 기회가 왔다 싶어, 미련퉁이 저팔계는 너무나 기쁘고 즐거워서 입이 저절로 헤벌어지고 웃음기가 실실 배어나왔다.

"형님, 내가 업어드리리다!"

그러나 눈치 빠른 원숭이가 그놈의 속셈을 알아채지 못할 턱이 없었다. '오냐, 좋다! 네놈이 무슨 꼼수를 부리려는지 두고 봐야 알겠다만, 나도 역이용할 준비는 되어 있으니까 걱정 없다.' 이래서 시침 뚝 떼고 저팔계의 '호의'를 선선히 받아들였다.

"그것도 좋겠지! 사오정보다 자네 뚝심이 훨씬 세니까 말일세."

말을 마치자 그는 저팔계의 등에 냉큼 업혔다. 이윽고 사오정이 앞장서서 물길을 트고 인도하는 가운데, 삼형제는 통천하 물속으로 헤엄쳐 들어가기 시작했다.

강물 밑바닥으로 헤쳐 나가기를 무려 1백 수십 리, 드디어 미련한 저팔계 녀석이 마음먹고 손오공을 골탕 먹일 때가 찾아왔다. 마음은 서로 통한다고 했던가, 그 기미는 즉시 등에 업힌 손오공에게도 느껴졌다. 손오공은 재빨리 솜털 한 가닥 뽑아 가짜 몸으로 만들어서 등판에 엎드려 있게 하고 진짜 몸은 돼지벼룩으로 변하여 미련퉁이 녀석의 귓바퀴 속에 찰싹 달라붙었다.

그런 줄도 모르고 저팔계는 한참 걷다 말고 갑작스레 발을 헛디뎌 넘어지는 척하고 등에 업고 있던 원숭이를 힘껏 내동댕이치면서 자신도 벌렁 나자빠졌다.

"어이쿠……!"

하지만 가짜 몸뚱이는 솜털이 둔갑한 것이라 무게가 있어봤자 몇 푼이나 되랴. 솜털은 물 위로 둥실둥실 떠오르더니 어디론가 사라져버리고 말았다.

사오정이 물정 모르고 의아스레 핀잔을 주었다.

"작은형님, 이게 웬일이오? 길도 제대로 걷지 못하고 수렁에 나둥그러지다니, 형님답지 못한 솜씨구려. 한데 큰형님은 어디로 사라진 거야?"

미련퉁이가 손을 툭툭 털고 일어섰다.

"그까짓 원숭이 녀석, 넘어지기를 잘하니까 어딘가 처박혔겠지. 나는 그저 슬쩍 자빠지기만 했는데 금방 어디론가 흔적도 없이 사라졌네그려! 아무튼 됐네, 됐어! 그런 녀석이야 죽든지 말든지 상관 말고, 우리끼리 사부님을 찾으러 가세."

"그건 안 될 말이오. 누가 뭐래도 큰형님부터 찾아서 같이 가야 하오. 큰형님이 자맥질에는 익숙지 못하지만 우리 두 사람보다 훨씬 영리하고 꾀가 말짱한 분이니까 그분이 없으면 나는 여기서 한 발도 내딛지 않을 거요."

저팔계의 귓바퀴에 숨어 있던 손오공이 그 말을 듣고 버럭 고함쳤다.

"여보게, 오정! 손 선생은 여기 계시니까, 어서 가기나 하게!"

큰사형의 목소리를 알아들은 사오정이 앞으로 벌어질 일을 생각하고 웃음보를 터뜨렸다.

"하하, 하하! 이거 큰일 났군, 큰일 났어! 바보 같은 둘째 형님, 이제 꼼짝없이 죽게 되셨구려! 도대체 무슨 배짱으로 큰형님 같은 꾀보를 골탕 먹이려 든 거요? 한데 큰형님 목소리만 들리고 얼굴은 안 보이니 어쩌면 좋소?"

그제야 일이 심상치 않게 된 줄 깨달은 미련퉁이 저팔계, 원숭이의 손에 들린 저 무시무시한 철봉을 생각하니 등골이 오싹했다. 그는 당황한 나머지 강바닥 수렁에 얼른 무릎 꿇고 엎드려 손이 닳아빠지도록 살살 빌기 시작했다.

"형님, 내가 잘못했소! 사부님을 구해내고 육지에 올라가거든 내가 백배사죄하리다. 어디서 소리 지르고 있는 거요? 제발 모습 좀 드러내주시구려. 정말 겁나 죽겠소. 두 번 다시는 형님 성미를 건드리지 않을 테니까 어서 나타나줘요!"

목소리가 다시 들려왔다.

"자넨 아직도 나를 업고 있어. 나도 골탕 먹을 사람이 아니니까, 어서 부지런히 가기나 해!"

이들이 1백 수십 리를 더 나아갔을 때였다. 갑자기 커다란 누각 한 채가 눈앞에 나타나고 문기둥에는 '수원지제(水黿之第)'란 글씨가 적혀 있었다. '민물자라의 저택'이라는 뜻이다.

"여기가 괴물의 소굴인 모양인데, 아직 내부 사정을 모르니 어떻게 할까? 우선 덮어놓고 욕설부터 퍼부어 싸움을 걸어볼까요?"

사오정이 누구에게랄 것도 없이 물었다. 그러자 손오공의 목소리가 되물어왔다.

"오정, 그 문 안팎에 물이 있는가?"

"물은 없소."

"물이 없다면 됐네. 이 손 선생이 들어가 형편을 알아보고 나올 테니, 자네들은 이 문 좌우 양편에 숨어서 기다리고 있게."

저팔계의 귓바퀴에서 살금살금 기어나온 돼지벼룩 한 마리가 꿈틀하고 몸을 흔들더니, 이번에는 앞다리를 길게 뻗친 새우 할멈으로 둔갑해서 대문 안으로 들어갔다. 누각 대청 안을 이리저리 둘러보니, 과연 눈에 익은 괴물 영감대왕이 윗자리에 떡 버티고 앉았는데, 늙은 쏘가리 한 마리가 그 옆자리를 차지하고 앉았다. 양편에는 물고기 족속들이 줄지어 늘어섰다. 한창 쑥덕공론을 하는 품이, 삼장법사를 어떻게 잡아먹을 것인지 의논하는 모양이었다.

손오공이 사방을 다 둘러보았으나 스승의 모습은 좀처럼 보이지 않았다. 이때 배불뚝이 새우 할멈 하나가 뒤꼍에서 나오더니 그 앞을 지나쳐갔다. 손오공은 얼른 다가서서 무턱대고 수작을 걸었다.

"아이고, 큰댁 형님! 안녕하셨어요? 대왕님은 여럿이서 당나라 화상을 잡아드실 의논을 하고 계신데, 그 화상은 어디 있는지 모르겠네요."

동족을 알아본 새우 할멈이 무심코 대답해주었다.

"궁궐 뒤꼍 돌 궤짝 밑에 갇혀 있다네. 아마 그 제자 녀석들이 나타나 시끄럽게 굴지만 않는다면 내일쯤 잡아 잡수실 모양이네."

손오공은 옳다 됐구나 싶어 몸을 숨기고 살그머니 궁궐 뒤꼍으로 돌아갔다. 과연 그곳에는 커다란 돌 궤짝이 하나 엎어져 있었다. 궤짝 위에 납죽 엎드려 귀를 기울였더니, 그 속에서 당나라 스님이 꺼이꺼이 우는 소리가 들려 나왔다.

"사부님, 슬퍼 마세요! 여기 손오공이 왔습니다!"

"오공아, 날 좀 살려다오! 숨이 막혀 죽겠다."

"좀더 참고 계세요. 아무 일 없을 테니 염려 마시고 기다리세요!"

이 말 한마디만 남겨놓은 채 손오공은 요괴의 소굴을 빠져나간 다음, 곧바로 본모습을 드러내고 동료들과 만났다.

"형님, 어찌 되었소?"

이제나저제나 목이 빠지게 기다리고 있던 저팔계와 사오정이 한꺼번에 물었다.

"짐작대로 그놈의 요물이 농간을 부려 사부님을 잡아왔네. 아직 다치신 곳은 없는데 돌 궤짝 안에 갇혀 계셔서 숨이 막히는 모양일세. 이제부터 자네 둘이서 싸움을 걸게. 이 손 선생은 한발 앞서 물 밖으로 나가 기다릴 테니까, 자네들 힘으로 잡을 수 있거든 잡고, 아니면 일부러 지는 척해서 강물 바깥으로 끌어내게. 그럼 내 기다리고 있다가 그놈을 냅다 들이치겠네."

"좋습니다, 큰형님 먼저 나가 계십쇼. 우리가 눈치 봐가며 적당히 손을 쓰리다."

손오공은 즉시 술법을 써서 물살을 헤치고 강물 위로 빠져나갔다. 그리고 강변 언덕에 올라서서 느긋이 기다렸다.

사형을 떠나보낸 후, 저팔계는 기세등등하게 궐문 앞까지 들이닥치더니 무섭게 날뛰어가며 고래고래 악을 쓰기 시작했다.

"이 못된 괴물아! 우리 사부님을 당장 돌려보내지 못하겠느냐!"

정문 안쪽에서 지키고 있던 졸개 요괴가 이게 웬 날벼락인가 싶어 허둥지둥 안으로 뛰어들어 급보를 전했다.

"대왕님! 정문 바깥에 어떤 놈이 쳐들어와 제 사부를 내놓으라고 난리법석을 떨고 있습니다."

괴물이 고개를 끄덕끄덕했다.

"허허! 역시 그 땡추중 녀석들이 찾아온 모양이로구나."

괴물은 갑옷과 투구로 무장을 단단히 갖추더니, 병기를 거머쥔 채 득달같이 문밖으로 뛰쳐나갔다.

이윽고 저팔계와 사오정 앞에 괴물이 정체를 드러냈다. 황금 갑옷 투구로 번쩍번쩍 눈부신 차림새였으나, 생김새는 흉악하기 이를 데 없었다. 우뚝 솟은 콧날이 날카로운데 딱 부릅뜬 고리눈이 불꽃처럼 이글거리고, 수염 두 가닥 길게 돋친 주둥이에 비죽 나온 송곳니가 강철 송곳처럼 뾰족한 것이, 괴물의 포악한 성격을 그대로 드러냈다. 손에 든 병기는 아홉 조각 날 세운 붉은 빛깔 구리 몽치 한 자루다.

요사스런 괴물이 문밖에 나서자, 뒤따라 1백 수십 마리나 되는 물고기 족속 요정들이 창칼을 함부로 휘두르면서 한꺼번에 쏟아져 나오더니 양편으로 쫙 갈라섰다.

괴물은 저팔계를 먼저 지목하고 물었다.

"네놈은 어느 절간에서 굴러먹다 온 중 녀석이냐? 뭣 때문에 여길 찾아와 시끄럽게 떠드느냐?"

저팔계도 지지 않고 마주 호통을 쳤다.

"이 때려죽여도 시원치 않을 못된 괴물아! 엊그제 밤에 나한테 혼쭐이 나고서도 말대꾸를 곧잘 하던 놈이 오늘은 왜 모른 체하고 딴소리냐?"

"그러고 보니 동녀로 둔갑했던 놈이 너였구나! 네놈을 잡아먹지도 않았는데 어째서 내 손등에 상처를 입혔느냐? 또 그만큼 양보하고 물러났으면 그만이지, 어쩌자고 내 집 문전에까지 찾아와서 난리법석을 떠는 게냐?"

"찬바람 일으키고 큰눈 퍼붓고 이 강물까지 꽁꽁 얼려 가지고 우리 사부님을 납치했으렷다? 이제라도 늦지 않으니 우리 사부님을 곱게 모셔내다 넘겨준다면 모든 일을 없던 것으로 치고 끝내겠지만, 그놈의 주둥이에서 '싫다'는 말의 반 마디라도 나왔다가는 내 이 쇠스랑맛을 톡톡히 봐야 할 줄 알아라!"

그 말을 듣자, 괴물은 피식 코웃음 치면서 이죽이죽 대거리를 했다.

"큰소리 한번 되게 치는 중 녀석이로구나. 어젯밤 내가 네 사부를 낚아채오긴 했다. 네 녀석이 우리 집 문전에 와서 함부로 설쳐대는 품이, 그 화상을 빼내가고 싶어 그러는 모양인데, 아마 오늘만큼은 그제 밤 같지 않을 게다. 그때는 제삿밥을 먹으러 가느라 병기를 몸에 지니지 않아 네놈에게 상처를 입고 돌아왔다만, 오늘은 아예 도망칠 생각은 말아야 할 게다. 어디 나하고 한번 싸워볼 테냐? 대적할 수 있다면 네 사부를 돌려주마. 하지만 당해내지 못할 때에는 네놈까지 잡아서 한꺼번에 먹어 치우겠다!"

이윽고 괴물이 구리쇠 몽치를 번쩍 들기 무섭게 상대방의 정수리부터 후려 때렸다. 저팔계도 질세라 재빨리 쇠스랑을 휘둘러 가로막았다. 멀찌감치 떨어져 있던 사오정이 옥신각신하는 꼴을 보다 못해 벼락같이 달려들면서 호통을 쳤다.

"이 괴물아! 뉘 앞에서 함부로 설쳐대는 거냐? 달아날 생각 말고 내 몽둥이나 한대 먹어봐라!"

괴물은 듣는 척 마는 척 두 형제를 상대로 싸움을 펼쳐나갔다. 이리하여 셋이서 한바탕 겨루기 시작했는데, 강물 밑바닥에서 벌어진 싸움판이 가관이었다. 구리쇠 몽치 한 자루에 항요보장과 쇠스랑이 양편에서 돌아가며 들이치고, 저팔계와 사오정이 요사스런 괴물 하나를 상대로 무서운 협공을 펼쳐나갔다. 그러나 요괴도 물귀신이라 수중 싸움에는 누구한테도 뒤지지 않았다. 두 형제가 번갈아 내리찍고 후려 때리는 병기를, 아홉 날 세운 쇠몽치 한 자루로 거뜬히 막아내고 오히려 상대를 골라가며 번개 벼락 치듯 역습을 가하곤 했다.

셋이서 물 밑바닥을 무대로 네 시간 동안이나 싸웠어도 승부는 좀처럼 나지 않았다. 저팔계는 괴물을 이겨내지 못한다는 것을 알아차리고, 사오정에게 눈짓을 보냈다. 일부러 지는 체하고 도망쳐서 강물 바깥으로 끌어내자는 신호였다. 이리하여 두 사람은 저마다 병기를 질질 끌어가며 발길 돌려 냅다 뛰기 시작했다.

싸우던 상대가 도망치자, 괴물은 통천하 물속을 눈 깜짝할 사이에 빠져나가더니 그들을 뒤쫓아 수면 위로 뛰어올랐다.

한편, 손오공은 동쪽 기슭 언덕 위에 우뚝 선 채 물살이 어떻게 바뀌는지 노려보고만 있었다. 아니나 다를까, 얼마 안 있어 갑작스레 물결이 훌떡 뒤집혀 용솟음치더니, 고래고래 악쓰는 소리와 함께 저팔계가 한발 앞서 둔덕 위로 뛰어올랐다.

"왔소, 왔어!"

뒤미처 사오정도 헐레벌떡 뛰어올랐다.

"그놈이 뒤쫓아 오고 있소!"

사오정을 뒤따라 요사스런 괴물이 고함을 지르면서 나타났다.

"게 섰거라! 어딜 도망치려고!"

그러나 수면 바깥으로 머리통을 막 내밀었을 때, 손오공이 호통쳐

가며 저 무시무시한 철봉으로 한 대 내리치고 있었다.

"요놈, 철봉 맛이나 봐라!"

요괴의 몸뚱이가 번개같이 훌쩍 피하더니, 구리쇠 몽치로 잽싸게 철봉 공격을 가로막았다. 한쪽은 강변에서 파도를 뒤집어쓰며 맞아치고, 다른 한쪽은 강기슭 언덕 위에서 위력을 떨쳐가며 쉴 새 없이 들이쳤다. 그러나 맞겨루기 세 차례도 못 되어 요괴는 궁지에 몰리고 말았다.

"풍덩!"

싸움을 포기한 요괴가 물보라를 일으키면서 다시 통천하 깊은 물 속으로 잠겨버렸다. 그뿐, 마침내 바람이 잦아들고 물결마저 잔잔해졌다.

손오공은 높다란 언덕 위로 돌아갔다.

"아우님들, 수고 많았네."

사오정은 그동안 겪었던 일들을 낱낱이 얘기한 다음 걱정스런 기색으로 이렇게 덧붙였다.

"요괴란 놈이 언덕 위에서는 맥을 못 추어도 물속에서만큼은 아주 대단합디다. 이놈을 도대체 어떻게 처치해야 사부님을 구해낼 수 있을지 모르겠소."

"우물쭈물해선 안 되겠네. 잘못했다가는 사부님이 그놈한테 봉변을 당하시기도 전에 숨이 막혀 돌아가실 걸세."

손오공마저 심각한 기색을 보이자, 미련퉁이 저팔계가 의견을 냈다.

"형님, 우리가 또 한 번 들어가서 유인해낼 테니, 형님은 조용히 공중에서 기다리고 있다가 수면 위로 머리통을 내미는 순간에 곤두박

질쳐 내리면서 그 철봉으로 절굿공이 마늘 짓찧듯 단매에 요절내버리
시구려."

"바로 그걸세! 위아래에서 들이치자 그 말이지?"

이리하여 저팔계와 사오정이 또다시 통천하 물속으로 뛰어들었다.

한편, 손오공과 싸우다 견디지 못하고 도망친 요괴는 허겁지겁 물
속을 헤쳐 수중궁궐 제 집으로 돌아갔다.

기다리고 있던 쏘가리 노파가 조심스레 물었다.

"대왕님, 두 화상을 뒤쫓아 간 일은 어찌 되셨습니까?"

"말도 말게. 두 놈이 강변 둔덕으로 도망치기에, 나도 뒤따라 올라
갔지. 그랬더니 또 다른 녀석이 기다리고 있다가 철봉으로 냅다 후려
때리는데, 그놈의 철봉은 도대체 무게가 몇천 근인지 막아낼 도리가
없지 뭔가. 난 고작 세 차례 공격도 못 견디고 이렇게 패해 돌아왔네."

"대왕님, 그 한 패거리란 놈의 생김새가 어떻습니까?"

괴물은 얼결에 보아두었던 대로 손오공의 생김새를 일러주었다. 그
말을 듣자, 쏘가리 노파가 몸서리를 쳤다.

"아차, 큰일 났구나……! 대왕님, 용케도 잘 빠져나오셨습니다.
그놈과 더 싸우셨더라면, 온전한 몸으로 살아서 돌아오시지 못하셨을
것입니다. 저는 그 화상이 누군지 잘 압니다."

"그게 누군가?"

"옛날 제가 동양 대해 용궁에 있을 때 들은 소문이 있습니다. 그는
바로 오백여 년 전에 천궁을 크게 뒤엎었던 제천대성 손오공입니다.
그자의 신통력은 참으로 대단할 뿐 아니라 둔갑술법 또한 변화무쌍합

니다. 그런 자가 어떻게 당나라 화상의 제자 노릇을 하는지 모르겠으나, 대왕님이 어쩌다가 제천대성 일행을 건드리게 되셨습니까. 앞으로는 절대로 그자와 싸우지 마십시오."

애기를 다 마치지도 않았는데, 문지기 요정이 뛰어들면서 급보를 알려왔다.

"대왕님, 아까 왔던 중 녀석 둘이 또 정문 앞에 나타나 싸움을 걸고 있습니다."

괴물은 쏘가리 노파를 돌아보며 고갯짓을 끄덕였다.

"역시 누이가 말한 그대로였어. 내가 나가서 상대해주지 않으면 제까짓 놈들이 어쩌겠나. 애들아! 문짝 단단히 닫아걸고 그 안쪽으로 바윗돌과 진흙 더미를 겹겹이 쌓아올려 완전히 봉쇄해라. 저놈들이 한 이틀 시끄럽게 굴도록 내버려두었다가 제풀에 지쳐 돌아가거든, 그때 마음 놓고 당나라 화상을 잡아먹으면 그만 아닌가!"

안에서 이러는 줄 까맣게 모른 채, 저팔계와 사오정은 아무리 목이 터져라 고함치고 악을 써도 소용이 없었다. 미련퉁이 저팔계가 조바심을 견디지 못해 쇠스랑으로 마구 후려 찍은 끝에 문짝 두 개를 산산조각 부숴놓았으나, 그 안에는 또 바윗돌과 진흙 더미가 층층겹겹으로 쌓여 있어 결국은 헛수고를 한 셈이 되고 말았다.

가만히 지켜보던 사오정이 한마디했다.

"작은형님, 이래 가지고는 우리 둘이서 아무 일도 안 되겠으니, 일단 강변으로 돌아가 큰형님하고 방도를 강구해봅시다."

저팔계도 어쩔 수가 없어 그 말대로 발길을 돌렸다.

두 사람이 동쪽 기슭에 올라섰을 때, 손오공은 여전히 안개구름 속에 몸을 감추고 철봉을 번쩍 치켜든 채, 두 아우가 요괴를 유인해 끌고 나오기만을 잔뜩 기다리고 있었다. 그러나 물속에서 뛰쳐나온 것은 두 형제뿐, 요괴의 모습은 보이지 않았다. 그는 지상으로 내려서서 아우들을 맞이했다.

"이 사람들아, 그놈은 왜 안 나오는 거야?"

사오정이 난처한 기색으로 대답했다.

"소용없소. 그놈의 괴물이 대문을 단단히 봉쇄해놓고 다시는 나오지 않으니 어쩝니까. 문짝을 다 때려 부쉈는데, 그 안쪽에 바윗돌과 진흙 더미가 첩첩으로 막혀 있어 도무지 싸우고 싶어도 싸울 도리가 없습디다. 그래서 빈손으로 돌아온 거요. 큰형님, 어떻게 해서든지 사부님을 구해드려야 하는데, 무슨 방도가 없겠소?"

손오공은 씁쓰레하니 입맛을 다셨다. 그러고는 한동안 생각에 잠겼다가 비로소 말문을 열었다.

"정 그렇다면 어쩔 도리가 없겠군. 자네들, 여기서 그놈이 딴 데로 도망치지 못하도록 잘 감시하고 있게. 나는 어딜 좀 다녀와야겠네."

"어딜 다녀오겠다는 거요?"

저팔계가 영문 모르고 물었다.

"남해 보타락가산에 가서 관음보살님을 찾아뵙고 여쭈어볼 생각이네. 그 요괴의 출신 내력과 약점이 무엇인지 알아놓고 사부님을 구해드릴 작정이네."

손오공은 급히 근두운을 일으켜 타고 통천하 강변을 슬쩍 돌아 남양 대해를 향해 날아갔다. 그곳을 떠난 지 한 시간도 채 못 되어 벌써 낙가산이 내다보였다. 구름을 낮추고 내려섰더니, 웬걸! 스물네 방면

을 지키는 신령들과 선재동자까지 어떻게 미리 알고 마중을 나오는
게 아닌가?

"보살님을 만나뵐 급한 일이 생겼는데, 지금 어디 계시오?"

선재동자가 먼저 나섰다.

"손 대성 어른, 지난번에는 호의를 베풀어주셨는데, 고맙다는 인사
도 제대로 드리지 못했습니다. 보살님은 오늘 아침 일찍 조음동 바깥
으로 나가셔서 자줏빛 대나무 숲 속에 들어가셨는데, 아무도 따르지
말라고 엄히 분부해두셨습니다."

스승을 구출해야겠다는 생각 하나만으로 정신이 없던 손오공은 그
제야 홍해아를 알아보고 껄껄껄 너털웃음을 터뜨렸다.

"자네가 그 시절에는 마음을 바로잡지 못하더니, 오늘에야 이 손
선생이 좋은 일하는 사람이란 걸 알아보네그려. 한데 내가 오는 줄 어
찌 알고 마중 나왔는가?"

"대성님이 오늘 반드시 찾아오리라 말씀하시고 저희들더러 기다리
고 있다가 영접하라는 분부가 계셨습니다. 무슨 일을 하시는지 몰라
도 대성님과 무슨 관계가 있는 모양입니다."

"냉큼 가서 보살님께 한 말씀만 전해주게. 때를 놓치면 우리 사부
님의 목숨이 위태롭다고 말일세."

"저희는 지금 전해드리지 못합니다. 보살님께서 엄명을 내려두셨
으니, 그분이 스스로 나오실 때까지 기다릴 도리밖에 없습니다."

성미 급한 손오공이 마냥 앉아서 기다릴 턱이 없었다. 그래서 신령
들의 만류를 뿌리치고 단걸음에 대나무 숲 속으로 뛰어들었다. 그런
데 이게 또 웬일인가! 대자대비하신 관음보살께서 오늘따라 옷가지도

제대로 걸치지 않으신 채 겨우 소매 없는 홑저고리 한 벌에, 짧은 비
단 치마를 허리에 질끈 동이시고 맨발 차림으로 앉아 계시다니. 어지
간한 원숭이 손오공도 그만 입이 딱 벌어졌다.

보살님은 곱디고운 손에 조그만 칼 한 자루 잡고 대나무 껍질을 벗
겨내고 계셨다. 손오공은 놀랍고 송구스런 나머지 멀찌감치 뒷걸음쳐
물러나왔다.

"오공아, 바깥에서 기다리고 있거라."

기척을 알아챈 보살님이 고개도 안 돌리고 말했다.

"보살님, 저희 사부님께서 재난을 당하셨습니다. 통천하의 괴물이
어떤 놈인지, 그 정체를 알고 싶어 이렇게 찾아뵈었습니다."

"밖에 나가서, 내가 나설 때까지 기다려라."

두번째도 똑같은 말씀을 내리니, 손오공도 더 이상 떼를 쓰지 못하
고 조용히 대나무 숲에서 물러나왔다.

얼마나 기다렸을까, 드디어 관음보살이 자줏빛 대바구니를 들고 밖
으로 나왔다.

"오공아, 나하고 같이 당나라 스님을 구하러 가자."

손오공은 감히 우러러 뵙지 못하고 무릎 꿇어 고개를 수그렸다.

"보살님, 아무리 일이 급해도 의복은 갖추셔야지요."

"옷을 걸칠 것도 없다. 이대로 가마."

관음보살은 상서로운 구름을 일으키더니 공중으로 솟구쳐 올랐다.
손오공은 송구스러운 마음으로 그저 따라나설 뿐이었다.

두 사람은 눈 깜빡할 사이에 통천하 상공에 도달했다. 멀리서 지켜
보던 저팔계와 사오정 역시 관음보살의 모습을 보고 화들짝 놀랐다.

"원 형님도 성질 한번 어지간히 급하셨군! 보살님을 몸치장도 못하시게 하고 저렇게 몰고 올 수가 있나!"

두 형제는 부랴부랴 강변으로 내려가 무릎 꿇고 참배의 예를 드린 채 고개를 감히 쳐들지 못했다.

관음보살은 당장 옷깃에 동여맸던 실끈을 한 가닥 풀더니, 그것으로 대바구니 손잡이를 묶어 가지고 길게 늘어뜨렸다. 그러고는 채색 구름을 절반쯤 내딛은 자세로 대바구니를 통천하 강물 한복판에 던져 넣었다. 잠시 후, 그는 실끈을 다시 끌어올리면서 입으로 진언을 읊조리기 시작했다.

"죽은 자는 물러가고, 산 자는 걸려라! 죽은 자는 물러가고, 산 자는 걸려라!"

이렇듯 일곱 차례 읊기를 거듭하고 나서 대바구니를 건져 올렸더니, 그 안에 황금색 비늘이 번쩍거리는 금붕어 한 마리가 펄떡펄떡 뛰고 있었다.

관음보살이 손오공을 돌아보지도 않고서 분부를 내렸다.

"오공아, 어서 빨리 물속에 들어가 너희 사부를 구해내려무나."

마음 다급한 손오공은 기가 막혀 한마디 여쭈었다.

"요괴도 아직 못 잡았는데, 어떻게 사부님을 구해내란 말씀입니까?"

관음보살이 대바구니를 쳐들어 보여주었다.

"이 안에 들어 있는 것이 바로 그놈 아니더냐?"

"아니, 보살님! 그렇다면 이 금붕어가 요괴란 말씀입니까? 이따위 하찮은 물고기가 어떻게 그런 수단을 지닐 수 있었습니까?"

"이놈은 원래 내가 연못에 기르던 금붕어였다. 날마다 물 위에 머리를 내밀고 경을 듣더니 수련을 쌓아 그런 수단까지 지니게 된 것이다. 저 잎이 아홉 조각 달린 구리쇠 몽치도 아직 꽃봉오리가 터지지 않은 연꽃 망울인데, 이 금붕어가 단련해서 애용 병기로 삼은 것이다."

"그런데 이놈이 어떻게 달아났습니까?"

"어느 날인지 모르겠으나 바다에 밀물이 크게 들었을 때 이놈은 파도에 휩쓸려 여기까지 도망쳐 나온 것이 분명하다. 나도 오늘 아침 못가에서 꽃 구경을 하고 있었는데, 이놈이 여느 때처럼 물 위로 나와 절하는 기미가 보이지 않더구나. 그래 손가락을 꼽아 점쳐보고서야, 이 미물이 여기서 요사스런 괴물이 되어 너희 사부를 해치려 하고 있다는 사실을 알아냈다. 그러기에 급히 대바구니를 엮어 가지고 달려와 이놈을 잡은 것이다."

관음보살은 남해로 돌아갔다. 저팔계와 사오정은 다시 한 번 통천하 물살을 가르고 요괴의 소굴로 들어가 스승을 찾기 시작했다. 득시글대던 물고기 정령들은 이미 모조리 죽어 있었다. 이윽고 두 형제는 궁궐 뒤꼍으로 돌아가 돌 궤짝을 들추고 당나라 스님을 모셔내다 등에 업었다. 그리고 물살을 헤쳐 가며 강물 속으로부터 빠져나와 둔덕에 올랐다.

강기슭 언덕에는 진가장 마을 사람들이 소식을 듣고 달려와 인산인해를 이루고 있었다. 손오공은 그들에게 희소식을 전했다.

"여러분은 이제 내년부터 두 번 다시 영감대왕이란 녀석에게 동남동녀 제물을 바칠 필요가 없소. 그놈은 이미 관음보살님께 붙들려가고 없으니까 앞으로 당신들에게 해악을 끼치지 못할 거요. 어서 속히 배나 한 척 마련해서 이 강을 건너가게 해주시오."

바로 이때였다. 갑자기 강물 속에서 고함을 지르는 소리가 들려왔다.

"제천대성님! 배를 만드느라 여러 사람에게 수고를 끼칠 것 없습니다. 제가 여러분을 모시고 건너드리겠습니다!"

이윽고 물속에서 또 다른 괴물 한 마리가 파도를 헤치면서 불쑥 솟구쳐 나왔다. 손오공은 경계심을 잔뜩 높이고 철봉 자루를 단단히 움켜잡은 채 괴물을 노려보았다. 뜻밖에도 괴물은 수백 년 묵은 민물자라였다.

"제천대성님, 이 통천하는 제가 다스리던 강물이었습니다. 조상 대대로 여기서 도를 닦아오던 차에, 구 년 전 해일이 크게 일었을 때 그 요괴가 밀물을 타고 여기까지 쳐들어와 저희 일족을 쫓아내고 이 터전을 빼앗아 차지했습니다. 그런데 이제 손 대성께서 사부님을 구하시느라 보살님까지 모셔와 요망한 괴물을 잡으셨기에, 저도 잃었던 제 터전을 되찾게 되었습니다. 그래서 제가 은혜에 보답하고자 이 팔백 리 너른 강물을 무사히 건너드리려고 나타난 것입니다."

손오공은 이 말을 듣고 잘되었구나 싶어 일행을 데리고 그 앞으로 다가섰다. 가까이서 보니 등딱지 둘레만 해도 40척이나 되는 엄청나게 큰 흰색 자라였다.

"사부님, 어서 이놈의 등에 올라타고 강을 건넙시다."

그러나 삼장법사는 선뜻 내키지 않아 머뭇거렸다.

"애야, 두꺼운 얼음판도 깨져서 죽을 뻔했는데, 나더러 이 짐승의 등에 올라타고 가란 말이냐?"

"사부님, 안심하세요. 짐승으로서 인간의 말을 할 줄 안다면 신령한 미물이니 해낼 수 있을 겁니다."

한참 설득한 끝에 스승을 가까스로 올려 태운 손오공이 아우들을 시켜 나머지 백마와 짐 보따리마저 싣게 했다. 일행이 다 올라타자, 그는 다시 한 번 자라에게 엄포를 놓았다.

"여보게, 자라 친구! 천천히 가야 하네. 기우뚱거린다든지 비척대는 날이면 내 철봉 맛을 봐야 할 걸세."

이윽고 흰 자라가 네 발을 쭉 뻗더니 물살을 헤치기 시작했다. 넘실대는 강물을 평지 걷듯 조용히 헤엄쳐나가는 것이었다.

삼장 일행을 태운 자라는 꼬박 하루 만에 통천하 8백 리 물길을 건너 무사히 서편 기슭에 도달했다. 당나라 스님과 제자들은 물 한 방울 묻히지 않고 보송보송한 두 발로 강변 언덕에 올라설 수 있었다. 뭍에 오른 삼장법사는 두 손 모아 흰 자라에게 감사의 뜻을 표했다.

"고생 많았네. 지금은 그대에게 줄 것이 없으니, 돌아오는 길에 사례함세."

늙은 자라가 입을 열었다.

"사부님, 사례 같은 것은 바라지 않습니다. 다만 제가 소문을 듣자니, 서천에 계신 여래부처님께서는 과거와 현재, 미래의 일을 꿰뚫어 아신다 합니다. 제가 이 통천하에서 천삼백여 년이나 도를 닦아왔사온데, 어느 때에야 짐승의 탈을 벗고 사람이 될 수 있는지, 그것만 알아주신다면 그보다 더 고마울 데가 없겠습니다."

"그래, 내 반드시 여쭤보겠네!"

삼장이 흔쾌히 응낙하자, 그제야 늙은 자라는 물속으로 사라졌다.

이윽고 삼장법사가 손오공의 부축을 받으며 말안장에 올랐다. 저팔계는 여전히 짐꾼 노릇을 맡고 사오정은 좌우 양편으로 자리를 바꿔가며 시중을 들었다. 스승과 제자 일행은 또다시 큰길에 올라 곧바로 서쪽을 향해 나아갔다.

12. 남자도 마시면 잉태하는 강물

어느덧 통천하 수난을 겪었던 늦은 가을철, 그리고 엄동설한 추운 겨울을 다 보내고, 이른 봄철을 다시 맞이했다. 겨우내 안개연기 드리우던 산등성이 들쭉날쭉 앙상한 등뼈에도 파릇파릇 연초록빛이 감돌고, 골짜기 냇물도 유별나게 맑았다.

그날도 하염없이 길 재촉을 하며 가고 있는데, 한 줄기 작은 강이 앞을 가로막았다. 봄물은 속이 들여다보일 정도로 맑고 차가운 물결이 바람결에 찰랑찰랑 밀려들고 있는 것이다.

당나라 스님은 말을 멈춰 세우고 멀리 내다보았다. 강 건너 저편 언덕으로 버드나무 숲이 그늘지고 여린 나뭇가지들이 파랗게 늘어졌는데, 초가집 몇 채가 가물가물 드러나 보였다.

손오공이 그쪽을 가리키면서 스승에게 말했다.

"저 건너편에 있는 것이 뱃사공의 집인 모양이로군요."

이 말에 저팔계가 지고 있던 보따리를 내려놓고 강 건너편을 향해 큰 소리로 고함을 질렀다.

"어이, 뱃사공! 배를 이리 좀 대시오!"

몇 차례나 연거푸 악을 쓰자, 버드나무 그늘 밑에서 노를 젓는 소리와 함께 나룻배 한 척이 미끄러져 오더니 잠깐 사이에 이편 강기슭에 닿았다. 뒤미처 뱃사공이 손님을 불렀다.

"강 건너실 분은 이리로 오세요!"

나루터에 가보았더니, 뜻밖에도 뱃사공은 좋은 시절 다 보낸 늙은 아낙네였다.

손오공이 뱃머리 쪽으로 다가서서 물었다.

"당신이 나룻배를 젓소?"

"그래요."

"사공 영감은 어째 안 보이고 아낙이 배를 부리는 거요?"

뱃사공 아낙은 그 말에 대꾸는 않고 빙그레 미소만 지은 채, 두 손으로 디딤 널판을 옅은 물에 밀어놓았다. 손오공은 스승을 부축하여 조심스레 딛고 올라섰다. 저팔계와 사오정도 백마를 끌어올린 다음 널판을 도로 끌어들였다.

뱃사공 아낙이 노를 젓기 시작하더니, 익숙한 솜씨로 강을 건너 서쪽 기슭에 갖다 대었다. 뭍에 오른 삼장은 막내를 시켜 엽전 몇 닢을 뱃삯으로 내주었다. 사공 아낙은 많다 적다 말없이 돈을 받아 쥐고, 무엇이 그리 좋은지 생글생글 웃어가며 집 안으로 사라졌다.

맑은 강물을 보니, 삼장법사는 갑자기 목이 말라 저팔계를 돌아보고 분부했다.

"물 한 그릇 떠 다오. 좀 마셔야겠다."

저팔계 역시 때마침 갈증이 나던 참이라, 선뜻 대답하고 일어섰다.

"그러지요. 저도 물 한 모금 마실까 했습니다."

바리때를 꺼내 들고 강물 한 주발 듬뿍 떠서 스승에게 올렸더니, 삼장법사는 절반 조금 못 마시고 물을 남겼다. 미련퉁이는 그것을 받아 들고 단숨에 들이켜 비웠다. 그러고는 다시 스승을 부축하여 안장에 올려 태웠다.

스승과 제자 네 사람이 길을 찾아들어 서쪽으로 가는 도중이었다. 출발한 지 반 시진도 못 되어 삼장법사가 말 위에서 신음 소리를 내기 시작했다.

"아이고 배야!"

곧이어 저팔계도 우거지상을 지었다.

"저도 배가 살살 아픈데요."

사오정이 한마디 던졌다.

"아까 냉수를 마시고 배탈 나신 거 아닙니까?"

그 말이 끝나기도 전에 삼장법사는 허리를 꺾고 비명을 질렀다.

"아이고, 배가 아파 죽겠다!"

저팔계 역시 오만상을 찌푸리면서 버럭버럭 고함을 질렀다.

"아이고, 이거 복통이 지독한걸! 아파서 도무지 견딜 수가 없네!"

두 사람은 아픔을 참지 못하고 쩔쩔매기 시작했다. 아랫배를 쓸다 보니, 배가 점점 불러오는데, 이상하게도 문지르는 손끝에 무엇인가 덩어리 같은 것이 잡히면서 쉴 새 없이 꼼지락거리는 것이 아닌가!

때마침 앞길에 주막 한 채가 보였다.

"사부님, 마침 잘되었습니다. 저 주막에서 더운물을 좀 끓여달라고 해야겠습니다. 내친김에 약을 파는 데가 없나 알아봐서 복통을 가라 앉게 해드리지요."

손오공의 말을 듣고서야 삼장은 마음이 놓여 그대로 백마를 몰았다. 얼마 안 있어 그들은 주막집 문 앞에 당도했다. 문밖에 늙수그레한 노파 하나가 짚방석을 깔고 앉아 길쌈을 하고 있었다.

손오공이 한 발 다가서서 물었다.

"할머니, 소승 일행은 동녘 땅에서 오는 길인데, 우리 사부님이 강을 건너다 물을 잘못 드시고 배탈이 나셨습니다."

그러자 노파가 웃으면서 되물었다.

"아니, 물을 마시고 배탈이 나셨다니, 도대체 어디서 물을 자셨소?"

"저기 저 동편에 있는 깨끗한 강물을 떠 마셨습니다."

무심코 사실대로 얘기했더니, 노파는 왜 그런지 연신 낄낄대면서 손짓을 했다.

"저런! 그것 참 안 되셨소. 아무튼 이리 들어오시구려. 내가 얘기해드릴 터이니."

이리하여 손오공은 당나라 스님을 부축해 모시고, 사오정은 저팔계를 거들어 집 안으로 들어갔다. 때 아니게 병자가 된 두 사람은 그칠 새 없이 끙끙 앓는 소리를 내면서 불룩해진 배를 부여안은 채, 얼마나 고통스러운지 얼굴빛이 누렇게 들뜨고 이마에 주름살이 가득 잡혔다.

마음 다급한 손오공은 연신 독촉했다.

"할머니, 사례는 잊지 않을 테니 어서 물 좀 끓여 우리 사부님이 들게 해주시오!"

하지만 노파는 물 끓일 생각은 않고 여전히 싱글벙글 웃으면서 뒤

곁으로 달려가 버럭 고함을 질렀다.

"얘들아, 신기한 일이 생겼다! 이리 나와서 구경들 해라!"

그러자 안에서 발자국 소리가 어수선하게 들리더니 또 중년 아낙 두셋이 돌아나와 당나라 스님을 바라보고 깔깔대며 웃음보를 터뜨리기 시작했다.

놀림감이 되었다고 생각한 손오공은 버럭 화를 내면서 호통 소리 한 마디에 송곳니를 허옇게 드러냈다. 그 험상궂은 표정에 온 집안 식구들이 기절초풍을 하도록 놀라 허둥지둥 안채로 달아나버렸다. 손오공은 뒤처진 노파의 덜미를 붙잡아 세우고 으름장을 놓았다.

"냉큼 부엌에 들어가 물을 끓이지 못하겠소? 어서 물을 끓여요! 그렇지 않으면 내 용서하지 않겠소!"

덜미 잡힌 노파가 부들부들 떨면서 통사정했다.

"나리, 이 늙은이가 물을 끓여봤자 아무 소용도 없소. 더운물을 드셔도 복통은 멎지 않을 테니까. 이것 좀 놓아주시오. 내가 다 말씀드리리다."

손오공이 붙잡았던 손을 풀어주니, 그 노파는 매무새를 가다듬고 나서 기막힌 얘기를 털어놓기 시작했다.

이 고장은 서량여국, 놀랍게도 이 나라 사람들은 하나같이 여자뿐이요 남자라곤 하나도 없다고 했다. 당나라 스님과 저팔계가 떠 마신 물은 자모하(子母河)란 신비스런 강물로서, 이 물을 마신 사람은 누구나 예외 없이 잉태해서 아이를 배게 된다는 것이다. 그렇기 때문에 이 고장 사람들은 처녀가 나이 스무 살을 넘기면 곧바로 자모하 강변에 나가서 물을 떠 마시는데, 그 강물을 마신 다음에는 이내 복통을 일으켜 임신하게 되고, 도성 문밖에 솟아나오는 조태천(照胎泉)이란 샘에 몸을 비춰본다고 했다. 그래서 수면에 비친 그림자가 한 쌍으로 보이면 곧 출산 준비를 해서 아기를 낳게 된다는 얘기였다.

"……당신네 사부님도 자모하 강물을 마셨다니, 그 때문에 복통을 일으키셨다면 아마도 태기가 있으신 모양이고, 이제 며칠 안 있어 아기를 낳게 되실 것입니다. 형편이 이렇게 되셨는데, 더운물 한두 모금 마신다고 산고(産苦)가 멎겠습니까?"

이야말로 마른하늘에 날벼락이라, 사내가 아이를 낳는다니……! 삼장법사는 그만 얼굴빛이 허옇게 질리고 말았다.

"아이고……! 제자야, 이 노릇을 어쩌면 좋으냐……?"

저팔계는 허리를 비비 꼬면서 끙끙 신음 소리를 섞어 넋두리를 늘어놓았다.

"아이고 맙소사! 나더러 아기를 낳으라니 어째야 좋을꼬? 우리는 사내들인데, 아이가 어디로 빠져나온단 말이냐?"

손오공은 다급한 중에도 웃음보가 터져 나왔다.

"여보게 걱정 말게. 옛사람 말씀이, '참외도 익으면 저절로 꼭지가 떨어진다'고 했네. 해산 때가 되면 어떻게 되든지 겨드랑이 밑에 구멍이 뚫리고 아기가 그리로 빠져나오게 될 걸세."

미련퉁이는 그 말을 듣더니 모진 아픔 속에서도 꽥꽥 비명을 질러댔다.

"망조가 들었구나! 망조가 들었어! 난 이제 죽었다, 죽었어!"

이번에는 성격 차분한 사오정마저 웃음을 참지 못하고 놀려댔다.

"작은형님, 그렇게 몸을 뒤틀지 마시오. 어린것이 자리를 잘못 잡아서 낳기도 전에 탈이 나면 큰일 아니겠소?"

이 말에 더욱 당황한 저팔계가 눈물까지 글썽이며 손오공을 잡고 늘어졌다.

"형님, 저 할망구한테 좀 물어봐주시구려! 어디 솜씨 좋은 산파가 있거든 불러다가 산바라지 할 채비를 해달라고 그래요. 어이쿠, 어이쿠! 이거 점점 더 사납게 꼼지락거리는 것이, 아무래도 진통이 시작되는 모양이오!"

사오정이 또 우스갯소리를 던졌다.

"작은형님, 진통이 일어나는 줄 알면서도 자꾸 몸을 비비 꼬면 안 되오. 꿈쩍 말고 가만히 계시구려. 잘못해서 탯줄이 엉키다 끊어지는 날이면 보통 큰일이 아니라오."

당나라 스님도 끙끙 앓는 소리를 그치지 않으면서 노파에게 애걸했다.

"할머니! 이 근처에 의원이 없습니까? 내 제자를 시켜서 약을 한 첩 지어다 먹고 제발 이 핏덩이를 떨어뜨리게 도와주시오!"

그러나 할멈의 대꾸는 매정하기 짝이 없었다.

"약이 있어도 아무 소용없다오. 여기서 곧장 남쪽으로 가면 해양산(解陽山) 파아동(破兒洞)이란 골이 나오는데, 그 골짜기에 낙태천(落胎泉)이란 샘이 있소이다. 그 샘물을 한 모금 마셔야 태기가 풀어지게 되지요. 하지만 그곳까지 삼천 리 길이나 되는데다, 요즈음은 그 샘물을 구하기가 하늘의 별따기처럼 어렵다오. 몇 해 전부터 여의진선(如意眞仙)이란 도사가 그 골짜기에 들어앉아 샘물을 아예 독차지하고 말았지 뭡니까. 샘물을 얻으려면 귀한 예물과 양고기, 술, 과일 같은 것들을 마련해 정성껏 바쳐야 겨우 그 샘물을 한 잔 얻을 수 있단 말입니다. 한데 가만 보아하니, 당신네들은 이곳저곳 돌아다니며 동냥질이나 하는 행각승이 분명한데, 그만한 돈과 재물이 어디 있어서 예물을 사다 바치겠으며, 또 무슨 수로 해산날이 오기 전에 그 머나먼 데까지 다녀올 수 있겠소? 내 생각에는 그대로 여기 눌러 계시다가 산달이 차거든 예쁜 아기를 낳으시는 것이 차라리 낫겠소이다."

손오공은 노파가 하는 뒷말은 더 듣지도 않고 빙그레 웃으며 스승을 돌아보았다.

"됐습니다, 됐어요! 사부님, 마음 푹 놓고 계십쇼! 이 손 선생이 샘물을 얻어다 자시도록 해드리겠습니다!"

자신만만하게 큰소리를 친 그는 막내아우에게 신신당부를 했다.

"자네, 여기서 사부님을 조심해 모시고 있게. 만일 이 집 사람들이 무례한 짓을 저지르거나 사부님을 집적거려 성가시게 굴거든, 자네 그 옛날 솜씨로 한바탕 혼쭐을 내주게. 나는 이 길로 샘물을 얻으러 다녀오겠네."

"알겠습니다! 저한테 맡겨놓으시고 다녀오시기나 하세요."

손오공은 노파에게 물그릇을 한 개 빌려달라고 했다. 노파는 미덥지 않은 듯 큼지막한 뚝배기를 가져다 주면서도 건성으로 한마디 부탁했다.

"기왕이면 좀 넉넉히 구해오시구려. 다 쓰고 남거든 우리도 급한 일이 생겼을 때 쓸 수 있을는지 누가 알겠소."

뚝배기를 받아 든 손오공이 초가집 바깥으로 나서더니 당장 구름을 일으켜 타고 하늘로 올라갔다. 이것을 보고 깜짝 놀란 할멈이 그제야 허공을 우러러 절했다.

"아이고, 하느님 맙소사! 저 스님이 구름을 타고 다니는 신선이셨구나!"

근두운을 타고 날아간 손오공은 얼마 안 있어 구름에 닿을 만큼 높다란 산봉우리를 하나 발견하고, 즉시 구름을 멈추고 사면을 둘러보기 시작했다. 과연 그곳은 명승에 견줄 만한 좋은 산이었다. 골짜기에 흐르는 냇물이 여기저기 합쳐 폭포수를 이루고, 겹겹으로 포개진 벼랑에는 등나무 덩굴이 빽빽하게 우거졌는가 하면, 어디를 둘러보나 울창한 숲 속에 산새 지저귀는 소리, 물가에 목을 축이는 사슴과 벼랑을 타고 오르내리느라 바쁜 원숭이 떼 천지였다.

손오공은 이윽고 산등성이 깊숙한 계곡에 규모가 제법 큰 집 한 채를 발견하고 개 짖는 소리를 따라 산 밑으로 내려왔다. 사립문 앞에 이르러 보니, 나이 지긋한 도사 하나가 푸른 잔디밭에 두 다리를 틀고 앉아 수행하고 있었다. 손오공은 문 앞에 뚝배기를 내려놓고 인사를 건넸다.

"소승은 서천으로 경을 구하러 가는 길입니다. 저희 일행이 자모하 강물을 잘못 마시고 복통을 일으켜 고생하고 있는데, 그 고장 사람들에게 물으니 태기가 생겨 고칠 도리가 없다고 합니다. 그런데 이 해양산 파아동에는 낙태천이란 샘이 있어 그 샘물로 태기를 풀어버릴 수 있다 하기에, 여의진선을 찾아뵙고 샘물 좀 얻을까 해서 이렇게 찾아왔습니다."

"나는 그분의 제자요. 한데 당신 이름은 무엇이오?"

도사가 묻는 말에, 손오공은 솔직히 제 신분을 밝혔다.

"나는 당나라 삼장법사의 수제자로, 법명을 손오공이라 하외다."

도사는 그의 위아래를 훑어보더니 고개를 갸우뚱하고 일어섰다. 가만 보아하니 빈털털이로 찾아와 귀한 샘물을 얻어갈 모양인데, 그게 될 법이나 하겠느냐는 눈치였다. 아무튼 도사는 집 안으로 들어가 여쭈었다.

"사부님, 밖에 손오공이란 화상이 낙태천 샘물을 얻어다 제 일행을 구하려고 찾아왔다고 합니다."

어인 까닭인지 여의진선의 두 눈에 갑작스레 쌍심지가 돋았다. 그는 말없이 벌떡 일어나 손아귀에 여의구(如意鉤)라는 쇠갈고리를 한 자루 찾아 들고 암자 바깥으로 뛰쳐나갔다.

"손오공이란 놈은 어디 있느냐!"

벼락같은 호통에, 손오공이 흘끗 바라보니 늙수그레한 도사 하나가 서슬 퍼런 갈고리를 한 자루 손에 거머쥐고 득달같이 달려나오고 있었다. 무엇 때문에 그리 성이 났는지, 턱수염이 부들부들 떨리고 딱 부릅뜬 두 눈망울에 번갯불이 번뜩거리는가 하면 이마에 돋은 두 눈썹 양 끄트머리가 곤두섰다.

"소승이 바로 손오공이외다."

손오공이 두 손 모으고 대답하자, 여의진선은 빈정대는 말투로 다시 물었다.

"내가 누군지 알겠느냐?"

"서천 가는 초행길이라 선생을 만나본 적도 없는데, 누군지 어찌 알겠소이까. 그저 그곳 사람들이 여의진선이라 하기에 나도 그런 줄 알고 찾아왔을 뿐이오."

"너희들이 여기까지 오는 동안 어디서 성영대왕이란 사람을 본 적이 있었지?"

"그렇소이다. 성영대왕이라면, 호산 고송간 화운동에 살던 요괴 홍해아의 별명인데, 선생께서 그걸 왜 물으시오?"

"그 아이가 바로 내 조카요. 나는 우마왕의 아우다! 지난번에 형님이 편지를 보내오셨는데, 손오공이란 못된 원숭이가 그 아이를 해쳤다고 하셨다. 편지를 받은 뒤로 네놈을 찾아서 조카 녀석의 원수를 갚아주려고 벼르던 참이었는데, 가소롭게도 제 발로 기어들어와 무슨 샘물까지 달라고?"

손오공은 이 말을 듣고 기가 막혔으나 샘물을 얻어 가는 것이 급한 터라, 억지웃음을 띠어가며 좋은 말로 해명했다.

"선생이 잘못 아셨소이다. 선생의 형님께서도 일찍이 나와 교분을 맺고 친구로 지낸 분이오. 또 그 조카님은 좋은 곳으로 가서 관음보살님을 모시고 선재동자 노릇을 하고 있으니 결국 우리보다 더 잘된 셈인데, 어째서 내게 원망을 품는단 말이오?"

"닥쳐라! 이 못된 원숭이 놈아. 그래 내 조카가 남의 밑에서 종살이를 하는 게 좋단 말이냐? 잔소리 말고 내 갈고리나 한대 먹어봐라!"

얘기가 이쯤 되니, 성급한 원숭이의 인내심도 금세 바닥이 났다.

"오냐, 좋다! 싸움을 하겠다면 내 얼마든지 받아주마. 어서 이리 썩 나와 이 철봉이나 한대 받아봐라!"

여의진선도 물러서지 않고 쇠갈고리로 마주 후려 찍으면서 대들기 시작했다. 얼뜨기 도사는 손오공과 단숨에 10여 차례 치고받으며 맞아 싸웠으나, 결국은 이 매서운 역전노장을 당해낼 수가 없었다. 싸우면 싸울수록 손오공의 철봉은 더욱 맹렬한 기세를 떨쳐 눈코 뜰 새 없이 마구잡이로 후려갈기니, 여의진선은 막아내다 못해 허둥지둥 산 위로 달아나고 말았다.

손오공은 그 뒤를 쫓는 대신 암자 뒤꼍으로 돌아가 우물을 찾아냈다. 그제야 마음 놓고 우물 속에 두레박을 던져 내리는데, 어느 틈에 되돌아왔는지 살그머니 기어든 여의진선이 갈고리로 샘물 도둑의 발목을 냅다 걸어 자빠뜨렸다. 방심하고 있던 손오공은 그만 엉덩방아를 찧고 나가떨어졌다. 그 바람에 들고 있던 두레박줄마저 놓쳐 우물 속에 통째로 빠뜨리고 말았다. 약이 오른 손오공이 철봉을 뒤로 휘둘러 냅다 후려갈겼으나, 여의진선은 벌써 멀찌감치 달아난 채 손오공이 물을 긷지 못하도록 훼방만 놓았다. 두레박을 송두리째 우물에 빠뜨렸으니 어떻게 해볼 도리가 없는 터라, 그는 일단 샘물 얻기를 단념하고 물러가기로 결심했다.

손오공은 미련 없이 발길을 되돌려 노파의 집까지 날아갔다.

“여보게, 사오정!”

집 안에서 고통을 참느라 끙끙대며 신음하던 삼장법사가 저팔계와 함께 그 목소리를 알아듣고 반색하며 기어 나왔다.

“오공이 돌아왔구나!”

사오정은 부리나케 문밖으로 마중 나가 다급하게 물었다.

“큰형님, 물을 얻어 가지고 오셨소?”

손오공은 우선 집 안으로 들어가 스승 앞에 여태까지 벌어졌던 사정을 다 털어놓았다. 그런 다음, 낙심한 스승의 넋두리를 못 들은 척

무시해버리고 사오정을 돌아보며 이렇게 말했다.

"자네, 나하고 같이 가서 암자 근처에 숨어 있다가 내가 그 도사 놈과 싸움을 벌이거든 그 틈에 얼른 샘물을 훔쳐내게."

그리고 다시 노파에게 부탁했다.

"혹시 두레박이 있거든 빌려주시오."

노파는 두말없이 뒤꼍에서 두레박과 밧줄 한 타래를 들고 나와 사오정에게 넘겨주었다. 이윽고 사오정은 맏형과 함께 구름을 일으켜 타고 떠나갔다.

반 시진도 못 되어 두 사람은 해양산 계곡 암자 밖에 내려섰다. 손오공은 막내아우에게 지시했다.

"자넨 저 한구석에 숨어 있다가 싸움이 벌어지거든 슬쩍 안으로 들어가 샘물을 긷는 대로 곧장 떠나도록 하게."

"알겠소, 큰형님."

이윽고 손오공은 철봉을 거머쥐고 암자 앞에서 큰소리로 호통을 쳤다.

"문 열어라! 문 열어!"

문을 지키던 제자가 그를 발견하고 허둥지둥 암자 안으로 뛰어들었다. 지겨운 원수가 또 나타났다는 말에, 여의진선은 속에서 울화통이 부글부글 끓어올랐다. 쇠갈고리를 찾아 든 그는 득달같이 문밖으로 뛰쳐나가면서 악을 썼다.

"못된 원숭이 녀석! 무얼 찾아 먹으려고 또 왔느냐?"

"나야 샘물 좀 얻으러 왔지!"

"네놈은 우리 집안의 원수인데다 그것도 예물 하나 없이 빈손 들고 찾아와 멋대로 샘물을 달라니 염치도 없거니와 내가 순순히 내어줄 듯싶으냐?"

"호오! 절대로 못 주시겠다, 그 말인가?"

"못 주는 게 아니라, 안 주겠다!"

"안 주시겠다? 오냐, 좋다! 정 그렇다면 내 철봉이나 한대 맞아봐라!"

손오공은 두말 않고 앞으로 내달으면서 도사의 정수리를 냅다 후려갈겼다. 여의진선 역시 갈고리를 휘둘러 재빠르게 반격해 나왔다. 그들 두 사람은 암자 문밖에서 맞부딪쳐 싸우다 터가 비좁아, 마침내 산비탈 아래까지 밀고 당기면서 내려오기에 이르렀다.

한편 사오정은 싸움판이 벌어지자 그 즉시 두레박을 든 채 우물가로 달려갔다.

여의진선의 제자가 우물가에 지켜 서 있었으나 사오정이 항요보장을 꺼내 들고 위협하는 바람에 놀라 어디론가 뺑소니쳐 달아나고 말았다.

그제야 사오정은 마음 놓고 두레박을 우물 속에 풍덩 집어넣더니, 낙태천의 신비스런 샘물을 한 통 가득 길어 가지고 바깥으로 나섰다. 그러고는 구름을 타고 공중 높이 숫구쳐 오른 다음, 손오공을 향해 큰 소리로 외쳐 알렸다.

"큰형님, 됐소! 샘물을 손에 넣었으니 먼저 가리다! 그 도사 놈일랑 그만 용서해주시구려!"

손오공은 그 말을 듣자, 비로소 여의봉으로 맵시 좋게 쇠갈고리를 가로막아 눌러놓고 엄히 꾸짖었다.

"내 당초 네놈을 깨끗이 죽여 없애야 옳겠으나, 샘물도 얻었고 또 네 형님인 우마왕과의 정리를 생각하니 어쩔 수 없구나, 용서해줄밖에…… 어서 돌아가거라!"

그러나 요망한 도사는 못 들은 척, 또다시 갈고리를 휘둘러 발목을 걸어 당기려 했다. 손오공은 날랜 동작으로 갈고리를 피하고 그 앞으로 선뜻 달려들면서 와락 밀어붙였다. 요망한 도사는 네 활개를 펼치면서 뒤로 벌렁 나자빠졌다. 손오공은 갈고리부터 빼앗아 뚝딱뚝딱 네 동강으로 꺾어 흙바닥에 내동댕이치고 말았다. 그 무서운 뚝심에 기가 질린 여의진선은 입 한번 제대로 벌려보지 못한 채 와들와들 떨기만 할 따름이었다.

손오공은 껄껄대고 웃으며 구름을 일으켜 타고 해양산 계곡을 떠나 단숨에 사오정을 따라잡았다. 샘물을 얻은 두 형제는 의기양양하게 떠났던 곳으로 돌아왔다.

노파의 집에 내려섰더니, 저팔계란 녀석이 불룩 나온 배를 안고 문설주에 기대서서 끙끙 앓는 소리를 내고 있었다. 손오공은 살금살금 다가서서 한마디 건넸다.

"여보게, 바보 친구! 언제 해산하실 건가?"

"형님, 놀리지 마시구려. 한데 샘물은 얻어 오셨소?"

손오공이 한 번 더 놀려줄까 하는데, 고지식한 사오정이 뒤따라 들어서더니 싱글벙글 웃으며 소리쳤다.

"물 가져왔소!"

당나라 스님은 샘물을 얻어왔다는 소리에 아픔까지 참아가며 두 제

자에게 허리 굽혀 사례했다.

"제자들아, 정말 수고들 했다!"

이윽고 노파가 찻잔에 샘물 반 잔을 떠서 당나라 스님에게 올렸다.

"장로님, 천천히 드십시오. 한 모금만 마시면 태기가 이내 풀어질 겁니다."

욕심꾸러기 저팔계가 두레박을 통째로 빼앗으려 들었다.

"나는 찻잔 같은 거 필요 없소. 이걸 통째로 들이켜야 직성이 풀릴 거요."

그 말에 노파가 펄쩍 뛰었다.

"어이구, 나리! 이 샘물을 통째로 들이켰다가는 오장육부는 말할 것도 없고 뱃가죽마저 몽땅 녹아버릴 겁니다!"

저팔계는 찔끔 놀라 노파가 떠주는 대로 반 잔을 마셨다.

밥 한 끼 먹을 시간이 지나자, 두 사람은 아랫배가 쥐어짜듯이 아프더니 뱃속에서 창자 뒤틀리는 소리가 서너 차례 잇달아 울렸다. 눈치 빠른 노파가 요강 두 개를 방 안에 가져다 놓고, 환자들이 용변을 보게 해주었다. 두 사람은 염치 불구하고 방 안에서 몇 차례나 뒤를 보고 나서야 겨우 복통이 멎었다. 그리고 불룩했던 아랫배도 차츰 가라앉았다. 태중의 핏덩이가 녹아내린 것이다.

일이 다 끝나자, 노파가 은근한 말씨로 물어왔다.

"장로님, 이 나머지 샘물은 우리한테 주실 수 없을까요?"

손오공이 기분 좋게 인심을 썼다.

"나머지는 할머니 댁에 드리지요."

노파는 감사의 예를 올리고 나서 남은 샘물을 오지항아리에 담아

집 뒤꼍 땅속 깊숙이 파묻어두었다. 그리고 집안 식구들에게 자랑을 했다.

"이 항아리 물은 나 죽었을 때 장례 밑천이 되고도 남겠다!"

집안 식구들은 모두 기뻐하면서 당나라 스님 일행을 극진히 모셨다. 식사를 마친 삼장법사와 제자들은 그날 조용히 하룻밤을 지냈다.

이튿날 아침, 날이 밝아오자 스승과 제자들은 노파 댁 사람들에게 고맙다는 인사를 하고 그 집을 떠났다.

13. 여인들만 사는 나라, 그리고 여괴

터무니없는 우여곡절 끝에 성한 몸을 되찾아 자모하 강변을 떠난 삼장법사 일행은 다시 길 따라 서쪽으로 나아갔다. 그리고 삼사십 리를 못 가서 마침내 서량여국 도성 가까이 도달했다.

삼장법사가 말 위에서 앞쪽을 가리키며 수제자를 불러 세웠다.

"오공아, 저 앞에 있는 성이 아마도 여인국 도성인 모양이다. 여자들만 사는 곳이라니, 너희들 모두 몸가짐을 단정히 하고 말과 행동을 조심하여라."

스승의 엄한 당부 말씀에 제자들은 공손히 받아들였다.

이곳 사람들은 과연 여인의 나라답게 늙은이나 젊은이나 긴 치마에 소매 짧은 저고리를 걸치고 화장을 한 여자들뿐이었다.

일행이 장터에 들어서자, 길거리 양편에서 장사하던 여인들이 그들을 발견하고 손뼉을 쳐가며 깔깔대고 웃기 시작했다.

"사람의 씨가 온다! 사람의 씨가 온다!"

여인들이 사방에서 몰려들기 시작하자, 기겁을 한 삼장법사가 당황한 나머지 말고삐를 잡아당겨 그 자리에 멈춰 섰다. 하기야 앞으로 나아가고 싶어도 몰려드는 인파 때문에 전진할 도리가 없었다. 장터 길거리는 삽시간에 분 냄새 풍기는 인파로 꽉 들어찼고, 어딜 가나 생전 처음 보는 사내를 부르는 아우성뿐이었다.

어지간한 저팔계도 이 놀라운 소동에 기가 질렸는지 버럭버럭 악을 썼다.

"저리들 가! 저리들 가라니까! 나는 못생긴 돼지야! 냄새나는 돼지란 말이다!"

손오공이 곁에서 귀띔했다.

"이런 바보! 허튼소리 하지 말고 그 얼굴이나 드러내 보이는 게 악쓰는 것보다 더 효과가 있을 거야."

저팔계는 커다란 두 귀를 쫑긋 일으켜 세우고 비죽한 주둥이를 내밀었다. 그러자 여인들은 기절초풍한 나머지 길바닥 좌우로 뿔뿔이 흩어져 달아났다. 앞길이 저절로 트인 것이다.

시가지에는 가옥들이 반듯하게 늘어서고, 상점들도 질서정연하게 자리 잡고 있었다. 소금 파는 집에 쌀가게 하며 술집, 찻집도 있었다.

스승과 제자 일행이 거리 모퉁이로 접어들 때였다. 별안간 여자 관원 하나가 큰 소리로 나그네들을 불러 세웠다.

"멀리서 오신 외국 손님들! 함부로 들어가시면 안 됩니다. 역관(驛館)에 드셔서 먼저 성명을 등록하시면, 제가 그 명단을 국왕 전하께 아뢰어 조사를 받고 윤허가 내려져야만 보내드립니다."

삼장법사는 이 말을 듣고 순순히 말에서 내렸다. 어느덧 자기네들이 외국 손님을 접대하는 관아 건물 앞에 와 있었던 것이다. 그들 일행은 인도하는 대로 역관에 들어섰다. 여자 관원이 차를 대접하며 공손히 물었다.

"저는 이 영빈관을 담당하고 있는 역승(驛丞)입니다. 손님들은 어디서 오셨습니까?"

스승을 대신해 손오공이 그 질문을 받았다. 그리고 일행이 동녘 땅에서 당나라 황제의 명을 받아 서천으로 불경을 구하러 가는 길이요, 스승의 법호는 삼장, 세 사람은 제자들로서 이름이 각각 손오공, 저오능, 사오정이라고 일러주었다.

관원은 붓을 잡고 손오공이 이르는 대로 낱낱이 받아 적은 다음, 시중꾼들에게 음식을 대접하라 분부해놓고 삼장법사 일행에게 공손히 여쭈었다.

"어르신들께서는 이곳에 편히 앉아 쉬고 계십시오. 제가 먼저 입궐하여 임금님께 아뢰고, 여러분이 통행문서에 확인을 받아 무사히 떠나도록 해드리겠습니다."

삼장 일행은 음식 대접을 받으며 국왕의 허락이 내려질 때까지 기다리기 시작했다.

한편 역승은 절차를 거쳐 궁궐에 들어가 여왕에게 아뢰었다.

"소신이 영빈관에서 동녘 땅 당나라 임금님의 아우 되시는 삼장법사를 맞아들였나이다. 제자 세 사람이 있사온데, 타고 가는 말까지 합쳐 일행 다섯이 되나이다. 서천으로 부처님을 찾아뵙고 경을 받으러 간다 하니 통행문서를 확인해주시어 떠나보내심이 어떠하리까?"

역승이 아뢰는 말을 듣고 여왕은 크게 기뻐하며 신하들에게 이런 말을 했다.

"과인이 어젯밤에 길몽을 꾸었는데, 이제 보니 그것이 오늘의 희소식을 알려주는 조짐이었구려."

여자 문무백관들이 절하며 여쭈었다.

"전하께서는 어찌하여 그 꿈을 오늘의 기쁜 조짐이라 하시나이까?"

"동녘 땅에서 온 그 남자는 바로 당나라 황제의 아우가 되는 사람이오. 우리나라는 천지가 개벽한 이래 남자가 이 나라에 오는 것을 본 적이 없었소. 그런데 오늘 당나라 황제가 아우님을 보내셨다니, 이제 그분을 모셔다 임금 자리에 받들어 모시고 과인은 왕비가 되어 부부의 인연을 맺고 자손을 낳아 이 나라를 만대에 전해내릴 수 있게 되었는데, 이 어찌 기쁜 조짐이라 하지 않을 수 있겠소?"

모든 신하들이 기뻐 춤추고 절하는 가운데 역승이 다시 아뢰었다.

"전하의 말씀은 지당하오나, 그 제자들은 하나같이 흉악하게 생겼나이다."

"경이 보기에 당나라 황제의 아우님 되시는 분은 어떻던가?"

"그분의 용모는 당당하고 준수하며 풍채 또한 영걸스러워 대국의 인물이라 하겠나이다."

"그렇다면 제자들에게 통행문서를 교부해주어 서천으로 떠나보내고, 스승 되시는 분만 머무르게 하면 되겠구나!"

여왕은 즉석에서 어명을 내렸다.

"태사(太師)를 중매쟁이로 세우고, 영빈관의 역승을 혼인 주례로 삼을 것이니, 경들은 먼저 영빈관에 계신 삼장 어른을 찾아뵙고 청혼하도록 하라."

한편 삼장법사 일행은 식사를 마치고 편히 쉬고 있었다. 이때 관원 하나가 들어와 어전 태사와 역승이 함께 왔다고 통보해주었다.

조정에서도 원로 중신(重臣)인 태사가 몸소 왕림하였다는 말에, 삼장법사는 이게 무슨 소린가 싶어 되물으려는데, 곁에서 저팔계가 주책없이 알은체했다.

"아마 여왕님이 우리를 잔치에 초대하려고 보내셨을 겁니다."

그러나 손오공은 짚이는 바가 있어 절레절레 도리질을 했다.

"아닐세. 잔치 초대가 아니라, 청혼을 하러 온 모양일세."

이 말에 삼장법사는 가슴이 덜컥 내려앉았다.

"오공아! 저 사람들이 우리를 붙들어놓고 혼사를 강요한다면 어찌해야 좋으냐?"

"사부님, 저들이 하자는 대로 승낙하십쇼. 제게 따로 좋은 생각이 있으니까요."

말도 다 끝내기 전에 두 여자 관원이 들어서더니 삼장법사에게 정중히 큰절부터 올렸다. 삼장도 황망히 답례를 하고 조심스레 물었다.

"소승은 출가한 사람인데, 대감께서 어찌하여 이렇듯 큰절을 하십니까?"

어전 태사는 삼장의 생김새가 준수한 것을 보자, 속으로 기뻐하면서 생각했다.

'우리나라에 실로 큰 복이 굴러 들어왔구나! 이만한 남자 분이라면 우리 여왕의 배필이 되시기에 손색없겠다!'

"당나라 어제(御弟) 전하, 지극히 경사스런 소식을 가져왔습니다."

"우리 같은 출가승에게 무슨 경사가 있단 말씀입니까?"

태사는 다시 한 번 공손히 허리 굽히고 여쭈었다.

"이곳 서량여국에는 유사 이래 남자가 태어난 적이 없사오며 이 나라에 들어온 적도 없었습니다. 그런데 이제 천만다행히도 전하께서 강림하셨으니, 소신은 우리 여왕 전하의 칙명을 받들어 청혼하러 왔습니다."

이 말을 듣고 삼장은 그 자리에서 펄쩍 뛰었다.

"무슨 말씀을! 소승은 혈혈단신으로 귀국 땅에 도착하였고, 슬하에 아들딸 하나 없이 미흡한 제자 셋만 거느리고 왔을 따름인데, 도대체 누구와의 혼사를 말씀하시는 것입니까?"

그제야 영빈관의 역승이 나섰다.

"소관이 방금 입궐하여 아뢰었더니, 저희 여왕께서 매우 기뻐하시며 간밤에 길몽을 얻으셨다 말씀하셨습니다. 당나라 어제 전하께서 중화 대국의 어엿하신 남성임을 아시고, 배필로 맞아들여 군왕의 자리에 등극하게 하시고, 여왕님 자신은 왕비가 되시기를 원한다 하셨습니다. 그래서 태사 대감이 어명으로 중매를 맡아 청혼하러 오는 길입니다."

삼장은 기가 막혀 고개를 숙인 채 아무런 대꾸도 하지 못했다. 태사가 좋은 말로 권유했다.

"옛말에 '남아대장부가 때를 만나면 놓쳐서는 안 된다' 하였습니다. 세상에 혼사가 많기는 하나, 이처럼 일국의 부귀영화를 송두리째 떠맡기는 혼사야말로 드문 일이라 하겠습니다. 어제 전하께서는 부디 허락

하시어 저희들이 돌아가 기쁘게 아뢰도록 해주십시오."

삼장법사는 갈수록 태산이라, 꿀 먹은 벙어리가 된 채 넋 빠진 기색으로 있다가, 한참 만에 수제자를 부여잡고 늘어졌다.

"오공아, 어떻게 대답해야 좋겠느냐?"

"제 생각을 말씀드리지요. 사부님은 여기 머물러 계시는 것도 괜찮을 겁니다. 이렇게 어울리는 자리가 어디 또 있겠습니까?"

"애야, 우리가 부귀영화를 탐내어 주저앉으면, 누가 서천으로 경을 가지러 간단 말이냐?"

태사 대감이 다시 입을 열었다.

"어제 전하께 숨김없이 여쭙겠습니다. 저희 여왕님의 뜻을 말씀드리자면, 오로지 어제 전하께만 청혼하라 하셨으며 세 분 제자님들은 혼인잔치에 참석하셨다가 서천으로 경을 가지러 떠나시라는 분부가 계셨습니다."

손오공이 딱 부러지게 결말을 내었다.

"대감의 말씀이 그럴듯하오."

혼담이 예상 밖으로 시원스레 풀리자, 대감과 역승은 한결 마음이 놓였다.

"고맙습니다! 손 장로님께서 일이 원만히 이루어지도록 주선해주셨으니, 그저 감사드릴 따름입니다."

두 여자 관원이 떠난 뒤, 삼장법사는 손오공을 와락 움켜잡고 호되게 꾸짖기 시작했다.

"이 몹쓸 놈아! 날 죽일 작정이냐! 어쩌자고 그따위 소리를 지껄

일 수 있단 말이냐? 나를 이 나라 여왕에게 장가들이고 네놈들만 서천으로 부처님을 뵈러 가다니…… 난 죽으면 죽었지 그런 일은 절대 못한다!"

손오공은 좋은 말로 역정 난 스승의 마음을 다독거려주었다.

"사부님, 안심하십쇼. 이 손 선생이 사부님의 성미를 모를 리 있겠습니까. 이런 경우에는 적당히 꾀를 써야 헤쳐나갈 수 있습니다."

"적당한 꾀라니, 그것이 도대체 뭔지 말해봐라!"

"만일 사부님께서 청혼을 받아들이지 않으실 경우, 통행문서에 옥새도 찍어주지 않을 것이고, 또 우리 일행을 순순히 놓아 보내지 않을 겁니다. 또 악독한 마음을 품고 군사들을 시켜 죽이느니 살리느니 소동을 부린다면, 피차 이로울 것이 뭐 있겠습니까. 그때에는 우리 형제들도 가만있을 수가 없지요. 사부님도 저희 손찌검이 얼마나 사납고 병기가 무섭다는 것을 잘 알고 계실 겁니다. 이런 저희가 일단 손찌검을 했다 하면, 온 나라 군신 백성들을 깡그리 몰살해버리고도 남습니다. 저들이 우리 일행을 떠나지 못하게 가로막지만 요괴나 마귀가 아니라 그저 평범한 사람들인데, 성가시게 군다고 함부로 죽일 수야 없는 노릇 아닙니까."

삼장법사도 가만 듣고 보니 지당한 말이다. 하지만 그렇다고 걱정이 풀린 것은 아니었다.

"네 얘기가 지극히 옳기는 하다. 그러나 여왕이 곧 나를 불러들여 혼례식을 올리자고 덤벼들 텐데, 그때에는 나더러 어쩌란 말이냐? 내 동정(童貞)을 잃고 불가의 덕행을 망친다면, 내 몸을 타락시키게 될 것 아니냐? 난 죽는 한이 있더라도 그런 짓은 할 수 없다!"

손오공이 차분히 계략을 털어놓기 시작했다.

"오늘 혼담이 성사되었으니, 여왕은 반드시 국왕으로서 예를 갖추어 몸소 궁궐 바깥으로 나와 사부님을 영접할 것입니다. 그때 사부님은 사양치 마시고 여왕이 권하는 대로 용거(龍車)에 오르십쇼. 궁궐에 도착하면 저희를 궁중으로 불러들이시고 여왕더러 옥새를 가져오게 하셔서 통행문서에 찍어 저희들에게 내려주십시오. 그리고 나서 혼인 축하 겸 송별 잔치를 베풀어 함께 즐긴 다음, 저희를 떠나보내도록 하십시오."

"아니, 그럼 너희들끼리만 떠나겠단 말이냐? 그건 안 된다!"

"저희 형제가 떠날 때, 사부님은 다시 용거를 준비시켜놓고 여왕에게 '사제지간의 정리로 도성 밖에까지 배웅해 보내고 돌아와 여왕과 첫날밤을 치르겠노라'고 말씀하십쇼. 그리고 일단 서문 바깥으로 전송하러 나오시거든, 즉시 백마로 갈아타십시오. 그 순간에 이 손 선생이 정신술법을 써서 저들 여왕과 신하들을 모조리 꼼짝 못하게 만들어놓을 것이고, 우리 일행은 서쪽으로 떠나기만 하면 그만 아니겠습니까. 하룻밤 지난 다음, 제가 다시 주문을 외워 군신들에게 걸린 술법을 풀어주고, 모두들 제정신 차려 도성으로 돌아가게 만들 것입니다. 이렇게 한다면, 무고한 목숨을 다치는 일도 없을 테고, 사부님의 수행을 그르치게 되지도 않을 테니, 결국은 서로 다 좋은 일이 아니겠습니까?"

삼장은 이 말을 듣고 나서야 꿈에서 깨어나듯 정신이 번쩍 들었다.

"참으로 지혜로운 제자로구나! 고맙다, 고마워!"

한편, 마음 급한 태사 대감과 역승은 부리나케 궁궐로 돌아가 여왕에게 희소식을 아뢰었다.

"기뻐하소서! 전하의 아름다우신 꿈이 딱 들어맞아 혼담이 성사되었나이다!"

태사가 아뢰는 말을 듣자 여왕은 발딱 일어나 함박웃음을 띤 채 다시 물었다.

"경들은 어제 전하를 보았는가? 뭐라고 하시던가?"

"소신들은 영빈관에 이르러 어제 전하를 뵙고 즉시 청혼의 말씀을 여쭈었나이다. 전하께서는 사양하는 기미를 보이셨으나, 큰제자 되는 분이 권유한 끝에 용단을 내려 승낙하셨사옵니다."

여왕은 즉석에서 축하 잔치를 마련하라 일러두고, 여섯 마리 준마가 끄는 용거에 올라 궁궐 밖으로 부군 될 남자를 맞아들이러 나섰다.

얼마 안 있어 여왕의 마중 행렬이 영빈관 정문 앞에 이르렀다. 어가(御駕)가 도착했다는 통보를 받고서 당나라 스님 일행은 옷매무새를 단정히 가다듬고 나아가 여왕의 행차를 맞아들였다.

여왕이 주렴을 걷어 올리고 용거에서 내리며 태사에게 물었다.

"어느 분이 당나라 어제 전하이신가?"

태사가 손끝으로 낯익은 삼장법사를 가리켰다.

"바로 저기, 정문 밖 향로 앞에 승복을 입고 서 계신 분이옵니다."

여왕의 부리부리한 눈이 반짝 빛나며 고운 눈썹이 꿈틀했다. 과연 세상에 태어난 이래 처음 보는 남자의 풍채가 비범하고 헌걸차기 이를 데 없었다. 첫눈에 빠져든 여왕은 자기도 모르게 애욕의 불길이 걷잡을 수 없이 솟구쳤다. 한참 만에야 겨우 마음을 가다듬고 앵두같이 작은 입술을 열어 이렇게 물었다.

"당나라 어제님, 저와 부부가 되시기로 마음을 정하셨습니까?"

묘령의 여인에게서 부부가 되자는 당돌한 말을 난생처음 들어본 삼장법사는 부끄러움에 얼굴이 벌게져, 대꾸도 못하고 엉거주춤 땅바닥만 내려다보았다.

이윽고 여왕은 앞으로 가까이 나서더니 삼장법사의 옷자락을 부여잡고 애교가 뚝뚝 떨어지는 목소리로 나지막이 속삭였다.

"어제 오라버니, 어서 용거에 오르시지요. 저와 함께 임금 자리에 즉위하시고 부부로서 짝을 맺으러 가십시다."

듣기만 해도 아찔한 소리에, 삼장법사는 가슴살이 떨리고 두 다리에 맥이 풀려 멍하니 서 있었다.

손오공이 옆에서 스승을 일깨웠다.

"사부님, 어서 여왕님하고 같이 용거에 오르십쇼. 한시바삐 통행문서를 교부해주셔야 저희들이 서천으로 떠날 게 아닙니까?"

삼장법사도 어쩔 도리가 없는 터라, 수제자가 권하는 대로 억지웃음을 띤 채 여왕이 내민 손을 맞잡고 수레에 올랐다.

여왕은 삼장법사와 함께 나란히 자리 잡고 앉은 채 의장행렬을 되돌려 도성으로 들어갔다. 손오공은 그제야 두 아우를 시켜 행장을 수습하고 천천히 행렬의 뒤를 따라 궁궐로 향했다.

대궐에는 벌써부터 축하 잔치가 마련되어 당나라 스님 일행이 도착하기를 고대하고 있었다. 여왕의 행차가 다다르자, 태사 대감이 아뢰었다.

"전하, 어서 축하연에 드소서. 오늘이야말로 기쁘고 좋은 날이오니

백년가약을 맺으시고, 내일 또한 길일이오니 어제 전하께서 왕위에
등극하소서!"

여왕은 크게 기뻐하면서 당나라 스님의 손을 잡고 잔치가 마련된
궁궐로 들어섰다. 제자 세 사람도 그 뒤를 따랐다. 널따란 대청 한복
판에 성대하게 차린 연회석 하나를 통째로 차지한 저팔계는 오랜만에
허리띠 끌러놓고 먹어 치우기 시작했다.

"술잔 바꿔오너라! 좀더 큰 잔으로 가져오란 말이다!"

점잖은 사오정이 물끄러미 바라보다 물었다.

"아니 작은형님, 이런 자리에서 주정 부리려고 큰 술잔을 달라는
거요?"

"여보게, 장가들고 시집갈 사람은 시집장가 들고, 경을 가지러 갈
사람은 길 떠나야 옳은 일이지! 시간이 없으니까 대폿잔으로 흠뻑 마
시고 부지런히 길 떠나야 할 게 아닌가?"

아우에게 핀잔을 주고 나서 미련퉁이는 여왕을 향해 큰 소리로 외
쳤다.

"여왕님, 어서 빨리 대폿잔으로 몇 잔 마시게 해주고, 통행문서에
옥새나 찍어주시구려. 그래야 우리 형제 세 사람은 오늘 중으로 떠날
테고, 여왕님은 동방화촉에 백년가약을 맺지 않겠소?"

여왕이 듣고 보니 귀가 솔깃해졌다. 마음 급한 그녀는 즉석에서 큼
지막한 술잔을 가져오라고 분부하여, 술잔에 손수 가득 술을 채워 제
자들에게 권하였다.

성대한 축하 잔치가 끝났다. 삼장법사는 여왕에게 두 손 모아 합장
하고 이렇게 말했다.

"전하, 모처럼 연회를 풍성히 베풀어주신 덕분에 제자들 모두 배 불리 먹고 마셨습니다. 이제 전당에 오르셔서 통행문서에 날인해주시 면, 해가 지기 전에 제자 세 사람을 도성 밖으로 떠나보낼까 합니다."

여왕은 별 생각 없이 삼장의 뜻을 받아들여 제자들에게 통행문서를 가져오라 명했다. 손오공은 그 자리에서 막내아우가 내준 통행문서를 받아 두 손으로 올렸다.

여왕이 통행문서를 자세히 훑어보니, 문서에는 당나라 황제의 국새 가 찍히고 그 밑으로 다시 보상국, 오계국, 차지국 임금의 옥새가 차 례차례 찍혀 있었다. 그녀는 붓끝에 먹물을 듬뿍 적셔 차지국 다음 공 백에 서량여국 이름을 기입하고 옥새를 꺼내 단정히 찍은 다음, 그것 을 손오공에게 내려 주었다.

통행 확인 절차가 끝나자, 여왕은 노잣돈으로 금은과 비단을 제자 들에게 내려 주었으나, 손오공은 정중히 사절했다. 겨우 받은 것이라 곤 먹보 저팔계가 염치없이 보따리에 챙겨 넣은 쌀 석 되뿐이었다.

일행이 떠날 때가 되자, 삼장법사는 여왕에게 어렵사리 부탁의 말 을 꺼냈다.

"전하, 소승과 더불어 도성 문밖에까지 함께 나가셔서 불초한 제자 들을 전송해주신다면, 소승이 사부 된 몸으로서 저들에게 마지막 당 부 말을 해주어 서천으로 떠나보내도록 하오리다."

여왕은 그것이 계략인 줄 까맣게 모른 채, 즉시 어가를 대령시키고 삼장법사와 나란히 수레에 올랐다. 손오공은 아우들과 함께 백마를 이끌고 앞장서 나갔다.

얼마 안 있어 여왕의 행차는 나그네들의 뒤를 따라 도성 서쪽 관문

밖에 이르렀다. 헤어질 때가 되자 손오공은 저팔계, 사오정과 나란히 수레 앞으로 다가서더니 목청을 드높여 이렇게 외쳤다.

"여왕님, 이렇게 멀리까지 배웅 나오실 것은 없습니다. 저희들은 여기서 작별을 고하고 떠나겠습니다."

이 말이 신호가 되었는지, 삼장법사도 수레에서 내려섰다. 그리고 여왕 앞에 두 손 모아 합장의 예를 올렸다.

"전하, 어서 환궁하소서. 소승도 제자들과 함께 경을 구하러 서천 으로 떠날까 하나이다."

여왕은 뜻밖의 소리를 듣고 그만 얼굴빛이 하얗게 질려 당나라 스 님을 부여잡고 매달렸다.

"어제 오라버니! 그게 무슨 말씀이오니까? 소첩은 일국의 부귀영 화를 바쳐가며 지아비로 모시기로 했고, 내일이면 보위에 높이 오르 시어 군주라 일컫게 되셨는데, 혼인을 경축하는 잔치까지 끝낸 마당 에 어찌하여 갑자기 마음이 바뀌셨나이까? 못 떠나십니다!"

여왕의 애처로운 푸념을 저팔계가 듣더니, 갑작스레 발광한 멧돼지 처럼 날뛰면서 부챗살같이 커다란 두 귀를 사납게 너풀거려가며 수레 앞으로 달려들었다.

"우리네 승려들이 당신네처럼 분 바른 해골바가지하고 무슨 빌어먹 을 놈의 부부 노릇을 한단 말인가! 잔소리 말고 우리 사부님이나 놓 아주어라!"

가뜩이나 험상궂은 얼굴에 미치광이처럼 날뛰는 꼴을 보자, 여왕은 그만 혼비백산하도록 놀란 나머지 맥없이 수레 안에 쓰러지고 말았 다. 그 틈에 사오정이 재빨리 인파를 헤치고 들어가 삼장법사를 가로

채듯 모셔내다 말안장에 올려 태웠다.

바로 이때였다. 길 한 곁 인파 속에서 웬 여자 하나가 번개같이 나타나더니, 삼장법사에게 달려들면서 악을 썼다.

"당나라 어제님, 어딜 가시나요? 저하고 재미있게 놀아보시죠!"

깜짝 놀란 사오정이 호통쳐 꾸짖으며 항요보장부터 휘둘러 그 앞을 막았다.

"누구냐! 저리 비키지 못할까!"

그러나 여인은 돌개바람을 일으켜 눈 깜짝할 사이에 당나라 스님을 가로챘다. 그다음 순간, '씽!' 하는 바람 소리와 함께 사오정의 눈앞이 깜깜해졌다. 그야말로 전광석화처럼 날쌘 동작이라, 세 형제가 정신을 차리고 둘러보았을 때 삼장법사를 낚아챈 여인은 벌써 흔적도 없이 어디론가 사라져버린 뒤였다.

그것은 손오공과 저팔계가 정신술법을 써서 여인국 군신(君臣) 부녀자들을 꼼짝달싹 못하게 만들려던 순간에 벌어진 일이었다. 당황한 손오공이 막내에게 외쳐 물었다.

"어떤 자가 사부님을 가로채 갔나?"

사오정은 고개를 가로저었다.

"웬 여자였소. 난데없이 돌개바람을 일으키더니, 앗! 하는 순간에 벌써 사부님을 낚아채 가지고 어디론가 사라졌소."

손오공은 그 말을 듣기가 무섭게 '휘익!' 하고 구름 위로 솟구쳐 오르더니, 손바닥을 이마에 얹고 사방을 휘둘러보았다. 과연 잿빛 먼지 꼬리를 뽀얗게 이끌고 돌개바람이 서북쪽으로 휘몰아쳐 가는 광경이 눈길에 잡혔다.

그는 황급히 형제들을 향해 버럭 고함쳤다.

"여보게들, 어서 빨리 구름을 일으켜 타고 나와 함께 사부님을 뒤쫓아 가세!"

저팔계와 사오정이 보따리를 말안장에 비끄러매기 무섭게 백마까지 합쳐 '쉬익!' 하고 바람 찢는 소리 한 번에 벌써 반공중으로 뛰어올랐다.

그 통에 놀라 자빠진 것은 서량여국 임금과 신하들이었다. 그들은 흙먼지 구덩이에 무릎 꿇고 엎드려 두 손으로 머리통을 감싸 쥐었다.

얼마쯤 시간이 지났을까, 문무백관들이 정신을 차리고 여왕에게 아뢰었다.

"전하, 저분들은 이런 밝은 대낮에도 하늘을 날아오르시는 나한부처님들입니다. 당나라 어제 전하는 득도하신 고승이온데, 우리가 알아보지 못한 채 헛되이 마음을 썼나이다. 모든 것을 단념하시고 어서 용거에 오르시어 환궁하소서."

여왕은 부끄러움을 이기지 못하고 문무백관들과 함께 어가를 되돌려 궁중으로 돌아갔다.

한편, 손오공을 비롯하여 그들 형제 셋은 공중으로 날아오르자 안개구름을 딛고 눈앞에 까마득히 사라져가는 돌개바람을 곧바로 뒤쫓기 시작했다.

한참을 정신없이 쫓아가다 보니, 앞쪽에 높은 산이 다가들면서 돌개바람이 걷히고 흙먼지가 말끔히 잦아들었다. 바람을 휘몰고 달아나던 요괴가 간데없이 사라진 것이다. 세 형제는 지상에 내려서서 길을 찾아 나섰다.

이때 맞은편에 무엇인가 번쩍거리는 것이 눈에 띄어 가까이 다가가 보았더니, 그것은 산허리를 병풍처럼 에워싸고 돌아가는 푸른 바위 절벽이었다. 돌병풍 뒤편에는 역시 돌로 만든 문짝 두 개가 닫혀 있는데, 문짝 위에 큼지막한 글씨로 '독적산(毒敵山) 비파동(琵琶洞)'이란 여섯 자가 씌어 있었다.

무지막지한 저팔계 녀석이 앞으로 썩 나서더니, 쇠스랑을 번쩍 들어 문짝부터 내리찍으려 했다. 손오공은 얼른 그 손길을 가로막았다.

"이 사람아! 덤벙대지 말게. 우리가 돌개바람을 뒤쫓아 여기까지 왔고 또 여기서 이런 돌문을 찾아내기는 했지만, 저 속 깊이가 얼마나 되며 또 무엇이 들어 있는지 모르고 있지 않나? 일단 이 손 선생이 들어가 형편을 알아보고 나올 테니, 자네들은 절벽 앞으로 다시 나가 기다리고 있게."

이래서 두 아우는 말 머리를 돌려 끌고 나갔다.

손오공은 그 자리에서 신통력을 부려 작은 꿀벌 한 마리로 둔갑했다. 그리고 닫힌 돌문 틈서리로 들어서 보니, 동굴처럼 어두운 계곡 한가운데 꽃무늬를 아로새긴 정자 위에 낯선 여괴 한 마리가 앉아 있는데, 좌우 양편에 몸종 몇몇이 늘어서서 시중을 들고 있었다. 손오공은 가벼운 날갯짓으로 날아가 정자 창살에 내려앉은 채 저들이 하는 수작을 엿보기 시작했다.

얼마쯤 있으려니, 여괴가 몸종들에게 분부를 내렸다.

"애들아, 당나라 스님을 모셔오너라."

분부가 떨어지자, 몸종 몇이서 뒷방으로 들어가더니 이내 삼장법사를 부축하고 나왔다. 그런데 어찌 된 일인지 삼장의 얼굴이 누르퉁퉁하게 부어오른 데다, 종잇장처럼 새하얗게 질린 입술에 벌겋게 핏발선 두 눈에서 눈물이 뚝뚝 떨어지고 있었다. 스승의 참담한 몰골을 본 손오공은 속으로 흠칫 놀랐다. '아차, 사부님이 중독되셨구나……!' 입에서 한숨이 절로 나왔다.

여괴가 정자 아래로 내려오더니 가냘픈 열 손가락으로 삼장을 부여잡았다.

"당나라 어제님, 내가 사는 이곳이 비록 서량여국 궁궐처럼 호사스런 곳은 못 되지만, 오히려 그런 곳보다 깔끔하고 조용해서 염불하시고 경을 읽기에는 꼭 알맞은 곳이랍니다. 그러니 저하고 여기서 짝을 맺어 한세상 재미있게 사세요."

삼장법사는 말이 없었다. 여괴는 치밀어 오르는 욕정을 참다 못해 그를 가슴에 품으려고 와락 끌어당겼다. 중독을 당한 삼장법사는 힘없이 끌려들었다.

창틈에서 그 광경을 엿보던 손오공은 혹시나 스승이 참된 수행으로 닦은 몸을 더럽히는 일이라도 생길까 봐, 더는 기다리지 못하고 본모습을 드러내기 무섭게 여의봉을 뽑아 들고 그 앞으로 내달으면서 고함을 질렀다.

"요 못된 짐승아! 무례하게 내 사부님을 건드리지 마라!"

난데없이 손오공이 나타나 훼방을 놓자, 여괴는 입으로 한 줄기 광채를 내뿜어 정자를 뒤덮어 가리고 부하들에게 고함쳐 알렸다.

"애들아, 어서 당나라 스님을 모셔다 감춰라!"

그리고 어느 틈에 뽑아 들었는지, 세 갈래 진 강철 작살을 한 자루 휘두르면서 마주 달려들었다.

"이 염치도 없는 원숭이 놈아! 여기가 어디라고 기어들어와 내 얼굴을 훔쳐본단 말이냐! 꼼짝 말고 내 작살이나 한대 먹어라!"

손오공은 여의봉으로 작살 공격을 받아내면서 한 걸음씩 주춤주춤 뒤로 물러나갔다. 상대방이 낌새 못 채게 뒷걸음질로 동굴 바깥까지 끌어내는 것이었다.

이윽고 둘은 동굴 바깥으로 싸우면서 나왔다. 그들이 여괴의 소굴 밖에 모습을 드러내자, 기다리고 있던 저팔계와 사오정은 돌병풍 앞으로 달려나왔다. 여괴와 손오공의 대결은 막상막하로 승부를 가리지 못하는 것처럼 보였다. 우선 여괴의 아리따운 모습에 눈독 들인 미련퉁이 저팔계가 부리나케 말고삐를 사오정에게 넘겨주면서 한마디 건넸다.

"자넨 여기서 보따리하고 말이나 돌보고 있게. 이 저팔계 선생이 가서 좀 거들어야겠네."

겁도 없는 미련퉁이가 두 손으로 쇠스랑 자루를 거머쥐고 싸움터로 무작정 뛰어들었다.

"형님, 뒤를 맡아주시오! 내가 이 못된 요괴 년을 때려잡겠소!"

여괴는 저팔계가 달려드는 것을 보자, 대뜸 입을 열고 숨 한 모금을 확 뿜어냈다. 다음 순간, 여괴의 콧구멍에서 불길이 활활 쏟아져 나오고 입으로는 시꺼먼 연기를 뭉게뭉게 토해내기 시작했다. 화염과 연기가 자욱이 깔리는 동안, 괴물은 몸뚱이를 꿈틀하더니, 세 갈래 진 작살을 춤추듯 휘둘러가며 저팔계와 손오공을 한꺼번에 마주 들이쳐 왔다. 멀쩡하던 양손과 두 다리가 눈 깜짝할 사이에 몇 개로 늘어

났는지 앞뒤 좌우 위아래로 마구 덤벼들면서 두 사람을 한꺼번에 몰아치는 것이었다. 어느덧 손오공과 저팔계는 요괴의 수많은 손과 다리에 포위당한 꼴이 되고 말았다. 이들 두 형제는 양편으로 등을 맞대고 버텨선 채 여괴의 공세를 차근차근 막아냈다.

"손오공! 네놈은 나아갈 자리도 물러설 자리도 분간 못하는 놈이로구나! 네놈이야 내가 누군지 모를 테지만, 나는 네놈을 잘 알고 있다. 너희들이 하늘처럼 떠받드는 석가여래 부처도 나한테 한 수 접고 꺼리는 판인데, 너희같이 형편없는 잡놈들의 재주로 여길 무사히 빠져 나갈 수 있을 듯싶으냐? 꼼짝 말고 내 침이나 받아봐라!"

고함을 지른 여괴가 느닷없이 몸뚱어리를 훌떡 뒤채더니 엉덩이 쪽에서 뾰족한 꼬챙이를 내뻗어 손오공의 머리통에 냅다 쑤셔 박았다.

"어이쿠!"

손오공이 머리통을 감싸 안으며 비명을 질러댔다. 얼마나 고통스러운지 도저히 견뎌낼 길이 없어 허둥지둥 패해 달아나고 말았다.

저팔계 역시 가만 보니 사세가 기울었다. 그래서 쇠스랑 자루를 끌고 싸움터 바깥으로 물러나와 뒤도 안 돌아보고 뺑소니쳤다. 단 일격에 승리를 거둔 여괴는 뒤쫓을 생각이 없는지, 꼬챙이와 작살을 거두어들이고 유유히 소굴로 돌아갔다.

머리통을 움켜쥔 손오공은 돌병풍 바깥으로 쫓겨 나와서도 쉴 새 없이 고통을 하소연했다.

"어이구, 아파라! 이거 정말 지독하게 아픈걸!"

뒤따라 도망쳐 나온 저팔계가 씨근벌떡 따져 물었다.

"형님, 어떻게 된 일이오? 한창 신바람 나게 싸우던 마당에, 어째

외마디 소리를 지르고 혼자서 뺑소니치는 거요?"

그러나 손오공은 여전히 머리통을 감싸 쥐고 연신 비명만 질러대었다.

"아이고, 아파라! 아파 죽겠다!"

"형님, 어디 다치는 걸 본 적도 없는데 머리통이 아프다고 엄살이니, 어디 종기라도 났소?"

저팔계가 묻는 말에, 손오공은 끙끙 앓는 소리로 대답했다.

"이거야말로 지독해! 정말 지독한걸! 그년이 갑자기 몸을 솟구쳐 올리더니 무슨 꼬챙이 같은 것으로 내 머리통을 냅다 찔러대지 않겠나. 그 꼬챙이에 한 대 찔리자마자 머리가 뻐개질 듯이 쑤시고 아파서 도무지 배겨낼 도리가 있어야 말이지."

이 말을 듣고 저팔계란 녀석은 낄낄거리면서 이죽이죽 놀려댔다.

"형님, 그게 무슨 소리요? 형님의 그 머리통은 무쇠 덩어리로 단련되었다고 자랑만 늘어놓더니, 요괴한테 겨우 꼬챙이로 한 대 찔리고 맥을 못 쓰시는 거요?"

"그러게 말일세. 자네도 알다시피 내 이 머리통은 진짜 무쇠 덩어리나 다를 바 없이 단련된 것일세. 구천 년 묵은 반도복숭아를 훔쳐 먹고, 태상노군 영감이 구워낸 불로장생의 알약마저 한 단지나 몽땅 도둑질해 죄다 삼켜버린 몸이 아닌가? 그래서 천궁을 뒤엎고 대소동이 났을 때, 옥황상제가 나를 참수형에 처하게 했는데, 여러 신장들이 칼로 베고 도끼로 찍고 철퇴로 후려치고, 하다못해 벼락 때리고 불로 태워 죽이려고까지 했네. 그것도 안 되니까 나중에는 태상노군이 나를 팔괘로에 던져 넣고 삼매진화의 무서운 불길로 사십구 일 동안이나 단련했지만, 내 몸뚱이는 물론이요 머리털 하나 끄떡없었단 말일세. 그런데 저 요괴 년은 도대체 어떤 병기를 썼기에 이 손 선생의 무쇠 머리통을 이토록 아프게 만들었는지 모르겠네."

믿고 믿었던 두 형이 한판 싸움에서 패하고 도망쳐오자, 사오정의 걱정근심은 이만저만이 아니었다.

"날은 벌써 저물었는데, 큰형님은 부상을 당하고 사부님은 생사조차 알 길이 없으니, 도대체 이 노릇을 어쩌면 좋소?"

막내가 침통한 기색으로 말하자, 손오공은 여전히 끙끙 앓는 소리로 형편을 일러주었다.

"사부님은 아무 일 없을 테니 너무 걱정 말게. 저 요괴란 년은 지금 어떻게 해서든지 사부님과 짝짓기인지 뭔지를 하려고 노골적으로 꾀기나 할 뿐, 목숨을 해칠 기미는 보이지 않고 있네."

"하면 오늘 밤 안에 사부님이 혹시 그년의 꾐에 넘어가 동정을 잃을지도 모르는 일 아니오?"

그러자 미련퉁이 저팔계도 마음이 다급했는지 설쳐대기 시작했다.

"암, 그랬다가는 큰일이지! 형님, 우리가 여기서 편히 쉬고만 있을 게 아니라, 저녁때고 한밤중이고 다시 한 번 싸움을 걸어 그년이 밤새 껏 잠을 못 자게 만듭시다. 그래야 우리 사부님을 집적대지 못할 게 아니오?"

손오공은 넌덜머리를 내면서 고개를 가로저었다.

"난 머리통이 아파서 못 가겠네!"

하지만 사오정은 누구보다 침착했다.

"지금 갈 것 없소. 큰형님의 두통도 그렇거니와 우리 사부님은 참

된 고승이시라 여색 때문에 당신의 본성을 어지럽힐 분은 아니라고 믿소. 차라리 여기서 하룻밤 지새어 힘을 길러두었다가 내일 아침에 다시 손을 써봅시다."

이리하여 세 형제는 바람을 등진 산기슭으로 내려가 백마와 보따리를 지키며 그 밤을 편히 쉬었다.

한편, 첫 싸움에서 승리를 거둔 여괴는 흉악한 마음을 누그러뜨리고 부하들에게 소굴의 앞뒷문을 단속하라는 지시를 내려두는 한편, 다시 몸종들을 시켜 침실에 촛불과 향을 피워놓은 다음, 당나라 스님과 첫날밤을 즐기려고 끌어내게 했다.

뒷방에 갇혔던 삼장법사는 몸종들의 부축을 받으며 침실로 끌려나왔다. 여괴는 애교가 뚝뚝 떨어지는 몸짓으로 삼장을 유혹하기 시작했다.

그러나 삼장법사는 어금니를 악물고 침대 위에 오르지 않았다. 아무리 꿀같이 달콤한 말로 꾀어도 귓결에 흘려버리기나 할 뿐, 방바닥에 주저앉은 채 꼼짝하지 않았다. 둘이서 옥신각신 그 밤이 이슥하도록 실랑이를 벌였어도 당나라 스님은 막무가내로 버티고 여괴의 미색에 전혀 마음이 흔들리지 않았다. 여괴는 약이 오르다 못해 마침내 분통을 터뜨리고 말았다. 그녀는 삼장법사의 팔다리를 밧줄로 꽁꽁 묶어 복도 바깥에 끌어내다 곁방에 가둬놓게 한 다음, 자기 혼자서 촛불을 꺼버리고 침대에 올라 잠이 들었다.

어느덧 새벽닭이 세 차례나 홰를 쳤다. 산비탈 둔덕 아래에서 눈을 붙였던 손오공이 먼저 기지개를 켜고 일어나며 혼잣말로 중얼거렸다.

"이것 봐라? 그토록 쑤시고 아프던 머리통이 이제 근질근질 가렵기만 하네그려!"

덩달아 눈뜬 사오정이 저팔계를 흔들어 깨우며 독촉했다.

"날이 밝았으니 어서 빨리 그 못된 요괴 년이나 잡으러 갑시다!"

손오공이 막내를 돌아보고 분부했다.

"자넨 여기서 꼼짝 말고 보따리와 말을 잘 지키고 있게. 그리고 팔계는 나하고 같이 쳐들어가세."

미련퉁이는 승복 자락을 단단히 여민 다음, 손오공을 따라 나섰다. 두 사람은 병기를 지니고 산비탈 언덕 위로 훌쩍 뛰어올라 단숨에 돌병풍 앞에 이르렀다. 손오공은 우선 저팔계를 그곳에 기다리게 해놓고 다시 꿀벌로 둔갑한 다음 돌문 틈으로 들어가 소굴 안으로 날아갔다. 여괴는 한밤중이 지나도록 난리법석을 떨던 뒤끝이라, 날이 밝은 줄도 모른 채 잠들어 있었다. 여기저기 둘러보니, 스승은 그 방 한 귀퉁이에 결박당한 채 나둥그러져 있었다. 그는 스승의 머리 위에 살그머니 내려앉았다.

"사부님!"

삼장은 제자의 기척을 알아듣고 두 눈이 번쩍 뜨였다.

"오공아, 네가 왔구나! 어서 나 좀 살려다오!"

이때 곁방에서 잠귀 밝은 여괴가 그 소리에 번쩍 깨어나 앙칼지게 악을 썼다.

"누구더러 목숨을 살려달라는 거야?"

손오공은 당황한 나머지 스승을 내버려두고 급히 소굴 바깥으로 빠져나왔다.

미련퉁이가 돌병풍 뒤에서 돌아 나오기 무섭게 물었다.

"형님, 사부님은 어떻습디까? 여괴의 유혹에 넘어가신 거 아니오?"

"아닐세, 허리띠도 안 끄르고, 침대 위에 오르기는커녕 복도 한 귀퉁이 곁방에 결박당해 쓰러져 계시더군. 말을 듣지 않으시니까, 요괴란 년이 홧김에 그리한 모양일세."

그제야 저팔계도 마음이 놓였는지 히죽 웃었다.

"됐어! 역시 참된 고승이셨군. 자, 어서 가 우리 사부님을 구해드립시다!"

저팔계는 쇠스랑을 번쩍 치켜들더니, 돌문 두 짝을 단번에 힘껏 내리찍었다. '꽈다당!' 하는 소리, 단단한 바윗돌 문짝이 네댓 조각으로 부서져 내렸다.

때마침 여괴가 이제 막 침실에서 나오다 그 소리를 들었다. 그녀는 몸종들더러 삼장법사를 떼메다 뒤꼍 골방에 감춰놓게 한 다음, 세 갈래 진 강철 작살을 꺼내 들고 대문 앞으로 뛰쳐나왔다. 그러고는 몸뚱이를 떨치더니 술법을 부려 콧구멍으로는 불길을, 딱 벌린 입으로는 연기를 뭉게뭉게 토해내면서 작살을 휘둘러 대뜸 저팔계부터 찔러들었다.

저팔계도 용맹스럽게 쇠스랑을 번쩍 들어 마구잡이로 훑어 찍기 시작했다. 손오공 역시 저팔계와 보조를 맞춰 여의봉으로 협공을 펴부었다. 이윽고 여괴는 다시 한 차례 신통력을 발휘해서 몇 개인지도 모를 숱한 손발을 뻗쳐내더니, 좌우상하로 두 사람의 협공을 척척 막아냈다.

이렇듯 서로 거세게 마주치기를 대여섯 차례, 셋이서 한참 정신없이 맞붙어 싸우고 있을 때였다. 여괴는 또 엉덩이에서 꼬챙이처럼 생긴 병기를 쭉 뽑아내더니 그것으로 저팔계의 얼굴을 한 대 찔렀다.

"어이쿠, 아얏⋯⋯!"

저팔계는 눈을 찔리지 않으려고 피한다는 것이, 그만 기다랗게 비죽 나온 주둥이를 꼬챙이에 찔리고 말았다. 도저히 참아내지 못할 아픔에, 미련퉁이는 한 손으로 입술을 움켜잡은 채 쇠스랑을 질질 끌고 허둥지둥 싸움터 바깥으로 도망쳐 나갔다. 어제 호된 꼴을 당해본 손오공도 이 정체 모를 병기를 어지간히 무서워하던 터라, 그 역시 싸움을 포기하고 재빨리 도망쳐 나왔다.

요망한 여괴는 또 한 차례 승리를 얻고 돌아가, 부하들을 시켜 동굴 문 앞에 바윗돌을 옮겨다 겹겹으로 쌓아올려 막아놓았다.

한편, 사오정은 백마를 놓아주어 풀을 뜯기고 있다가, 멧돼지 멱따는 소리에 놀라 그쪽을 바라보았다. 둘째 사형 저팔계가 주둥이를 부여잡고 끙끙 앓는 소리를 내며 헐레벌떡 뛰어오고 있었던 것이다.

"아니, 작은형님! 이게 어찌 된 일이오?"

"말도 말게! 이것 정말 지독해! 어이구, 아야! 아파 죽겠네!"

뒤미처 손오공이 뒤쫓아오며 낄낄대고 웃었다.

"이 바보 같은 친구야! 어제는 내 머리통에 종기가 났다고 놀려대더니, 오늘은 자네 주둥이에 종기가 났네그려!"

저팔계는 그저 끙끙 앓는 소리를 내며 투덜거렸다.

"이렇게 아픈 줄이야 누가 알았소? 어이구, 아파 죽겠다! 정말 지독해!”

세 형제가 어쩔 바를 모른 채 걱정만 하고 있을 때, 남쪽 산길에서 웬 노파가 팔꿈치에 대바구니를 하나 꿰어 들고 내려왔다.

사오정이 먼저 노파를 발견하고 맏형에게 말했다.

“큰형님, 저 할멈이 가까이 오거든 물어봅시다.”

“자넨 가만있게, 이 손 선생이 가서 물어보고 올 테니까.”

손오공은 노파 앞으로 마주 나갔다. 자세히 살펴보았더니, 노파의 머리 위에 상서로운 구름이 덮이고 향기로운 안개가 자욱이 퍼져 감싸고 있었다. 노파의 정체를 알아본 그는 아우들에게 외쳐 알리면서 그 자리에 무릎을 끓었다.

“여보게들! 어서 이리 와 인사드리게. 보살께서 현신하셨네!”

깜짝 놀란 저팔계와 사오정이 부리나케 달려와 노파 앞에 예배했다.

“나무관세음보살! 영험하신 나무관세음보살!”

관음보살은 그들이 자신을 알아보자, 그 즉시 상서로운 구름을 딛고 허공중에 솟구쳐 오르더니, 지난날 통천하에서 금붕어 요괴를 사로잡았을 때와 똑같이 ‘어람관음(魚籃觀音)’의 모습을 드러냈다.

손오공이 급히 허공으로 뒤쫓아 올라가 머리 숙여 아뢰었다.

“보살님, 창졸간에 영접해드리지 못해 송구스럽습니다. 저희 스승을 구해내려다 낭패를 당하고 걱정하느라, 보살님께서 강림하신 것도 알아뵙지 못했습니다.”

어람관음보살이 입을 열었다.

“그 요물은 대단히 무섭다. 그가 병기로 쓰는 세 갈래 작살은 몸뚱이에 저절로 돋아난 집게발 두 개요, 사람을 후려 찍어 아프게 만든 꼬챙이는 갈고리처럼 구부러진 꼬리 독침이다. 그 독침에는 힘센 말조차 거꾸러뜨릴 수 있다고 해서 '도마독(倒馬毒)'이라 불리는 맹독이 담겼다. 그놈은 본래 전갈의 요정으로, 예전에 영취산 대뇌음사에서 여래부처님의 경을 듣기도 했는데, 하루는 부처님께서 보시고 기특히 여기시고 손끝으로 톡 건드리셨다가 그놈의 꼬리 독침에 엄지손가락을 찔려 지금 너희들처럼 몹시 아파하신 적이 있었다. 그 후, 금강역사(金剛力士)에게 붙잡혀 대뇌음사를 쫓겨났는데, 언제 이리로 옮겨와 살고 있는지 모르겠구나."

"그렇다면 보살님께도 그 전갈 요정을 잡아 저희 사부님을 구해드릴 방법이 없단 말씀입니까?"

"다른 분에게 여쭙는 것이 좋겠구나. 나 역시 이놈에게는 섣불리 접근할 수 없으니 말이다."

"딴 분이라니, 그럼 어느 분을 찾아가야 좋을는지 가르쳐주십시오."

"천궁의 동쪽, 광명의 궁전에 계신 묘일성관(卯日星官)을 모셔와야 그것을 항복시킬 수 있다."

말을 마치자, 관음보살은 한줄기 금빛 광채로 바뀌어 남해 쪽으로 사라졌다.

손오공은 지상으로 내려와 두 아우에게 이런 사실을 알려준 다음, 곧바로 근두운을 타고 동녘 하늘로 올라갔다. 동천문 대궐 밖에 다다르자, 이날 당직을 맡은 증장천왕(增長天王)이, 묘일성관은 지금 새벽 별자리를 순찰하러 나갔는데 곧 돌아올 것이라고 귀띔해주었다.

손오공이 초조한 마음으로 서성거리고 있으려니, 과연 금빛 관복을 입은 묘일성관이 군사들을 거느리고 아침 햇빛을 등진 채 나타났다.

길라잡이 군사가 제천대성의 모습을 발견하고 달려가 아뢰자, 묘일성
관은 황급히 대열을 벗어나 제천대성에게 인사를 건넸다.

"손 대성, 안녕하시오. 이곳에는 어쩐 일로 오셨소?"

손오공은 인사치레를 하는 둥 마는 둥, 찾아온 용건부터 밝혔다.

"번거로우시겠지만, 우리 사부님을 재난에서 구해주셨으면 하고
성관께 부탁 좀 드리러 왔소이다."

"재난이라니, 무슨 재난에 부닥치셨단 말씀이오? 그래, 지금 어디
계시오?"

"서량여국, 독적산 비파동에 갇혀 계시오. 관음보살께서 방금 나타
나 전갈의 요정이라 말씀하시면서, 다른 분은 안 되고 반드시 묘일성
관이라야 그 요정을 잡아 끓릴 수 있다 하시기에 이렇게 달려와 부탁
드리는 거요."

묘일성관은 잠시 생각에 잠기더니 이렇게 말했다.

"옥황상제께 먼저 아뢰고 윤허를 받아야 옳겠으나, 손 대성이 일부
러 여기까지 왕림하시고 또 관음보살께서 특별히 소신을 추천하셨다
니, 내 이 길로 손 대성과 함께 떠나겠소. 우선 그 요정부터 굴복시키
고 돌아와 복명하리다."

손오공은 즉시 묘일성관을 데리고 동천문을 벗어나 곧바로 서량여
국 독적산 비파동 계곡에 내려섰다.

"저 골짜기가 바로 그놈의 소굴이오."

멀찌감치 돌병풍 뒤에서 이들을 먼저 발견한 사오정이 끙끙 앓느라
정신없는 미련퉁이 둘째 사형의 어깨를 흔들었다.

"작은형님, 어서 일어나시오. 큰형님이 묘일성관을 모셔왔소."

이 말에 저팔계는 주둥이를 감싸 쥔 채 허둥거리면서 묘일성관을 맞아들였다.

"아이고, 어서 오십쇼! 제 몸이 말씀 아니게 다쳐놔서 인사치레도 제대로 못 드리겠습니다."

묘일성관이 두 눈을 휘둥그레 뜨고 물었다.

"그대는 도를 닦은 몸인데, 무슨 병환이 났다는 말씀이신가?"

"그년의 요괴와 싸우다 꼬챙이 같은 것으로 입술을 찔렸는데, 얼마나 아픈지 말도 못하겠소이다. 아직도 푹푹 쑤셔대는걸!"

"이리 가까이 오시게. 내가 고쳐줄 테니까."

저팔계는 그제야 손을 떼고 그 앞에 주둥이를 내밀었다. 묘일성관이 손으로 주둥이를 어루만지면서 숨 한 모금 혹 부니, 그 즉시 아픈 기운이 싹 가셨다. 정말 신기한 약손이었다. 곁에서 지켜보던 손오공도 싱글싱글 웃으면서 부탁했다.

"수고하신 김에 그 약손으로 내 머리도 한번 쓰다듬어주시지요."

묘일성관은 이게 또 웬일인가 싶어 물었다.

"그대는 독기에 쐰 것도 아닌데, 머리통을 쓰다듬어 뭘 하시겠소?"

"사실은 나도 어제 그년의 독침에 찔렸소. 하룻밤 새 아픔이 가시기는 했으나 아직도 근질근질 가려운 걸 보니, 날씨가 흐리면 도질까 봐 걱정이오."

고지식한 묘일성관은 정말로 제천대성의 머리통을 슬쩍 어루만져 아직도 남아 있는 독기를 말끔히 풀어주었다.

아픔이 싹 가시자, 미련퉁이 저팔계 녀석은 새삼스레 원한이 복받치는지 펄펄 뛰어가며 재촉하기 시작했다.

"형님, 뭘 하는 거요? 우리 당장 그 못된 화냥년을 때려잡으러 갑시다!"

묘일성관이 그 말을 받았다.

"옳은 말씀이오. 두 분이 가서 요정을 끌어내기만 하면, 내가 즉시 제압하리다."

이리하여 손오공과 저팔계는 언덕 비탈을 단숨에 뛰어올라 돌병풍 뒤로 돌아갔다. 호된 꼴을 당한 뒤끝이라, 저팔계란 녀석은 분김에 쇠스랑을 휘둘러 동굴 안쪽에 겹겹이 쌓여 있던 바윗돌 무더기를 단숨에 산산조각으로 때려 부수고 말았다.

이것을 보고 혼비백산을 한 문지기 졸개가 소굴 안으로 뛰어들어 급보를 전했다.

"마님! 어제 왔던 추악한 사내 둘이 또 나타나 겹문까지 박살냈습니다."

때마침 여괴는 삼장법사의 결박을 풀어주고 치근대다가 이 소리를 듣자 동굴 바깥으로 뛰쳐나가더니 대뜸 강철 작살을 바람개비 돌리듯 휘둘러가며 곧바로 저팔계를 겨누고 찔러들었다. 저팔계도 선뜻 쇠스랑을 들어 요괴의 공세에 마주쳐나갔다. 손오공 역시 철봉으로 들이쳤다.

여괴는 두 사람과 몸뚱이가 닿을 정도로 접근하더니 또 한 차례 독침을 쓰려고 훌떡 재주넘기를 했다. 그러나 손오공과 저팔계는 한 번씩 혼쭐이 난 뒤라, 재빨리 발길을 돌려 물러나기 시작했다.

이윽고 여괴가 돌병풍 앞에까지 쫓아 나왔다. 손오공은 큰 소리로 응원군을 외쳐 불렀다.

"묘성, 어디 계시오!"

드디어 묘일성관이 산비탈 언덕 위에 우뚝 서더니 본래의 모습을 드러냈다. 그것은 새빨간 볏을 지닌 커다란 수탉 한 마리였다. 머리를 번쩍 치켜든 키만 해도 육칠십 척 높이에, 요괴를 마주 대하고 울어대는 목청이 우렁차기 이를 데 없었다.

"꼬끼오!"

마침내 여괴도 정체를 드러냈다. 관음보살이 일러준 대로 그것은 비파만큼이나 커다란 독 전갈의 요정이었다. 그러나 수탉으로 본상을 드러낸 묘일성관이 우렁차게 외마디 소리를 지르기가 무섭게, 전갈 요정은 그 기다란 몸뚱이가 흐늘흐늘해지면서 맥없이 언덕 비탈 아래 쓰러져 죽었다. 닭은 전갈에게 천적이라더니, 과연 허망하기 짝이 없는 한판 대결이었다.

저팔계가 앞으로 썩 나서더니, 한 발로 여괴의 가슴팍을 짓밟은 채 아홉 이빨 달린 쇠스랑으로 짓이겨 곤죽을 만들어버렸다.

"이 못된 짐승아! 이제는 독침을 못 쓰겠지!"

묘일성관은 금빛 광채를 다시 모아들이고 나서 구름을 타고 동녘 하늘로 사라져갔다. 손오공과 저팔계, 사오정은 비로소 짐 보따리와 마필을 수습해 가지고 요괴의 소굴 안으로 들어갔다. 비파동 소굴에는 크고 작은 여동들이 복도 양편에 무릎 꿇고 엎드려 절하고 있었다.

"어르신네! 저희는 요사스런 마귀가 아니라, 모두 서량국 여인들입니다. 얼마 전에 이 여괴한테 붙잡혀 끌려와서 강제로 시중을 들고 있었을 따름입니다. 어르신네의 사부님은 저 뒤꼍 침실에 앉아 울고 계십니다."

손오공이 자세히 살펴보았더니, 과연 그들에게서는 요사스런 기운이 비치지 않았다. 그는 여동들이 말한 대로 스승을 찾으러 뒤꼍으로 달려갔다.

"사부님!"

삼장법사는 그토록 목이 빠지게 기다리던 제자들이 한꺼번에 몰려들자, 너무나 기뻐 어쩔 바를 몰랐다.

"제자들아! 또 너희들에게 폐를 끼쳤구나. 그런데 그 여자는 어찌되었느냐?"

미련퉁이 저팔계가 자랑스레 대답했다.

"알고 봤더니 그년은 커다란 암컷 전갈이었습니다. 다행히 관음보살님이 일러주신 덕분에, 형님이 천궁으로 올라가 묘일성관을 모셔다 그 못된 것을 제압했습니다. 그래서 이 저팔계가 쇠스랑으로 짓이겨 곤죽을 만들어버렸습죠."

당나라 스님이 제자들에게 감사한 것은 더 말할 나위가 없다. 일행은 쌀과 밀가루를 찾아내 밥 한 끼 잘 지어 먹고 나서 붙잡혀왔던 여자들을 모두 제 집으로 돌려보냈다. 그런 다음 비파동 소굴에 불을 질러 말끔히 태워 없앴다.

다 마무리를 짓고 나자, 그들은 삼장법사를 말에 올려 태우고 큰길을 찾아 다시 서쪽으로 떠나갔다.

14. 손오공, 두 번째로 쫓겨나다

어느덧 봄이 다하고 초여름을 맞이하게 되었다. 신록으로 뒤덮인 산중의 경치는 언제 보아도 새로웠다.

그들 스승과 제자 일행이 단오절 무렵 산천경개를 덧없이 구경하다 보니, 해는 중천에 걸렸는데, 갑자기 높은 산이 나타나 앞길을 가로막았다. 산중에 들어선 일행 네 사람이 산머리를 지나 서쪽 언덕 비탈길로 내려서자, 곧바로 평탄하고도 양지바른 들판이 나왔다.

저팔계는 멀쩡한 기운을 뽐내보고 싶었는지, 두 손으로 쇠스랑을 쳐든 채 앞서 가는 백마의 뒤를 쫓아 힘차게 달려나가기 시작했다. 떨꺼덕떨꺼덕 한가롭게 걷는 말의 걸음걸이를 더 빠르게 몰아보려는 심산이었다. 그러나 백마는 저팔계의 독촉 따위는 거들떠보지도 않고 여전히 느릿느릿 굼벵이 걸음이었다.

손오공이 뒤에서 소리쳤다.

"이 사람아! 왜 자꾸 말을 몰아대나? 천천히 가게 그냥 내버려두게."

"날은 저물어가는데, 진종일 산길만 걸었더니 배가 고파 죽겠소.
모두들 걸음을 빨리해야지 인가를 찾아 동냥 좀 해먹을 게 아니오?"

손오공은 이 소리를 듣더니 앞으로 썩 나섰다.

"그렇다면 내가 한번 말을 몰아볼까?"

손오공이 여의봉을 번쩍 휘두르며 소리를 버럭 질렀더니, 과연 백마는 네 발굽을 다 모아 쏜살같이 앞으로 치닫기 시작했다. 말이 저팔계의 엄포는 겁내지 않고, 5백 년 전 하늘에서 천마를 길러온 관록이 있는 제천대성만 두려워한다는 증거였다.

느닷없이 치닫는 말안장 위에서, 당나라 스님은 미처 고삐를 당기지 못하고 엉겁결에 몸을 잔뜩 수그린 채 짐승이 달리는 대로 실려 갈 따름이었다. 필마온의 으름장에 놀란 백마는 단숨에 20리 길이나 뛰고 나서야 겨우 속도를 늦추었다.

홀로 앞서 나간 당나라 스님이 길을 가고 있을 때였다. 갑자기 징소리가 요란하게 울리면서 길 양편으로부터 30여 명이나 되는 괴한들이 창과 칼, 몽둥이로 무장하고 함성을 지르며 쏟아져 나오더니, 삼장법사의 앞길을 가로막았다.

"어이, 화상! 어딜 가려는 게야?"

느닷없는 호통 소리에 간담이 써늘해진 삼장법사는 말안장 위에 제대로 앉아 있지 못하고 길바닥에 뚝 떨어져 털썩 주저앉고 말았다.

"산적 대왕님, 제발 목숨만은 살려주시오!"

우두머리인 듯싶은 두 사내가 서로 눈짓을 주고받더니 냅다 호통을 쳤다.

"때리지는 않을 테니까, 돈 가진 걸 몽땅 내놓아라!"

"대왕님, 소승은 서녘 땅으로 불경을 구하러 가는 중입니다. 여러 해 동안 걸어오느라 노잣돈도 다 써버리고 남은 것이 없습니다."

"돈푼이 없거든 그 옷가지를 다 벗어놓고 백마도 함께 남겨두고 가거라! 그럼 여길 통과시켜주마."

"나무아미타불……! 소승이 몸에 걸친 것은 다 떨어진 누더기 승복인데, 이것마저 벗기신다면 저더러 죽으란 말씀입니까? 탁발승한테 이런 짓을 하면 대왕님은 훗날 죽어 저 세상에 가서 짐승이 되는 법입니다!"

저 세상에 가서 짐승이 된다는 악담을 듣자, 산적 두목은 벌컥 성을 내더니 두말없이 굵다란 몽둥이를 쳐들고 다가섰다. 하는 짓거리가 단매에 때려죽일 기세였다.

절박한 위기에 몰린 삼장법사는 얼떨결에 평생 해본 적이 없던 거짓말까지 입에 담고 말았다.

"대왕님! 잠깐만 그 손을 멈추십쇼. 뒤에 곧 따라올 제자한테 은돈 몇 냥이 있으니, 그걸 드리겠습니다."

"하하, 그럼 그렇지! 돈 한푼 없을 턱이 있나. 애들아, 우선 이 중놈을 묶어 나무에 매달아놓아라!"

분부가 떨어지기 무섭게 졸개들이 우르르 달려들더니, 삼장법사를 밧줄로 꽁꽁 묶어 길 곁 나무 가장귀에 높지거니 매달아놓았다.

이 무렵 말썽꾸러기 형제들은 스승이 달려간 곳을 향해 헐레벌떡 뒤쫓아오고 있었다. 미련퉁이 저팔계는 심심하던 차에 재미있는 경주라도 하듯이 싱글벙글 뛰어오다가 멀리 나뭇가지에 대롱대롱 매달린 스승을 발견했다.

"여어, 저기 사부님 좀 보게! 나무 꼭대기엔 왜 올라가신 거야? 그네를 타시나?"

손오공이 유심히 바라보더니 미련퉁이에게 핀잔을 주었다.

"이런 바보 천치, 떠들지 말게! 사부님은 그네를 타는 게 아니라, 저 나무에 대롱대롱 매달려 계시네. 자네들 천천히 따라오게. 내 먼저 가서 볼 테니까."

약삭빠른 손오공이 언덕 위로 뛰어오르더니, 딱 부릅뜬 두 눈으로 주변을 둘러보기 시작했다. 과연, 길가 숲 속에 나뭇가지들이 흔들리는 것을 보건대, 떼강도가 우글거리는 것이 분명했다. 장난기가 동한 손오공은 그 자리에서 몸을 흔들어 16세쯤 된 어린 동자승으로 둔갑했다. 그러고는 봇짐 하나 둘러멘 채 어슬렁어슬렁 삼장법사가 매달린 나무 아래로 걸어 나갔다.

"사부님, 이게 어찌 된 일입니까?"

고지식한 스승은 다급한 김에 사실대로 다 털어놓았다.

"얘야, 어서 날 좀 구해다오. 저 사람들이 길을 가로막고 날 붙잡았지 뭐냐. 노잣돈을 다 내놓으라는데 몸에 지닌 것이 아무것도 없다니까, 이렇게 꽁꽁 묶어서 나무 위에다 매달아놓았다."

손오공이 스승과 얘기를 주고받고 있으려니, 숲 속에 있던 산적 패거리가 우르르 몰려나와 빙 둘러쌌다.

"요 꼬마 녀석아! 딴소리 말고 냉큼 돈이나 내놓아라!"

손오공은 시침 뚝 떼고 솜털을 둔갑시킨 봇짐부터 내려놓았다.

"나리들, 시끄럽게 떠들지 말고, 우리 사부님을 좀 풀어주시오. 그럼 이 봇짐에 든 금덩어리 은덩어리를 통째로 내드리겠소."

산적 두목은 이게 웬 횡재냐 싶어 부하들에게 명령을 내렸다.

"얘들아, 그 늙다리 중은 풀어주어라!"

가까스로 목숨을 건진 당나라 스님이 말안장에 훌쩍 올라타기 무섭게 제자는 돌아보지도 않고 왔던 길로 되돌아 쏜살같이 달아나버렸다.

"사부님, 그쪽 길이 아닙니다!"

손오공이 봇짐을 챙겨 들고 뒤쫓으려 하자, 산적들이 그 앞을 가로막으면서 호통쳐 꾸짖었다.

"요놈! 어딜 그냥 가려고? 맞아 죽기 전에 어서 그 돈 보따리를 놓고 가거라!"

스승이 무사히 위기를 넘긴 것을 본 손오공은 즉시 딴죽을 걸고 나왔다.

"여보시오, 형씨들! 나한테 그런 큰돈이 어디 있겠소? 당신네들 갖고 있는 돈이나 꺼내 우리 똑같이 나눠 씁시다."

어린 까까중한테 속았다고 생각하니, 산적 두목은 불끈 성이 나서 들고 있던 몽둥이로 냅다 정수리를 후려갈겼다. 그러나 후려친 몽둥이만 부러져나갔을 뿐, 까까중 녀석은 눈썹 하나 까딱하지 않고 생글생글 웃기만 했다.

"요 녀석 봐라! 머리통이 어지간히도 단단하구나. 애들아, 사정 볼 것 없이 한꺼번에 달려들어 때려죽여라!"

흉악한 도적들이 우르르 달려들더니 칼과 창, 곤봉으로 손오공을 마구 후려 찍고 두들겨 패기 시작했다. 그러나 창끝이 무뎌지고 칼날은 도르르 말리고 박달나무 곤봉은 맥없이 부러져나갔다. 그제야 손오공은 귓속에 감춰둔 바늘 한 개를 끄집어냈다.

"여러분, 잠깐만! 그쯤 했으면 힘도 빠졌을 테니, 이번에는 내가 수놓는 바늘로 재주 한번 부려볼 테니까, 거기 꼼짝 말고 서서 구경이나 해보시구려."

그는 손끝으로 바늘을 쥐고 바람결에 휘저었다. 가느다란 자수 바늘이 삽시간에 밥공기 둘레만큼이나 굵다란 쇠몽둥이로 바뀌자, 손오공은 도적 떼를 한 사람씩 가리키며 으름장을 놓았다.

"이것 봐, 자네들. 이 손 선생을 만나다니, 어지간히 운수가 사납군그래. 가만들 있어라. 내 한 놈씩 차례차례 저승으로 보내주마!"

이어서 '따악!' 하는 소리에 산적 두목이 단매에 죽어 널브러졌다. 그다음에 또 한 대, 부두목이 눈 깜짝할 사이에 핏덩이로 바뀌고 말았다. 그것을 본 나머지 패거리들은 기절초풍해서 흉기를 내던지고 뿔뿔이 흩어져 도망치고 말았다.

한편 당나라 스님은 말을 타고 정신없이 동쪽으로 치닫다가 때마침 마주 달려오던 두 제자들과 만났다. 사오정이 먼저 물었다.

"사부님, 어느 쪽으로 가시는 겁니까? 길을 거꾸로 잡으셨습니다."

하지만 스승은 그런 물음에 대꾸할 겨를이 없었다. 그는 말을 멈춰 세우면서 황급히 제자들에게 분부했다.

"애들아, 빨리 가서 너희 사형더러 그 산적들을 죽이지는 말라고 일러라!"

미련퉁이 바보 녀석이 두말 않고 냅다 뛰어가며 큰 소리로 악을 썼다.

"형님! 사부님께서 사람을 죽이지 말라고 하시오."

그러나 땅바닥에는 이미 두 구의 시체가 널브러진 뒤였다.

얼마 안 있어, 사오정이 스승을 모시고 헐레벌떡 달려왔다. 저팔계는 스승 앞에 본 대로 말씀드렸다.

"사부님, 강도 두 녀석이 길바닥에 널브러져 자고 있습니다. 머리통에 큰 구멍이 하나씩 뚫렸더군요."

"정말 때려죽였단 말이냐?"

화가 불끈 치솟은 당나라 스님이 입속으로 투덜투덜 '몹쓸 놈의 원숭이, 악착스런 원숭이!' 하며 원망하더니, 저팔계에게 분부를 내렸다.

"어서 구덩이를 파서 곱게 묻어줘라! 내가 염불이라도 해주어야겠다."

한편에서 손오공은 스승에게 꾸지람을 듣고 슬그머니 약이 올랐다.

"사부님, 제가 애매한 사람을 때려죽였습니까? 사부님을 죽이려던 강도를 처치했을 뿐인데, 왜 저를 원망하십니까? 사부님은 저리 비키십쇼. 저도 축문을 읊지요!"

그러고는 여의봉으로 저팔계가 일껏 쌓아올린 강도의 무덤을 절구질하듯 서너 차례 쿵쿵 짓찧어가며 고래고래 악을 쓰기 시작했다.

"이 못된 강도 놈들은 듣거라! 내가 네놈들한테 먼저 일고여덟 대를 얻어맞고 또 칼부림 창질을 당했으되, 나는 아프지도 가렵지도 않았다. 하지만 내 성미를 건드려놓았기 때문에 네놈들을 때려죽인 것이다. 네놈들이 저승에 가서 고소를 하든 말든 멋대로 해봐라. 이 손선생은 외눈하나 깜짝하지 않을 테니까!"

수제자가 이렇듯 독이 올라 악담을 퍼붓자, 당나라 스님은 속이 뜨끔해져 낯빛을 바꾸고 좋은 말로 타일렀다.

"내가 염불하려던 뜻은 그 사람들 모두 나쁜 행실을 버리고 다음 세상에 착한 사람으로 태어나라고 깨쳐주기 위한 것인데, 너는 왜 악담을 하는 거냐?"

한바탕 화풀이를 했어도 손오공의 마음속에는 여전히 앙금이 남아 있던 터라, 스승이 권유하는 말에 퉁명스레 쏘아붙였다.

"사부님의 염불이나 제 축원이나, 모두가 장난으로 한 것은 아닙니다. 자, 이제 됐으니 그만하시고 어서 잠자리나 찾으러 가십시다."

삼장법사는 할 수 없이 노염을 억누른 채 말안장에 올랐다.

이리하여 스승과 수제자 사이에 이미 화목할 뜻이 없어지고, 저팔계의 가슴속에는 어느덧 시샘이 움트기 시작했다. 스승과 제자 일행 넷은 이렇듯 서로 딴마음을 품고 있으면서도 얼굴에는 아무 일도 없는 것처럼 전혀 내색하지 않았다.

큰길을 따라 서쪽으로 한참 가다 보니, 길 아래편 동네 어귀에 집 한 채가 나타났다. 삼장법사는 채찍 끝으로 그 집을 가리켰다.

"우리 저 댁으로 가서 오늘 하룻밤 잠자리를 빌려보기로 하자."

"좋습니다!"

누구보다 먼저 반색을 한 것은 역시 저팔계였다. 삼장법사는 말에서 내려 그 집 문 앞으로 다가갔다.

일이 되느라 그랬는지, 때마침 노인 한 사람이 대문을 열고 나왔다. 길손과 주인은 서로 알아보고 인사를 나누었다.

"어디서 오시는 손님이오?"

"예, 소승은 경을 구하러 서천으로 가는 길입니다. 이 댁 근처를 지나다가 마침 날이 저물었기에 하룻밤 쉬어갈까 해서 이렇게 찾아왔습니다."

"호오, 먼 길을 오셨군요! 어서 안으로 드시지요."

삼장을 안내하던 집주인은 뒤따라 왁살스레 들어서는 제자들을 보고 깜짝 놀라 뒷걸음쳤다. 삼장법사는 그를 붙잡고 혀가 닳도록 설명한 뒤에야 가까스로 초당 한 칸을 얻을 수 있었다.

고맙게도 저녁 대접까지 받은 삼장법사는 등잔불이 밝혀진 가운데 주인과 통성명을 하고 이런저런 한담을 나누기 시작했다.

"노시주님은 슬하에 자녀를 몇 분이나 두셨는지요?"

"이 늙은것이 올해로 나이가 일흔넷인데, 아들만 하나 두었을 뿐이외다."

그러고는 양씨 성을 가진 이 노인은 땅이 꺼져라 한숨을 내리쉬었다. 삼장은 웬일인가 싶어 내처 물었다.

"대를 이을 후사를 두시고 집안 살림 꾸려나갈 장정이 있는데, 무슨 걱정이 있으시기에 그리 탄식하십니까?"

"말씀 마시오, 스님. 이 늙은것이 팔자가 사나워 그 외아들 놈을 올바로 키우지 못했소. 그 못된 자식은 한다는 짓이 동네에서 싸움질이나 하더니 요즘은 아예 불한당 녀석들과 한패거리가 되어 으슥한 산길에서 강도질을 일삼고 있지 뭡니까. 집을 나간 지 벌써 닷새가 지났어도 지금까지 들어올 줄 모른다오."

삼장은 이 말을 듣고 가슴이 철렁했다. 내색하지는 않았으나, 혹시 손오공이 낮에 때려죽인 강도 우두머리가 이 양씨 댁 아들은 아닐까 하는 우려 때문에 마음이 불안해지기 시작했다.

이때 곁에 앉았던 손오공이 불쑥 한마디했다.

"노인장, 그런 몹쓸 불효자식이라면 부모한테 누를 끼치기나 할 뿐이지 아무짝에도 소용없지 않습니까. 차라리 제가 그놈을 찾아 단매에 때려죽이고 말겠소이다!"

허나 양 노인은 미련을 못 버리고 이렇게 말했다.

"이 늙은것 역시 그런 놈을 없애버리고 싶기야 하오만, 나 죽은 뒤에 흙 한줌 덮어줄 놈이 그 녀석 말고는 없으니 어쩌겠소."

그 산적 패거리 중에는 과연 이 댁 양 노인의 아들도 끼어 있었다. 아침 나절 우두머리 둘이 손오공에게 맞아 죽었을 때, 그들은 사면팔방으로 뿔뿔이 흩어져 도망쳤으나, 새벽녘이 되자 다시 떼를 지어 이 댁에 나타나 문을 두드렸다.

노파가 문을 열어주자, 양 노인의 아들은 급히 안채로 들어가 자기 아내를 불러 쌀 씻고 밥을 짓게 했다. 부엌에 땔감이 없는 것을 본 그는 뒤뜰로 돌아가 장작을 가지고 와서 아내에게 물었다.

"뒷마당에 백마가 한 필 있는데, 그게 웬 거야?"

젊은 아낙은 집에 손님이 든 것을 곧이곧대로 일러주었다. 양 노인의 아들은 이 말을 듣더니, 부리나케 동료들에게 달려갔다.

"여보게들! 잘됐네. 하필이면 우리 두목을 때려죽인 그 원수 놈들이 내 집에 와 묵고 있네!"

이리하여 산적 패거리들은 두목의 원수를 갚겠노라고 설쳐대면서 밥상이 나올 때까지 기다리며 조용히 창칼을 숫돌에 갈기 시작했다.

한밤중에 두런두런 소동이 벌어지는 통에, 잠귀 밝은 양 노인이 깨어나 그들의 대화를 엿듣고 깜짝 놀라 슬그머니 초당으로 건너가서 삼장 일행을 흔들어 깨웠다.

"스님들, 이거 큰일 났소! 내 아들놈이 동료 패거리를 휘몰고 들어

왔다가, 스님 일행이 여기 묵고 있다는 것을 알아차리고 해칠 음모를
꾸미고 있소."

삼장은 겁이 나 벌벌 떨면서 그 즉시 제자들에게 행장을 꾸리게 하
고 달아날 채비를 서둘렀다. 양 노인이 뒷문을 열어주자, 일행은 고
맙다는 인사말을 남겨둔 채 부랴부랴 그 댁을 떠났다.

한편 배를 든든히 채운 산적 패거리들이 초당으로 달려갔으나, 방
은 이미 텅 비고 아무도 없었다. 그들은 뒷문이 열린 것을 발견하고
횃불을 밝혀 든 채 삼장 일행을 뒤쫓기 시작했다. 산중에서 거칠게 살
아온 도적들이라 달리기만큼은 쏜살같이 빨라, 동틀 무렵에는 벌써
삼장법사 일행의 뒤를 따라잡고 있었다.

"저기 간다! 게 섰거라, 이놈들!"

느닷없는 함성에 놀란 삼장법사가 뒤돌아보니, 무려 이삼십 명이나
되는 도적 떼가 창칼을 번뜩이면서 무더기로 달려오고 있었다.

"애들아, 도적 떼가 쫓아왔다. 어쩌면 좋으냐?"

손오공이 스승을 안심시켰다.

"사부님, 걱정 마십쇼. 이 손 선생이 다 알아서 처치할 테니 안심
하세요."

삼장은 말을 멈춰 세우면서 또 한 차례 신신당부를 했다.

"오공아, 절대로 인명을 해쳐서는 안 된다. 그저 위협만 해서 쫓아
버려라."

그러나 손오공의 귀에 이런 말씀이 들어올 턱이 없었다. 그는 철봉
을 번쩍 쳐들고 돌아서서 추격해온 패거리들과 마주 섰다.

"여어, 여러분! 어딜 가시는 길이오?"

도적들이 마구 욕설을 퍼부어가며 손오공을 에워싸더니, 칼과 창으로 닥치는 대로 찌르고 베고 난장판을 벌이기 시작했다.

손오공은 두말없이 여의봉을 휘둘렀다. 밥공기만큼이나 굵다란 철봉이 수레바퀴처럼 돌아가며 도적 떼를 후려치니, 산적 패거리들은 삽시간에 맥없이 사면팔방으로 튕겨나갔다. 잠깐 사이에 이삼십 명이나 되던 도적들이 모조리 죽임을 당하거나 치명상을 입고 만 것이다.

말안장 위에 앉은 삼장법사는 그 숱한 목숨들이 눈앞에서 무참히 죽어 쓰러지는 것을 보자, 혼비백산하다 못해 정신없이 서쪽으로 치닫기 시작했다. 저팔계와 사오정 역시 스승이 탄 말 곁에 바짝 붙어선 채 달음박질쳤다.

손오공은 부상당한 녀석을 하나 붙잡아놓고 다그쳐 물었다.

"양 노인의 아들놈은 어디 있지?"

상처 입은 도적이 부들부들 떨면서 한쪽을 가리켰다.

"저기…… 저 누런 옷을 입은 녀석입니다."

손오공은 두말없이 그 앞으로 다가서더니 칼을 빼앗아 들고 누런 옷을 입은 도적의 목을 단칼에 쳐버렸다. 그리고 피가 뚝뚝 떨어지는 머리통을 손에 들고 재빠른 걸음걸이로 스승이 타고 달리는 백마 앞까지 단걸음에 쫓아갔다.

"사부님, 보십쇼! 이게 양 노인의 불효자식입니다!"

끔찍스럽게도 핏방울이 뚝뚝 떨어지는 사람의 머리통을 보자, 당나라 스님은 대경실색하다 못해 기어코 말안장에서 굴러떨어지고 말았다.

"이 몹쓸 놈의 원숭이 놈아! 나를 놀라 죽게 만들 작정이냐? 어서 저리 치워라! 냉큼 치우지 못할까!"

땅바닥에 주저앉은 스승 앞을 저팔계가 썩 나서서 가려주었다. 그런 다음, 그 머리통을 툭 걷어차 길 곁에 굴려놓더니, 쇠스랑으로 흙더미를 들쑤셔 묻어버렸다.

"사부님, 이제 안 보입니다. 일어나세요."

그러나 삼장법사는 길바닥에 앉은 채로 정신을 가다듬고 중얼중얼 '긴고주'를 외우기 시작했다.

"아이쿠……!"

손오공의 입에서 비명이 터져 나왔다. 고통에 일그러진 얼굴이 시뻘게지고 두 눈알은 당장 빠질 것처럼 툭 불거진 채, 옥죄어드는 쇠고리 테의 압력에 머리통이 빠개질 듯이 아팠다. 손오공은 비틀거리다 마침내 흙바닥에 엎어져 데굴데굴 구르면서 몸부림치기 시작했다. 목청이 터져라 외쳐대는 소리는 한마디뿐이다.

"외우지 마십쇼! 외우지 말아요!"

삼장법사는 연거푸 10여 차례나 주문을 외우고도 입을 다물지 않았다. 고통을 견디다 못한 수제자가 엎치락뒤치락 곤두박질치고 흙바닥에 마구 뒹굴고 헤맸으나, 스승의 주문은 도무지 그칠 기미를 보이지 않았다.

"사부님, 용서해주세요! 꾸짖을 일이 있거든 말씀으로 하실 일이지, 그 주문만큼은 제발 외우지 마십쇼! 외우지 말라니까요!"

삼장이 그제야 '긴고주'를 그치고 목소리를 가다듬어 한마디 던졌다.

"나는 너한테 할 말이 없다. 너 갈 데로 가거라!"

손오공은 지끈지끈 쑤셔대는 두통을 참아가며 무릎 꿇고 엎드렸다.

"사부님! 어쩌자고 저를 또 쫓아내려 하십니까?"

"이 몹쓸 놈의 원숭이야! 너처럼 흉악무도한 놈은 경을 구하러 갈 자격도 없다. 어제 아침 나절 네놈이 산적 우두머리를 둘씩이나 때려 죽인 것만 해도 결코 용서할 수 없는 무도한 행실이었거늘, 저녁을 대접해주고 잠재워주었을 뿐 아니라 뒷문까지 열어 도망치게 해준 양 노인의 신세를 갚지는 못할망정, 그 아들놈이 아무리 불초한 자식이라 해도 이렇듯 참혹하게 목을 베어 죽일 수 있단 말이냐! 어서 빨리 내 눈앞에서 떠나거라! 안 떠나면 내 또 주문을 외울 테다!"

스승이 '긴고주'를 또 외우겠다는 말에, 손오공은 얼른 대답했다.

"외우지 마십쇼! 당장 떠날 테니, 외우지는 마세요!"

근두운을 일으켜 타기 무섭게 훌쩍 공중으로 뛰어오른 그는 스승의 눈앞에서 사라졌다. 수제자를 파문시켜 쫓아낸 삼장법사는 다시 말 위에 올라 저팔계와 사오정만 데리고 서천으로 길을 떠났다.

외톨이가 된 손오공은 한참이나 허공에 머무른 채 스승과 아우들이 떠나가는 뒷모습을 지켜보았다. 저들이 시야에서 사라진 후, 그는 자신이 어디로 가야 할지 막막한 심사에 고민을 거듭했다. 처음에는 화과산 수렴동으로 돌아갈 생각을 했으나, 소굴에 남아 있는 부하 요정들에게 웃음거리나 되지 않을까 그것이 걱정이었다. 천궁에 투신하여 제천대성 노릇을 하자니, 옥황상제나 천신들이 오래 있어달라고 붙잡을 것 같지도 않았다. 바다 섬에 가서 몸 붙여 놀아볼 생각도 없지 않았으나 그 역시 신선들을 보기가 남부끄러울 게 분명하고, 용궁으로 달려가자니 구차스레 용왕들한테 머리 숙여 청탁하기도 싫었다.

이래저래 망설이던 끝에 생각은 제자리로 돌아오고 말았다. 하늘과 땅이 아무리 너르다 해도 제 한 몸 의탁할 데가 없다 생각하니, 그저 쓸쓸하고 허망할 따름이었다.

얼마나 오래 서 있었을까, 드디어 손오공의 머릿속에 한 가지 생각이 퍼뜩 떠올랐다. 그렇다, 이 스님은 결국 내 마음을 몰라주니, 이제 갈 곳은 오직 한 곳뿐이다. 남해 관음보살을 찾아가 이 원통한 사연을 호소할밖에……

이윽고 결단을 내린 제천대성은 즉시 근두운의 방향을 돌려 남쪽으로 날아갔다. 한 시각도 채 못 되어 벌써 낙가산 보타암에 내려선 그는 곧바로 대나무가 우거진 숲 속으로 들어갔다. 낯익은 목차행자 혜안이 마중을 나오고 뒤따라 선재동자가 그를 반겨 맞았다.

손오공은 이들의 안내를 받아 연화대 아래 이르렀다. 관음보살을 우러르자, 그는 억눌렸던 설움이 한꺼번에 복받쳐 그 자리에서 목을 놓아 대성통곡하기 시작했다.

관음보살이 혜안과 선재동자에게 분부하여 그를 부축해 일으켜놓고 물었다.

"오공아, 무슨 일이 있었기에 그토록 슬퍼하느냐? 자, 그렇게 울지만 말고 어서 얘기해보려무나. 내가 너를 괴로움에서 건져주고 네게 닥친 재앙을 없애주마."

손오공은 여전히 울음 섞인 목소리로 그동안 일어났던 사연과 자신의 억울한 심사를 모두 말씀드렸다. 얘기를 다 듣고 난 보살이 조용히 타일렀다.

"당나라 삼장은 착한 가르침을 받들어 승려가 된 몸이라, 절대로 경솔히 인명을 해치지 않는다. 너처럼 신통력을 무한량으로 지닌 자가 어째서 그처럼 많은 강도들을 때려죽일 필요가 있었단 말이냐? 도적들도 결국 사람의 탈을 쓴 몸인데, 구태여 때려죽여서야 되겠느냐? 내가 보건대 역시 네 잘못이라 하겠다."

이치를 따져 훈계하는 관음보살 앞에 손오공은 눈물이 글썽글썽해서 이마를 조아렸다.

"제가 비록 잘못했다 하더라도 그동안 세운 공덕으로 용서해줄 수도 있지 않겠습니까? 저를 이렇게 두 번씩이나 쫓아내서는 안 된다고 생각합니다. 보살님, 부디 자비로우신 은덕을 베푸셔서 이 머리통의 굴레를 벗겨 자유롭게 놓아주시고, 옛날과 같이 수렴동에 돌아가 남은 세상 살아가게 해주십시오!"

관음보살이 빙그레 미소 지었다.

"그 주문은 당초 여래님께서 내게 물려주신 것인데, 굴레를 씌우는 주문만 가르쳐주셨을 뿐이지, 그것을 풀 수 있는 비결은 가르쳐주지 않으셨다."

이 말을 듣자, 손오공은 툭툭 털고 일어섰다.

"그러시다면 저는 서천으로 가서 여래님을 찾아뵙고 이 굴레를 벗겨달라고 여쭙겠습니다."

관음보살이 당장 떠나려는 그를 붙들어 말렸다.

"가만있어라. 내가 길흉을 알아보아주마."

손오공은 시무룩하니 대꾸했다.

"알아보실 것도 없습니다. 이때껏 겪어온 흉한 일만 해도 지긋지긋하니까요."

"네 운수가 아니라, 당나라 스님의 길흉을 알아보겠다는 말이다."

관음보살이 연화대에 단정히 앉은 채 온 세상으로 마음을 돌리고 지혜로운 눈으로 아득히 먼 곳을 내다보며 한동안 깊은 생각에 잠기더니 이렇게 말했다.

"오공아, 네 스승은 이제 곧 목숨이 위태로운 재앙에 부닥칠 것이다. 그리고 머지않아 너를 다시 찾게 될 터이니, 그동안 너는 이곳에 머물러 있거라."

"예에……!"

손오공은 한마디로 보살의 분부에 순종했다.

한편 손오공을 쫓아 보낸 삼장법사는 저팔계와 사오정 두 제자만 데리고 서쪽으로 달렸으나, 겨우 오륙십 리 길도 채 못 가서 백마를 멈춰 세우고 제자들을 불렀다.

"얘들아, 우리가 새벽 일찌감치 그 동네를 떠난 데다 아침 내내 원숭이 녀석이 속을 썩이는 바람에 역정을 냈더니 목이 마르고 배가 고파 견딜 수가 없구나. 누가 어디 가서 동냥 좀 해다 먹여주지 않겠느냐?"

"그러시죠, 사부님. 잠깐 말에서 내려 쉬고 계십쇼. 제가 이 근처 마을에 동냥할 데를 찾아보겠습니다."

미련퉁이 저팔계가 선뜻 구름을 타고 허공으로 뛰어올라 이리저리 살펴보았으나 사면팔방 어디를 둘러보아도 눈길에 드는 것은 온통 산마루 등성이요 고갯마루뿐, 사람 사는 집은 어디에도 보이지 않았다.

"동냥하러 갈 만한 곳이 없는데요. 아무리 둘러보아도 마을이나 집이라곤 통 보이지 않습니다."

지상으로 내려선 저팔계가 도리질을 해보이자, 스승은 안타까운 기색으로 다시 부탁을 했다.

"동냥할 곳이 없거든 물 좀 얻어다오. 갈증이라도 풀어야 살겠다."

"가만 계십쇼. 제가 골짜기에 내려가서 냇물을 떠오지요."

사오정이 눈치 빠르게 동냥 그릇을 꺼내 주었다. 그것을 받아 든 저팔계가 다시 안개구름을 타고 휑하니 사라졌다.

이리하여 삼장법사는 길가에 주저앉아 제자가 물 떠오기를 하염없이 기다렸다. 그런데 한참을 기다려도 물을 뜨러 간 녀석은 좀처럼 돌아올 기척이 보이지 않았다. 스님은 입이 바싹 마르고 혓바닥이 타서 견딜 수 없는 지경에 이르고 말았다.

곁에서 보다 못한 사오정이 말고삐를 나무에 비끄러매고 스승에게 여쭈었다.

"사부님, 제가 쫓아가서 사형더러 빨리 물을 떠오도록 재촉하겠습니다."

삼장법사는 눈물을 머금은 채 말은 못하고 대답 대신 고개만 끄덕였다.

사오정은 급히 구름을 일으켜 타고 저팔계가 사라진 남쪽으로 날아갔다.

스승이 홀로 남아 속을 끓이고 있으려니, 그 괴로운 심사가 이루 말할 수 없었다. 그래도 참고 견디려는데, 갑자기 등 뒤에서 부스럭대는 소리가 들려왔다. 깜짝 놀라 뒤돌아보았더니, 이게 웬일인가! 쫓아버린 수제자 손오공이 어느 틈에 돌아왔는지 길 한 곁에 천연덕스레 꿇어앉아 있는 것이 아닌가? 두 손으로 떠받든 것은 맑은 물이 가득 담긴 사기 그릇이었다.

"사부님, 이 손 선생이 없으니까 물 한 잔도 제대로 얻어 마시지 못하는군요. 자, 여기 시원한 냉수가 있으니 우선 갈증을 푸십쇼. 제가 동냥을 해다 올리겠습니다."

삼장법사는 딱 부러지게 거절했다.

"나는 네놈이 떠온 물은 마시지 않겠다! 목이 말라 죽는 한이 있더라도 다시는 네 신세를 지지 않을 테다!"

"제가 없으면 사부님은 서천에 못 가십니다."

"가든 못 가든, 네놈이 무슨 상관이냐! 이 발칙한 원숭이 놈아, 무엇 때문에 또 찾아와서 나를 귀찮게 집적대는 거냐!"

그 말이 떨어지기 무섭게 손오공의 얼굴빛이 싹 바뀌더니, 발끈 성을 내면서 스승에게 냅다 욕설을 퍼부었다.

"이 인정머리 없는 땡추중 녀석이 사람을 깔보아도 분수가 있지, 어디다 대고 함부로 그따위 소리를 지껄이는 거야!"

물그릇을 내동댕이치고 두 손으로 저 무시무시한 철봉을 잡은 손오공이 삼장법사의 등덜미를 겨냥해서 한 대 후려 찍었다.

"따악!"

제자의 몽둥이질 한 대에 삼장법사는 '헉!' 소리도 지르지 못한 채 땅바닥에 엎어져 그만 정신을 잃고 말았다.

손오공은 말안장에서 스승의 보따리를 챙긴 다음, 길 한 곁에 놓아둔 짐짝마저 챙겨 들고 근두운을 일으켜 타더니 삽시간에 어디론가 사라지고 말았다.

이 무렵, 저팔계는 산 남쪽 언덕 밑으로 정신없이 내려가다 후미진 골짜기 아래 초가집 한 채를 발견할 수 있었다. 동냥할 집을 찾아낸 미련퉁이는 뚱보 스님의 행색으로 둔갑하고 초가집 문전에 다가가 보시를 청했다. 집을 지키고 있던 아낙은 솥에 남은 밥과 누룽지를 훑어 저팔계가 내민 동냥 그릇에 담아주었다.

모처럼 공을 세운 미련퉁이가 왔던 길로 한참 되돌아가고 있으려니, 언덕 위에서 사오정이 부르는 소리가 들려왔다.

"형님, 잿밥도 밥이지만, 사부님께서 갈증이 무척 심하신데 물은 어디다 떠가지고 간단 말이오?"

그러자 미련퉁이는 제법 쓸 만한 꾀를 하나 짜냈다. 사오정이 벌린 옷자락에 밥 덩어리를 쏟아 넣고 빈 주발에 물을 떠가기로 한 것이다. 이리하여 두 형제는 기뻐하면서 처음 왔던 길로 되돌아갔다.

한데 제자리로 돌아와 보니, 이게 웬일인가? 스승은 흙먼지 구덩이에 엎어졌고, 백마란 놈은 고삐가 풀린 채 울부짖으며 껑충껑충 날뛰고 있는 것이었다. 게다가 짐짝과 보따리는 어디로 사라졌는지 흔적도 보이지 않았다.

두 제자는 놀라다 못해 까무러칠 지경이었다. 저팔계는 스승이 죽은 줄 알고 가슴을 치며 고래고래 악을 썼다. 누구보다 침착하던 사오정 역시 복받치는 설움을 가누지 못하고 발을 동동 굴러가며 목 놓아 통곡하기 시작했다.

얼마나 지났을까, 눈이 퉁퉁 붓도록 울던 사오정은 스승의 입과 코에서 가느다랗게나마 숨결이 새어 나오는 것을 발견하고 얼른 앞가슴을 쓰다듬어보았다. 역시 온기가 따뜻이 남아 있었다.

"팔계 형님! 이리 와보시오! 사부님은 숨이 끊어지지 않으셨소!"

두 형제는 놀라움 속에서도 반가움에 겨워 황급히 스승을 부축해 앉혀놓고 온몸을 주물러드리기 시작했다. 한참 만에야 정신을 되찾은 삼장법사가 숨 한 모금 내쉬더니 비로소 입을 열고 악담부터 퍼부었다.

"그 괘씸한 원숭이 녀석……! 그놈이 날 때려죽이려 들다니……"

"괘씸한 원숭이라니요? 누구 말입니까?"

사오정과 저팔계가 동시에 물었다. 삼장법사는 말없이 한숨만 푹푹 내쉴 뿐 한참 동안이나 멍하더니, 냉수 몇 모금 얻어 마신 다음에야 말문이 제대로 열렸다. 그래서 제자들이 없는 동안 손오공이 나타나 집적대며 욕설을 퍼붓다 철봉으로 등덜미를 때리고 짐과 보따리를 빼앗아 달아난 경위를 낱낱이 일러주었다.

이 말을 들은 저팔계는 이를 뿌드득 갈아붙이며 분통을 터뜨렸다.

"저런 죽일 놈의 원숭이 녀석 봤나! 어딜 감히 사부님한테 그런 행패를 부린단 말이냐! 정말 괘씸하기 짝이 없는 놈이로구나!"

그러고는 사오정을 돌아보고 이렇게 말했다.

"무엇보다 먼저 사부님을 안정시켜드리세. 아까 동냥해온 집이 저 남쪽 골짜기에 있으니 그리로 가서 편히 모셔놓고 진지를 드시게 해드린 다음, 내가 그놈의 소굴을 아니까 우리 둘이서 보따리를 찾으러 떠나세!"

그들은 스승을 백마에 올려 태우고 조심스레 산등성이를 내려서서 골짜기에 들어앉은 초가집을 찾아갔다.

집을 지키던 아낙이 두 형제의 흉악한 몰골을 보고 기절초풍했다. 저팔계는 그 집에서 동냥한 밥과 누룽지를 내보이고 다시 뚱보 스님으로 둔갑해 보이고 나서야 겨우 아낙을 진정시켜 통사정한 끝에 스승을 집 안으로 모셔 들일 수 있었다.

삼장법사는 밥을 물에 말아 몇 술 뜬 다음, 정신을 가다듬고 보따리 걱정을 하기 시작했다. 짐짝과 보따리에는 당나라 스님의 법복인 장삼가사와 무엇보다 여러 나라를 거쳐갈 때 없으면 안 되는 중요한 통행문서가 들어 있었던 것이다.

"누가 보따리를 찾아오겠느냐?"

스승의 분부에, 저팔계가 선뜻 나섰다.

"지난번 사부님이 그 원숭이를 내쫓으셨을 때, 찾아가본 적이 있습니다. 그때 화과산에 가는 길을 봐두었으니까, 제가 다녀와야겠죠."

그러자 스승은 절레절레 도리질을 했다.

"너는 안 된다. 그 원숭이 녀석은 처음부터 너하고 사이가 좋지 않았다. 또 너는 말투가 무뚝뚝하고 거칠어서, 그놈과 몇 마디 하다 옥신각신 다투기라도 하면 그놈이 너마저 때려누일 것이다. 아무래도 사오정이 가야겠구나."

이리하여 지명을 받은 사오정이 그 자리에서 구름을 일으켜 타더니 곧바로 동승신주 대륙을 향해 쏜살같이 날아갔다.

그는 반공중에서 사흘 낮과 밤을 치달린 끝에 비로소 화과산 경내 상공에 도달하여 깎아지른 험준한 절벽 아래 내려섰다. 그리고 산 밑으로 들어가 수렴동 소굴을 찾아 헤매기 시작했다. 얼마쯤 나아갔을까, 산속 어디선가 와글와글 아우성치는 소리가 들려왔다. 가까이 다가가서 바라보니, 무수한 원숭이 요정들이 떼를 지어 시끄럽게 떠들 어대는 함성이었다. 그는 좀더 가까이 가서 자세히 살펴보았다.

손오공은 역시 이곳에 와 있었다. 이 원숭이 임금은 높다란 바위 더 미에 올라앉아 종이 한 장 펼쳐 들고 읽어나가는 데 열중하고 있었다.

동녘 땅 당나라 황제 이세민은 칙명으로 성승 현장법사에게 이르노라.
그대는 서방 세계 천축 영취산 대뇌음사에 가서 여래불조를 참배하 고 경을 구해 오도록 하라…… 만약 서방 여러 나라를 지나게 될 때 에, 그 나라 임금은 부디 착한 연분을 끊지 말고 현장법사의 통행문서 를 대조하여 무사히 경내를 통과할 수 있도록 협조해주기 바라노 라……

암벽 위 손오공은 이 문서를 처음부터 되풀이해서 읽고 또 읽었다. 사오정은 그것이 통행문서 내용의 일부임을 깨닫자, 더 이상 분노를 참지 못하고 원숭이들의 무리 앞으로 나서서, 야무진 목소리로 크게 호통쳐 꾸짖었다.

"사형! 사부님의 통행문서는 무엇 하러 자꾸 읽고 계시는 거요?"

손오공이 그 소리를 듣더니 흘끗 고개를 돌려 바라보았다. 그런데 어찌 된 일인지 막내아우인 사오정을 알아보지 못하고 냅다 고함쳐 명령을 내렸다.

"저놈이 누구냐? 저놈 잡아라!"

그 말이 떨어지기 무섭게 원숭이 요정들이 우르르 덤벼들어 에워싸 더니, 사오정을 붙잡아 질질 끌어다가 손오공 앞에 꿇려 앉혔다.

이윽고 손오공의 호통 소리가 머리 위에 떨어졌다.

"네놈은 누구냐? 어떤 놈이 간 덩어리도 크게 내 소굴 근처에 얼씬 거리느냐?"

사오정은 맏형이 딴청 부리고 모른 체하자, 기가 막혀 저도 모르게 한숨이 흘러나왔다. 하지만 미우나 고우나 역시 큰형님이라, 그는 암벽 위를 우러러 문안 인사부터 올리고 나서 이렇게 대꾸했다.

"우리 사부님께서 워낙 성미가 깐깐하시어 큰형님을 잘못 꾸짖으시고 몇 번씩이나 주문을 외워 고통을 주신 끝에 쫓아내신 것은 사실이외다. 물론 우리 같은 아우들이 잘 말씀드리지 못한 탓도 있거니와, 또 우리 둘이서 사부님의 기갈(飢渴)을 풀어드리느라 그 자리를 떠났던 탓도 있었소. 그런데 큰형님이 다시 찾아와 사부님을 때려 졸도하게 만들고 짐짝과 보따리마저 빼앗아 가실 줄 누가 알았겠소. 우리는 사부님을 다시 구해놓고 내가 이렇게 큰형님을 찾아뵈러 온 거요."

손오공은 빙글빙글 웃으며 듣기만 했다. 사오정은 할 말을 계속했다.

"큰형님, 사부님을 원망하지 않으신다면 옛날 고난에서 해탈시켜 주신 은혜를 생각해서라도 이 막내와 함께 보따리를 가지고 돌아가 사부님을 뵙도록 합시다. 그래서 우리 모두 당나라 스님을 모시고 서천으로 경을 구하러 가서 공덕을 이루어야 할 게 아니오? 아직도 미움이 풀리지 않아 돌아가지 못하겠다면, 제발 이 막내한테 보따리와 짐짝이라도 돌려주시고, 큰형님은 이 깊은 산중에서 좋은 경치 즐기며 여생을 편히 지내도록 하시구려."

이 말에 손오공이 껄껄대고 비웃었다.

"자네 정말 깜깜소식이로군! 자네한테 서천으로 모시고 갈 당나라 스님이 있다고 치세. 그렇다면 내게는 서천으로 모시고 갈 당나라 스님이 없는 줄 아는가? 나도 내일이면 그 머나먼 서방 세계로 떠날 채비가 다 되어 있다네. 정 내 말을 못 믿겠거든 기다려보게. 내 당장 보여줄 테니까."

그리고 부하 요괴들에게 분부를 내렸다.

"애들아, 어서 빨리 사부님을 모셔오너라!"

과연! 부하 원숭이들이 동굴 속으로 뛰어들더니, 백마 한 필에 올려 태운 당나라 삼장법사를 모셔 내오는데, 그 뒤를 따라 또 한 명의 저팔계가 보따리를 둘러멘 채 나타나고, 마지막으로 또 한 사람의 사오정이 스승의 지팡이를 짚고 여봐란 듯이 뚜벅뚜벅 걸어 나오는 것이 아닌가?

자신과 똑같이 생긴 모습을 본 사오정은 노발대발, 버럭 고함쳐 꾸짖었다.

"나 사오정은 어딜 가나 이름을 바꿔본 적도 성씨를 고쳐본 적도 없는 몸인데, 어찌 사오정이 또 있을 수 있단 말이냐? 이 괘씸한 녀석, 버르장머리 없는 짓은 걷어치우고 내 항요보장이나 한대 맞아봐라!"

용감한 사오정이 두 손으로 항요보장을 번쩍 치켜들더니 '가짜 사오정'의 머리통을 단숨에 후려갈겼다. 죽여놓고 보니, 그것은 한 마리의 원숭이 요정이었다.

그것을 본 손오공은 약이 바짝 올라 여의봉을 휘두르면서 부하 요정들을 거느리고 달려오더니, 사오정을 에워싸고 무섭게 들이치기 시작했다. 포위망에 빠져든 사오정은 그야말로 좌충우돌, 혼신의 기력을 다 쏟아내어 한참 동안 정신없이 싸우던 끝에 가까스로 돌파구를 열고 빠져나오는 데 성공했다. 그는 안개구름을 일으켜 타고 도망치면서 손오공에게 소리쳤다.

"이 고약한 원숭이 녀석! 이렇게나 몹쓸 짓을 저지르다니! 어디 두고 보자, 내 이 길로 남해 보살님께 가서 일러바칠 테다!"

손오공은 그 뒤를 쫓지 않고 제 소굴로 돌아가더니, 둔갑술을 잘 쓰는 부하 원숭이 요정 한 마리를 가려 뽑아 또다시 사오정으로 탈바꿈시켜 서천으로 떠날 채비를 갖추었다.

사오정은 구름을 타고 동양 대해를 떠난 지 꼬박 하루 낮밤을 보내고서야 남해 낙가산에 도달했다. 그는 급히 구름을 낮추고 보타암 절벽 아래 지상으로 내려섰다. 처음 보는 절경을 둘러보고 있으려니, 목차 혜안 행자가 나타나 맞아들였다.

"사오정, 그대는 당나라 스님을 모시고 경을 구하러 가지 않고 이곳에는 무슨 일로 왔는가?"

"한 가지 일이 생겨 보살님을 뵈러 왔소이다. 그분을 좀 만나게 해 주시오."

목차 혜안은 그 용건이 손오공을 찾는 일인 줄 알아차리고 두말없이 조음동으로 들어가 보살에게 이 일을 아뢰었다.

사오정이 찾아왔단 말을 듣고, 연화대 아래 서 있던 손오공이 껄껄 웃었다.

"보나마나 당나라 스님이 재난에 부닥친 모양이로군! 그러니까 사오정이 보살님께 구원을 청하러 왔겠지요."

관음보살은 그 즉시 사오정을 불러들이게 했다.

이윽고 연화대 앞에 들어선 사오정이 땅바닥에 꿇어 참배의 예를 올렸다. 그런 다음, 지난 일을 하소연하려고 머리를 쳐들다 문득 보살님 곁에 서 있는 손오공을 발견했다. 그는 두말도 않고 항요보장을 번쩍 치켜들더니 손오공의 면상부터 냅다 후려갈기려 대들었다. 손오공은 맞서 싸울 생각은 않고 재빨리 한 곁으로 피했다. 모처럼의 공격이 빗나가자, 사오정은 입에서 나오는 대로 마구 욕설을 퍼부어가며 꾸짖었다.

"너 이놈! 스승의 목숨을 해친 반역도, 몹쓸 놈의 원숭이 녀석아! 이번에는 또 여기까지 앞질러 와서 보살님마저 속이려 들 작정이냐!"

관음보살이 호통쳐 사오정을 꾸짖었다.

"오정아, 손찌검하지 마라! 대체 무슨 일인지 우선 나한테 말해보려무나. 오공이 스승에게 쫓겨난 일은 내 다 알고 있으니, 그다음 얘기부터 해보아라."

사오정은 항요보장을 거둬들이고도 여전히 분노를 이기지 못하여 씩씩대며 거친 목소리로 여쭙기 시작했다.

"저 원숭이 놈은 가는 곳마다 흉악한 짓만 저질러 얼마나 많은 인명을 해쳤는지 모릅니다. 그래서 저희 사부님께 파문당하여 쫓겨났습니다. 그런데 저희 두 형제가 사부님께 동냥을 해드리러 떠난 사이에 저놈은 또다시 살그머니 찾아와 사부님께 차마 입에 담지 못할 욕설을 퍼붓고 철봉으로 때려누인 다음, 봇짐 두 개마저 빼앗아 달아났습니다. 저희는 사부님을 구해드리고 나서 저 혼자 보따리를 찾으러 화과산 수렴동으로 갔습니다만, 저놈은 시침 뚝 떼고 알은체도 하지 않았습니다. 보따리를 내달라고 했더니, 저놈 얘기가 '내게도 당나라 스

님이 있다, 이제 그분을 모시고 서천으로 경을 가지러 떠날 것'이라
면서, 부하들을 시켜 데려 내오는데, 과연 백마 한 필에 당나라 스님
한 사람뿐만 아니라, 그 뒤에 또 다른 저팔계, 그리고 저하고 똑같이
생긴 사오정까지 따라 나오는 것이 아니겠습니까. 저는 너무나 기가
막혀 대뜸 저하고 똑같이 생긴 그놈을 때려죽였습니다. 단매에 쳐 죽
이고 보니, 그것은 어처구니없게도 원숭이 요정이었습니다. 저놈이
요정들을 이끌고 붙잡으려 덤벼들기에 간신히 도망쳐 나와 이렇듯 보
살님께 여쭈려고 달려오는 길이었습니다. 그런데 저 앙큼스런 놈이
또 한발 앞질러 이리 와 있을 줄이야 어찌 알았겠습니까?"

관음보살이 조용히 사오정을 타일렀다.

"오정아, 남에게 함부로 누명을 씌워서는 못쓴다. 오공은 여기 온
지 벌써 나흘째다. 내가 놓아 보낸 적이 없는데, 어떻게 이곳을 빠져
나가서 다른 당나라 스님을 따로 골라 세울 수 있었겠느냐?"

"사흘 전 수렴동에 손오공이 있는 걸 똑똑히 보고 왔사온데, 제가
어찌 거짓말을 하겠습니까?"

"그렇다면 내가 오공을 시켜 너와 함께 화과산에 가보도록 해주마.
그럼 모든 진상이 명백히 가려질 것이다."

손오공은 모든 얘기를 다 듣고 나자 그 즉시 앞으로 나서더니 관음
보살에게 작별 인사를 드렸다.

이윽고 손오공은 막내아우 사오정과 함께 구름을 일으켜 타고 남해
를 떠났다. 근두운은 속력이 몹시 빠른 반면 사오정의 구름은 더딘 편
이라, 손오공이 먼저 앞장서 나아가려고 했다. 그러자 사오정이 그를
가로막으면서 이렇게 말했다.

"큰형님, 한발 앞서 달려가 미리 수작 부릴 생각일랑 걷어치우고, 이 막내와 함께 같이 갑시다!"

막내가 아직도 의심을 품고 있는 것이다. 그리하여 손오공은 근두운의 속력을 늦춰 사오정과 나란히 가게 되었다.

얼마 안 있어 화과산이 바라보였다. 상공에서 내려선 두 형제가 수렴동 밖에서 자세히 살펴보니, 사오정이 얘기한 대로 과연 또 한 명의 손오공이 바위 더미 위에 높이 올라앉아 부하 원숭이들과 술을 마시며 즐기고 있었다. 그 모습하고 생김새가 제천대성과 판에 박은 듯이 털끝만치도 다르지 않아, 손오공 자신도 놀라 자빠질 지경이었다.

그 꼴을 본 제천대성 손오공이 노발대발, 막내의 손을 홱 뿌리쳐 뒤로 물리더니, 철봉을 번쩍 치켜들고 달려나가면서 천둥 벼락 치듯 고함을 질렀다.

"이 요사스럽기 짝이 없는 놈! 어디서 굴러든 녀석이 간 덩어리도 크게 이 손 선생의 모습으로 둔갑해서 내 소굴에 들어앉아 주인 행세를 하는 게냐!"

저편의 손오공은 느닷없이 달려드는 수렴동 주인을 보고도 태연자약, 대꾸 한마디 없이 똑같은 철봉을 휘둘러가며 마주 덤벼들었다.

두 제천대성이 한곳에 마주 서고 보니, 과연 진짜와 가짜를 분간할 도리가 없는데, 서로 들이치고 아우성쳐가며 싸움을 벌이는 자세마저 똑같았다.

이리하여 화과산 수렴동 너른 골짜기 안에 주인을 다투는 제천대성 둘이서 무시무시한 싸움판을 벌여 삽시간에 난장판이 되고 말았다. 이들은 싸움터가 비좁았는지 아예 구름을 일으켜 타고 허공 높이 솟

花菓山

구쳐 올라 팽팽하게 맞서 싸웠다.

사오정은 섣불리 손댈 엄두를 내지 못한 채 유심히 살펴보았으나, 도대체 누가 진짜요 누가 가짜인지 가려낼 길이 없었다. 병기를 뽑아 거들어주고 싶어도 진짜를 다치게 할까 봐 그러지도 못했다.

생각다 못한 그는 몸을 날려 동굴까지 단숨에 쳐들어가 요사스런 원숭이 떼를 위협해 흩어버리고 짐짝과 보따리를 찾아 헤맸다. 그러나 여기저기 아무리 뒤져도 봇짐은 통 보이지 않았다. 그도 그럴 것이, 사오정은 수렴동 출입구가 물의 장막으로 가려졌다는 사실을 모르는 까닭에 찾아낼 수가 없었던 것이다.

사오정이 허둥지둥 헤매고 있을 때, 반공중에서 제천대성의 목소리가 들려왔다.

"이봐, 사오정! 자네 힘으로 날 도와줄 수 없는 바에야, 차라리 사부님께 돌아가 말씀이나 드려주게. 어떻게 해서 이 손 선생이 요물과 싸우게 되었는지, 자네도 보아서 알 테니까. 이제 나는 이 요물을 이끌고 남해 낙가산으로 보살님을 찾아가서 진짜가 누구며 가짜가 누군지 결판낼 작정이라고 말씀드리게!"

그러자 저편의 제천대성 역시 똑같은 생김새에 똑같은 목소리, 똑같은 내용으로 되풀이해서 부탁하는 게 아닌가! 사오정은 아무리 보아도 흑백을 가려낼 재주가 없는 터라, 맏형이 말한 대로 구름을 되돌려 당나라 스님에게 보고하러 날아갔다.

사오정을 떠나보낸 두 손오공은 싸움을 계속하면서 곧바로 남해를 향해 쏜살같이 날아갔다. 한바탕 싸우다가는 가고, 가다가는 또 싸우고, 이렇듯 날아가다 보니, 낙가산 상공에 이르렀을 때에는 치고받고 끊일 새 없이 욕설을 퍼붓는 소리가 보타암 낙가애를 호위하던 여러 신령들마저 놀라게 만들었다. 그들은 부리나케 조음동 안으로 달려가 관음보살에게 이 놀라운 사태를 아뢰었다.

급보를 받은 관음보살이 연화대에서 내려와 목차 혜안과 선재동자를 데리고 조음동 문밖으로 나서더니, 엄한 소리로 호통쳐 꾸짖었다.

"이 못된 짐승들, 어딜 가느냐! 꼼짝 말고 게 섰거라!"

두 손오공이 서로 멱살을 움켜잡은 채 고래고래 악을 썼다.

"보살님, 이놈을 좀 보십쇼! 어쩌면 이 손 선생의 모습과 이렇듯 똑같이 닮을 수가 있습니까? 보살님의 지혜로우신 눈으로 진짜와 가짜를 가려주십시오!"

이쪽 손오공의 말이 끝나자 저쪽 손오공 역시 똑같은 소리를 한바탕 늘어놓았다.

신령들과 보살은 한참 동안 유심히 살펴보았으나 좀처럼 진위(眞僞)를 알아낼 수가 없었다. 그래서 일단 두 손오공이 손을 놓고 양편으로 갈라서게 만들었다. 서로 떨어져 있으면서도 입씨름은 여전했다.

"제가 진짭니다!"

"아닙니다, 저놈은 가짭니다!"

관음보살은 목차 혜안과 선재동자를 가까이 불러들여 넌지시 분부했다.

"너희 둘이서 각자 한 놈씩 붙잡고 있거라. 내가 아무도 듣지 못하게 '긴고주'를 외울 터이니, 어느 쪽이든 아파하는 놈이 진짜요, 멀쩡히 서 있는 놈이 가짜다."

두 사람이 분부대로 가만히 다가서더니, 손오공을 하나씩 붙잡았다. 이윽고 보살이 속으로 진언을 외우기 시작했다.

"어이쿠, 아프다!"

"어이쿠, 아프다!"

두 손오공의 입에서 동시에 비명이 터져 나오더니, 머리통을 부여잡고 땅바닥에 쓰러진 채 데굴데굴 굴러가며 애처롭게 부르짖었다.

"외우지 마십쇼! 외우지 마세요!"

"외우지 마십쇼! 외우지 마세요!"

이구동성으로 부르짖는 애원에, 보살이 진언을 그쳤더니 두 손오공은 또다시 엉겨 붙어 고래고래 악을 써가며 싸우기 시작했다. 보살도 어쩔 도리가 없어 그들을 고함쳐 불렀다.

"손오공아!"

그랬더니 두 손오공이 똑같은 대꾸를 했다.

"예에!"

"예에!"

"네가 천궁에서 대소동을 일으켰을 당시, 토벌하러 나섰던 신장들이 너를 알고 있을 테니, 이 길로 하늘나라에 올라가 흑백을 가려보도록 해라."

"고맙습니다, 보살님!"

저쪽에서 감사드리면 이쪽에서도 에누리 없이 똑같은 소리를 되풀이했다.

이리하여 두 제천대성은 쉴 새 없이 싸우고 떠들어대면서 하늘나라 남천문 밖에 들이닥쳤다.

그날 당직 수문장이던 광목천왕(廣目天王)은 이런 변괴를 처음 보는 터라, 당황한 나머지 신장들과 함께 달려나와 병기를 뽑아 들고 앞길을 가로막았다. 그리고 두 제천대성의 입을 통해 똑같은 사연을 듣자, 부리나케 옥황상제에게 달려가 이 엄청난 사건을 아뢰었다. 말썽꾸러기 제천대성이 한꺼번에 둘씩이나 들이닥쳤다는 소리에, 옥황상제는 깜짝 놀라 탁탑천왕과 나타태자를 남천문으로 내보내 요물의 정체를 비춰 꼼짝 못하게 만드는 조요경(照妖鏡)으로 비춰보게 했다. 그러나 거울에 비친 제천대성은 여전히 둘이었다. 얼굴 모습은 더 말할 나위도 없으려니와 여의봉과 옷차림새, 털끝 한 오리에 이르기까지 전혀 다른 점이 없는 것이었다.

골치가 아픈 옥황상제는 아예 동서남북 천궁의 사대문을 죄다 닫아걸게 하고 두 손오공을 하늘나라 바깥으로 내쫓아버리라는 명을 내렸다.

천궁에서 쫓겨나온 제천대성들은 껄껄대고 한바탕 웃었다. 그렇다고 싸움을 그친 게 아니라 서로 멱살을 부여잡고 아귀다툼을 벌여가며 이번에는 서방 세계 가는 길 쪽으로 곤두박질쳐 내리기 시작했다.

"너 이놈! 나하고 같이 사부님께 가자! 사부님을 뵙고 판가름 내잔 말이다!"

한편, 화과산에서 두 손오공과 헤어진 사오정은 또다시 사흘 낮밤이 걸려서야 겨우 노파의 집으로 돌아올 수 있었다. 그는 스승에게 여태까지 벌어진 사태의 경위를 낱낱이 말씀드렸다.

당나라 스님은 자신의 어리석음을 생각하고 후회와 통한에 사로잡했다.

"이럴 수가 있나! 그때에는 손오공이란 놈이 날 때려뉘고 봇짐을 빼앗아간 줄로만 알았는데, 요괴가 둔갑한 손오공일 줄이야 어찌 알았단 말이냐?"

사오정은 화과산 수렴동에서 가짜 스승과 저팔계, 심지어 자신으로 둔갑한 요정까지 보았다는 말씀을 드려 삼장법사를 더욱 놀라 얼굴빛마저 질리게 만들었다.

이러구러 얘기들을 나누고 있을 때, 난데없이 반공중에서 와자지껄 시끄러운 소리가 들려왔다. 주인과 길손들 모두 깜짝 놀라 뛰어나와 보니, 두 손오공이 서로 맞붙어 싸우면서 날아오는 소리였다. 여태껏 막내아우의 얘기를 듣고 주먹이 근질거리던 저팔계는 그 꼴을 보자 대뜸 팔뚝부터 걷어붙이고 나섰다.

"가만히들 계시오! 어디 내가 한번 가려내볼 테니까."

미련퉁이 바보가 급히 몸을 솟구쳐 공중으로 뛰어올랐다.

"형님들, 떠들 것 없소! 이 저팔계가 갈 테니 염려 마시오!"

그랬더니 두 손오공이 약속한 것처럼 한 입으로 응답했다.

"여보게, 아우! 빨리 와서 이 요물을 때려잡게!"

"여보게, 아우! 빨리 와서 이 요물을 때려잡게!"

미련퉁이가 막상 허공에 올라 다가서 보니, 두 눈을 아무리 비벼가며 보고 또 보아도 역시 분간할 재주가 없었다. 미련퉁이는 그저 손가락만 입에 물고 멍하니 두 손오공을 번갈아 쳐다보는 게 고작이었다.

이때 사오정이 스승의 분부를 듣고 뒤쫓아 올라왔다.

"두 분은 잠깐 싸움을 그치시오! 우리하고 같이 사부님께 내려가 진짜와 가짜를 판가름해달라고 청합시다!"

"사부님이 무슨 수로 가려내신다는 말씀인가?"

또 한 명의 손오공도 같은 소리로 물었다. 사오정은 방금 스승이 귀띔한 방법을 곧이곧대로 얘기해주었다.

"작은형님하고 나하고 한 분씩 붙든 채 사부님이 주문을 외우시면, 어느 쪽이든 아픈 분이 진짜라고 하셨습니다."

"그만 두게, 그 방법은 남해 보살님께서 해보셨는데, 애꿎은 내 머리통만 빠개질 뻔했고 다 소용없었네."

"그만두게, 그 방법은 남해 보살님께서 해보셨는데, 애꿎은 내 머리통만 빠개질 뻔했고 다 소용없었네."

이래서 두 손오공은 당나라 스님에게 부탁하기를 단념하고, 다시 구름 방향을 돌려 이번에는 저승 세계로 치닫기 시작했다.

대소동을 벌이던 말썽꾸러기들이 사라지자, 저팔계는 막내가 찾다 못 찾은 봇짐을 다시 찾으러 화과산 수렴동으로 날아갔다.

두 손오공은 여전히 떠들썩하게 욕설을 퍼붓고 싸워가며 드디어 저승 세계로 통하는 음산(陰山)에 들이닥쳤다. 산중에 우글거리던 저승 귀신들은 그 무시무시한 기세에 눌려 이리 숨고 저리 피해 도망치느라 한바탕 대소동이 났다.

저승을 다스리는 염라대왕이 급보를 전해 듣고 삼라전(森羅殿) 궁궐에서 부리나케 달려나와 제천대성 둘을 맞아들였다.

"대성께서는 무슨 일로 우리 저승 세계를 떠들썩하게 만드시오?"

그러자 이쪽 제천대성이 먼저 찾아온 용건을 밝혔다.

"우리 둘 중 하나는 진짜요 하나는 가짜인데, 염라대왕께서 먼저 생사부를 조사하여 가짜의 출신 내력이 어딘지 밝혀주시오. 그래서 한시 바삐 가짜의 혼령을 빼앗아 저승에 가둬놓고, 두 번 다시는 가짜와 진짜 두 마음이 뒤죽박죽으로 섞여 세상을 어지럽히지 못하게 해주시오."

염라대왕은 이 말을 듣고 즉시 저승 판관을 시켜 온 세상 목숨 가진 모든 것들의 내력과 운명을 기록한 생사부를 가져다 하나하나씩 대조해보게 했다. 그러나 생사부에는 '가짜 손오공'이란 이름조차 적혀 있지 않았다. 더구나 원숭이 족속들은 5백여 넌 전에 손오공이 생사부를 빼앗아 모든 기록을 지워 없앤 뒤로 그 이름마저 남아 있지 않았다.

보고를 받은 염라대왕이 제천대성들에게 사실대로 애기했다.

"손 대성, 우리 저승에는 '가짜 손오공'의 출신 내력을 가려낼 만한 자료가 없으니, 아무래도 다시 이승으로 나가셔야 흑백을 가려낼 수 있으리다."

"여태껏 이승과 천궁을 다 돌아다녔는데, 우리더러 어딜 가서 알아보란 말이오?"

이번에는 저쪽 제천대성이 버럭 성을 내며 투덜거렸다.

바로 이때 염라대왕을 따라다니는 '체청(諦聽)'이란 짐승이 조심스럽게 여쭈었다.

"불법무변(佛法無邊)이라, 부처님의 법력은 끝없나이다."

염라대왕은 퍼뜩 깨달은 바가 있어 두 제천대성에게 일러주었다.

"이 길로 석가여래님이 계신 뇌음사로 가시오. 그리로 가셔야만 모든 진위(眞僞)가 명백히 밝혀질 것이외다.”

“그렇고말고! 지당하신 말씀이야. 이 요물아! 나하고 너하고 같이 서천으로 가서 부처님 앞에서 결판내기로 하자!”

서로 한마디씩 주고받은 두 제천대성이 곧바로 저승 세계를 떠나 서쪽 하늘로 날아가기 시작했다.

골칫덩어리 불청객들이 사라지자, 염라대왕은 그 즉시 귀문관(鬼門關) 사자들을 시켜 저승 세계로 들어서는 관문을 단단히 잠가 봉쇄해 버렸다.

두 손오공은 반공중에서 쥐어뜯고 흔들며 야단법석을 떨며 싸우다가는 또 날아가고 가다가는 또 싸우고, 이렇듯 난장판을 부린 끝에 드디어 대서천 영취산 뇌음보찰 산문 밖에 이르렀다. 조용하고도 엄숙한 불문성지(佛門聖地)에 난데없이 떠들썩하니 아우성치는 소리가 들리기 시작했다.

이 무렵 대뇌음사 전당에서는 사대 보살, 팔대 금강, 오백 나한, 삼천 대중들과 비구승, 비구니들이 칠보로 단장한 연화대 아래 모여 석가여래의 설법을 조용히 듣고 있었다. 그런데 바깥 상공에서 시끄러운 고함 소리가 들려오자, 여래부처는 대중들에게 이런 말을 하였다.

“그대들은 다 같이 일심(一心)이라 하나, 저기 보아라, 두 마음이 서로 다투면서 오고 있지 않느냐?”

중생이 눈을 들어 바라보니, 쌍둥이처럼 닮은 손오공이 아우성치며 대뇌음사 장엄한 경내에까지 들이닥치고 있었다. 깜짝 놀란 팔대 금강이 부리나케 달려나가 그들 앞을 가로막았다.

"어딜 함부로 들어서는가!"

두 제천대성 중 하나가 대답했다.

"요물이 제 모습으로 둔갑하였기에, 연화대 아래 나아가 여래님께 진실과 거짓을 판별해줍시사 간청드리러 왔소!"

또 다른 제천대성 역시 똑같은 말로 부탁했다.

여래부처는 이들이 천궁과 이승, 저승 세계를 두루 돌아다니며 같은 소원을 부탁해온 줄 이미 꿰뚫어보고 계셨다. 그는 합장한 자세로 관음보살에게 물었다.

"관음존자, 그대가 보기에 누가 진짜요 가짜인지 알아낼 수 있겠는가?"

관세음보살은 공손히 대답해 올렸다.

"일전에 두 손오공이 불초 제자의 거처를 찾아온 바 있사오나, 도저히 판별해내지 못하였나이다."

여래부처는 미소를 띠며 이렇게 말했다.

"그대들의 법력이 너르고 크다 하나, 천상천하의 모든 일을 널리 내다보기나 할 뿐, 그 사물과 현상을 두루 인식하지 못하고 그 종류 또한 알지는 못하리라."

"천상천하의 종류가 어떻게 나뉘는지 가르쳐주소서."

"천상천하에는 다섯 종류의 신령과 다섯 종류의 동물이 존재한다. 그리고 또 문제가 되는 것이 있으니, 이놈들은 신령과 동물에 속하지 않는다. 이를 가리켜 세상을 혼란시키는 네 종류 원숭이들로서 '사후혼세(四猴混世)'라 일컫는다."

"그 네 종류 원숭이들은 어떤 것들이옵니까?"

"변화술법에 능통한 돌 원숭이는 하늘의 기후를 식별하고 지리를 알며 별자리를 옮기고 바꿀 수 있는 능력을 지녔다. 두번째 것은 볼기가 붉은 원숭이로서 음양 조화에 능통하여 인간 세상의 모든 일을 꿰뚫어보고 생사를 바꾸어 죽음까지 피해 오래 사는 능력을 지녔다. 세번째 것은 팔뚝이 무척 긴 놈으로서, 해와 달을 잡아 멈추고 온갖 산천을 압축시키며 길흉화복을 판별하는 능력을 지닌 원숭이다. 네번째 것은 귀가 여섯 달린 원숭이로서, 남의 목소리를 잘 알아듣고 사리에 밝으며 모든 원인과 결과의 관계를 판별하여 흉내 내기에 능통한 원숭이다."

"하오면, 지금 손오공으로 둔갑한 원숭이도 그중 하나에 속하옵니까?"

"내가 보건대, '가짜 오공'은 바로 귀가 여섯 달린 원숭이일 것이다. 이놈은 어디서든 천리 밖의 일을 꿰뚫어 알고, 사람이 하는 말이라면 어디서 누가 얘기하는지 낱낱이 알아듣는다. 당나라 삼장의 말과 행동, 그 수제자인 오공의 말과 행동을 꿰뚫어 알았기 때문에, 진짜 오공과 모습이 똑같고 음성 또한 같아지게 된 것이다."

가짜 손오공은 여래부처가 자신의 정체를 낱낱이 밝혀 말하자, 그만 가슴살이 떨리고 간담이 써늘해져 황급히 허공으로 솟구쳐 올라 도망치려 했다.

"저것을 달아나지 못하게 막아라."

여래부처의 말씀 한마디에 모든 대중들이 한꺼번에 몰려나와 가짜 손오공을 에워쌌다. 진짜 손오공 역시 달려들었으나, 여래부처가 그것을 막았다.

"오공은 손찌검하지 마라. 내가 저것을 붙잡아주마."

음성은 작고 조용했어도, 귀가 여섯 달린 원숭이에게는 소름이 오싹 끼치고 전신의 뼈마디가 저려올 만큼 위엄이 서린 목소리였다. 도저히 궁지에서 빠져나가기 어렵다는 판단이 서자, 그놈은 몸뚱이를 한번 꿈틀하더니 꿀벌 한 마리로 탈바꿈하여 '붕!' 하고 허공으로 날아올랐다. 그와 동시에 여래부처의 손길이 황금 바리때를 집어서 훌쩍 내던졌다. 황금 바리때는 꿀벌을 덮어씌운 채 곧바로 떨어져 내렸다. 눈 깜짝할 사이에 벌어진 일이라, 중생들은 그것을 알아채지 못하고 놓쳐버린 줄 알았다.

중생들이 아쉬운 기색으로 웅성거리는 것을 보고 여래부처가 빙그레 웃어 보였다.

"그대들은 아무 말 하지 마라. 요정은 도망치지 못했다. 내 바리때 밑에 깔려 있을 터이니, 모두들 와서 보아라."

대중들이 여래 앞으로 몰려들어 바리때를 들추었다. 과연 그 안에는 본색을 드러낸 원숭이가 여섯 귀를 쫑긋거리며 웅크려 있었다. 그동안 분노를 참고 참았던 손오공이 냅다 앞으로 달려들더니 철봉을 번쩍 들기가 무섭게 그 가짜 놈을 단매에 때려잡았다. 이리하여 오늘날까지 '육이미후(六耳獼猴)'란 별종의 괴물 원숭이는 이 세상에서 멸종되고 말았다.

여래부처는 육이미후가 멸종된 것을 아쉽게 여기면서 손오공에게 분부했다.

"너는 속히 당나라 스님을 모시고 이곳으로 경을 구하러 오너라."

손오공은 머리를 조아려 감사하면서 자신의 고충을 호소했다.

"여래님께 여쭈오리다. 저의 사부 되시는 당나라 스님은 저를 소용 없다 하여 받아들이지 않을 것이옵니다. 이제 그분께 돌아갔다가 용납되지 못한다면, 저는 공연히 애만 쓰고 헛걸음하는 격이 아니겠습니까. 바라옵건대 여래님께서는 제 고충을 살피시고, 주문을 외워 제 머리에 씌운 이 굴레를 벗겨주소서. 제가 이 굴레를 여래님께 돌려드리고 환속하여 살아갈 수 있도록 놓아 보내주소서!"

여래부처가 꾸지람 섞어 조용히 타일렀다.

"쓸데없는 생각 말아라. 이제 관음존자를 너하고 같이 가도록 할 터이니 그대로 따르라. 네 스승이 너를 용서하지 않을까 걱정하지 말고, 아무쪼록 스승을 잘 보호하여 모시고 이리 오너라."

관음보살은 곁에서 가만히 듣고 있다가 즉시 합장하여 사례한 다음, 손오공을 데리고 구름에 올라 표연히 떠나갔다. 그 뒤를 따라 목차 혜안도 흰 앵무새와 함께 보살을 쫓아갔다.

얼마 안 되어 일행은 당나라 스님이 묵고 있는 초가집에 다다랐다. 사오정이 먼저 그들을 알아보고 급히 스승을 문밖으로 모시더니 공손히 절하고 맞아들였다.

관음보살이 당나라 스님을 보고 이렇게 당부했다.

"당나라 스님, 일전에 그대를 때려누인 것은 역시 '가짜 손오공'으로, 귀가 여섯 달린 원숭이였소. 다행히도 여래부처님께서 그놈의 정체를 알아내시고 여기 있는 오공이 죽여 없애버렸으니, 이제는 안심해도 좋소. 그대는 지금부터 오공을 다시 제자로 받아들이도록 하시오. 앞으로 가는 길에 요괴 마귀의 장애가 아직도 스러지지 않았으니, 반드시 오공의 보호를 받아야만 비로소 영취산에 이르러 부처님을 뵙고 경을 구할 수 있을 것이오. 다시는 성을 내거나 꾸짖는 일이 없도록 하시오."

삼장법사는 머리 조아리고 보살의 말씀을 받들었다.

"가르치시는 뜻을 삼가 지키겠나이다."

때마침 화과산 수렴동으로 봇짐을 찾으러 떠났던 저팔계도 세찬 광풍에 실려 의기양양하게 돌아왔다. 일행 다섯이 무사히 다시 모인 것이다.

스승과 제자 일행이 엎드려 사례하는 가운데, 관세음보살은 유유히 남해 바다로 돌아갔다. 미움과 질투, 분노와 시기심으로 흐트러졌던 네 사람은 모든 사사로운 감정을 풀고 예전과 다름없이 마음과 뜻을 하나로 뭉치게 되었다. 일행은 초가집 식구들에게 고맙다는 인사를 남기고 행장과 마필을 수습하여 다시 큰길을 찾아 떠났다.

15. 불타는 화염산

시절은 바뀌어 한여름철 무더위를 다 보내고 또다시 늦가을 서리 내리는 때가 돌아왔다.

스승과 제자 일행 넷이서 하염없이 서쪽으로 걷고 있노라니, 어인 일인지 가면 갈수록 찌는 듯이 무더운 날씨가 점점 더 기승을 부렸다.

삼장법사는 말을 멈춰 세우고 혼잣말로 중얼거렸다.

"지금은 한창 늦가을인데, 이 절기에 어째서 이다지 날씨가 무더우냐?"

저팔계가 알은체하고 한마디했다.

"아마 천시(天時)가 바로 가지 못하고 거꾸로 돌아가는 모양입니다. 그러니 가을철에서 다시 여름철로 바뀌는 게지요."

이런저런 얘기를 하며 가고 있으려니, 길가에 시골집 한 채가 바라보였다. 그런데 유별난 것이, 붉은 기와를 올린 지붕에 붉은 벽돌담 하며 붉은 옻칠을 입힌 대문짝, 게다가 앞마당에 덩그러니 놓인 평상

마저 붉게 칠했으니, 어딜 보나 온통 붉은빛 일색이었다.

집을 본 당나라 스님은 말에서 내렸다. 그리고 대문 앞에 다가서서 기웃거리다 늙수그레한 집주인과 딱 마주쳤다.

"노인장, 한 가지 여쭙겠습니다. 이 고장에서는 가을철이 되어도 늘 이렇게 무덥습니까? 어째서 그런지 모르겠군요."

노인의 대답은 아주 간단했다.

"이 고장은 화염산(火焰山)이라 부르오. 불꽃처럼 뜨거운 산이 있으니까, 봄도 가을도 없고, 사시사철 이렇게 무덥소."

이 말을 듣고 삼장법사는 어지간히 걱정스러워 다시 물었다.

"화염산은 어느 쪽에 있는지요? 혹시 서쪽으로 가는 길목을 가로막고 있지는 않습니까?"

아니나 다를까, 노인장이 절레절레 도리질을 해보였다.

"서쪽으로 가실 생각이라면 아예 꿈도 꾸지 마시오. 그 산은 여기서 육십 리쯤 떨어진 곳에 있는데, 곧장 서쪽으로 가려면 반드시 거쳐야 되는 길목에 자리 잡았소. 팔백 리 너비가 되는 면적에 온통 불길이 솟구쳐 나와 풀 한 포기도 살아남지 못하오. 강철 같은 몸뚱이를 지녔다 하더라도 단번에 녹아버릴 게요."

삼장법사는 이 말에 그만 얼굴빛이 하얗게 질린 채 두 번 다시 물어볼 엄두를 내지 못했다.

이때 대문 바깥에서 젊은 사내가 시뻘겋게 칠한 수레를 밀고 나타나더니, 문 앞에 멈춰 세워놓고 손님을 부르기 시작했다.

"떡 사시오! 떡 한 개에 동전 한 닢이오!"

손오공이 냉큼 털 한 가닥 뽑아 엽전으로 둔갑시켜 가지고 떡 장수에게 다가갔다.

"떡 하나 주시오."

엽전을 받아 든 떡 장수가 수레 위에 덮어놓은 옷자락을 훌떡 젖히더니, 김이 무럭무럭 나는 떡 한 개를 꺼내 손님에게 주었다.

손오공은 떡을 받아 드는 순간, 손바닥이 데일 것처럼 뜨거워 왼손에서 오른손으로 떡을 옮기랴, 이 손에서 저 손으로 굴리랴 호들갑을 떨어가며 악을 썼다.

"앗 뜨겁다! 이렇게 뜨거워서야 어디 먹을 수가 있나!"

젊은 떡 장수가 재미있다는 듯이 낄낄대고 웃어가며 한마디 던졌다.

"그 정도 가지고 뜨겁다면, 애당초 이런 데는 오지 말아야 할 거요. 이 고장은 그 떡만큼이나 뜨거운 곳이니 말이외다."

손오공은 약이 올라 툭 쏘아붙였다.

"일 년 내내 이렇게 무덥기만 하다면, 네 녀석의 이 떡가루는 어디서 났단 말이냐?"

그러나 떡 장수는 외눈 하나 까딱하지 않고 천연덕스레 대꾸했다.

"떡가루를 얻고 싶거든, 철선선(鐵扇仙) 어른께 말씀 잘 드리면 되지요."

이 말에 손오공의 두 귀가 쫑긋했다.

"철선선이라니, 그게 뭐야?"

"철선선이란 분은 파초선(芭蕉扇)을 가지고 계시오. 그 부채를 빌려다가 한 번 부치면 화염산의 불길이 꺼지고, 두 번을 부치면 바람이 일고, 세 번 부치면 비가 내리죠. 그래서 우리 고장 사람들이 논밭에 씨앗 뿌리고 때맞춰 곡식을 거둬들인다, 이 말이오. 그렇게 부채를 빌려다 쓰기 때문에, 이 화염산 일대에서 농사를 지어 오곡이 자랄 수 있는 것이고, 그렇지 못하다면 풀 한 포기도 싹트지 못한다오."

손오공은 떡장수의 말을 듣기 무섭게 휑하니 발길을 돌려 집 안으로 달려갔다. 그리고 노인에게 물었다.

"노인장, 혹시 철선선이 어디 살고 있는지 아십니까?"

"그건 왜 묻소?"

"파초선이란 부채를 좀 빌려다가 화염산의 불길을 잡아놓고 지나갈까 해서 그럽니다."

"그 산은 서남쪽에 있소이다. 이름은 취운산(翠雲山)이요, 그 산골짜기에 신선께서 거처하는 동굴이 하나 있소. 파초동(芭蕉洞)이라 부르오. 하지만 우리 고장 사람들이 그 산을 찾아가려면 오가는 데 한 달씩 걸리고, 왕복하는 거리를 따져서 일천하고도 사백오륙십 리 길이나 된다오."

그래도 손오공은 싱글벙글 자신 있게 웃어넘겼다.

"하하, 그쯤이야 문제없습니다! 이제 갔다 곧 돌아올 수 있으니까요."

"가만 계시오. 마른 양식을 준비해드릴 테니, 그것이나 가지고 떠나시오. 가는 도중에 사람 사는 집도 없고 들짐승이 많을 뿐 아니라 하루 한나절에 다녀올 수도 없는 길이니, 장난인 줄 아시면 안 되오."

"그런 것 필요 없습니다. 나 혼자 휑하니 다녀오도록 하지요. 자, 그럼 갑니다!"

'갑니다!' 소리 한마디 떨어지기 무섭게, 손오공은 벌써 온데간데없이 사라지고 말았다. 그제야 노인장은 깜짝 놀라 저도 모르게 소리를 질렀다.

"아이고 맙소사! 이제 봤더니 구름을 타고 날아다니시는 신선들이
셨군요!"

이리하여 삼장 일행은 노인장 댁에서 한결 깍듯한 대접을 받으며
손오공이 돌아올 때까지 기다릴 수 있었다.

한편, 구름을 탄 손오공은 삽시간에 1천4백여 리를 날아가 취운산
에 이르렀다. 땅에 내려서서 파초동이란 골짜기를 찾아 헤매고 있으
려니 어디선가 '뚝딱, 뚝딱!' 도끼질하는 소리가 들려왔다. 나무꾼이
땔나무를 찍어 넘어뜨리는 소리였다. 그는 서둘러 나무꾼을 찾아 달
려갔다.

"여보, 나무꾼 형씨, 말 좀 물읍시다. 여기가 취운산이오?"

수작을 걸었더니, 나무꾼이 도끼질을 멈추고 대꾸했다.

"바로 그렇소이다."

"철선선이 사는 파초동이란 곳이 있소?"

그제야 나무꾼도 용건을 알아챘는지 빙그레 웃으며 대답했다.

"여기가 파초동 계곡이긴 하오만, 철선선이란 분은 없고 철선공주(鐵
扇公主)가 있을 뿐이오. 별명으로 나찰녀(羅刹女)라고도 부르지요."

"사람들이 하는 말을 듣자니까, 파초선이란 부채를 가지고 화염산
의 불길을 끌 수 있다던데, 바로 그 사람이오?

"맞소! 파초선이란 부채로 불을 꺼서 그 고장 사람들이 농사를 짓
게 해주기 때문에 철선선이란 존칭을 붙였지요. 하지만 우리 고장 사
람들은 그런 바람이 아무 소용도 없어서 그저 나찰녀라고 부를 따름
이오. 바로 우마왕(牛魔王)의 아내랍니다."

이 말을 듣는 순간, 손오공의 낯빛이 싹 바뀌고 말았다. 나무꾼이 보는 앞에서 내색은 하지 않았으나 속으로 여간 걱정스러운 게 아니었다.

'아차, 또 그 원수 놈의 집안과 맞닥뜨리게 되었구나! 홍해아란 놈을 굴복시켰을 때, 그 어린것이 바로 이 계집이 낳아 기른 아들이라고 하지 않았던가? 더구나 얼마 전 해양산 파아동에서 그놈의 숙부라는 도사 녀석을 만났을 때만 해도 조카의 원수를 갚겠다며 샘물조차 주지 않았는데, 이제 여기서 또 그놈의 부모와 마주치게 되었으니 부채를 순순히 빌려줄 턱이 어디 있단 말인가……?'

나무꾼과 헤어진 그는 곧바로 오솔길을 거쳐 골짜기 깊숙이 들어앉은 파초동 어귀에 다다랐다. 출입구에는 두꺼운 돌문 두 짝이 굳게 닫혀 있었다.

손오공은 배짱 한번 크게 다져먹고 동굴 문 앞으로 썩 나섰다.

"우 형! 문 여시오, 문 열어!"

곧이어 '삐거덕!' 하고 문짝 열리는 소리와 함께 동굴 안에서 시골뜨기처럼 생긴 처녀가 나왔다.

"아가씨, 미안하지만 이곳 철선공주님께 한마디 전해주시겠소? 나는 동녘 땅에서 경을 가지러 가는 승려 손오공인데, 서천으로 가는 도중에 화염산을 넘어가기 어려워 파초선을 좀 빌려 쓸까 해서 이렇게 찾아왔노라고 여쭈어주시오."

처녀는 곧장 안으로 들어가더니 나찰녀 앞에 무릎 꿇고 여쭈었다.

"마님, 문밖에 손님이 왔습니다. 동녘 땅에서 왔다는 손오공이란 승려인데, 파초선을 빌려 화염산의 불길을 잡고 넘어가는 데 쓰고 싶답니다."

과연, 나찰녀는 '손오공'이란 이름 석 자를 듣는 순간, 얼굴빛이 화끈 달아오르더니 이를 뽀드득 갈아붙였다.

"이 못된 놈의 원숭이가 오늘에야 나타났구나!"

그리고 몸종에게 호통쳐 분부했다.

"거기 아무도 없느냐! 어서 내 갑옷과 병기를 꺼내오너라!"

이윽고 갑옷으로 단단히 무장을 갖춘 그녀가 두 자루 보검을 양손에 갈라 잡고 동굴 바깥으로 뛰쳐나갔다.

"손오공이란 놈은 어디 있느냐!"

나찰녀가 외쳐 부르는 소리에, 손오공은 그 앞으로 다가서서 허리를 굽혔다.

"여기 있소, 형수님. 평안하셨는지요?"

"쳇! 누가 네놈의 형수란 말이냐?"

나찰녀는 매섭게 쏘아붙였다. 그래도 손오공은 느물느물 말대꾸를 했다.

"댁의 부군이신 우마왕은 오래전 이 손오공과 의형제를 맺은 사이였소이다. 소문에 듣자하니, 철선공주께서 우 형의 정실부인이시라던데, 그럼 이 손 선생에게는 형수뻘이 되는 셈 아니오?"

"이 못된 원숭이 놈아! 그렇게 형제간의 의리를 내세우는 놈이 어째서 내 아들을 그런 몹쓸 구렁텅이에 처넣었단 말이냐?"

드디어 얘기가 본론을 건드리고 나왔다.

"그건 형수님이 잘못 알고 나무라시는 겁니다. 댁의 아드님은 우리 사부님을 납치해 잡아먹느니 삶아 먹느니 소동을 부린 끝에 다행히도 관음보살께서 거두어 제자로 받아들여서 지금은 보살님 계신 곳에서 선재동자 노릇을 하면서 공덕을 쌓아 티 없이 깨끗한 몸으로 불멸의 수명을 누리고 있습니다. 그런데도 이 손 선생의 은덕에 고맙다는 말씀은커녕 도리어 꾸지람을 내리시다니, 무슨 경우가 이렇습니까?"

손오공은 열심히 해명했으나, 그 정도 설득으로는 먹혀들지 않았다.

"이 마귀 같은 녀석! 부채를 빌려달라고? 어림 반 푼어치도 없는 소리! 혓바닥일랑 작작 놀리고 내 칼 아래 일찌감치 저승으로 가서 염라대왕이나 만나보아라!"

"못 빌려주시겠다니, 그럼 좋소! 이 시동생의 철봉이나 한대 맛보시구려!"

드디어 시동생과 형수 간에 싸움이 벌어졌다. 나찰녀는 무지막지하게 보검을 휘둘러가며 들이쳤으나 독살스러운 성깔만 앞세운 칼솜씨로는 애당초 뚝심 강한 원숭이를 당해낼 수야 없는 노릇이라, 해 저물녘까지 싸우고도 좀처럼 이겨낼 기미가 보이지 않았다. 승산이 없음

을 깨달은 그녀는 당장 파초선을 꺼내 들더니 상대방을 겨냥하고 번쩍 휘둘렀다. 단지 그것뿐, 부채질 한 번에 난데없는 돌개바람이 '쏴아아!' 하고 휘몰아 닥치더니, 손오공의 몸뚱이를 까마득한 허공으로 휘말아 올려 눈 깜짝할 사이에 흔적도 없이 날려보냈다. 회오리바람에 휩쓸린 손오공은 미처 막아볼 엄두도 내지 못한 채, 바람결 따라 정처 없이 훨훨 날아가는 신세가 되고 말았다. 이리하여 나찰녀는 단 일격에 완승을 거두고 유유히 동굴 안으로 돌아갔다.

손오공은 하룻밤을 그렇게 꼬박 날려간 뒤에, 날이 부옇게 밝아올 무렵이 되어서야 가까스로 어느 이름 모를 산꼭대기 바위 더미를 덥석 부여잡은 끝에 멈춰 설 수 있었다. 한참 만에 정신을 가다듬고 주변을 둘러보니, 뜻밖에도 눈에 익은 소수미산(小須彌山)이 아닌가!

손오공은 기가 막혀 한숨이 절로 나왔다.

'정말 무서운 계집년이로구나! 신통력이 얼마나 지독스럽기에 부채질 한 번으로 이 손 선생을 여기까지 날려보냈단 말인가? 몇 년 전

황풍령 마귀한테 사부님이 납치당했을 때, 그놈의 요괴를 굴복시키느라 영길보살에게 도움을 청하러 찾아온 곳이 소수미산이었다. 우선 이 산 밑으로 내려가 영길보살에게 형편부터 좀 알아보고 되돌아갈 길을 찾아야겠다.'

손오공은 선원(禪院) 입구에서 낯익은 수도승을 만났다. 수도승 역시 그를 알아보고 즉시 안으로 들어가 보살에게 아뢰었다.

"여러 해 전 황풍령 노괴를 제압하느라 보살님을 모셔갔던 제천대성이란 분이 또 찾아왔습니다."

영길보살은 손오공인 줄 이내 알아차리고 부리나케 마중하러 나왔다.

"여어, 손 대성! 반갑소이다. 경을 받아 가지고 오시는 길이구려? 축하드리오!"

지레 축하한다는 말에, 손오공은 풀이 죽은 기색으로 절레절레 도리질을 했다.

"아직도 멀었습니다. 경을 받아오기는커녕 서천 땅까지 가지도 못했습니다."

"호오, 그래요? 대뇌음사엔 당도하지 못했다면서 여기는 어떻게 오셨소?"

그제야 손오공은 당나라 스님 일행이 화염산에서 갈 길이 막혔다는 사실, 그래서 불길을 끈다는 파초선을 빌리러 나찰녀를 찾아갔으나 파초선을 빌리기는커녕 오히려 그 부채질 바람에 휩쓸려 밤새껏 여기까지 날아오게 된 경위를 다 털어놓았다.

마음씨 좋은 영길보살이 사연을 다 듣고 나더니 껄껄대며 파초선의 내력을 얘기해주었다.

"파초선은 본래 곤륜산에서 천지개벽한 이래 하늘과 땅의 정기를 받아 저절로 자라난 신령한 나무 잎사귀요. 태극의 음기가 엉겨 있기 때문에 세상의 어떤 불길도 다 꺼버릴 수 있을 뿐 아니라 부채질 한 번에 보통 사람은 팔만 사천 리쯤 날려가게 되오. 이 소수미산에서 화염산까지는 고작 오만여 리밖에 안 되오. 그러니까 손 대성이 엉겁결에 바위 더미를 잡은 덕분으로 이 정도 거리에서 멈춰 설 수 있었지, 안 그랬더라면 지금도 정신없이 훨훨 날아가고 계셨을 거요."

손오공 역시 이 말에는 고개를 끄덕끄덕 수긍했다.

"정말 지독했습니다. 그런데 일이 이렇게 되었으니 사부님을 모시고 어떻게 그 산을 넘어갈 수 있을지 모르겠군요."

"손 대성 너무 걱정 마시오. 내가 여래부처님께 정풍단(定風丹) 한 알과 비룡장(飛龍杖)을 한 자루 받았는데, 비룡장은 지난번 황풍 마귀를 제압하는 데 썼고, 정풍단이란 알약만큼은 아직 써보지 못했소. 이 알약을 몸에 지니고 있으면 아무리 파초선으로 부채질을 하더라도 꼼짝달싹하지 않을 게요. 이걸 가지고 어서 떠나시오. 여기서 서북쪽으로 곧장 올라가시면 나찰녀가 있는 취운산에 다다를 수 있소."

"고맙습니다, 보살님!"

손오공은 영길보살에게 작별을 고한 다음 곧바로 근두운을 일으켜 타고 취운산까지 5만여 리 길을 반 시각 만에 날아갔다. 파초동 어귀에 들이닥친 그는 여의봉으로 문짝을 사납게 꽝꽝 두드리면서 고함을 지르기 시작했다.

"문 열어라! 손 선생께서 부채 좀 빌려 쓰려고 왔으니까, 어서 썩 문을 열지 못할까!"

문지기 여동이 기겁을 해서 허둥지둥 안으로 달려갔다.

"마님, 어제 왔던 작자가 또 나타났습니다!"

이 말을 듣고 나찰녀는 속으로 찔끔 놀랐다.

'저 끈덕진 원숭이 녀석, 여간내기가 아니로구나! 내 부채질 한 번이면 보통 사람은 팔만 사천 리를 날려가서야 겨우 멈추는데, 이놈은 어떻게 날려간 지 하룻밤도 못 되어 금방 돌아왔단 말인가? 오냐, 좋다! 이번에는 한 두서너 번쯤 잇달아 부쳐서 아예 돌아올 길마저 못 찾게 만들어줘야겠다!'

이렇게 생각한 나찰녀는 무장을 단단히 갖추고 양손에 보검을 갈라잡은 채 동굴 바깥으로 뛰쳐나갔다.

"손오공, 네놈은 내 부채질이 무섭지도 않은 모양이로구나! 그래서 또 죽으려고 찾아왔느냐?"

뒷심이 든든해진 손오공은 넉살 좋게 웃어가며 말대꾸했다.

"형수님, 너무 인색하게 굴지 말고 그 부채 좀 빌려주시구려. 화염산을 넘어가는 대로 곧장 돌려드리리다."

"이 몹쓸 원숭이 녀석! 아들을 빼앗긴 원수도 갚지 못했는데 부채를 빌려달라고? 부채는 둘째로 치고 아들 잃은 어미의 한칼이나 받아라!"

칼끝이 날아들자, 손오공은 철봉을 선뜻 들어 거세게 마주쳐나갔다. 일진일퇴 예닐곱 번쯤 치고받고 싸웠을 때, 나찰녀는 팔목에 맥이 빠져 보검을 휘두르기조차 어려운 지경에 처하고 말았다. 그녀는 즉시 파초선을 꺼내 들고 손오공을 겨누어 힘껏 부채질했다. 하지만 손오공은 부채 바람에 날려가기는커녕 그 자리에 우뚝 선 채 꼼짝도 하지 않았다. 독이 오른 나찰녀가 연거푸 두 차례나 부채질을 더해보았지만 역시 소용없는 짓이었다. 그녀는 당황한 나머지 급히 파초선을 거둬들이고 허둥지둥 소굴로 뛰어들더니 두 문짝을 단단히 걸어 닫았다.

손오공은 문이 잠기는 것을 보고도 서두르지 않았다. 그는 몸에 지니고 있던 정풍단을 아예 입에 꿀꺽 삼켜 넣고 몸뚱이를 흔들어 하루살이로 둔갑하더니 문틈을 비집고 안으로 날아 들어갔다.

동굴 안쪽에서 나찰녀의 목소리가 쩌렁쩌렁 울려나왔다.

"목말라 죽겠다! 애들아, 어서 빨리 시원한 찻물 한 대접 따라 오너라!"

측근에서 시중드는 몸종이 얼른 찻주전자를 가져다 한 대접 가득 따라 올렸다. 급히 따르는 찻물이라, 수면에 거품이 부글부글 엉겼다. 그것을 본 손오공은 이게 웬 떡이냐 싶어 '앵!' 하고 날아가더니 찻물 거품 속에 살짝 빠져들었다. 그런 줄도 모르고 갈증에 목이 탄 나찰녀는 찻물 한 대접을 받아 들기 무섭게 벌컥벌컥 두어 모금에 들이켜 비웠다.

이리하여 나찰녀의 뱃속에 어렵지 않게 들어앉은 손오공이 본모습을 드러내고 버럭 고함을 질러댔다.

"형수님, 부채 좀 빌려 씁시다!"

난데없는 원수의 고함 소리에 깜짝 놀란 나찰녀가 덩달아 버럭 악을 썼다.

"애들아! 앞문 단단히 닫아걸지 않았느냐?"

몸종들은 입을 모아 대답했다.

"예, 닫아걸고말고요!"

"문이 잠겼으면 손오공이란 놈이 어떻게 집 안에서 떠들고 있단 말이냐?"

"마님의 몸에서 나는 소리 같은데요."

나찰녀는 뭔가 섬뜩한 느낌이 들어, 보이지 않는 손오공을 향해 소리쳤다.

"손오공, 이놈아! 도대체 어디서 농간을 부리고 있는 거냐?"

그제야 손오공이 느긋한 목소리로 대꾸했다.

"이 손 선생은 형수님 뱃속에 들어앉아 구경 좀 다니고 있소. 허파와 간 덩어리도 다 보았으니, 다음은 어딜 구경할까 생각하던 참이라오. 한데 갈증이 몹시 나시는 모양이니 우선 냉수 한 대접 드릴 테니까 목이라도 축이시구려."

말끝이 떨어지자마자, 다리를 번쩍 들어 발밑 부위를 '쿵!' 소리가 나도록 힘차게 내디뎠다. 순간, 나찰녀는 아랫배가 터져나가는 아픔을 견디지 못하고 땅바닥에 털썩 주저앉아 비명을 질렀다.

"아이고 배야……!"

그다음에는 위로 솟구쳐 오르면서 냅다 박치기를 했다.

나찰녀는 가슴팍이 쪼개지는 고통에 겨워 두 손으로 가슴을 부여안은 채 데굴데굴 구르기 시작했다. 어찌나 아프던지 얼굴빛이 노랗게 질리고 빨갛던 입술은 핏기 한점 없이 하얗게 바래 가지고 애처로운 목소리로 신음하며 살살 빌었다.

"아이고, 나 죽겠다! 시아주버니, 살려줘요!"

그때서야 손오공은 손짓 발짓을 그치고 엄하게 말했다.

"이제야 시동생을 알아보시는군. 좋소, 우 형과의 정리를 생각해서 목숨만은 살려드리리다. 그 대신에 어서 부채를 가져오시오. 내가 꼭 써야겠소."

"부채, 여기 있어요! 여기 있으니까, 어서 나와서 가져가세요!"

나찰녀가 다급하게 말했으나, 손오공은 미덥지 않아 다시 한마디 던졌다.

"부채를 이리 가져오라 하시오. 내 눈으로 보아야 나가겠소."

나찰녀는 즉시 여동에게 파초선을 가져오게 하더니 곁에 들려 세웠다. 그동안에 손오공은 목구멍까지 기어 올라와 내다보고 부채가 있는 것을 확인한 뒤, 다시 지시를 내렸다.

"형수님, 내가 들어온 데로 나갈 테니 입을 딱 벌리시오."

나찰녀가 그 말대로 입을 딱 벌리자, 손오공은 또다시 하루살이로 둔갑하여 훌쩍 빠져나오더니, 여동이 세워 들고 있던 파초선 위에 내려앉았다.

"시아주버니, 빨리 나와요!"

나찰녀가 또 한 번 입을 벌리며 소리쳤다. 이때서야 손오공은 본래 모습을 드러내기 무섭게 손을 덥석 내밀어 파초선 자루부터 움켜 빼앗았다.

"부채를 빌려주셔서 고맙소이다!"

능청맞게 한마디 던지고 어슬렁어슬렁 걸어 나가는 손오공 앞에, 문지기 졸개들이 냉큼 문을 활짝 열어젖히고 동굴 바깥으로 내보내주었다.

이렇듯 우여곡절을 겪은 끝에 손오공은 구름을 동쪽으로 되돌려 쏜 살같이 날아가 붉은 벽돌집 담 밑에 내려섰다.

"노인장, 이게 그 부채입니까?"

파초선을 벽에 기대 세우면서 물었더니, 노인은 연신 고개를 끄덕끄덕했다.

"그렇소! 바로 그것이오!"

당나라 스님은 기뻐 어쩔 줄 모르면서 입에 침이 마르도록 제자를 칭찬했다.

"애야, 정말 수고 많았다! 그 보배를 구하느라 얼마나 고생했느냐?"

오랜만에 들은 스승의 칭찬에, 손오공은 기분이 한껏 좋아 무용담을 늘어놓으면서 일행들과 함께 화염산을 향해 떠나갔다.

서쪽으로 약 40리쯤 나아가고 보니, 무더위는 갈수록 점점 더 지독스러워져, 마치 찜통에 들어앉은 것처럼 숨이 턱턱 막힐 지경이었다.

"어이쿠, 뜨거워라! 이건 숫제 발바닥에 인두질을 하는 격이로군!"

말수 적은 사오정이 견디다 못해 비명을 지르자, 손오공은 두 아우에게 지시했다.

"모두들 여기 멈춰 서서 기다리게! 내가 부채질해서 불길을 잡아놓을 테니까, 비바람이 몰아쳐 땅덩어리가 식거든 다시 산을 넘기로 하세."

그는 부채를 들고 뜨겁게 달궈진 산등성이로 가까이 다가서서 치솟는 불길을 향해 있는 힘껏 부채질을 했다. 그랬더니 이게 웬일인가! 부채질 한 번에 화염산의 불길이 잦아들기는커녕 오히려 기름이라도 끼얹은 것처럼 더욱 기승을 부리며 활활 타오르는 것이 아닌가? 다시 한 번 부채질했더니 불꽃은 백 배나 더 솟구치면서 길길이 날뛰기 시작했다. 세번째로 부쳤을 때의 불길은 자그마치 1만 척 높이로 치솟더니 사면팔방으로 무섭게 번져나가기 시작했다. 깜짝 놀란 손오공은 재빨리 도망쳤으나, 불길 번지는 기세가 얼마나 빠른지 두 다리털은 이미 한 오리도 성해 남지 못하고 모조리 그슬린 뒤였다. 불길에 쫓긴 손오공은 정신없이 달음박질쳐 일행들이 기다리는 곳까지 단걸음에 뛰어갔다.

"사부님, 빨리 돌아가세요! 불길이 닥쳐옵니다!"

고래고래 악을 쓰는 수제자의 고함 소리에 놀란 스승과 저팔계, 사오정이 말머리를 돌려세우기 무섭게 왔던 길로 도망치기 시작했다. 그들은 단숨에 20여 리나 치닫고 나서야 겨우 멈춰 서서 한숨을 돌릴 수 있었다.

"오공아, 이게 어찌 된 일이냐?"

손오공은 그때까지 들고 있던 부채를 내동댕이치면서 분통을 터뜨렸다.

"안 되겠어요! 그 못된 년에게 속았습니다. 아까 그 붉은 기와집으로 돌아가서 기다리고 계십쇼. 제가 다시 그년을 찾아가 진짜 파초선을 빼앗아오겠습니다."

이리하여 당나라 스님은 두 제자의 부축을 받으면서 노인장의 집으로 돌아가고, 손오공은 근두운을 일으켜 타고 다시 취운산 파초동을 향해 바람같이 날아갔다.

잠깐 사이에 취운산 상공에 다다른 그는 골짜기로 내려가기 전에 곰곰이 생각해보았다. 이제 또다시 정면으로 쳐들어가 악을 써봤자, 나찰녀가 순순히 파초선을 내줄 리도 없거니와 문짝을 걸어 잠그고 버티면 입만 아플 게 분명했다. 이리저리 궁리한 끝에 손오공은 기막힌 꾀를 하나 짜냈다.

'옳거니! 힘들게 억지로 싸워 빼앗을 게 아니라, 차라리 우마왕으로 둔갑해서 나찰녀를 홀려봐야겠다. 살살 구슬려 기분 좋게 만들어놓고 사기 쳐서 부채를 빼앗는 것이 훨씬 낫겠다. 우마왕, 그 친구의 생김새는 오백여 년 전 의형제로 사귈 때 보아둔 적이 있으니까, 탈바꿈하기야 그리 어려운 일이 아니다.'

당장 우마왕의 모습으로 둔갑한 그는 천연덕스레 동굴 문 어귀에 내려섰다.

"문 열어라!"

호통 소리 한마디에, 동굴 안쪽에서 파수를 보던 여동들이 주인어른의 목소리를 알아듣고 대문을 활짝 열어젖혔다. 문을 열고 내다보니, 목소리뿐만 아니라 얼굴 생김새도 영락없는 우마왕이라, 문지기 여동은 부리나케 안으로 달려가 여주인에게 아뢰었다.

"마님! 나리께서 돌아오셨습니다."

남편이 돌아왔다는 말을 듣자, 나찰녀는 서둘러 옷매무새와 머리타래를 가다듬고 급히 문밖으로 마중 나갔다.

이윽고 우마왕으로 둔갑한 손오공이 잔뜩 거드름을 부려가며 대문 안으로 들어섰다. 나찰녀는 그를 알아보지 못한 채 반색을 하며 집 안으로 모셔 들인 다음, 여동들에게 분부하여 자리를 마련하랴 차를 올리게 하랴, 한바탕 부산을 떨었다.

가짜 우마왕이 윗자리에 앉고 나자, 나찰녀는 사뭇 원망스런 말씨로 바가지를 긁기 시작했다.

"대왕께서는 신접살림 재미에 푹 빠져서 저를 모른 체하고 거들떠 보지도 않으시더니, 오늘은 무슨 바람이 불어 집엘 다 오셨나이까?"

손오공은 이게 무슨 소린가 싶어 당황했으나, 내색을 못하고 일부러 쑥스러운 웃음을 지으며 얼렁뚱땅 넘겨버렸다.

"내 어찌 당신을 모른 체하고 있었겠소? 여러 친구들과 사귀다 보니 초대받는 곳이 많아 여기저기 돌아다녔을 뿐이지."

사실 손오공은 모르고 있었다. 우마왕이 2년 전부터 '옥면공주(玉面公主)'란 꼬리 아홉 달린 여우 구미호(九尾狐)의 요정과 딴살림을 차려놓고 신혼 재미에 푹 빠져든 채, 나찰녀가 있는 취운산 파초동 근처에는 얼씬도 하지 않았던 것이다. 그러니 오랜만에 돌아온 남편을 보고 나찰녀가 원망하는 것도 무리는 아니었다.

아무튼 가짜 우마왕은 그녀가 눈치 채기 전에 얼른 화제를 바꾸었다.

"요즈음 소문을 듣자니, 손오공이란 놈이 당나라 화상을 모시고 화염산 부근에 나타났다던데, 혹시 그놈이 당신에게 부채를 빌리러 오지 않았을까 걱정스러워 이렇게 달려온 거요."

그제야 나찰녀가 눈물을 뚝뚝 흘려가며 서럽게 애기를 끄집어냈다.

"대왕, 속담에도 남자에게 아내가 없으면 재산을 지키지 못하고, 여자에게 남편이 없으면 그 한 몸을 보전하지 못한다고 했듯이, 제 목숨도 당신이 없었기 때문에 하마터면 그 원숭이 놈에게 빼앗길 뻔했어요!"

이 말을 듣고 가짜 우마왕이 노발대발, 일부러 격분한 목소리로 다그쳐 물었다.

"아니, 저런 못된 원숭이 놈 봤나! 그래, 언제 여길 왔다 갔소?"

"저한테 부채를 빌리러 왔었죠. 그래서 우리 아들의 원수를 갚으려고 한바탕 싸웠어요. 하지만 내 힘에 부쳐 패하고 집으로 도망쳐 들어왔는데, 그만 원숭이 놈의 속임수에 깜빡 넘어가 부채를 내주어 돌려보내고 말았어요."

가짜 우마왕은 또 일부러 가슴을 쥐어박으면서 통분해했다.

"저런, 저런……! 아깝구나, 아까워! 부인이 정말 잘못했소. 어쩌자고 그 소중한 보배를 원숭이 놈한테 내주었단 말이오? 이거 참 분하고 원통해 죽겠구먼!"

가짜 우마왕이 분을 못 이겨 펄펄 뛰는 것을 보자, 나찰녀는 생글생글 웃으면서 이렇게 달래주었다.

"대왕, 노여워하실 것 없어요. 그놈한테 내준 것은 가짜 파초선이랍니다. 그놈을 감쪽같이 속여서 돌려보냈지 뭐예요."

"으응? 가짜였다고! 그럼 진짜 부채는 어디 있소?"

나찰녀는 입속에서 살구나무 잎사귀만 한 것을 뱉어내더니 가짜 남편에게 주면서 자랑스레 말했다.

"보세요! 이게 바로 그 보배 아닌가요?"

손오공이 그것을 받아 들고 보니 부채치고는 너무 작아 도무지 믿을 수가 없었다. 이까짓 것으로 어떻게 부채질해서 산불을 끌 수 있단 말인가……?

"아무리 보배 부채라 해도 이렇게 작은 물건으로 둘레가 팔백 리나 되는 산불을 어떻게 끌 수 있단 말이오?"

나찰녀는 남편이 돌아온 것만 기쁘고 좋아서 저도 모르는 사이에 그만 보배 쓰는 비결까지 실토하고 말았다.

"여보세요, 대왕님! 지난 이 년 동안 밤이나 낮이나 옥면공주란 년에게 홀딱 빠지시더니 기억력마저 흐려지셨군요. 자, 보세요! 엄지손가락으로 자루에 매달린 붉은 실을 비비 꼬면서 '훅! 훅! 쉬익, 쉭!' 이렇게 숨을 한 번 들이마셨다 내쉬면 금방 열두 자 길이로 늘어나지 않아요? 그까짓 팔백 리 산불쯤이야 딱 한 번만 부채질해도 순식간에 꺼져버리고 말죠!"

손오공은 힘들게 알아낸 비결을 가슴 깊이 암기했다. 그리고 부채를 입에다 날름 집어넣고 손바닥으로 얼굴을 쓰윽 문질러 내렸다. 불쑥 드러낸 얼굴 모습은 털북숭이 손오공의 본색이었다. 이어서 나찰녀를 노려보며 사나운 목소리로 호통을 쳤다.

"나찰녀! 이 얼굴이 네 진짜 서방인지 아닌지 똑똑히 봐라!"

대갈일성으로 호되게 꾸짖는 말에, 나찰녀가 정신을 가다듬고 다시 바라보았더니, 남편 우마왕은 간데없이 사라지고 눈앞에 있는 것은 저 죽일 놈의 원수 덩어리 손오공이 아닌가! 그녀는 놀라다 못해 뒤로 벌렁 나자빠지고 말았다. 엉뚱한 남자에게 애교 떨고 투정을 부렸다고 생각하니 창피스러워 쥐구멍에라도 들어가고 싶었다.

"아이고 분해라! 저 원수 놈한테 또 속아 넘어가다니, 분해 죽겠다!"

나찰녀야 분해 죽거나 말거나, 사기꾼 원숭이는 여유만만하게 큰대 자 걸음걸이로 휘적휘적 파초동을 빠져나왔다.

선뜻 허공으로 솟구쳐 높은 산봉우리에 뛰어오르자, 손오공은 일행들이 기다리는 곳으로 달려가다 말고 무슨 생각이 들었는지 도중에 구름을 멈춰 세우더니 입속에 감춰두었던 부채를 손바닥에 토해냈다. 의심 많고 성미 급한 이 원숭이는 과연 비결이 맞는지 시험해보고 싶었던 것이다. 아까 나찰녀가 뭐라고 했더라? 옳거니! 엄지손가락으로 자루에 달린 실을 비비 꼬면서 '훅! 훅! 쉬익, 쉭!' 이렇게 숨을 들이켰다가 내쉬라고 했으렷다……? 비결은 과연 딱 들어맞았다. 살구 잎사귀만큼이나 작던 부채가 비결을 외우기 무섭게 순식간에 무려 열두 자 크기로 늘어났던 것이다.

이렇듯 진짜 파초선을 손에 넣은 것까지는 좋았는데, 여기서 문제가 생겼다. 부채를 크게 늘리는 비결은 확인했으나, 이것을 도로 작게 줄이는 비결만큼은 미처 알아내지 못하고 뛰쳐나온 게 잘못이었다. 손오공은 자신의 성급한 처사가 후회스럽기 이를 데 없었다. 허나 이미 지나간 일이니 어쩌랴. 그저 열두 자로 큼지막하게 늘어난 부채를 장대처럼 어깨에 둘러메고 오던 길로 되돌아갈밖에……

한데 일은 공교롭게 되었다.

옥면공주라는 구미호의 소굴에 딴살림을 차려놓고 들어앉은 진짜 우마왕은 그날따라 언짢은 기분이 들면서 웬일인지 정실부인 나찰녀가 자꾸 보고 싶어졌다. 그 역시 도를 닦아 영성(靈性)을 갖춘 괴물이라, 무엇인가 불길한 예감이 들었던 것이다. 우마왕은 모처럼 아내를 만나보려고 구미호에게 바람을 쐬러 나간다는 핑계를 대고 슬그머니 소굴에서 빠져나와 그 길로 곧장 취운산 파초동을 향해 달려갔다.

불길한 예감은 딱 들어맞았다. 동굴 어귀에 다다랐을 때부터 벌써 대문 안에서 나찰녀가 몸부림치며 울부짖는 소리가 들려왔다. 우마왕이 대뜸 물었다.

"여보, 웬일이오? 누가 찾아와 당신을 괴롭혔소?"

남편의 목소리가 들려오자, 나찰녀는 곧바로 달려나와 우마왕의 가슴을 부여잡고 머리로 들이받으면서 욕설을 퍼붓기 시작했다.

"이 벼락 맞아 죽을 늙은이야! 어쩌자고 이제야 돌아온 거예요? 저 몹쓸 원숭이 녀석 손오공이 당신 모습으로 둔갑해 나타나서 나를 감쪽같이 속여 부채를 빼앗아 달아났는데도, 어쩌면 그렇게나 모르고 태평스러울 수 있단 말이에요?"

"뭣이, 손오공이라니? 그 원숭이가 여길 찾아왔단 말이오?"

"이런 쓸개 빠진 것! 이제 와서 그걸 물으면 뭣 해? 그 못된 원숭이가 화염산 불을 끄겠다며 내게 사기 쳐서 부채를 빼앗아갔단 말이야! 아이고 분해라, 원통해 죽겠네!"

우마왕은 기가 막혔으나, 일단 아내부터 다독거려줄 도리밖에 없었다.

"여보, 일이 그렇게 된 거야 이제 어쩌겠나? 부채도 부채지만 당신 몸도 생각해야지. 너무 낙심 말고 잠시만 기다리구려. 내 이 길로 그 원숭이 녀석을 뒤쫓아 보배를 되찾고 잡아 죽여서 당신 속이 시원하도록 분풀이를 해주리다."

그는 다시 몸종들에게 호통쳐 분부했다.

"애들아, 너희 마님이 쓰는 병기를 가져오너라!"

자기가 쓰던 애용병기는 옥면공주의 저택에 두고 왔으니 옹색하나마 나찰녀의 것이라도 빌려 써야 했던 것이다.

이리하여 서슬 푸른 쌍검을 양손에 갈라 쥔 우마왕은 파초동을 나서기가 무섭게 구름을 일으켜 타고 곧바로 화염산 쪽을 향해 뒤쫓기 시작했다.

16. 우마왕, 본색을 드러내다

우마왕은 씨근벌떡, 정신없이 손오공의 행방을 찾아 추격해나갔다. 과연 그 정성이 통했는지, 화염산까지 채 도달하기도 전에 그는 파초선을 어깨에 둘러멘 채 우쭐대며 걸어가는 손오공의 뒷모습을 발견할 수 있었다.

열두 자 길이나 커진 부채를 보는 순간, 우마왕은 깜짝 놀라고 말았다.

'아차……! 저 원숭이 녀석이 어느새 파초선 쓰는 비결까지 알아냈구나. 내가 이제 맞대놓고 부채를 돌려달라고 해보았자 저놈이 순순히 내어줄 턱이 없을 게다. 더구나 저 파초선으로 부채질했다 하는 날이면, 나는 순식간에 십만 팔천 리나 훨훨 날려가고 말 게 아닌가……?'

이리하여 그는 속으로 어떻게 하면 부채를 도로 빼앗을 수 있을까 곰곰이 궁리하기 시작했다.

'가만있자, 마누라 얘기를 듣자니, 당나라 화상은 지금 화염산 근처에서 기다리고 있다 했으렷다? 그 중놈은 손오공 말고도 돼지 정령을 둘째 제자로, 또 유사하 물귀신을 셋째 제자로 거느리고 있다고 했다. 그 두 녀석은 옛날에 내가 요괴 노릇을 하던 시절에 본 적이 있어 생김새를 훤히 기억하고 있다. 그렇다면 어디 한 번 돼지 정령으로 둔갑해서 저놈을 속여봐야겠다. 아마 저놈은 부채를 손에 넣은 뒤라 의기양양해서 마음이 놓였을 테니, 그리 방비를 단단히 하지는 않고 있을 것이다.'

우마왕 역시 일흔두 가지 변화술법을 익힌 몸이다. 그래서 손오공에 뒤지지 않는 대단한 신통력의 소유자였다. 우마왕은 그 자리에서 몸뚱이를 한번 뒤틀어 눈 깜짝할 사이에 저팔계와 똑같은 모습으로 변신한 다음, 재빨리 지름길로 앞질러 달려갔다. 그리고 손오공을 마중하러 오는 체하면서 큰 소리로 불러 세웠다.

"형님, 내가 왔소!"

옛사람 말에, 싸움에 이긴 고양이는 호랑이나 된 것처럼 우쭐댄다더니, 과연 자만에 빠진 손오공 역시 눈앞에 나타난 상대가 적인지 우군인지 분간 못하는 실수를 저지르고 말았다. 그는 미련퉁이와 똑같이 생겨먹은 모습만 보고도 반색을 하며 손을 흔들어 보였다.

"이 사람아, 어딜 가는 길인가?"

손오공이 경계하는 기색 하나 없이 반갑게 나오자, 우마왕은 옳다 걸려들었구나 싶어 천연덕스레 대답했다.

"형님이 오래도록 돌아오지 않으니까, 사부님께서 나더러 마중을 나가보라고 하시기에 이렇게 달려오는 길이오."

"하하, 원 사부님도! 별 걱정을 다하시는군! 이걸 보라고, 내 벌써 손에 넣었지 않았는가!"

"그걸 어떻게 손에 넣으셨소?"

우마왕이 시침 뚝 떼고 물었더니, 손오공은 자랑스레 한바탕 무용담을 늘어놓았다. 뻔히 다 아는 얘기였으나, 우마왕은 새삼 듣고 보니 속으로 이가 갈렸다. 하지만 분통을 꾹 눌러 참고 억지웃음을 지어 보일 수밖에 없었다.

"참말 수고 많으셨소. 형님, 고생하느라 지쳤을 테니 그 부채는 이리 주시구려. 내가 들고 가리다."

손오공은 무심코 어깨에 둘러메고 있던 부채를 기분 좋게 선뜻 넘겨주고 말았다.

우마왕은 파초선의 크기를 늘렸다가 줄이는 비결을 익히 아는 터라, 부채를 받아 들기가 무섭게 중얼중얼 주문을 외우더니, 열두 자짜리 파초선을 순식간에 살구잎사귀만큼 작게 줄여 가지고 손아귀에 단단히 움켜잡았다. 그러고는 제 본래 모습을 드러내면서 냅다 호통쳐 손오공을 꾸짖었다.

"이 못된 원숭이 놈아! 나를 알아보겠느냐?"

"아차, 내가 실수했구나……!"

손오공은 속으로 자신의 경솔함을 다시 한 번 꾸짖었으나 이미 엎질러진 물이다. 제 딴에는 남을 곧잘 속여 먹는다고 자랑하던 원숭이가 남의 속임수에 걸려들었으니, 그 자부심에 상처가 얼마나 크랴. 불같이 성난 그는 철봉을 수레바퀴 돌리듯 휘둘러가며 우마왕을 겨누고 정면으로 들이쳤다.

우마왕도 기다렸다는 듯이 선뜻 파초선을 휘저어 상대방에게 부채질을 했다. 그러나 손오공의 뱃속에는 영길보살이 선물한 정풍단 한 알이 얌전히 들어 있었으니, 아무리 부채질을 해도 움쭉달싹할 턱이 없었다.

이런 줄 까맣게 모른 채, 우마왕은 파초선이 효력을 잃고 상대방이 외눈 하나 깜짝하지 않는 것을 보자, 당황한 나머지 파초선을 도로 입에 틀어넣고 보검 두 자루를 휘두르면서 사나운 기세로 손오공에게 덤벼들었다.

이리하여 5백여 년 전 의형제를 맺었던 두 사람은 반공중에서 안개구름을 걷어차며 오랜만에 격렬하게 맞붙기 시작했다.

한편, 삼장법사는 노인의 집까지 가지도 못하고 화염산 앞 들판 길바닥에 주저앉은 채 심신이 지칠 대로 지쳐 있었다. 푹푹 찌는 무더위도 견뎌낼 도리가 없거니와 부채를 얻으러 간 수제자를 기다리느라 초조해진 마음까지 겹쳐 이제는 목이 말라 참을 수 없는 지경에 이르렀던 것이다.

"오공은 어딜 가나 축지법을 잘 써서 이삼천 리 길이면 순식간에 다녀왔을 터인데, 어째서 하루 해가 저물도록 돌아올 줄 모른단 말이냐? 아무래도 우마왕과 마주쳐 싸움판이 벌어진 게 분명하구나. 팔계야, 네가 마중을 나가보지 않겠느냐?"

스승에게 지명을 받은 저팔계가 "예!" 하고 한마디로 응답하더니 승복 자락을 여미고 이빨 아홉 달린 쇠스랑을 어깨에 떠멘 채 곧바로 동쪽을 향해 날아갔다. 찜통 같은 무더위 속에 마냥 서서 기다리기보다 시원한 바람이 부는 동쪽으로 가는 것이 훨씬 낫겠다고 생각해 선뜻 나선 것이었다.

한참을 가다 보니, 어디선가 살기 찬 고함 소리가 요란하게 들려오고 미치광이 돌개바람이 거세게 휘몰아쳐왔다. 저팔계는 구름을 멈춰 세우고 이리저리 앞쪽을 내다보았다. 아니나 다를까, 스승이 걱정했던 대로, 손오공이 우마왕과 죽기 살기로 맞붙어 싸우고 있는 것이 아닌가!

"형님, 내가 왔소!"

싸움판을 본 미련퉁이가 정신이 번쩍 들어 쇠스랑 자루를 거머쥐고 고함을 지르며 신바람 나게 앞으로 내달렸다.

힘에 버거운 상대를 만나 악전고투를 거듭하던 손오공은 반가움보다 원망이 앞섰는지 냅다 욕설부터 퍼부었다.

"이런 못난 녀석! 자네 때문에 내가 얼마나 큰일을 잡쳤는지 알기나 해?"

일껏 도와주러 왔다가 핀잔을 들었으니, 저팔계도 기분이 상해 투덜거렸다.

"젠장! 난 사부님이 마중을 나가라고 해서 이제 왔을 뿐인데, 어째서 나 때문에 큰일을 잡쳤다고 투정하는 거요?"

"자네더러 늦게 왔다고 나무라는 게 아닐세. 이 못된 황소 영감이 아주 괘씸한 짓을 했지 뭔가!"

"괘씸한 짓이라니, 그건 또 뭐요?"

"내가 나찰녀한테 부채를 빼앗아 왔더니, 이 못된 녀석이 자네 모습으로 둔갑해 마중 나왔다고 하기에, 너무 반가운 나머지 그만 깜빡

속아 부채를 도로 저놈 손에 넘겨주고 말았지 뭔가. 지금 얘기할 틈이 없으니, 어서 빨리 와서 도와주게!"

하찮은 황소 나부랭이가 무엄하게도 멧돼지 어르신으로 둔갑해 사기를 쳤다니, 그 말을 듣고 불같이 성난 저팔계는 쇠스랑을 번쩍 치켜들고 앞으로 내달으면서 우마왕에게 냅다 욕설부터 퍼부었다.

"이 염병 앓다 거꾸러질 황소 녀석! 네놈이 어디서 감히 멧돼지 조상 어른의 모습으로 둔갑을 해? 옛다, 이 쇠스랑이나 한대 맛 좀 봐라!"

저팔계의 쇠스랑은 머리통이고 얼굴이고 가릴 것 없이 마구잡이로 상대를 후려 찍었다. 우마왕은 하루 종일 손오공을 상대로 싸우느라 지친 데다, 노발대발한 저팔계가 무섭게 후려 찍는 쇠스랑의 기세를 도저히 감당해낼 자신이 없어, 마침내 쌍검을 거두어들이고 냅다 도망치기 시작했다.

그런데 이때 어디서 나타났는지 화염산 토지신과 산신령이 부하들을 모조리 끌고 나와 그 앞을 가로막았다.

"우마왕! 잠깐 거기 서시오. 당나라 삼장법사가 서천으로 경을 가지러 가는 길에 보우하지 않는 신령이 없으며, 돕지 않는 하늘이 없소이다. 그러니 어서 파초선으로 화염산 불길을 잡아놓고 그분 일행이 무사히 넘어가게 해드리시오. 그렇지 않을 때에는 천벌을 면치 못할 것이오!"

갈 길 바쁜 우마왕이 소리쳐 꾸짖었다.

"네 따위 잡귀신들이 뭘 안다고 나불대는 거냐? 저 원숭이란 놈은 내 아들을 빼앗기게 만들었고 내 아내마저 속이는 등, 무도막심한 짓을 저질렀다. 내 이 원한을 어찌 참고만 있으란 말이냐?"

말끝이 다 떨어지기도 전에, 뒤를 바싹 쫓아온 저팔계가 달려들었다.

"이 황달병이나 앓다 죽을 놈의 황소 녀석! 어딜 뺑소니치려고? 내 쇠스랑이나 한대 더 먹어봐라!"

우마왕은 사실 더는 싸우고 싶은 마음이 손톱만치도 없었다. 그러나 상대방이 끈덕지게 덤벼드니 어쩔 도리가 없었다. 악에 받친 그는 황급히 돌아서기 무섭게 저팔계를 상대로 다시 한차례 맞붙기 시작했다. 때맞춰 들이닥친 손오공도 철봉을 바람개비 돌리듯 정신 못 차리게 휘둘러가며 저팔계의 싸움을 거들었다.

두 사람의 적을 상대로 우마왕은 일진일퇴 악전고투, 하룻밤이 꼬박 지새도록 싸웠으나 승기(勝機)를 잡지 못한 채 또 날이 밝아왔다. 아침 해가 떠올랐어도 세 사람은 생사를 헤아리지 않고 무려 백십여 차례나 무섭게 치고받았다. 저팔계는 불끈하는 성미에 뚝심을 뽐내가며 쇠스랑을 마구잡이로 찍어 내리고 훑어 올렸다. 그야말로 걷잡을 수 없는 미치광이 멧돼지의 공격 앞에, 우마왕은 견뎌내지 못하고 나찰녀가 사는 파초동 쪽으로 달아나기 시작했다. 그러나 거기에는 취운산 토지신과 산신령이 부하들을 거느리고 동굴 문 앞을 철통같이 가로막고 있을 줄이야……

"우마왕, 어딜 가시오! 우리가 여기 있소!"

우렁찬 호통 소리에 기가 질린 늙은 황소는 급히 발길을 되돌렸으나, 뒤쪽에는 발광한 멧돼지 저팔계와 손오공이 기세등등하게 쫓아오고 있었다. 그는 당황한 나머지 쌍검을 내동댕이치더니 몸뚱이 한번 꿈틀하는 사이에 한 마리 황새로 둔갑하여 창공을 향해 훨훨 날아갔다.

뒤쫓아오던 손오공이 그 자리에서 주문을 외우고 몸뚱이를 꿈틀하여 사나운 보라매로 둔갑한 다음, 날갯짓 한 번에 '휙!' 하고 구름 속으로 뚫고 들어가더니, 거기서 다시 곤두박질쳐 황새의 덜미에 내려앉았다. 그리고 날카로운 발톱으로 목 줄기를 움킨 채 황새의 눈알을 쪼아대려 했다. 우마왕 역시 보라매가 손오공의 변신인 줄 알아차리고 재빨리 날개를 떨쳐 빠져나가더니, 이번에는 그보다 더 사나운 참매로 둔갑하여 보라매를 쪼려고 덤벼들었다. 손오공은 다시 몸뚱이가 새까만 봉새로 탈바꿈해서 참매의 꽁무니를 바짝 뒤쫓았다. 우마왕 역시 봉새가 참매의 천적인 줄 아는 터라, 또 한 차례 변신술법을 써서 흰 두루미로 둔갑한 다음, 청승맞게 목청을 뽑아 길게 우짖으면서 남쪽 하늘을 향해 훨훨 날아가기 시작했다.

손오공이라고 그것을 놓쳐 보낼 리가 없다. 그는 자세를 바로잡고 우뚝 서서 날개 터럭을 활활 떨치더니, 이번에는 붉은 볏을 머리에 인 단봉(丹鳳)으로 둔갑하여 창공을 향해 드높은 목청으로 한 차례 길게 울어댔다. 단봉이라면 날짐승의 왕자로서 날개 달린 짐승치고 그 앞에서 함부로 설쳐대지 못하는 법, 백학으로 둔갑한 우마왕은 단번에 기가 죽어 몸뚱이를 산비탈 아래로 곤두박질쳐 내려갔다. 그리고는 다시 몸을 번뜩여 한 마리의 사향노루로 둔갑하더니, 힐끔힐끔 곁눈질하면서 둔덕 앞에 서성대며 천연덕스레 풀을 뜯기 시작했다.

뒤따라 지상으로 내려앉은 손오공이 이번에는 굶주린 호랑이로 둔갑하여 꼬리를 도사리고 네 발굽으로 땅바닥을 걷어차기 무섭게 사향노루를 잡아먹으려고 덤벼들었다. 그 사나운 기세에 우마왕은 어쩔 바를 모르다가 이번에는 돈짝만 한 얼룩무늬를 지닌 표범으로 바뀌어 굶주린 호랑이를 덮쳤다.

이것을 본 손오공은 맞바람을 쐬면서 머리통을 한번 흔들어 붙이더니 황금빛 눈동자를 지닌 사자로 탈바꿈했다. 사자는 천둥 벼락을 때리듯 우렁찬 목청으로 으르렁대며 강철 같은 이마에 구리쇠만큼이나 야무진 머리통을 휘두르면서 몸을 훌떡 뒤채기 무섭게 얼룩무늬 표범을 잡아먹으려고 덤벼들었다.

천적을 만나 다급해진 우마왕은 또다시 큰 곰으로 둔갑하여 앞발을 쩍 벌리고 황금빛 사자에게 와락 달려들었다. 허나 그렇다고 큰 곰의 앞발 후림에 순순히 얻어맞을 손오공이 아니다. 그는 날쌘 동작으로 몸뚱이를 훌떡 뒤집어 땅재주를 넘더니, 이번에는 거대한 코끼리로 둔갑하여 콧구멍을 벌름거려가며 기다란 코로 큰곰을 휘말아 가지고 대나무순처럼 뻗쳐 나온 상아 위에 끌어당기려 했다.

이제 더는 변화술법으로 겨뤄볼 여유도 밑천도 다 떨어진 우마왕이 별안간 실성한 것처럼 히죽히죽 웃더니, 마침내 본래의 모습을 드러내어 한 마리의 흰 소로 탈바꿈했다. 머리통의 크기는 태산준령과 같고, 두 눈알은 번갯불처럼 번뜩거리는가 하면, 철탑같이 우뚝 돋아나온 두 개의 뿔과 예리한 칼날을 늘어놓은 듯 날카롭기 짝이 없는 이빨, 머리에서 꼬리까지 길이가 1만 척을 넘고, 발굽에서 잔등까지 높이만도 무려 8천 척이나 되는 거대한 백우(白牛)가 우마왕의 정체였던 것이다.

"이 못된 원숭이 놈아! 이제 나를 어떻게 해볼 작정이냐?"

본색을 드러내고 뇌성벽력같이 호통치는 우마왕 앞에, 코끼리 따위는 그 발치 밑에도 따라잡지 못한다. 사세가 이렇게 되니 손오공 역시 본래의 모습으로 돌아왔다. 원숭이로 돌아온 그는 허리통을 한 차례 움찔하면서 냅다 고함쳤다.

"늘어나라!"

외마디 소리에 손오공의 몸뚱이는 키가 10만 척, 머리통은 태산을 능가하고 두 눈동자는 해와 달처럼 빛을 발하는데, 떡 벌어진 입은 핏물 담긴 연못처럼 시뻘겋고 대문짝만 한 앞니와 송곳니가 불쑥불쑥 돋아났다. 손에 거머쥔 1만 3천5백 근짜리 여의봉 역시 어느새 주인의 키만큼 기다랗게 늘어나 우마왕의 양 뿔 돋친 머리통을 겨누고 정면으로 들이쳐 가고 있었다. 우마왕은 흰 소의 머리통에 힘을 잔뜩 주고 양 뿔을 휘두르면서 괴물 원숭이로 변한 손오공을 떠받아 넘기려고 마주 덤벼들었다.

이리하여 취운산 파초동 계곡 상공에서 하늘 아래 산천이 들썩거리고 초목이 떨 만큼 무시무시한 거인들의 일대 격돌이 벌어졌다.

우마왕과 손오공 둘이서 신통력을 크게 떨쳐가며 싸우고 있을 때, 취운산 상공을 지나가던 천신들이 그 소동에 깜짝 놀라 안개구름을 멈춰 세우고 일제히 달려들어 흰 소로 변신한 우마왕을 에워싸기 시작했다. 그래도 우마왕은 태연자약, 겁내는 기색 없이 우뚝 버텨 선 채 번쩍거리는 두 개의 무쇠 뿔로 이리저리 들이받는가 하면, 하얀 터럭을 모조리 곤두세우고 강철같이 단단하게 힘줄 돋은 꼬리를 닥치는 대로 휘둘러 좌충우돌하며 한 발짝도 물러설 기미를 보이지 않았다.

제천대성 손오공이 정면을 가로막고 있는 동안, 천신들은 사면팔방으로 우마왕을 에워싼 채 잠시도 쉬지 않고 협공을 퍼부었다. 시간이 얼마나 지났을까, 앞뒤좌우 상공에서 눈코 뜰 새 없이 들이치는 공세

앞에 우마왕은 한 몸을 내던지다시피 싸우기를 50여 차례, 그러나 중과부적으로 몰린 상태라 더 이상 견뎌내지 못하고 패하여 북쪽으로 달아나기 시작했다.

허나 북쪽 하늘에 언제 나타났는지 벌써부터 오대산(五臺山)의 법력이 위대하신 발법금강(潑法金剛)보살이 그 앞길을 가로막고 우뚝 선 채 호통쳐 꾸짖었다.

"우마야, 네가 어디로 달아날 테냐! 나는 석가모니 부처님께서 보내시어 하늘과 땅에 그물을 펼쳐놓고 여기서 너를 잡으려고 기다리는 중이다!"

우마왕이 멈칫하는 사이, 등 뒤에서 손오공과 저팔계, 그리고 하늘의 신령들이 줄지어 추격해왔다. 마왕은 급히 방향을 바꾸어 남쪽으로 달아나다가, 이번에는 아미산(峨嵋山)의 법력이 한없는 승지금강(勝至金剛)보살과 딱 마주쳤다.

"나는 부처님의 법지를 받들어 여기서 너를 잡으려고 기다리고 있었다!"

승지금강보살의 호통 소리가 벼락 치듯 울려왔다. 우마왕은 당황한 나머지 온몸의 맥이 탁 풀리고 두 다리가 후들거려 어찌해야 좋을지 망설이던 끝에, 이번에는 동쪽을 향해 내뛰기 시작했다. 그러나 동쪽에도 넘지 못할 장벽이 기다리고 있을 줄이야…… 수미산(須彌山) 암자에 계셔야 할 비로사문(毘盧沙門)의 대력금강(大力金剛)보살이 앞길을 가로막고 호통쳐 꾸짖는 것이었다.

"늙은 소야, 어딜 가려느냐! 여래님의 밀명을 받들어 내가 너를 잡으려고 한발 앞서 여기 와 있다!"

우마왕은 송구스러움을 이기지 못하여 뒷걸음치더니, 마지막으로 서쪽 하늘을 향해 정신없이 도망쳤다. 그러나 서쪽에서 맞닥뜨린 것은 곤륜산(崑崙山) 높은 고갯마루의 영주금강(永住金剛) 보살이었다.

"너 이놈, 어딜 달아나려고! 나는 서천 대뇌음사에 계신 여래부처께서 친히 내리신 명을 받들어 이곳을 가로막고 있는데, 누가 너를 놓아 보내줄 듯싶으냐!"

간담이 써늘해진 우마왕은 이제 와서 뉘우쳐봐야 부질없는 일이었다. 사면팔방 어디를 둘러보아도 온통 부처님의 군사들이요 하늘의 맹장들뿐이라, 목숨 하나 건져 가지고 빠져나갈 구석은 어디에도 없었다. 그는 이판사판으로 구름을 일으켜 타고 곧장 하늘 위로 솟구쳐 달아나기 시작했다.

그러나 하늘 위라고 빠져나갈 구멍은 역시 보이지 않았다. 우마왕이 구름을 휘몰아 오르자마자 뜻하지 않게 천궁에서 파견된 탁탑이천왕과 나타 삼태자가 거령신장(巨靈神將)과 함께 천병들을 휘몰아 하늘을 시커멓게 뒤덮고 우르르 쏟아져 나오는 것이 아닌가!

"이제야 왔구나! 너 이놈 잘 만났다! 나는 옥황상제의 어명을 받들어 특별히 네놈을 없애려고 여기 와 있다!"

탁탑이천왕이 호통치는 소리에, 우마왕은 다급한 나머지 거대한 수소의 날카로운 무쇠 뿔을 앞세우고 무시무시한 기세로 달려들어 이천왕을 들이받았다. 이천왕은 그럴 줄 알았다는 듯이 선뜻 칼을 들어 내리쳤다.

뒤쫓아 달려온 제천대성 손오공이 5백 년 전의 호적수 나타태자와 마주쳤다. 태자가 먼저 인사치레를 하며 하늘의 군사들이 출동하게 된 연유를 설명해주었다. 얘기인즉, 당나라 스님을 보호하던 신령들이 서방 세계와 천궁으로 나뉘어 달려가 여래부처님과 옥황상제에게 급한 사정을 아뢴 결과, 여래부처는 사대 금강보살을 달려 보내고, 옥황상제는 탁탑이천왕 부자를 특별히 출동시켜 하늘과 땅에 천라지망의 그물을 펼쳐놓고 흉악하게 날뛰는 우마왕을 사로잡으라 했다는 것이다.

손오공은 나타태자에게 거대한 소의 본색을 드러낸 우마왕을 가리키면서 고개를 절레절레 내둘렀다.

"저놈의 신통력이 어지간할 뿐 아니라, 또 저런 몸집으로 둔갑하기를 잘하니, 어떻게 처치해야 좋을지 모르겠네."

이 말에, 나타태자는 껄껄 웃으면서 자신 있게 대답했다.

"손 대성, 걱정 마시오. 내 저놈을 보기 좋게 잡아 꿇릴 테니 잘 보고 계시구려."

호언장담을 마친 태자가 즉석에서 외마디 호통을 쳤다.

"변해라!"

그 말이 떨어지기 무섭게, 나타태자의 몸뚱이는 삽시간에 머리 셋에 팔뚝 여섯 달린 거대한 괴물로 변하더니, 단숨에 몸을 날려 우마왕의 등덜미에 올라탔다. 그리고 어느새 뽑아 들었는지 서슬 퍼런 참요검(斬妖劍)이 번개 벼락 치듯 내리닥쳐 흰 소의 모가지를 썽둥 베었다. 우마왕의 머리가 툭 떨어지자 하늘의 군사들이 환호성을 터뜨렸다. 모든 사태가 그것으로 끝난 줄 알았던 것이다.

한데 괴변이 생겼다. 목이 끊긴 우마왕의 상처 부위에서 또 다른 머리통 하나가 불쑥 돋아 나오더니 입으로 시커먼 기운을 뭉게뭉게

토해내면서 두 눈에 금빛 광채가 번뜩거리는 것이 아닌가! 나타태자는 황급히 칼을 들어 다시 한 번 목을 쳐 날려보냈다. 그러나 모가지가 베어진 부위에서 또 하나의 머리통이 돋아났다. 연거푸 10여 차례나 베어냈어도 여전히 떨어지기가 무섭게 새 머리통이 돋아나는 것이었다.

일이 이렇게 되자, 나타태자는 흰 소의 등덜미에 올라탄 자세 그대로 불붙은 수레바퀴 화륜아(火輪兒)를 꺼내 쇠뿔에 걸어놓고 삼매진화(三昧眞火)를 일으켰다. 불길은 이글이글 타오르더니 삽시간에 번져 온 몸뚱이로 옮겨 붙었다. 우마왕은 그 뜨거운 열기를 견디지 못하고 큰 소리로 울부짖으면서 미친 듯이 머리통을 뒤흔들고 꼬리를 휘저었다. 무엇으로든지 탈바꿈해서 본체를 뽑아내고 싶었으나, 탁탑이천왕이 조요경 거울로 본모습을 단단히 비추고 있었기 때문에 꼼짝달싹할 수가 없었다. 전신이 계속해서 지글지글 타들어가자, 우마왕은 드디어 저항을 단념하고 비명을 질러가며 애걸복걸 빌었다.

"내 목숨을 해치지는 마시오! 목숨을 붙여준다면, 내 기꺼운 마음으로 여래부처님께 귀순하겠소!"

이 말을 듣고서야 나타태자는 흰 소의 목덜미를 타고 누른 채 요괴마귀를 잡아 묶는 용의 심줄 박요삭(縛妖索)으로 단번에 콧구멍을 꿰뚫어 묶은 다음, 고삐를 길게 늘어뜨려 잡고 의기양양하게 본영으로 개선했다.

제천대성 손오공은 사대 금강, 탁탑이천왕 부자와 저팔계, 화염산 토지신 일행들과 함께 흰 소를 엄중히 에워싼 채 파초동 어귀로 몰고 갔다. 코뚜레를 꿰인 우마왕은 동굴 입구에서 애처로운 목소리로 아내 나찰녀를 불렀다.

"여보, 부인! 어서 이리 나와 항복하고 내 목숨을 살려주오!"

남편이 애걸하는 목소리를 듣자, 나찰녀는 모든 것이 다 끝났음을 깨달았다. 그녀는 옷치장과 머리타래를 풀어 헤치고 소복으로 갈아입은 다음, 조용히 동굴 문 바깥으로 혼자 걸어 나왔다.

그곳에는 사대 금강보살을 비롯하여 천신들과 이천왕 부자가 남편을 에워싸고 둘러서 있었다. 나찰녀는 땅바닥에 무릎 꿇고 엎드려 이마를 조아렸다.

"보살님께 바라오니, 저희들 부부의 목숨만은 살려주십시오."

손오공이 앞으로 나서며 호통쳐 물었다.

"목숨이 아깝거든 파초선 부채를 내놓으시오!"

그러자 우마왕이 맥없이 아내에게 말했다.

"내 입속에 감춰두었으니, 꺼내 바치구려."

나찰녀는 말없이 남편의 입에서 살구 잎사귀만 한 부채를 꺼내 두 손으로 공손히 바쳤다. 손오공 역시 두말 않고 부채를 받아 들었다. 그리고 천신 일행들과 일일이 작별 인사를 나눈 다음, 저팔계와 함께 구름을 일으켜 타고 화염산을 향해 날아갔다.

사대 금강은 제각기 동서남북 자기 산으로 돌아갔다. 천신들은 하늘로 올라갔다. 탁탑이천왕과 나타 삼태자는 소의 본색을 드러낸 우마왕을 끌고 서천으로 여래부처님께 진상하러 떠나갔다.

한편, 삼장법사와 사오정은 이때가 되도록 손오공이 돌아오는 기미를 보이지 않아 안절부절못하고 서성대면서 근심걱정만 태산처럼 쌓였다.

　얼마나 기다렸을까, 문득 서녘 하늘을 우러르자니, 상서로운 구름이 하늘을 가득 메우고 서광이 대지에 차고 넘치며 수많은 천신들이 바람결에 나부끼듯 표연히 날아오는 것이 아닌가!

　"오정아, 저 하늘 좀 봐라! 저기 누가 날아오는 거냐?"

　사오정은 그들이 누군지 이내 알아보고 소리쳤다.

　"사부님! 잘 보십쇼! 큰형님이 파초선을 어깨에 떠메고 앞장서 오는데, 둘째 형님과 토지신이 뒤따라오지 않습니까? 같이 오는 여자가 누군지 알 수 없으나, 혹시 부채의 주인 나찰녀가 아닌지 모르겠습니다."

　삼장법사의 기쁨은 이루 말할 수 없이 컸다. 일행이 길바닥에 내려서자, 그는 허겁지겁 달려가 수제자의 손을 부여잡고 사례했다.

　"오공아, 수고했다! 그래 얼마나 고생이 많았느냐?"

　"사부님, 오래 기다리시게 해드려 죄송합니다. 아무튼 일이 잘 풀려 우마왕과 나찰녀 부부가 지른 화염산의 불길을 잡고 넘어갈 수 있게 되었습니다."

　이때 화염산 토지신이 앞으로 나서더니 송구스런 기색으로 이렇게 말했다.

　"손 대성님, 이 산불은 우마왕이 지른 것이 아닙니다."

　"뭐라고? 애당초 우마왕의 소행이 아니라면 대체 어떤 놈이 화염산에 불을 놓았단 말이냐?"

　"사실대로 말씀드리자면 이 산불은 제천대성 어른께서 지르신 불입니다."

　뜻밖의 대구에 손오공은 펄쩍 뛰었다.

"아니, 뭐야? 내가 언제 함부로 불을 지르는 방화범이 되었다는 게냐!"

"제천대성께서 저를 알아보지 못하시니 그런 말씀을 하십니다. 여기에는 애당초 이런 산이 없었습니다. 손 대성께서는 오백여 년 전에 천궁을 크게 어지럽히셨을 당시, 이랑진군에게 사로잡히시고 태상노군의 도솔궁으로 압송되어 가셨을 때를 기억하십니까? 그때 손 대성님은 팔괘로에 안치되어 단련을 받으셨습니다. 그리고 사십구 일 만에 뚜껑을 열었더니, 대성께서 팔괘로 바깥으로 뛰쳐나와 발길로 화로를 걷어차셨습니다. 그 바람에 화덕을 쌓아올린 벽돌 몇 장이 떨어져 나갔는데, 그중 뜨거운 불씨가 붙어 있던 벽돌이 아래 세상으로 떨어져 내려 이곳 화염산이 되었던 것입니다. 저 역시 본래 도솔궁에서 팔괘로를 지키던 도사였습니다만, 태상노군께 화로를 제대로 지키지 못하였다는 책망을 듣고 아래 세상으로 쫓겨 내려와 오백여 년 동안 이곳 토지신 노릇을 하고 있는 겁니다."

말 한마디 잘못 건넸다가 꼼짝없이 방화범으로 지목된 손오공은 기가 막혀 나오느니 한숨뿐이었다. 5백여 년 전에 자기 손으로 지른 불 때문에 그 숱한 고생을 했다니, 허망한 생각만 들었다. 한참 동안 쑥스럽게 서 있던 그는 멋쩍은 기색으로 부채를 꺼내 들었다. 그리고 뜨거운 열기를 무릅써가며 화염산 기슭으로 달려가 산머리를 향해 있는 힘껏 부채질을 했다. 그러자 거세게 타오르던 불길이 순식간에 꺼져버리고 열기와 불빛마저 말끔히 스러졌다. 다시 한 번 부채질을 했더니 맑고도 시원한 바람이 산들산들 불어왔다. 세번째로 부채질을 했을 때는 하늘에 온통 먹구름이 자욱하게 덮이더니 희한하게도 가랑비가 부슬부슬 내리기 시작했다.

일행 곁에 묵묵히 서 있던 나찰녀가 회한에 가득 차 깊은 탄식을 토해냈다.

손오공은 그녀를 돌아보고 물었다.

"나찰녀, 그대는 갈 데로 가지 않고 왜 거기 서 있소?"

그러자 나찰녀가 꿇어앉은 자세로 애원했다.

"대성께 바라옵건대, 부디 자비를 베푸시어 그 부채를 저한테 돌려주소서."

이 말을 듣고 미련퉁이 저팔계가 버럭 호통쳐 꾸짖었다.

"이런 뻔뻔스러운 것, 도무지 사리분별도 못하는구나! 네 한 목숨 살려주었으면 감지덕지할 일이지, 무엇이 또 모자라서 부채까지 도로 달라는 거냐?"

나찰녀는 그 말을 못 들은 척하고 다시 손오공에게 절하며 아뢰었다.

"대성께서 처음 약속하시기를 '부채를 빌려 화염산의 불길을 잡는 데 쓰고 나면 돌려주겠노라' 말씀하셨습니다. 저도 다시는 망령된 짓을 저지르지 않고 지난날의 과오를 뉘우쳐 새로운 몸으로 수양하겠사오니, 부디 제게 파초선을 돌려주십시오. 부채를 돌려주신다면 이제 화염산의 불씨를 아주 꺼버려 영원토록 산불이 일어나지 않게 하는 방법을 일러드리겠습니다."

손오공도 그 말에는 고개를 끄덕끄덕했다.

"내 당초 이 고장 사람들이 하는 말을 듣자니, 이 산불은 부채질해서 꺼버려도 겨우 일 년 동안만 오곡을 기를 수 있다 했소. 그 뒤에 또다시 불길이 치솟는다고 하던데, 어떻게 하면 그 불길을 뿌리 뽑을 수 있소?"

나찰녀가 조용히 대답했다.

"화근(火根)을 뿌리째 뽑아버리시려거든 마흔아홉 번 부채질하십시오. 그럼 산불이 영영 일어나지 않습니다."

손오공은 그녀가 말한 대로 부채를 잡고 산꼭대기를 바라보면서 있는 힘껏 마흔아홉 번을 연속해서 부쳤다. 과연 그 말은 틀림없었다. 부채 바람이 닿기가 무섭게 화염산 정상에 장대 같은 비가 억수로 쏟아져 내리기 시작했던 것이다. 불씨가 남아 있는 곳마다 통쾌한 장대비를 퍼붓고 불기운이 없는 곳에는 하늘이 맑게 개는 것이었다. 실로 진귀한 보배가 분명했다.

손오공은 약속한 대로 부채를 나찰녀에게 돌려주었다. 그녀는 공손히 파초선을 받아 들고 주문을 외워 작게 줄이더니 입속에 집어넣었다. 그러고 나서 삼장법사 일행에게 돌아가며 깊이 사례한 다음 발길을 돌려 떠나갔다. 이름을 감추고 수도자의 길로 나선 것이었다.

손오공과 저팔계, 사오정은 삼장법사를 모시고 마침내 화염산을 넘어 앞으로 나아갔다. 서쪽으로 향하는 발길도 여유롭거니와 몸도 거뜬해지고 마음 또한 홀가분했다.

(제3권에 계속)